Scholem Alejchem

Panik im Schtetl

Scholem Alejchem (1859–1916)

Scholem Alejchem

Panik im Schtetl

Geschichten aus Kasrilewke

Herausgegeben, aus dem Jiddischen übersetzt und
mit einem Nachwort von Gernot Jonas

marixverlag

Inhalt

Geleitwort von Professor Simon Neuberg 7

Dreyfus in Kasrilewke 13
Nach Hause! Nach Hause! 20
Sommerromanzen 31
Man darf das keinem Menschen wünschen …! 87
Die Erben 92
»Mit Gottes Hilfe …!« 109
Eine total verpfuschte Hochzeitsfeier 115
Alles gelogen! 121
Beim Doktor 128
Welwel Gambetta 137
Zwei Antisemiten 152
Wen ich bin Rojtschild / Wenn ich einmal Rothschild bin 162
Panik in Kasrilewke 172
»Hundertundeins« 224
Berel Ajsik 236

ANMERKUNGEN	243
GLOSSAR	255
NACHWORT DES ÜBERSETZERS	269
LITERATUR	277

Ein Adressbuch! Ein Stadtplan! Ein Who-is-who!

Geleitwort

Bin ich der Einzige, der von einem Wegweiser, einer Art Touristenbuch durch Kasrilewke träumt? Dort wären nicht nur die Sehenswürdigkeiten – die Synagoge und das Bad – dargestellt; wie in einem altmodischen Reiseführer wären auch die Einkaufsmöglichkeiten, die Gaststätten, die öffentlichen Verkehrsmittel und dazu auch die Persönlichkeiten aus dem Ort beschrieben.

Die bekannten Schüler von jedem Melammed wären dort aufgelistet und man erführe, welche sich in welchen Erzählungen besonders hervorgetan haben und wo sie bloß erwähnt werden; ergänzt wäre das Buch mit Bildern und markanten Zitaten.

Hoffentlich ... nein: Sicher bin ich nicht der Einzige, der solide Ortskenntnisse wünscht, um nach Kasrilewke zu reisen. So viele wehmütige Rückblicke schauen nach den berühmtesten Helden von Scholem-Alejchem, nach Tevye und seinen Töchtern, nach Menakhem-Mendl und seiner Frau Sheyndl ... all die anderen möchte ich auch in diesem Wegweiser finden, nur: Solch ein Buch bleibt ein frommer Wunsch.

Der Plan ist nämlich sehr schwer in die Tat umzusetzen: Immer wieder ist Scholem-Alejchem in seinen Erzählungen nach Kasrilewke zurückgekehrt, und das Schtetl oder die Stadt hat sich im Laufe der Geschichten ständig verändert. Je nach den Bedürfnissen der Erzählung ist Kasrilewke ein verschlafenes Städtchen, wo eine Zeitung eine große Seltenheit darstellt, ein abgelegener Winkel der jüdischen Welt, in dem kaum ein einziger Goj anzutreffen ist, oder aber eine aufstrebende Stadt, in der zwei jüdische Zeitungen regelmäßig erscheinen und miteinander konkurrieren und in der die gojischen Behörden überall eingreifen.

Vorläufig, und bis wir das alles in einem geordneten Nachschlagewerk finden, müssen wir uns mit Besuchen einzelner Szenerien und Momente begnügen und so durch die vorhandenen Texte, durch Kasrilewke in die Schtetlwelt einreisen. Das kann nun jeder auch auf Deutsch unternehmen, denn es gibt für dieses Handbuch bereits eine überaus brauchbare Vorstufe.

Mit den Übersetzungen und mit der Auswahl, die er getroffen hat, gibt uns Gernot Jonas seit Jahren einen Einblick in das Werk von Scholem Alejchem und in das Leben der Kasrilewker Juden. Er stellt einen Mikrokosmos vor, in dem unterschiedliche Konflikte zum Kern einer Erzählung werden können. Da erlebt man sowohl den Aufprall der Modernität auf die dafür unvorbereitete Gesellschaft, als auch andererseits innere Spannungen eines abgeschotteten traditionellen aschkenasischen Lebens. Und oft sind es gerade Geschichten aus der Kindheit, die das heile Schtetlleben – unwiederbringlich von den modernen assimilatorischen Bewegungen überrollt – nostalgisch oder wohlwollend spottend wieder aufleben lassen.

Scholem-Alejchem ist ja, wie die Großen der russischen Literatur, von denen er das Fach gelernt hat, ein Meister der Novelle; selbst diejenigen seiner Bücher, die als Romane gelten, sind – zumindest die besten unter ihnen – nichts anderes als Ketten von Kurzgeschichten, die ein immer widerkehrender Held zusammenhält. In seinen einzelnen Kurzerzählungen beweist er nicht nur, wieviel er aus einer machen kann, sogar aus einem der typischen Witze, die man so lange schon auf Jiddisch erzählt, er entwirft Galerien einzelner Szenen und Begebenheiten, die in der Zusammenschau wie ein Roman wirken. Als Zyklus betrachtet sind die Kasrilewker Erzählungen ein facettenreiches

Werk, in dem das Jiddischland schillert und exemplarisch dargestellt mit seinen Traditionen, seinen Umbrüchen und Widersprüchen erscheint. Daher das Bedürfnis nach einem geordneten Leitfaden durch die ganze so wandel- und wunderbare Stadt mit ihren Menschen und Milieus.

Der beste Weg dahin ist jedenfalls ein Spaziergang durch die Erzählungen selbst. Unweigerlich wird man dabei neugierig auf Figuren und Schauplätze, will mehr wissen und Bekanntschaften vertiefen, auch wenn sie imaginär sind.

Also treffen wir uns in Kasrilewke wieder – zwischen den Zeilen dieses und anderer Bücher.

Simon Neuberg, Trier

Panik im Schtetl

Geschichten aus Kasrilewke

Dreyfus in Kasrilewke

Ich weiß nicht, ob die Geschichte mit Dreyfus[1] noch anderswo in der Welt solch eine Aufregung hervorrief wie in Kasrilewke. Man erzählt ja, Paris habe damals gekocht wie ein Kessel. Zeitungen schrieben darüber, Generäle erschossen sich, junge Kerle liefen schreiend durch die Gassen wie die Verrückten und machten ein Riesentamtam. Der eine schrie »Vive Dreyfus!«, ein anderer »Vive Esterhàzy!«. Und wie immer bewarf man die Juden mit Dreck und zog sie in den Schmutz. Aber so viel Kopfweh und so viel Kummer wie die Sache Kasrilewke gekostet hat, wird Paris sicher nicht aufzuweisen haben, da könnt Ihr warten, bis der Messias kommt.

Woher man in Kasrilewke die Sache mit Dreyfus erfuhr, solltet Ihr mich nicht fragen. Woher wissen die Leute dort vom Krieg, den die Engländer mit den Buren geführt haben? Woher wissen sie, was in China los ist? Welche Beziehung hat denn Kasrilewke zu China? Führt es vielleicht Handelsgeschäfte mit der großen Welt? Ihren Tee beziehen sie von Wissozki aus Moskau,[2] und den gelben Sommerstoff aus Schantungseide tragen die Einwohner von Kasrilewke nicht: Das passt nicht zu ihrem Geldbeutel. Gott sei Dank kann man auch im Sommer eine Pelerine aus Segeltuch tragen, und wenn nicht, läuft man einfach so herum, das heißt, mit Verlaub, in Unterhosen und trägt darüber baumwollene *Arbekanfes,* die Unterhemden mit den Schaufäden. Natürlich schwitzen die Leute dabei ganz schön, jedoch nur, wenn der Sommer sehr heiß ist!

Es bleibt aber immer noch die Frage: Woher hat Kasrilewke von der Geschichte mit Dreyfus Wind bekommen? Nun, von Sejdel natürlich. Sejdel, der Sohn von Reb Schaje, ist der Einzige in der Stadt, der die Zeitung *HaZefira*[3] abonniert hat, und alle Neuigkeiten, die auf der weiten Welt geschehen, erfährt man von ihm; das heißt, nicht von ihm, aber durch ihn. *Er* liest vor, und die Leute übersetzen. *Er* erzählt, und *sie* finden den Kern der Sache heraus, *er* berichtet ihnen, was da geschrieben steht, *sie* aber folgern gerade das Gegenteil von dem. Denn *sie* verstehen doch alles besser!

*

>*Und siehe, es geschah …*‹ Sejdel, der Sohn von Reb Schaje, kommt einmal ins Lehrhaus und erzählt die Nachricht, in Paris sei ein jüdischer Hauptmann mit Name Dreyfus dafür verurteilt worden, dass er wichtige Staatspapiere weitergegeben hat. Nun, das ging in ein Ohr rein und gleich zum anderen wieder raus. Einer bemerkte so nebenbei:
»Ja, was macht ein Jude nicht alles, um etwas Geld zu verdienen!«
Ein anderer sagte voll Schadenfreude:
»Das geschieht ihm recht! Ein Jude soll sich nicht in die Angelegenheiten von Kaisern und Königen einmischen.«
Später kam Sejdel wieder und erzählte eine neue Geschichte. Die ganze Sache war nichts gewesen als eine üble Verleumdung.
Den jüdischen Hauptmann Dreyfus hat man verbannt, aber er ist total unschuldig, es war alles eine Intrige von einigen Generälen, die wegen irgendetwas in Streit geraten waren.
Jetzt begann sich das Schtetl schon ein bisschen mehr zu interessieren, und langsam wurde Dreyfus ein Kasrilewker; überall, wo zwei Menschen sich trafen, war er gegenwärtig.
»Hast du es schon gehört?«
»Ja, ich hab' es gehört.«

»*Wetschni poselenoje*, lebenslänglich verbannt!«
»Unglaublich, lebenslänglich!«
»Für nichts und wieder nichts!«
»Eine Verleumdung!«
Wieder etwas später kam Sejdel und erzählte, dass der Prozess vielleicht noch einmal aufgerollt werden sollte, denn es hätten sich dort anständige Menschen gefunden, die mit all ihren Kräften der Welt beweisen würden, dass die ganze Sache falsch gelaufen war. Nun, jetzt geriet Kasrilewke in Bewegung und nahm sich noch einmal, und zwar gründlich, der ganzen Sache an. Erstens ist doch Dreyfus einer der ›Unsrigen‹. Und zweitens: Wie kann das geschehen, dass dort in Paris solch eine schmutzige Sache passiert? Pfui, nicht gerade sehr schmeichelhaft für die *Franzuskis*! Die Leute begannen zu disputieren und Wetten abzuschließen, wie das Ganze ausgehen wird. Der eine sagte, der Prozess wird bestimmt neu aufgerollt, ein anderer aber das Gegenteil: ›*Ejn acher hamajsse besdn klum*‹, das Urteil ist rechtskräftig, verurteilt ist verurteilt.[4]

Mit der Zeit hatten die Leute es satt, darauf zu warten, bis Sejdel sich endlich einmal ins Lehrhaus bequemt und das Neueste vom Hauptmann Dreyfus erzählt. Man ging direkt zu ihm nach Hause. Und schließlich hatten die Leute sogar die Geduld verloren, zu ihm nach Hause zu kommen. Nein, sie gingen direkt mit ihm auf die Post, um seine Zeitung abzuholen, sie gleich an Ort und Stelle durchzulesen und an Ort und Stelle alles wieder und wieder gründlich zu kommentieren, zu diskutieren, sich zu schlagen, sich zu streiten, und alles durcheinander wie immer. Mehrmals gab ihnen der Herr Postmeister natürlich sehr höflich, zu verstehen, dass eine Post *lehawdl* keine Synagoge ist: »*Tut ne zhidowskaja schkola, zhidi parchatje, tut ne kahal schachermacheri*, hier ist keine Judenschule, ihr räudigen Juden, das ist kein Ort für krumme Geschäfte!« Sie hörten ihn aber ebenso wie Haman die Rassel, nämlich kein bisschen. Er schimpfte über sie, sie aber lasen die Zeitung *HaZefira* und sprachen von

Dreyfus. Und nicht nur Dreyfus allein war in aller Munde. Es kamen noch neue Gestalten dazu. Zuerst *Esterhazy*, danach *Picquart*, dann General *Mersi*, danach *Pelli* und schließlich *Gonsi*. Dabei fand einer mit Scharfsinn heraus, dass bei den *Franzuskis* jeder Name eines Generals auf ›i‹ endet. Gleich hat das ein anderer bezweifelt:

»Und was machst du dann mit *Boudefer*?«

»Hast du denn nicht gehört, den hat man doch entlassen!«

»Mögen sie alle so enden!«

Zwei Menschen hatte Kasrilewke besonders ins Herz geschlossen, die Leute waren ganz vernarrt in sie. Das waren ›*Emil Zol*‹ und ›*Lambori*‹. Für *Emil Zol* hätte jeder sein letztes Hemd gegeben. Ah, ah, dieser *Emil Zol*! Wäre *Emil Zol*, sagen wir mal, nach Kasrilewke gekommen, hätte ihn sicher die ganze Stadt willkommen geheißen, auf den Schultern hätten sie ihn getragen!

»Was sagt Ihr zu seinen Briefen?«

»Perlen sind sie, Diamanten, Brillanten!«

Auch auf *Lambori*, den Anwalt von Dreyfus, hielt man große Stücke. Die Leute strahlten vor Stolz, sie waren begeistert und ließen sich seine Ansprachen auf der Zunge zergehen. Obwohl ihn natürlich keiner in Kasrilewke selbst gehört hatte, aber mit dem gesunden Menschenverstand begriffen die Leute: Der Mann kann reden!

Ich bin mir nicht sicher, ob Dreyfus' Familie in Paris so sehr der Stunde entgegensah, in der er von der berühmten Insel zurückkommen sollte, wie die Kasrilewker Juden sie herbeisehnten. Man kann mit Fug und Recht sagen, dass sie mit Dreyfus selbst von dort aus auf dem Meer zurückgefahren sind, sie haben buchstäblich gefühlt, wie sie schwimmen: In diesem Moment erhebt sich ein Sturmwind und tobend reißt er das Meer auf, die Wellen schäumen und werfen das Schiff hin und her wie eine Nussschale, hoch und nieder, auf und ab. »Schöpfer der Welt«, flehten sie aus tiefstem Herzen, »bring ihn nur heil nach

Hause, dorthin, wo der Prozess stattfinden wird, und öffne die Augen der Richter, schärfe ihren Verstand, damit sie den wahren Schuldigen finden und die ganze Welt erkennen kann, dass wir recht haben! Amen. Sela!«

Der Tag, an dem die gute Nachricht laut wurde, dass Dreyfus wirklich angekommen sei, war in Kasrilewke Feiertag. Hätten sich die Leute nicht geschämt, so wären die Geschäfte geschlossen geblieben.

»Hast du schon gehört?«

»Ja, Dank sei Seinem gesegneten Namen!«

»Ich wäre doch zu gerne dabei gewesen, als er zum ersten Mal seine Frau wiedergesehen hat.«

»Und ich hätte zu gerne die Kinder erlebt, als man ihnen sagte: Der Vater ist wieder da.«

Frauen, die in diesen Tagen zusammensaßen, verbargen ihre Gesichter in den Taschentüchern, schnäuzten sich heimlich die Nase, damit niemand sehen sollte, dass sie weinten. Obwohl doch Kasrilewke ein armes Schtetl ist, hätte jeder dort das Letzte hergegeben, um hinzufahren und wenigstens von weitem selbst zuzuschauen.

Als der Prozess losging, gab es einen richtigen Aufruhr in der Stadt. Man konnte fast Angst kriegen. Nicht nur die Zeitung, sondern Sejdel selbst wurde von den Leuten buchstäblich in Stücke gerissen. Man brachte keinen Bissen mehr herunter, ganze Nächte schliefen die Leute nicht. Wenn es nur bald morgen wäre und dann übermorgen und der nächstfolgende Tag!

Mit einem Mal: ein neuer Aufruhr in der Stadt, Tumult, Geschrei und Durcheinander, die reine Hölle! Es war nach jenem schrecklichen Augenblick, als jemand auf den Advokaten *Lambori* geschossen hatte. Die Kasrilewker schrien Zeter und Mordio:

»Und weshalb? Und weswegen? Solch ein Verbrechen! Ohne jeden Grund!«

»Das ist ja schlimmer als Sodom und Gomorrha!«

Dieser Schuss hatte sie selbst in den Kopf getroffen. Die Kugel hatte sich ihnen mitten ins Herz gebohrt. So als hätte der Täter buchstäblich auf Kasrilewke geschossen!

»Herr der Welt!«, baten sie im Stillen, »zeige Deine Kraft, tu ein Wunder, Du kannst doch, wenn Du willst, tu ein Wunder, dass *Lambori* am Leben bleibt.«

Und das Wunder geschah, *Lambori* blieb am Leben.

Als die letzten Tage des Prozesses angebrochen waren, versetzte es die Leute aus Kasrilewke in ein wahres Fieber. Sie wären zu gerne eine ganze Nacht und einen Tag lang in Tiefschlaf gefallen und erst dann wieder aufgewacht, wenn Dreyfus mit Gottes Hilfe endlich freigesprochen war. Aber wie zum Trotz konnte keiner von ihnen auch nur ein Auge zutun, sie wälzten sich in jener Nacht von einer Seite auf die andere, führten Krieg mit den Wanzen und warteten darauf, dass endlich der Tag anbrach.

Als es schließlich Tag wurde, liefen alle zur Post. Die Post war aber noch verschlossen und das Tor ebenfalls. Nach und nach versammelte sich die ganze Stadt um die Post herum, die Gasse war vollgestopft mit Menschen. Die Leute liefen hin und her, sie gähnten, sie reckten und streckten sich, spielten mit ihren Schläfenlocken und summten leise die Hallel-Gebete.[5]

Als der Hausverwalter Jarema schließlich das Tor öffnete, drängten die Leute alle gleichzeitig hinein. Jarema wurde böse, bekräftigte noch einmal, dass er hier der Chef sei. Er ging auf sie los und trieb sie mit Verlaub alle zusammen schmählich aus der Post nach draußen. Dort mussten sie so lange warten, bis Sejdel schließlich kam. Und als Sejdel seine Zeitung abgeholt hatte und das ›wunderbare‹ Urteil über Dreyfus vorlas, ging ein Lärm los, ein Geschrei, dass man es bis in den Himmel hören konnte.

Das Geschrei richtete sich nicht gegen die Richter, die ein schlechtes Urteil gesprochen hatten, nicht gegen die Generäle und ihre Meineide, nicht mal gegen die *Franzuskis*, die sich nicht gerade mit Ruhm bedeckt hatten – nein! Das Geschrei richtete sich gegen Sejdel!

»Das kann nicht sein«, schrie Kasrilewke wie aus einem Mund. »Solch ein Urteil kann es auf der ganzen Welt nicht geben, nirgendwo auf der Welt! Himmel und Erde haben geschworen, dass sich die Wahrheit zeigen wird, wie das Öl oben auf dem Wasser schwimmt. Was erzählst du uns da für Geschichten!«

»Ihr Hornochsen!«, schreit aber Sejdel mit aller Kraft und drückt ihnen die Zeitung direkt unter die Nase. »Seht doch selbst, es steht so im Blatt!«

»Unsinn, *Blatt-Schmatt*«, schreit ganz Kasrilewke, »und wenn du mit einem Bein im Himmel stehst und mit dem anderen auf der Erde, meinst du vielleicht, dass wir dir dann glauben? So etwas kann nicht sein! Es kann einfach nicht sein! Es ist unmöglich!«

Nun, was meint Ihr, wer am Ende recht haben wird?

Nach Hause! Nach Hause!

Es gibt nichts auf der Welt, von dem man in Kasrilewke nicht hören würde, und keine Neuigkeit, die unsere ›kleinen Leute‹ dort nicht erfahren.

Zugegeben, wenn solche Dinge Kasrilewke erreichen, kommen sie ein bisschen spät an und nicht direkt aus erster Hand. Na und? Ist das vielleicht ein großes Unglück? Im Gegenteil, mir kommt es so vor, als wäre das ein Vorteil, ein großer Vorteil sogar.

Denn unter uns gesagt, was verpassen denn die Leute in Kasrilewke, wenn sie die letzten Neuigkeiten, die ›guten Meldungen‹ und ›tröstlichen Nachrichten‹, die heutzutage aus der Welt zu hören sind, Gott behüte einen Monat oder gar zwei Monate später erfahren? Vielleicht sogar ein ganzes Jahr später! Eine wahre Katastrophe, nicht wahr?

Kurzum, die Kasrilewker ›kleinen Leute‹ erfuhren vielleicht ein bisschen später als andere, dass es ein Wort in der Welt gibt, das ›Zionismus‹ heißt.

Zuerst verstand nicht jeder genau, was man da unter ›Zionismus‹ zu verstehen hatte. Später, als man in Kasrilewke die Bedeutung des Ausdrucks ›Zionismus‹ begriff – dass er nämlich von Zion kommt, das wir ja aus dem Gebetbuch kennen, und dass Zionisten eine Gruppe von Menschen sind, die alle Juden ins Land Israel hinüberschicken wollen –, da machte sich in der Stadt, was soll ich es verschweigen, eine gewaltige Heiterkeit breit. Die Leute hielten sich die Seiten vor Lachen. Eine Meile weit hörte man ihr Gelächter und dann die Witze, die man über den ›Doktor‹, Reb Herzl, den Doktor Nordau[1] und über die übrigen Doktoren machte! Es wäre klug gewesen, man hätte all diese Witze gesammelt, aufgeschrieben und in einem extra Buch herausgegeben – darin hättet Ihr mehr Salz und mehr Pfeffer gefunden als in diesen nach Süßholz schmeckenden Artikeln und klugen Reden, die man Jahr für Jahr auf der Rückseite unsres Kalenders findet.

Einen Vorzug haben ja die Menschen aus Kasrilewke: Es stimmt zwar – solange sie lachen, lachen sie. Aber wenn sie genug über alles gelacht haben, dann fangen sie an, die Sache noch einmal gründlich zu bedenken und von allen Seiten zu betrachten, um sie dann erst richtig zu verstehen. So war es auch mit dem ›Zionismus‹. Zuerst wurde gelacht, gespottet, es wurden Witze gerissen. Danach aber hörte man richtig zu, was die Leute so sagten und was die Zeitungen so schrieben, man betrachtete es noch einmal und noch einmal und dann das Ganze wieder von vorne. Später wurde irgendetwas von einer ›Bank‹ erwähnt, einer ›jüdischen Bank‹ wohlgemerkt, mit ›jüdischen Aktien‹ – und wenn von Aktien die Rede ist, da geht es doch sehr wahrscheinlich um eine ernste Sache, um Geld und um Geschäfte. Und was kann man heutzutage nicht alles mit Geld erreichen! Erst recht beim Türken mit der roten Jarmulke, der doch auch ein halber Kasrilewker ist, ein armer Schlucker, wie alle übrigen Kasrilewker. Und von diesem Moment an wurde in Kasrilewke der ›Zionismus‹ ganz groß. Die Kasrilewker sind, gelobt sei Sein Name, solche Menschen, bei denen Ihr am Ende alles erreichen könnt, was Ihr wollt. Eine Sache, die gestern noch krumm wie ein Schürhaken aussah und die schwerer zu bewältigen war, als das Rote Meer zu spalten, ist heute schnurgerade, ganz normal, normaler kann es gar nicht sein, und das Problem ist so leicht zu lösen wie einen Beigel zu essen oder eine Zigarette zu rauchen. Den Türken das Land Israel abkaufen? Was kann denn leichter sein als das? Was kann uns hindern?

Über das Geld muss man doch nicht extra reden. Was spielt denn bei uns Geld für eine Rolle? Ein Rothschild kann doch, wenn er will, ganz Israel kaufen, zusammen mit Istanbul und dem Türken! Wegen dem Preis muss man sich keine Sorgen machen. Es ist doch so was wie ein Geschäft, da wird man eben handeln, auf einen Rubel mehr oder weniger kommt es nicht an. Bleibt *eine* Sache übrig: Nehmen wir mal an, vielleicht *will* er nicht verkaufen? Ach was, Unsinn! Warum soll er nicht verkaufen wollen? Und außerdem, wenn wir es ganz genau betrachten, sind wir doch miteinander verwandt, aus einer Familie, nein, ganz nah verwandt sind wir sogar, richtige Vettern zweiten Grades! Juden und Türken, nicht wahr, Isaak und Ismael …!

Um es kurz zu machen: Man hielt eine Versammlung ab, dann noch eine zweite Versammlung und eine dritte, und es entstand mit Gottes Hilfe ein ›Verein‹. Man warb um *tschlenes*, Mitglieder, man wählte einen Präsidenten, einen Vizepräsidenten, einen Schatzmeister und einen Sekretär, dazu noch einen Korrespondenten[2] – so wie in allen ordentlichen Städten. Und alle Leute schrieben sich ein für ›Schekelgeld‹[3], einen Vereinsbeitrag – dieser eine Kopeke pro Woche und der andere zwei Kopeken. Junge Leute waren Feuer und Flamme und hielten hitzige Reden, man kann ruhig sagen, wunderbare Predigten. Die Worte ›Zion‹, ›Zionismus‹, ›Zionisten‹ waren immer häufiger und lauter zu hören. Öfter erklangen jetzt auch die Namen ›Doktor Herzl‹, ›Doktor Nordau‹ und die der übrigen Doktoren. Die Mitgliederzahl wuchs ständig, es wurde auch ein hübscher Batzen Geld zusammengetragen. Also wieder eine Versammlung, eine große diesmal; man setzte sich zusammen, um zu klären, was mit dem Geld geschehen solle: Ist es besser, das Kapital vorerst hier am Ort zu halten, einen extra Fonds für die Kasrilewker Zionisten einzurichten, oder soll man es lieber gleich in die ›Zentrale‹ schicken; vielleicht müssen wir aber mit allem noch etwas warten, bis eine hübsche Summe zusammengekommen ist und die Stadt selbst ein Aktionär bei der jüdischen Bank werden kann?

Diese Versammlung war, man kann es offen sagen, eine der hitzigsten und stürmischsten, die Kasrilewke je erlebt hat. Die Meinungen waren geteilt, viele sprachen sich für die ›Zentrale‹ aus. Sie meinten: Wir sind verpflichtet, die Zentrale zu unterstützen, denn wenn wir die Zentrale nicht unterstützen und Ihr sie nicht unterstützt, wie wird sie sich dann am Leben halten? Andere drängten, dass man es grade andersrum machen soll. Die Zentrale wird auch ohne Kasrilewke auskommen. Wir sind doch nicht verpflichtet, die ganze Welt zu unterstützen! Sorgt sich denn irgendjemand auf der Welt um Kasrilewke? Wenn jeder erst mal an sich denkt, reicht es vollkommen!

Nun stand der Präsident auf, Nojech, der Sohn von Reb Jossil, Schwiegersohn eines wohlhabenden Mannes und ein *Maskil*,[4] ein junger Aufgeklärter, noch ganz ohne einen Anflug von Bart, und sprach einige entscheidende Worte:

»›Viertausend Jahre‹« – so begann der Präsident Nojech (vielleicht ein bisschen zu pathetisch), »»viertausend Jahre schauen diese Pyramiden auf euch herunter‹,[5] mit diesen Worten hat sich einmal der große Napoleon an seine Garde gewandt, als er sich anschickte, Ägypten einzunehmen. Fast mit denselben Worten möchte ich meine heutige Rede an euch beginnen, nur etwas anders: Schon fast zweitausend Jahre, Brüder, befinden wir uns nicht auf der Höhe der Pyramiden, sondern in der Tiefe, neun Ellen[6] unter der Erde. Schon fast zweitausend Jahre halten wir Ausschau, nicht nach unserer Garde, sondern nach dem Messias, damit er uns aus der Verbannung auslöse und uns dorthin bringe, ins Land unserer Väter, ins Land Israel ... Schon fast zweitausend Jahre fasten wir an jedem 17. Tamuz,[7] essen wir in den ›Neun Tagen‹[8] kein Fleisch, und wenn *Tischebow* kommt, dann setzen wir uns in Socken auf der bloßen Erde nieder, weinen und klagen um der Zerstörung des Heiligtums willen. Schon seit fast zweitausend Jahren erinnern wir uns siebenundsiebzigmal⁹ am Tag an Zion und Jerusalem! Nun aber fragt euch selbst: Was haben wir denn um Zions und Jerusalems willen je *getan*?«

Ehrlich gesagt, es ist ein Jammer, dass es in Kasrilewke keinen Stenografen gegeben hat, der auf jener Versammlung die ausgezeichnete Rede des Präsidenten Wort für Wort aufgeschrieben hätte, wie dies in anderen Städten geschieht. So müssen wir uns also mit den paar Auszügen begnügen, die wir hier aus der Erinnerung zitiert haben. Und in aller Kürze legen wir noch den Schluss dieser exzellenten Ansprache vor: »Jetzt aber« – so beendete der Präsident Nojech seine Predigt, und der Schweiß rann ihm in Bächen übers Gesicht –, »jetzt, wo wir das Glück haben, solch eine Zeit zu erleben, wo sich der alte kranke Israel gleichsam vom Schlaf erhoben und seine erschlafften Gliedmaßen gestreckt hat, sich umsieht in der Welt, jetzt ruft er aus: ›*Bejs Jankew, lechu unelcho*, Kinder vom Hause Jakob, kommt, lasst uns gehen!‹¹⁰ Wir sollten uns, meine Herren, auf niemanden verlassen, nicht auf Zeichen und Wunder warten und nicht auf unsere ›Großen‹ bauen, denn wenn ihr euch auf die ›Großen‹ verlasst, dann könnt ihr lange warten. Es ist viel wahrscheinlicher, vom Donner erschlagen zu werden, als einem Reichen auch nur einen einzigen Rubel für Zion zu entlocken. *Selbst*, selbst müssen wir anfangen, unser großes Gebäude zu errichten: *Im ejn ani li mi li?* Wenn *ich* nicht für mich bin, wer wird dann für mich sein?¹¹ Aber wir dürfen auch stolz darauf sein, dass wir solch eine Zeit erleben, wo Juden davon reden, eine eigene jüdische Bank zu haben! Und natürlich müssen wir darauf achten, dass Kasrilewke nicht hinter anderen Städten zurücksteht und dass Kasrilewker Juden auch einen Anteil an unserer eigenen jüdischen Bank zeichnen. Ich muss euch aber sagen, meine Herren, nach den Berechnungen, die unser Schatzmeister uns gleich vorlegen wird, haben wir bisher nicht einmal die Summe zusammen, um nur eine einzige Aktie bezahlen zu können. Es fehlt uns noch mehr als die Hälfte dazu, genau gesagt noch fünf bis sechs Rubel. Deshalb ist es nur recht und billig, Brüder, dass ihr euch gleich an Ort und Stelle anstrengt und alle sich ausrechnen, jeder für sich selbst, wie viel er aufbringen kann, damit die ganze Summe von zehn Rubel zusammenkommt. Und dass sich niemand herausredet! Sollen unsere Brüder auf der ganzen Welt erfahren, dass es in Kasrilewke auch Zionisten gibt, in denen die heilige Flamme Zions brennt. Und soll der Doktor Herzl sehen, dass seine große Mühe um uns nicht vergeblich gewesen ist! ...«

›In die Hände klatschen‹ und ›Bravo schreien‹ – davon weiß man in Kasrilewke noch nichts. Gott sei Dank weiß man es noch nicht! Der Lärm und das Geschrei waren auch so schon gewaltig genug. Hätte man obendrein noch in die Hände geklatscht und Bravo geschrien, wäre man ja glatt taub geworden! Dort in Kasrilewke aber ist es so: Wenn einer etwas gesagt hat, was den Leuten gefällt, dann geht man zu einem anderen hin und haut ihm auf die Schulter: »Was sagt Ihr zu unserem Präsidenten? Toll, was?«

»Zum Teufel noch mal, hat der ein Mundwerk!«

»Und wie der sich auskennt! Er hat doch alles zusammengemischt, Brei mit Borschtsch, Talmud und die frommen Werke und was weiß ich was noch für andere Bücher.«

»Man muss ja ein Gehirn haben wie ein Elefant, um das alles im Kopf zu behalten!«

»Na, du Rindvieh, er sitzt doch auch Tag und Nacht über den Büchern!«

Kurzum, man entschloss sich, eine Aktie zu erwerben, aber das ist leicht gesagt: ›eine Aktie erwerben‹. Wie kriegt man das nur hin? Wenn irgendwo in einem Nest, in Kasrilewke, ein paar Juden wohnen, aber die jüdische Bank ist, was weiß ich wo, in London! Da ging also jetzt ein Theater los: Briefe! Briefe dorthin, Briefe von dort nach hier. Schmaje, der Sekretär und zugleich Korrespondent der Kasrilewker Zionisten, schrieb sich die Finger wund, bis er endlich herausbekam, wo genau man das Geld hinschicken musste. Danach, als er immerhin schon genau wusste, wohin und wie man das Geld schicken sollte, tauchte ein neues Unglück für ihn auf: der Kasrilewker Postmeister! Der uns schon bekannte Kasrilewker Postmeister, ein dicker wohlgestellter Herr und ein sehr komplizierter Charakter, kann den Geruch von Knoblauch nicht vertragen (obwohl er selbst für sein Leben gerne Knoblauch isst!). Wenn mal zwei Juden gleichzeitig auf die Post kommen, hält er sich die Nase zu, fährt fort mit Schreiben und liest laut vor: »*Scholem ... Schliomke ... tschesnok*[12] ..., Knoblauch ...«. Als Schmaje ihm also das Paket reichte, schmiss er es ihm fast ins Gesicht zurück: Der Umschlag sei nicht so beschrieben, wie es sein muss. Beim nächsten Mal dieselbe Behandlung, er solle, bitte sehr, Wachs mitbringen. Beim dritten Mal fand er nichts auszusetzen; so nahm er sich das Paket vor und betrachtete es von allen Seiten, schmolz das Wachs und brachte das Siegel an. Dabei fragte er Schmaje beiläufig, ohne ihn anzuschauen, welche Geschäfte er mit London habe, dass er dort Geld hinschicke? Da ist unserem Schmaje ein Wort herausgerutscht, vielleicht wollte er sich auch vor dem Postmeister ein wenig wichtig machen (alle Korrespondenten geben ja gerne an).

»Das Geld«, sagt er »geht direkt in unsere eigene jüdische Bank.«

Der Postmeister schaute Schmaje ganz verwundert an: »*Židowske* Bank? Wie kommen Juden an eine Bank?«

Da überlegt sich Schmaje: Wo du solch ein Antisemit bist, will ich dir mal erklären, was eine *Židovske* Bank ist. Und er geht hin und erzählt ihm das Blaue vom Himmel (alle Korrespondenten übertreiben ja gerne!). Dass die jüdische Bank die erste Bank der Welt ist. Dass sie zweihunderttausend Millionen Pfund Sterling in barem Geld besitzt, in unserem Geld solch eine riesige Summe, dass man es nur schwer ausrechnen kann, denn ein

Pfund Sterling entspricht doch in unserem Geld ungefähr einem Hunderter.

Da ruft ihm der Postmeister zu, leckt dabei das Siegel mit der Zunge und drückt es auf das geschmolzene Wachs: »Sieh an, schon hast du dich verraten, ein Pfund Sterling ist kaum zehn Rubel wert.«

»Das sind einfache Pfund Sterling«, will sich Schmaje rausreden, »aber ein Pfund in Gold ist viel mehr wert.«

»*Pschol won, durak*, verschwinde, du Blödmann!«, sagt der Postmeister und lacht ihn aus. »Das kannst du deiner Großmutter erzählen! Im Juden steckt doch immer ein Halunke, ein Jude muss immer jemanden betrügen! Wenn jemand anderes als ich da säße, der würde dir was pfeifen mit deinem Paket, der würde es gar nicht annehmen! Weißt du, dass ich das Recht habe, dein Paket und dich selbst und eure ganze Gemeindeleitung zu arrestieren dafür, dass ihr unser Geld nach London schicken wollt? Wir können schuften, dass uns die Knochen brechen, und die Juden kommen her und setzen sich an den gedeckten Tisch, fressen und saufen und nehmen noch dazu unser Geld und transportieren es, der Teufel weiß wohin, in eine *Židovske* Bank!«

Schmaje sah gleich, dass er da ein ziemliches Unheil angerichtet hatte; so unterdrückte er nun jedes weitere Wort und war stumm wie ein Kätzchen. Er hätte jetzt gerne wer weiß was dafür gegeben, seine vorigen Bemerkungen zurückzunehmen; das aber war jetzt zu spät (eine ganze Reihe von Korrespondenten würden gerne ihre Schmierereien und ihre Korrespondenzen voller Lügen und Verleumdungen zurücknehmen, aber zurücknehmen geht nicht!). Unserem Kasrilewker Korrespondenten fiel ein Stein vom Herzen, als er schließlich doch die Empfangsbestätigung bekommen hatte und die Post – wenn auch wie ein geprügelter Hund verlassen konnte.

Nachdem das Geld schließlich weggeschickt war, begann das Warten. Die Kasrilewker Zionisten warteten jeden Tag auf die

Aktie. Es ging ein Monat vorbei, zwei Monate, drei Monate, vier Monate: Kein Geld war angekommen, die Ware ließ auf sich warten. Man nahm sich natürlich den Sekretär vor, also den Korrespondenten. Vielleicht hat er das Geld nicht dahin geschickt, wo es hinmusste? Oder vielleicht hat er die Adresse nicht ordentlich geschrieben, so wie es richtig gewesen wäre? Schmaje musste sich allerhand anhören. Nicht nur, dass er immer weiter Briefe ans Komitee in London schrieb, er musste auch noch die Vorwürfe der Kasrilewker Leute und ihr Gespött ertragen. Das alles setzte ihm schwer zu. Für die *Misnagdim*,[13] das heißt für die ehrlichen frommen Menschen, und für die *Chassidim*, die vom Zionismus nichts halten, war das natürlich Wasser auf die Mühle. »Haben wir nicht schon gleich gewusst, dass es so ausgehen wird«, sagten sie und reizten so die Zionisten. »Haben wir euch nicht gesagt, man wird euch die paar Gulden abluchsen und dann ›gute Nacht, Jakob!‹ Und gar nichts könnt ihr machen!«

Aber Gott hatte ein Erbarmen mit unserem Korrespondenten, und es traf tatsächlich an einem frühen Morgen ein Brief aus London ein, dass nämlich die Aktie, die er angefordert hatte, wirklich da sei, das heißt nicht hier in Kasrilewke, sondern an der Grenze. Man müsste sie nur noch abstempeln.

Wieder ging ein Monat vorbei, noch ein zweiter und dann drei und vier. Immer noch keine Aktie! Da zerrissen die Leute den Sekretär in der Luft: »Nun, wo ist denn deine Aktie? Stempelt man sie immer noch?« Wie es ihre Art ist, geizten sie nicht mit Spötteleien. Diese ganze Stempelei lag ihm schwer im Magen, mehr noch als die Aktie selbst. Er spuckte fast Blut wegen dieser Stempelei! So raffte er sich noch einmal auf und schrieb Briefe in alle Windrichtungen: ›Wie ist so etwas möglich?‹, schrieb er, wo hat man so etwas schon einmal erlebt? Dass man eine einzige Aktie so lange behält, um sie abzustempeln? Und wenn man sie mit zehntausend Stempeln stempeln müsste, so wäre sie doch auch in dem Fall inzwischen schon längst gestempelt!

Der Gesellschaft von Zionisten aber sagte er: »Ihr habt schon so lange gewartet, dann werdet ihr eben noch etwas länger warten! So lange wie es bis jetzt gedauert hat, wird es sicher nicht mehr dauern.«

Und so kam es auch. Es dauerte nicht ganz neun Monate, da kam ein Brief an auf den Namen von Reb Josifel, dem Row (unser Korrespondent wollte nichts mehr mit dem Postmeister zu tun haben!). Als dieses Paket ankam, lud man wieder zu einer Versammlung aller Mitglieder ein, und zwar direkt bei Reb Josifel selbst, im Haus des Rows also, und da ja Juden im Allgemeinen und Kasrilewker Juden ganz besonders nie Zeit haben und jeder der Erste sein will, so wundert es uns nicht, dass sich die Leute stießen und drängten und einer dem anderen ›die jüdische Aktie unserer eigenen jüdischen Bank‹ aus den Händen riss, um sie zu inspizieren.

Eine lange Zeit betrachteten die Kasrilewker Zionisten mit Bewunderung und Stolz ›die jüdische Aktie unserer eigenen jüdischen Bank‹, zuerst seufzten sie auf, dann teilte jeder seine persönliche Idee dazu mit. Es wurde ihnen etwas lebendiger und lustiger zumute, etwas leichter ums Herz, so wie einem, der in der Fremde umherirrt und sich nach Hause sehnt und auf eine Nachricht wartet und plötzlich einen sehr warmen Gruß von daheim bekommt; so etwas ist schön und zieht doch zu gleicher Zeit das Herz zusammen. Man könnte lachen vor Freude und zugleich weinen vor Rührung.

Später, als die Leute alles gut betrachtet hatten, sagte der Row, Reb Josifel, der sich nicht gerne nach vorne drängte, obwohl er doch der Rabbiner war:

»Nun, zeigt ihr sie mir auch mal?«

Er setzte sich die Brille auf die Nase, schaute und schaute, betrachtete langsam und von allen Seiten ›die jüdische Aktie der jüdischen Bank‹, und als er hebräische Buchstaben ausmachte, in der Heiligen Sprache gedruckt, setzte er sich den Sabbathut auf, sagte einen Segensspruch: ›*Schechjonu* … Der uns erleben lässt …‹,¹⁴ schaute noch einmal auf die Aktie, und sein Gesicht wurde plötzlich wehmütig, man hätte gar schwören können, dass ihm Tränen in die Augen getreten waren.

»Rebbe! Was sorgt Ihr Euch?«, fragte man ihn. »Man muss sich freuen, jetzt sollten wir tanzen! Was kommt da über Euch?«

Der Row, Reb Josifel, konnte lange nicht antworten. Er kramte aus einer Tasche irgendwo ganz hinten in seinem Kaftan, fast an den Rockschößen, eine Art Taschentuch heraus, schnäuzte sich ganz umständlich die Nase; er wischte sich die Augen, schließlich sagte er mit einem Seufzer und mit brüchiger Stimme:

»Ich hatte solch eine Sehnsucht nach Hause! Nach Hause!«

Sommerromanzen

1. ›Israel‹ und ›Palästina‹

Seit ich zurückdenken kann, war Kasrilewke eine Stadt wie alle anderen Städte auch. Im Winter saßen die Leute hinter dicht vernagelten Fenstern, im Sommer bei heruntergelassenen Vorhängen und geschlossenen Fensterläden. Wenn es aber richtig heiß wurde und die Sonne den Menschen stark zusetzte, flüchtete man in die Keller, schlief nachts draußen und rang vor Hitze fast mit dem Tode.

Nun, was soll's? Die Leute sind trotz alledem nicht gestorben. Das heißt, gestorben sind sie natürlich schon, aber nicht wegen der Sonne, nicht weil es draußen so heiß war.

Jetzt aber solltet Ihr mal sehen, welch eine Panik die Kasrilewker Juden veranstalten, wenn der Sommer kommt. Es wird ihnen zu warm in der Stadt, heiß und stickig ist es, und alle Leute reden von der Luft, von frischer Luft, von *wosduch* nämlich, und drängen darauf, hinauszufahren in die Sommerfrische, zur ›Datscha‹. Und dazu muss man nicht wer weiß wohin fahren. Die Kasrilewker haben Gott sei Dank ihre Sommerfrische direkt vor der Nase, in Kasrilewke selbst. Das heißt, nicht direkt in der Stadt, aber nicht weit von der Stadt, gerade außerhalb, in einem Gebiet mit Namen *Slobodka*,[1] Vorstadt: die alte Kasrilewker *Slobodka*, wo wir Chederjungen früher, mit hölzernen Schwertern und angemalten Steinschleudern bewaffnet, in den Krieg gezogen waren, wenn der schöne Tag *Lag-be'ojmer* kam. Heute aber ist unsere *Slobodka* gar nicht wiederzuerkennen.

Früher gehörte das Terrain Gojim, heute aber gehört es Juden. Das heißt, es gehört auch heute den Gojim, denn es ist ja ein Gebiet *mechuz lo'ir*, extra muros, und außerhalb der Stadtgrenze dürfen sich Juden doch nicht aufhalten.[2] Aber während der Sommerzeit beim Goj auf Sommerfrische zu wohnen, das ist erlaubt. Das heißt, erlaubt ist es eigentlich nicht, aber wenn Ihr den Polizeikommissar ein bisschen schmiert und wenn Ihr eine ärztliche Verordnung aus der Tasche zieht, dass Ihr krank seid und *wosduch* braucht, frische Luft, dann lässt man Euch schließlich und endlich doch rein ins verbotene Paradies.

Ich blieb einmal den ganzen Sommer über in Kasrilewke und war Zeuge, wie sich die Leute auf den Weg machten; kleine und größere Fuhren schleppten sich hinaus, ganze Karawanen, von unten bis oben mit allem Notwendigen beladen: Stühlen und Tischen, großen Betten und Kinderbetten, Töpfen mit Deckeln, Samowaren der edelsten Sorte, Kissen und Daunendecken, alten Frauen und Kleinkindern, dem ganzen Kasrilewker Krempel. Da überfiel auch mich der böse Trieb: Auch ich will in die Sommerfrische fahren! Also mietete ich ein Fuhrwerk und machte mich auf zur *Slobodka*.

Während der Fahrt fragt mich der Fuhrmann Ephraim, ein Enkel von Jankel Bulgatsch, ein junger Mann mit weißer Chemisette und Halbstiefeln, wohin genau ich fahren wolle, nach ›Israel‹ oder ›Palästina‹?

»Zuerst nach ›Israel‹, später dann nach ›Palästina‹«.

Hier müssen wir kurz unterbrechen und dem Leser erklären, von welchem ›Israel‹ und von welchem ›Palästina‹ hier die Rede ist. Nun, es ist alles sehr einfach, und wenn man Euch das Ganze im Zusammenhang zu verstehen gibt und Ihr alles gut bedacht habt, so werdet Ihr von selbst feststellen, dass es anders gar nicht heißen könnte. Die Sache verhält sich so: Zuerst begann natürlich der *Pnej*, die besseren Leute, die Reichen, die angesehenen Kasrilewker Aristokraten, zur *Slobodka* hinauszufahren und sich dort einzurichten. Danach die Mittelschicht und zum Schluss auch die armen Leute, die ›gemeine Masse‹. Da war endgültig Schluss mit der gojischen *Slobodka*. Das Ganze wurde eine jüdische Siedlung, und man gab ihr den Namen ›Israel‹. Aber als nun immer mehr Kasrilewker Juden hinausfuhren, wurde ›Israel‹ immer größer und wuchs, es wurde bald sogar ein bisschen eng dort. Da fingen also die reichen Leute an, sich wieder von der *Slobodka* zu entfernen, immer weiter weg, immer tiefer in die Siedlung hinein, höher und höher hinauf, auf die andere Seite des Berges, und mit der Zeit wurden aus der einen *Slobodka* zwei *Slobodkas*, die alte *Slobodka*, also ›Israel‹, wo jetzt die armen Leute sitzen, und die neue *Slobodka*, wo sich die Aristokraten einrichteten, und diese krönte man mit dem Namen ›Palästina‹. Das heißt, es ist auch ›Israel‹, aber doch nicht einfach ›Israel‹. ›Palästina‹ ist moderner, edler, aristokratischer!

Es versteht sich von selbst., dass es in ›Palästina‹ viel schöner ist als in ›Israel‹. In ›Palästina‹ könnt Ihr ganz neue Häuser sehen, *Höfe* mit farbigen Bretterzäunen, üppige Obstgärten, grüne Gemüsebeete, duftende Blumen, alles genau so, wie man sich eine Sommerfrische vorstellt. In ›Israel‹ gibt es das alles nicht. Gojische, mit Stroh gedeckte Häuser, die Wände innen und außen mit grauem Lehm verputzt; es riecht nach Mist und Kühen und ein bisschen säuerlich. Dabei ein kleiner Hof, groß wie eine Nussschale oder eher wie ein Schweinestall. Ein Hahn spaziert mit seinen Hühnern herum, überall seht Ihr Unkraut, Brennnesseln und Dornen, alles in die Höhe geschossen. Das alles ist das Paradies der Kasrilewker Sommerfrischler in ›Israel‹. Und damit sind die Leute zufrieden, wenn man nur mit Gottes Hilfe den Goj bezahlen kann und dann noch etwas zum Essen übrig bleibt, dann hat man doch das wahre Glück auf Erden und genießt alle Freuden dieser Welt. Ein wahres Paradies! Die Frauen bereiten kalten Borschtsch mit Sauerampfer, sie halten den Samowar mit Kienspänen, kleinen Holzstücken und getrockneten Pinienzapfen am Kochen, so braucht man keine Kohlen.

Die Männer entledigen sich ihrer Kaftane, sie setzen sich auf die blanke Erde, man schaut zum heißen, sengenden Himmel hinauf und nimmt einen wunderbaren Duft wahr, einen Duft, wie man ihn in der Stadt noch niemals wahrgenommen hat. Und dann erst die Kinder! Von den Kindern muss man nicht groß reden! Für jüdische Kinder eröffnet sich doch eine neue Welt, wenn der Sommer auf der Datscha naht! Nicht nur *eine* neue Welt, sondern alle die dreihundertzehn Welten aus dem Talmud zusammen![3] Schon das Gras hier, richtiges Gras! Als wenn das nichts wäre! Und dann Brennnesseln, Ihr meint vielleicht, das alles kann man vergessen? Und wie wunderbar kann man mit Knallbeeren spielen. Und trockener Reisig ist da! Und Kiefernzapfen! Grüne Stachelbeeren! Rote Johannisbeeren! Gelbe Sonnenblumen! Weiße Spinnfäden! Und mit eigenen Augen kleine Küken sehen können, gerade erst aus dem Ei geschlüpft! Und dann junge Entchen! Wenn sie gehen, dann watscheln sie, wie wenn eine Kasrilewker feine Madam am Sabbat spazieren geht! Und Ihr meint vielleicht, das zählt gar nichts, dass man mitten auf der Straße ganze Hände voll Staub einfach in die Luft werfen kann, um damit ›ägyptische Finsternis‹[4] zu spielen? Und welch ein Vergnügen macht es, einem vollgeladenen Wagen mit gerade erst geerntetem Getreide nachzurennen und von hinten ein paar Ähren rauszureißen, ohne dass der Goj es bemerkt! Und dann noch der Teich, wo man gleich mehrere Sachen auf einmal unternehmen kann: Fische fangen, sich baden, schwimmen und wer weiß was sonst noch! Das Schönste ist das Baden, ohne Ende könnte man dort baden, sich den ganzen Tag lang gegenseitig bespritzen, wenn nicht die Gassenjungen von den Christen da wären, zur Hölle sollen sie fahren! Genau in dem Moment tauchen sie auf, wenn jüdische Kinder gerade ihre kleinen Gebetstücher[5] von sich geworfen haben; jetzt sind sie bei den Hosen, da fangen diese Kerle an zu lachen und mit Steinen zu schmeißen. Sie lärmen und johlen und schreien: »Hej, *Zhidatschkis, Lajbserdakis, Zizzelchen*[6], hej!«

Und die jüdischen Kinder ziehen sich schnell wieder an, sie zittern wie verschreckte Lämmer, und das Blut gerinnt ihnen in den Adern.

***

Wer in der Sommerfrische wohnt, kann sich, abgesehen vom eigenen Vergnügen, auch noch groß vor den anderen herausstellen: »Wohin werdet Ihr diesen Sommer ›auf Datscha‹ gehen, meine liebe Sore-Broche, so es Gott will und nichts dazwischenkommt?« »Diesen Sommer habe ich mir vorgenommen, dass ich, so Gott will und ich es erlebe, zu Nikolaj dem Grobian nach *Erez-Jisroel* gehen werde. Und Ihr, Chane-Mirel, meine Teuerste, dass Ihr mir nur gesund bleibt, wo wollt Ihr diesen Sommer hin, so Gott es will und es uns gewährt?« »Ich, meine teuerste Sore-Broche, habe mir vorgenommen, zu Hawriliche der Beduselten in *Erez-Jisroel* zu gehen, wenn Gott es uns erleben lässt. Sie hat eine sehr anständige Datscha.« So unterhalten sich zwei Kasrilewker Hausfrauen, jede hält dabei ihr fleischiges Doppelkinn in der Hand und schaut die andre mit großem Stolz an, so als ob sie zwei Jehupezer[7] Damen wäre, die schon alles haben und alles besitzen und denen nichts zum Leben fehlt als nur noch eine Datscha.

2. Wer sind die Leute?

Folgende Geschichte nun ereignete sich an einem Freitag, mitten in der Hauptsaison der Sommerfrische. Es herrschte eine mörderische Hitze. Die Kasrilewker Menschen sputeten sich, um am Sabbat in ›Israel‹ anzukommen, schreiend und gestikulierend erkämpften sie sich einen Weg zu Awremel dem ›Lokalbahnführer‹ und in seinen Packwagen hinein. Die Leute traten einander auf die Köpfe und prügelten sich buchstäblich um die Plätze. Awremels ›Lokalbahn‹ ist ein reines Produkt des Kasrilewker Fortschritts, der modernen Verhältnisse in Kasrilewke. Im Grunde genommen ist es ein ganz normaler Wagen; früher einmal war es jedenfalls ein einfacher Planwagen, man hatte ihm die Planen weggenommen, in der Länge des Wagens zwei Bänke einander gegenübergestellt – und fertig! ›*Wajikro schmo beJisroel*, ihr Name wurde genannt‹:[8] *Kolejke,* die Lokalbahn. Das Ganze hatte Awremel sich selbst ausgedacht und zustande gebracht; und nun zieht er seinen Verdienst daraus, bis auf den heutigen Tag.

Awremel selbst, der Fuhrmann und Besitzer der Lokalbahn, stand noch an der Seite, eine Zigarette im Mund, er schaute zufrieden zu, wie sich die Menschen um seine Lokalbahn schlugen. Den Hut hatte er nach hinten gerückt, und man sah seine breite, gefurchte, rötliche und stark verschwitzte Stirn. Einen Arm hatte er hinter dem Rücken verschränkt, ein Auge war geschlossen, das andere schaute vergnüglich, so als wollte er in seiner Fuhrmannssprache sagen: »Haut euch nur, ihr Juden, stoßt euch, reißt euch meinetwegen in Stücke, beißt euch. Ich will nur gerade meinen Glimmstängel zu Ende rauchen, dann wird euch schon Hören und Sehen vergehen.«

Und so geschah es. Er spuckte den Rest seiner Zigarette aus, krempelte sich die Ärmel hoch und nahm sich dann die Reisenden vor, um etwas *porondek*, etwas Ordnung im Wagen zu schaffen. Schweigend, ohne ein Wort, aber auch ohne viel Federlesens zerrte er den einen bei der Hand, den anderen am Bein aus dem Wagen heraus, so als handelte es sich nicht um lebendige Menschen, sondern um Säcke mit Kartoffeln oder mit Meerrettich oder Mohrrüben. Es interessiert ihn nicht im Geringsten, ob Ihr über ihn schimpft oder ihn anschreit. Hört er Euch überhaupt? Hier ist er der Besitzer und Meister. Und nicht nur der Besitzer, sondern hier ist er der Zar. Und nicht nur Zar, sondern der *samoderzhez*, der Alleinherrscher über alles. Denn er ist doch der Einzige in seinem Geschäft. Die Lokalbahn war seine Idee; er hat sie sich ausgedacht und in Gang gesetzt. Vor

Konkurrenz hat er keine Angst, denn erstens soll mal einer wagen, es ihm nachzutun. Niemand wird den Mut haben, mit solch einem Schlawiner wie ihm Streit anzufangen. Das ist schon mal Nummer eins. Und zweitens, wie werden sich denn zwei Kutschen behaupten können, wenn auch die einzige *Kolejke* die ganze Woche über nichts zu tun hat außer am Freitagabend vor Sabbat? Und so hat Awremel sein festes Einkommen und fürchtet sich vor niemandem außer vor Gott.

Eine Minute also verstreicht, und schon sitzt der Fuhrmann Awremel auf dem Kutschbock, ein kurzes Ziehen der Zügel, ein Schlag mit der Peitsche, ein Zungenschnalzer, und die vollbesetzte *Kolejke* setzt sich in Bewegung. Das war es. Die zurückgebliebenen Passagiere werden notgedrungen warten müssen, bis er ein zweites Mal aus ›Israel‹ nach Kasrilewke zurückkommt. Wer sich aber nicht so lange gedulden will, dem wird nichts anderes übrig bleiben, als die Beine unter die Arme zu nehmen und zu Fuß zum Sabbat nach ›Israel‹ aufzubrechen.

Genau aber in diesem Augenblick, als die vollbesetzte *Kolejke* angefahren war, tauchten wie aus dem Nichts noch zwei weitere Fahrgäste auf, eine Frau und ein schon erwachsenes Mädchen. Die Frau von allen Seiten mit Körben und Päckchen behangen, das Mädchen in Hut und Schirm, mit hellblauen Handschuhen. Die Frau total verschwitzt, mit etwas angeschmutzten Kleidern, in höchster Aktion und Erregung, mit rot erhitztem Gesicht – sie weiß nicht, wo ihr der Kopf steht. Das Mädchen, aufgeputzt wie eine Demoiselle, in kurzem Kleidchen, trippelt mit zierlichen Schritten in lackierten Stiefeletten mit derart hohen Absätzen, dass man nicht begreift, wie es sich überhaupt fortbewegen kann.

Ohne sich darum zu kümmern, dass die *Kolejke* schon angefahren war, hielt sich die erregte und gehetzte Frau mit einer Hand am fahrenden Wagen fest; sie achtete nicht darauf, dass dies für sie selbst lebensgefährlich war, sondern rief auch noch dem aufgeputzten Mädchen von weitem zu:

»Schneller, Estherl, schneller! Klammere dich mit der Hand am Wagen fest, sonst werden wir zu spät kommen!«

Und dem Fuhrmann rief sie zu: »Reb Awremel!, Gott behüte Euch, warum rast Ihr denn so? Es ist noch lange bis Sabbat. Ihr werdet schon rechtzeitig ankommen!«

Aber Awremel, der Herr über die Lokalbahn, verspürte wenig Lust, den Wagen anzuhalten, im Gegenteil, es packte ihn ein starker Ehrgeiz – und fuhrmännischer Ehrgeiz ist lebensgefährlich! Er zog kurz an den Zügeln, bedachte die Frau mit ein paar saftigen Schimpfwörtern und ließ dabei seinen Zorn auf ganz Kasrilewke heraus:

»Der böse Geist fährt in sie alle, wenn der Freitag kommt. Die ganze Woche kriegt man niemanden zu Gesicht. Was für eine Stadt, dass sie im Feuer verbrenne! *Allez, hopp,* meine Spatzen, dass die Cholera eure Väter hole!«

Und er zog den ›Spatzen‹ eins mit der Peitsche über, damit sie sich ein wenig sputeten. Und mit derselben Peitsche, mit der er die ›Spatzen‹ traktierte, zog er der hartnäckigen Frau eins über den Arm und gab ihr so unmissverständlich zu verstehen, dass sie endlich den Wagen loslassen solle.

Damit wäre dieser Zwischenfall zu seinem Ende gekommen, hätte sich jetzt nicht innen in der Lokalbahn ein ›Kavalier‹ gefunden, ein junger Mann nämlich in weißen Hosen, mit einem breiten gelben Gürtel, von dem ein kleines stählernes Hufeisen an einem Lederkettchen herabbaumelte. An den Füßen trug er weiße Schuhe, auf dem Kopf einen kleinen Strohhut. Ein glattrasiertes Gesicht nach der Art von Künstlern. Auch er war total verschwitzt.

In einem einzigen Augenblick sprang dieser junge Mann gekonnt aus der *Kolejke* und bugsierte unter Lebensgefahr zuerst die Frau und dann das Mädchen in die Lokalbahn hinein, wo sie zu Füßen der anderen Passagiere landeten. Als er aber anschließend wieder aufspringen und selbst Platz nehmen wollte, drängte ihn jetzt Awremel, der Besitzer der *Kolejke*, zurück. Der Fuhrmann war so wütend über den Auftritt des rasierten Kavaliers in den weißen Hosen und mit dem stählernen Hufeisen, dass er es nicht mehr auf dem Kutschbock aushielt. Mit einem kräftigen »Brrr!« brachte er die Pferde zum Stehen, sprang im Nu von der Lokalbahn herunter und ging direkt auf den jungen Mann mit dem stählernen Hufeisen zu; dabei funkelten seine Augen, sein Gesicht glühte und seine Stirn war nass vor Schweiß. Der junge Mann, unser Held, verstand natürlich sofort, dass diese Sache nicht so glatt für ihn ablaufen würde; darum stellte er sich selbst in Position, richtete sich steif auf und wandte sich entschlossen dem Besitzer der Fuhre entgegen, bereit, jede Herausforderung anzunehmen. Auch die Gäste in der Kutsche verstanden gleich, dass sie hier etwas Schönes erleben würden, sie machten sich auf allerhand gefasst und betrachteten interessiert die zwei Helden, den Fuhrmann mit der Peitsche in der Hand und den jungen Mann mit dem Hufeisen, wie sie da einander gegenüberstanden, aufgeplustert wie zwei Hähne, und einander mit kurzen aber scharfen Worten traktierten.

Diese Unterhaltung ist hochinteressant und passt hervorragend in einen Roman; daher soll ihr ganzer Dialog hier Wort für Wort wie in einem Stenogramm wiedergegeben werden:

Awremel, der Lokalbahnbesitzer: »Sag mal, junger Mann, der da wie eine wildgewordene Ziege herumspringt, woher kommst du, wieso kenne ich dich nicht?«

Der junge Mann mit dem Hufeisen: »Es geht Euch gar nichts an, wer ich bin!«

Awremel, der Lokalbahnbesitzer: »Was heißt, es geht mich nichts an? Weißt du überhaupt, mit wem du da sprichst?«

Der junge Mann mit dem Hufeisen: »Warum sollte ich es nicht wissen?«

Awremel, der Lokalbahnbesitzer: »Wenn du also weißt, wer ich bin, so frage ich dich: Was bist du für ein Klugscheißer, dass du mir ohne meine Zustimmung neue Passagiere in die Kolejke holst? Und was hast du mit diesen Frauen zu tun?«

Der junge Mann mit dem Hufeisen: »Was ich mit ihnen zu tun habe? Das geht Euch gar nichts an. Seht Ihr nur zu, dass Ihr Euch auf Euren Platz setzt, den Pferden eins mit der Peitsche übergebt und endlich nach ›Israel‹ fahrt!«

Awremel, der Lokalbahnbesitzer: »Das meinst du also? Und ich sage dir, ich werde keinen Finger rühren, bis diese Dame und dieses Mädchen aus der Kolejke ausgestiegen sind!«

Der junge Mann mit dem Hufeisen: »Was soll das heißen?«

Awremel, der Lokalbahnbesitzer: »Genau was ich dir sage. Lieber will ich hier auf der Stelle tot umfallen oder die Pest soll deinen Vater holen!«

Der junge Mann mit dem Hufeisen: »Es ist Euer letztes Wort? Ihr werdet Euch nicht von der Stelle rühren, sagt Ihr?«

Awremel, der Lokalbahnbesitzer: »Auf keinen Fall.«

Der junge Mann mit dem Hufeisen: »Für kein Geld auf der Welt nicht?«

Awremel, der Lokalbahnbesitzer: »Nicht für eine Million!«

Der junge Mann mit dem Hufeisen: »Und für zwei Millionen?«

Awremel, der Lokalbahnbesitzer: »Nicht mal für zehn Millionen!«

Der junge Mann mit dem Hufeisen: »Nicht mal für zehn Millionen? Nun, dann also auf Wiedersehen! Lasst mal wieder von Euch hören!«

Und ehe der Lokalbahnbesitzer von neuem den Mund öffnen konnte, saß schon der junge Mann mit dem Hufeisen auf dem Kutschbock der Lokalbahn, nahm die Zügel in die Hand und mit Krach und Pfeifen und dem Ruf: »*Wjo*, ihr Spatzen, macht mal Füßchen, dalli dalli!«, setzte sich die *Kolejke* von Kasrilewke aus in Richtung ›Israel‹ in Bewegung, aber mit solch einer Wucht und solch einem Rütteln und Krachen und Hin- und Herschwanken, dass sich die Fahrgäste am Gestänge des Wagens festhalten mussten. Die Frauen ließen ein gellendes Schreien hören, gemischt mit Gelächter und Kreischen.

Natürlich kreischten die Frauen aus Angst, sie könnten, Gott bewahre, vom Wagen herunterfallen. Lachen aber mussten sie alle über Awremel, den Wagenbesitzer, wie er jetzt der Lokalbahn hinterherlief, mit der Peitsche fuchtelte und dabei schrie, man solle die Pferde anhalten, gleichzeitig aber furchtbar schimpfte und allen zugleich die Pest an den Hals wünschte. Niemand aber hörte auf ihn – es war eine echte Komödie! Ganz ›Israel‹ kam aus seinen Datschen nach draußen, man drängelte sich auf den Veranden und sah sich diese Komödie an: Da kommt die Lokalbahn mit Getöse daher, irgendein unbekannter junger Mann sitzt auf dem Kutschbock, treibt mit der Peitsche die Pferde an, Männer halten sich krampfhaft fest, Frauen kreischen, und Awremel selbst, der Besitzer der *Kolejke*, läuft in großem Abstand dem Wagen hinterher, er gestikuliert mit den Händen wie ein Verrückter – was kann das alles bedeuten?

***

Jetzt fragt Ihr sicher erst einmal: Wer sind diese Frau, das Mädchen und der junge Mann mit dem Hufeisen? Und in welcher Beziehung steht er zu ihnen, dass er sich um ihretwillen sogar in Lebensgefahr bringt? Die natürliche Begrenzung eines Kapitels gibt uns leider nicht die Möglichkeit, alles auf einmal zu erzählen. Deshalb muss der geschätzte Leser sich in Geduld üben und die nachfolgenden Kapitel lesen; dann wird ihm alles klar werden.

3. *Purim und Tischebow*

Wer hätte geglaubt, dass durch die Regierungserlasse, mit denen man die Juden aus den Dörfern vertrieben hatte,[9] Kasrilewke eine große Stadt werden würde und dass die Kasrilewker Datschen ›Israel‹ und ›Palästina‹ mit jüdischen Menschen übervölkert und in der ganzen Welt bekannt werden sollten? Es ist ja immer so: Aus dem Ruin des einen wird der andere aufgebaut, durch des einen Niedergang kommt ein anderer zu Ehren, und wenn *Euch* ein Unglück widerfährt, so wird *mir* dadurch gerade geholfen. Es ist alles so von oben her bestimmt, keiner trägt die Schuld daran, Kasrilewke schon mal gar nicht. Schließlich hat ja Kasrilewke nicht gewollt, dass man die Juden aus Jehupez, also aus Kiew, vertreiben würde. Aber sie wurden vertrieben. Und Kasrilewke erhöhte den Preis für Wohnungen und Geschäfte; ihre Datschen, ihre Sommerhäuser wurden so kostbar wie Gold. Besonders kletterten die Datschen auf der Rückseite des Hügels in die Höhe, im jüdischen Teil, in ›Israel‹. Von Jehupez und von Bojberik, von überallher kamen die Menschen in die Sommerfrische gefahren. Und die Kasrilewker Juden, die berühmten ›Weltexploiteure‹, begriffen die Sache sofort und nutzten die besondere Lage nach bestem Vermögen aus. Man ging dazu über, Häuser von Christen zu mieten, man eröffnete Geschäfte, in der Regel Kolonialwarenläden und Lebensmittelläden. Kioske mit Selterswasser und allerhand anderen Getränken, auch Gaststätten, Hotels und Pensionen. Vor allem Pensionen! Die Kasrilewker Juden stürzten sich auf Pensionen wie die Heuschrecken und riefen dadurch eine gefährliche Konkurrenz hervor. Bisher zählen wir in ›Israel‹ nicht mehr als zwei Pensionen, aber es wird schon von einer dritten gemunkelt und einer vierten und sogar einer fünften Pension. Das ist die alte Kasrilewker Krankheit: Wenn einer sagt, er lässt sich die Nase abschneiden, so muss es für mich auch gut sein!

Natürlich kann man nicht vorhersagen, wie viele Pensionen es irgendwann einmal in ›Israel‹ geben wird. Aber die zwei Pensionen, auf die es ›Israel‹ bisher gebracht hat, sind es wert, in einem extra Buch beschrieben zu werden; und wenn es ihnen beschert ist, so werden sie sogar unsterblich werden!

Die erste Pension befindet sich am Rande der Stadt, weit draußen, in der Nähe des neuen jüdischen Friedhofs, auf der anderen Seite der Brücke, genau da, wo die gojischen Häuser anfangen; sie trägt den schönen romantischen Namen ›Erquickung‹. Die Eigentümerin, die die Pension führt, heißt mit richtigem Namen ›Alte‹,[10] aber alle Leute nennen sie die ›Erquickliche‹. Wenn zum Beispiel eine Frau aus Kasrilewke die andere fragt: »Wo werdet Ihr wohnen, liebste Berel?«, so antwortet diese ihr mit einem Singsang: »Was heißt, wo ich wohnen werde, natürlich bei der ›Erquicklichen‹, wo denn sonst?« Der Name ist natürlich ein bisschen zu lang und er klingt auch nicht so vornehm, und nicht jeder wird ihn so leicht aussprechen können. Nur zum Beweis: Versucht Ihr mal schnell und exakt und ohne Atem zu holen auszusprechen: in der ›Erquickung‹ bei der ›Erquicklichen‹! Bestimmt werdet Ihr Euch verhaspeln. Dafür aber hat die ›Erquickung‹ einen Vorteil – die Datscha sticht mit ihrer Veranda hervor, einer großen breiten Veranda, was sage ich, Veranda – so riesig und groß wie ein Ackerfeld ist sie, und wenn man auf dieser Veranda sitzt und der Samowar wird herausgestellt, und man setzt sich gemütlich hin, trinkt ein Glas Wissozki-Tee,[11] dann ist das doch das pure Vergnügen, einfach göttlich! Dreißig Menschen können dort Tee trinken. Versteht sich natürlich, nicht alle gleichzeitig, sondern hintereinander, einer nach dem anderen. Seht Ihr dagegen die Pension, die der ›Erquickung‹ genau gegenübersteht und die den illustren Namen ›Paradies‹ trägt, die kann man in dieser Hinsicht, entschuldigt bitte, glatt vergessen, denn sie hat nicht die Spur einer Veranda. Dafür aber hat das ›Paradies‹ einen Garten, der es mit zehn Verandas aufnehmen kann. In diesem Garten wächst nämlich alles, was man sich nur vorstellen kann: Zwiebeln und Rettich, Knoblauch und Meerrettich, dazu Unkraut und Brennnesseln und Sonnenblumen, deren Kerne man den ganzen Winter hindurch kauen kann, bis Pessach. Und wenn Gott hilft und alles kräftig wächst, dann werden das Unkraut und die Brennnesseln fast die Größe eines Menschen erreichen und die Sonnenblumen sind noch höher als Menschen.

Es versteht sich von selbst, dass beide Pensionen wegen der Konkurrenz einen bitteren Krieg führen. Was die eine Seite über die andere erzählt, soll besser im Meer des Vergessens versunken bleiben. Zum Beispiel erzählt die ›Erquickliche‹ über das ›Paradies‹, dass dort die Gäste nur von der frischen Luft leben müssen, weil es nichts anderes gibt, und das ›Paradies‹ wiederum erzählt über die ›Erquickung‹, wie sich die Leute dort dermaßen zanken und prügeln, dass die meisten Pensionsgäste es vorziehen, das ganze Jahr über draußen zu übernachten. Das ist natürlich alles nicht wahr, denn weder im ›Paradies‹ noch in der ›Erquickung‹ trifft man das an, was man frische Luft nennen kann, und in *beiden* Pensionen fallen die Gäste übereinander her, sie schlagen und beißen und verfluchen sich gegenseitig und wünschen einander tausend Tode. Dafür kann aber niemand etwas, es ist nach Gottes Willen so beschlossen. Es kann Euch sogar passieren, dass Ihr im größten und teuersten Hotel der Welt absteigt und Ihr schlaft die ganze Nacht durch bis frühmorgens; keiner tut Euch was. Ein anderes Mal aber steigt Ihr in einer wüsten finsteren Herberge ab, in einem Zimmer, so winzig wie eine Nussschale, und trotzdem fällt man von allen Seiten über Euch her, und Ihr könnt Euch nur wundern, wieso es hier nur so von Menschen wimmelt.

Die Zimmer in den beiden erwähnten Pensionen sind nicht besonders groß und auch nicht besonders hell. Dafür aber kostet es dort nicht viel. Man kann sogar sagen: Es ist preiswert, ja spottbillig. Zum Beispiel: Für drei Rubel in der Woche habt Ihr praktisch alles zur Verfügung, eine Datscha, eine Veranda dazu und ›frische Luft‹ so wie auch Essen. Nun, was das Essen angeht, ist es vielleicht besser, dort nicht zu essen. Denn wenn Ihr dort esst, werdet Ihr danach wohl oder übel, wie man erzählt, die Kasrilewker Ärzte aufsuchen müssen, die es übrigens auch an sich haben, übereinander herzufallen. Die Ärzte werden Euch mit Apothekerprodukten versorgen, mit Kräutern und Tabletten und Pillchen, und schließlich werden sie Euch nach Karlsbad oder Bad Ems oder gar noch weiter schicken, an solch einen Ort, zu dem man ohne besonderen Pass fahren kann und wo man sich nicht heimlich über die grüne Grenze stehlen muss. So weit zu den Kasrilewker Pensionen in ›Israel‹. Jetzt aber wenden wir uns den Helden unseres Sommerromans zu.

***

Die gehetzte und stark beschäftigte Frau, die, wie sich der Leser erinnern wird, von dem jungen Mann mit dem Hufeisen so heldenhaft zu Awremel in die *Kolejke* bugsiert worden war, diese Frau ist keine andere als die Besitzerin des bereits erwähnten ›Paradieses‹. Und das schöne junge Mädchen namens Esther, wenn der werte Leser sie noch vor Augen hat, ist ihre Tochter. Der Held selbst aber, der junge Mann mit dem Hufeisen – war ihr Gast, ihr Pensionär! Die Besitzerin der Pension ›Paradies‹ stammt selbst aus Kasrilewke und trägt einen merkwürdigen Namen. Richtig heißt sie Sarah, aber alle nennen sie Sarah von Mojsche Purim. Und weshalb? Weil ihr Mann Mojsche Purim heißt. Und unter der Hand wird auch ihre Tochter so genannt: die Esther von Mojsche Purims Sarah. Es ist wahr, der Name klingt nicht gerade poetisch! Ihr dürft Euch aber nicht wundern. Es gibt in Kasrilewke eine Menge schlimmerer Namen. Da habt Ihr zum Beispiel eine Auswahl aus der Namensliste eines dort ansässigen zionistischen Vereins: Jankel *Zerrissener*, David Lejb *Johannistraub*, Chaim *Nieundnimmer*, Mendl *Zehngebot*,[12] Beni *Haumichblau*, Salman *Achterbahn*, Naftali *Tanzmitmir* und noch eine ganze Reihe solcher merkwürdigen Namen, von denen keiner sagen kann, woher sie stammen, mag er auch noch so klug sein. Genau dieser Mann von Mojsche Purims Sarah, also Mojsche Purim selbst, ist von Haus aus Schneider. Aber weil es in Kasrilewke wenig zu verdienen gibt und weil seine Frau Sarah den Ruf hat, dass sie vorzüglich Fisch kochen und außerdem Gebäck backen und Marmelade zubereiten kann, und weil sie andererseits schon einen Sommer lang in ›Israel‹ auf Sommerfrische gewohnt hatten, erkundigten sie sich bei einem ihrer Bekannten, einem Goj, nach einem Landgut mit Garten, genau gegenüber der ›Erquickung‹; sie mieteten beides von ihm, den Hof und den Garten, sie verputzten das Haus innen und außen mit hellem Lehm, und sie hängten ein Schildchen nach draußen, mit großen jiddischen Buchstaben: ›Das Paradies von Mojsche Purims Sarah. Koscher‹.

Das ärgerte natürlich die Besitzerin der ersten Pension ›Erquickung‹ nicht wenig; sie schleppte Mojsche Purims Sarah vor den Rabbiner zu einem Rechtsentscheid. Sie hätte, so argumentierte sie, schon so kaum Verdienst und Einkommen, sie wüsste nicht, wie sie ihr Leben bestreiten könne, so argumentierte sie, jetzt aber kommt diese Sarah von Mojsche Purim mit ihrem ›Paradies‹ genau gegenüber ihrer ›Erquickung‹ und will ihr das bisschen Einkommen kaputtmachen! Mojsche aber, also Mojsche Purim Sarahs Mann, führte an, dass auch er ein Mensch ist und Rechte hat und sich bemüht, auch sein Stückchen Brot zum Leben zu bekommen, und wer kann ihm bitteschön sagen, von woher er Verdienst kriegen soll?

Natürlich, hätte der alte Row Reb Josifel, er ruhe in Frieden, noch gelebt, er hätte sicher eine Lösung gefunden, wie man die beiden Parteien hätte einigen können! Ja, ja, ›traurig sind wir über jene, die uns verließen und nicht mehr da sind‹, wie Raschi sagt.[13] Solch einen Row wie es Reb Josifel war, gibt es nicht mehr! Jetzt leben in Kasrilewke zwei Rabbiner, und beide können sie nicht miteinander auskommen. Sie mögen es mir verzeihen, aber zwei Katzen in einem zugebundenen Sack leben friedlicher und einträchtiger zusammen als diese beiden Rabbiner. Und natürlich haben die Leute kein bisschen Respekt vor ihnen. Doch wir sind bei den Helden unseres Romans stehen geblieben und dann irgendwie bei den Rabbinern gelandet. Der Leser wird hoffentlich so freundlich sein und uns verzeihen.

Kurzum, beide Frauen, Mojsche Purims Sarah und Alte, die ›Erquickliche‹, begegneten einander einmal in Kasrilewke in einem engen Gässchen, kurz nach Pessach war es, bevor die Sommersaison angefangen hatte, und es entwickelte sich, wie man erzählte, zwischen ihnen ein hässlicher Streit. Aber auch der brachte nichts, und so erschien einmal in der Frühe – es war zu Beginn der Saison – im ›Paradies‹ der Landpolizist mit zwei Soldaten, riss das Schild, Ihr müsst schon entschuldigen, mit der jiddischen Aufschrift herunter und brummte der Besitzerin noch drei Rubel Strafe auf, weil sie sich erlaubt hatte, ein Schild auf Jiddisch herauszuhängen. Mojsche Purims Sarah verstand sehr gut, dass die ›Erquickliche‹ das alles angezettelt hatte. Sie zahlte dem Polizisten die drei Rubel, legte gleich noch einen Fünfer dazu und machte sich dann ihrerseits ans Werk. Sie brachte das Schild wieder an, und es ist dort zu sehen bis auf den heutigen Tag. Denn wenn es einem Menschen bestimmt ist, dass er sein Auskommen haben soll, dann können sich seine Feinde auf den Kopf stellen und sich halb umbringen, es wird ihnen gar nichts helfen.

Die ›Erquickliche‹ musste wohl oder übel zusehen, wie es ihr gegenüber bei Mojsche Purims Sarah im ›Paradies‹ immer vollgestopft und gedrängt war mit Pensionsgästen – und mit welcher Art von Gästen noch dazu! Nehmt nur zum Beispiel den Menschen mit den weißen Hosen und dem Hufeisen. »Geld spielt bei ihm keine Rolle; mit solch einem Pensionär leckt man einen feinen Knochen ab, dass sie daran ersticke, Herr des Himmels!« Mit solch guten Wünschen bedachte die ›Erquickliche‹ ihre Konkurrentin. Und sie hatte wahrhaft Grund genug dafür! Denn stellt Euch vor: Der junge Mann mit dem Hufeisen war früher mal *ihr* Gast gewesen! Das heißt, er war früher in der ›Erquickung‹ abgestiegen. Danach hat ihn aber der Teufel hinübergetrieben, ins ›Paradies‹! Und was meint Ihr wohl warum? Natürlich wegen der Tochter von Mojsche Purims Sarah, dieser schamlosen Person, verbrennen soll sie! Natürlich reden wir hier in der Sprache der ›Erquicklichen‹, man merkt deutlich, dass der Konkurrenzneid aus ihr spricht. In Wahrheit verhält es sich natürlich ganz anders. Unsere Heldin, Mojsche Purims Sarahs Tochter, ist sehr freundlich und anmutig, eine Mamsell, eine Mademoiselle, die vier Klassen Gymnasium abgeschlossen hat; sie liest Artsybaschew[14] und spricht russisch, aber natürlich kein einziges Wort jiddisch, und dazu rührt sie im Haus keinen Finger. Das ganze ›Paradies‹ hat Mojsche Purims Sarah am Hals. Sie selbst kocht und backt und putzt, ihr Mann aber, Sarah Mojsche Purims Mojsche, bedient die Gäste, die Pensionsgäste nämlich, und erträgt all ihre Launen. Gott bewahre, dass ihr Töchterchen Esther, Sarah Mojsche Purims Tochter, auch nur irgendetwas anfassen müsste! Esther, Sarah Mojsche Purims Tochter, will lieber nach der letzten Mode gekleidet herumlaufen, herausgeputzt wie eine Braut, Artsybaschew lesen, *Twostep*, Tango und all die anderen modernen Tänze tanzen. Und wie sie erst russisch spricht! Also mit ihrem Russisch kann sie doch allen Kasrilewker jungen Männern den Kopf verdrehen und sie nach ihrer Pfeife tanzen lassen. Und mehr als allen anderen hat sie eben ihrem Pensionsgast den Kopf verdreht und ihn an der Nase herumgeführt, den jungen Mann mit dem Hufeisen. Er selbst ist ein Agent in Nähmaschinen, noch unverheiratet, und er hört auf den seltsamen Namen Tischebow. Aaron Solomonowitsch *Tischebow*.

Als man erfahren hatte, dass er ein Nähmaschinenagent war und Tischebow heißt und dazu noch unverheiratet ist, entschied ganz ›Israel‹ mit einer Stimme, dass dies für den Besitzer vom ›Paradies‹ eine ausgezeichnete Partie sei, eine Partie wie vom Himmel gefallen, von Gott so vorherbestimmt. Purim und Tischebow, hahaha! Seit die Welt besteht, gab es noch nie ein Paar, das so gut zusammengepasst hätte. Und man muss es nicht extra betonen, von jenem Freitag an, als der Gast mit Awremels Lokalbahn in ›Israel‹ angekommen war, hörte man nicht mehr auf, vom ›Purim mit dem Tischebow‹ zu reden. Hätte der junge Mann mit dem Hufeisen zum Beispiel Mojsche Purims Sarahs Tochter vor einem Unglück gerettet, sie etwa aus dem Fluss gezogen, sie vom Galgen herunter gerettet, sie aus den Händen von Räubern befreit oder sie einfach sonst vor dem sicheren Tod bewahrt, so hätte das alles keinen solchen Erfolg und keine solche Wirkung hervorgerufen wie jene Heldentat, mit der er sie und ihre Mutter zu Awremel in die *Kolejke* setzte.

Und wie er später an jenem Freitag mit einem Riesenspektakel in ›Israel‹ einfuhr und dabei auf dem Platz von Awremel, dem Lokalbahnbesitzer, saß, während Awremel selbst der Bahn von hinten nachrannte – das alles verursachte solch einen gewaltigen Aufruhr in ›Israel‹ und rief so viel Lachen unter den Sommerfrischlern hervor, dass der junge Mann – ohne es zu wollen – ein Held geworden war und Sarah Mojsche Purims Tochter eine Heldin. Und es begannen von ›Israel‹ hinunter bis nach Kasrilewke ein Gerede und ein Geflüster, Andeutungen mit den Augen, die Leute machten bedeutsame Aussagen mit den Blicken, sie gaben Zeichen mit den Nasenflügeln; und schon war es zur Kasrilewker Presse durchgedrungen. Der *Kapelusch*[15] und die *Jarmulke* hätten gut und gern genügend Stoff gehabt, um daraus einen wunderbaren Leitartikel zu verfassen. Glücklicherweise aber kam eine Annonce in beiden Zeitungen dem zuvor; sie erschien jeweils auf der ersten Seite:

> Ihre Ve r l o b u n g geben bekannt:
> Esfira Mojesejewna P u r i m
> und
> Aaron Solomonowitsch T i s c h e b o w

Und da erst begann – und vollendete sich später – der wahre Roman.

4. Die Hochzeit im ›Paradies‹

Seit Kasrilewke eine Stadt und ›Israel‹ ein Kurort war, ging es noch nie so lebhaft und lustig zu wie an jenem Tag, als Mojsche Purims Sarah ihrer Tochter Esfira Mojesejewna Purim die Hochzeit mit ihrem Pensionsgast Aaron Solomonowitsch Tischebow ausrichtete.

Schon der Tag selbst war wunderbar. Es war einer jener auserwählten Sommertage, wo alles ruht, schon fast in Schlaf gefallen ist. Die Sonne strahlt und brennt mit großer Hitze, aber von irgendwo bläst ein kleines Lüftchen und kühlt die sengenden Strahlen, macht sie weich und zart und angenehm. Die hochgewachsenen Sonnenblumen stehen in Reih und Glied mit ihren farbigen Mützen wie die Soldaten, nur ganz sachte werden sie von einem zarten Windchen bewegt, das ihnen liebevoll über die gelbsamtenen Blütenblätter streichelt. Alles ruht. Alles schläft. Nur hin und wieder taucht eine Fuhre auf, hoch beladen mit Getreidegarben, frisch vom Feld. Die Wagenräder knarren leise. Der Goj mit seinem sonnenverbrannten dunkelglänzenden Gesicht geht barfuß voraus, mit bloßen Füßen und offenem Hemd. Er lässt die Peitsche tanzen und spricht in der Ochsensprache mit seinen Tieren: »Hej! Vorwärts! Hoj, ihr Nachtigallen.« Die Ochsen, ganz in sich selbst vertieft, gehen ihm Tritt auf Tritt nach. Hinter dem Wagen laufen einige barfüßige Jungen, jüdische Kinder sind es, sie reißen ein paar Ähren aus den Garben und wollen immer noch weitere haben. Plötzlich aber bleiben sie wie angewurzelt stehen. Was ist passiert? Genau aus der anderen Richtung kommt Awremels Fuhre, die *Kolejke,* angefahren, voll beladen mit merkwürdigen Leuten. Und diese merkwürdigen Menschen halten merkwürdige Instrumente in Händen. Die Kasrilewker Klezmer sind nach ›Israel‹ gekommen, zu Mojsche Purims Sarah auf die Hochzeit! »Die Klezmer kommen, die Klezmer kommen!« Und die barfüßigen Jungen lassen die *Kolejke* einstweilen fahren und rasen in großer Eile nach Hause, um die Nachricht weiterzugeben: »Die Klezmer kommen, die Klezmer kommen!«

Bei Mojsche Purims Sarah ist schon alles für die Hochzeit bereit. Wegen der versammelten Gäste aus ganz ›Israel‹ ist die gesamte Pension in ein großes Zelt verwandelt worden, eine riesige Laubhütte. Im berühmten Garten des ›Paradieses‹ stehen lange Tische, mit allem erdenklich Guten beladen, was man sich nur vorstellen kann: mit Schnäpsen und Gebäck und eingemachter Marmelade. Nach und nach treffen die Familienangehörigen und Freunde ein, alle hochzeitlich gekleidet, aber auch andere Gäste: Sommerfrischler in Seidenkleidern mit allem dazugehörigen Schmuck, junge Frauen und Mädchen, nach der letzten Mode herausgeputzt, schon jetzt mit schweißbedeckten, geröteten Gesichtern; sie sind schon bereit zu einem Tänzchen. Wenn nur endlich die Klezmer aufgehört haben, sich einzustimmen und dabei zu rumpeln und zu schrumpeln, wenn sie ihre Instrumente fertiggestimmt haben und endlich mal etwas Richtiges spielen! Bräutigam und Braut sitzen prächtig gekleidet da, er im Zylinder, sie im weißen Brautkleid, ein Prinz mit seiner Prinzessin, ›Tischebow‹ mit ›Purim‹! Und die nahen Verwandten, Mojsche Purim und seine Frau Sarah, laufen beide herum wie die vergifteten Mäuse, in riesiger Aufregung und ganz durcheinander, wie es sich für Vater und Mutter gehört, die solch eine Freude erleben und ihrem Kind die Hochzeit ausrichten können! Aber das Wunderbarste von allem: Unter den Verwandten der Braut entdecken wir auch die Besitzerin der Pension ›Erquickung‹! Nanu, wie kommt sie hierhin? Solche bitteren Konkurrentinnen und solche gefährlichen Feindinnen hier einträchtig zusammen?

Aber die Sache ist ganz einfach: Ein paar Tage vor der Hochzeit überlegte sich Mojsche Purims Sarah, was nützt ihr all die Feindschaft! Man sagt doch: besser zehn gute Freunde als ein einziger Feind. So lief sie also hinüber zur ›Erquicklichen‹ und, als hätten sie sich niemals im Leben gezankt, sich kein böses Wort gegeben und niemals das Maul gespitzt, wandte sich die Gevatterin Sarah an die ›Erquickliche‹ Alte: »Guten Morgen, liebe Alte! Ich habe ein Anliegen an Euch!«

»Und was ist Euer Anliegen, teuerste Sarah?«

»Ihr wisst doch, liebe Alte, dass ich die Hochzeit für meine Tochter ausrichte.«

»Möge es eine gesegnete Stunde sein!«

»Ihr wisst doch, liebste Alte, wie sehr Ihr mir am Herzen liegt und dass ich Euch das Allerbeste wünsche!«

»Amen!«

»Und ich wollte Euch bitten, teuerste Alte, dass Ihr mir die Ehre erweist und zu mir auf die Hochzeit kommt. Ihr und Euer Mann und Eure Kinder!«

»Es wird mir eine besondere Ehre sein, beste Sarah, haben wir uns denn wirklich einmal im Ernst gestritten? Gott behüte! Geht nur ruhig nach Hause, wir werden, wenn Gott will, alle zusammen kommen und uns mit Euch freuen. Gebe nur Gott Glück und Segen dazu, denn wer wünscht sich nicht solch einen Bräutigam, wie ihn Eure Tochter bekommt!«

»Amen! Mögen wir dasselbe auch bei Euren Kindern erleben, genauso und nicht weniger!«

Vor lauter Liebe küssten beide Frauen einander glatt mitten auf den Mund. Sie konnten kaum den Augenblick abwarten, wenn sie sich nach der Chuppa beide bei der Hand nehmen und zu einem Hochzeitstänzchen aufstellen würden. Währenddessen ist das Durcheinander immer noch gewaltig groß, von irgendwo schreit man schon, dass gleich die Sonne untergeht, es ist Zeit, wirklich Zeit, zur Chuppa zu treten. Es stimmt wohl: Bräutigam und Braut haben nicht gefastet.[16] Ein solcher Bräutigam und solch eine Braut halten doch nichts von diesem ›jüdischen Aberglauben‹! Das fehlte noch, fasten! Es wird aber schon bald dunkel sein. Der ganze Hof ist voller Gäste. Ganz ›Israel‹ hat sich zur Hochzeit versammelt.

Die ganze Straße ist belagert von gojischen Mädchen und Jungen, die alle gekommen sind, um eine *zhidowske swadbe*, eine jüdische Hochzeit, zu sehen. Die gojischen Burschen machen Witze, die Mädchen brechen jede Minute in wildes Gelächter aus, kreischen und quietschen; es ist eine Freude, ein Riesenereignis in ›Israel‹. Jetzt aber Schluss. Man hat schon die vier Stangen mit der roten Chuppa aufgestellt, sie von allen vier Seiten mit vergoldeten Quasten geschmückt. Und die Klezmer mit der Kesselpauke stimmen die süße und traurige Melodie an, die nahen Angehörigen und die Hochzeitsführer, in Mänteln und mit angezündeten Kerzen in den Händen, führen nun Bräutigam und Braut. Die Zeremonie beginnt, die alte, schöne, jüdische Hochzeitszeremonie.

Lachend riefen sie einander zu: *Ohoho, diwitsja jak zhidi krutjatsa!*, ohoho, seht nur, wie die Juden da herumtanzen. Es störte aber niemanden. Der Row war schon bereit, das Glas in seine Rechte zu nehmen. Der Kantor reckte schon seinen Hals und räusperte sich, um das *sojs tosis* anzustimmen, ›die Fruchtbare wird jubeln und sich freuen‹[17]. Der Schammes hielt schon den Verlobungsring in der Hand, um ihn dem Bräutigam zu reichen, damit dieser die berühmte Formel spreche: ›*Harej at* … durch diesen Ring bist du mir anvertraut …‹[18] Plötzlich hörte man draußen ein lautes ›Brrr‹. Mit Volldampf raste Awremels *Kolejke* heran, zwei junge Frauen sprangen aus ihr heraus und eilten mit ausgestreckten Armen direkt zur Chuppa hin. Ihre Gesichter konnte man unmöglich in der Dämmerung erkennen. Man hörte nur ihre schrillen Frauenstimmen. Beide zusammen jammerten und schrien und schimpften, wobei sie einander fortwährend ins Wort fielen:

»Wartet, Leute!«
»Führt ja nicht die Zeremonie zu Ende!«
»Dass ihn der Teufel hole!«
»Der Schlag soll ihn treffen!«
»Dieser Scharlatan, dieser Schwindler, dieser Bastard!«

»Schaut Euch nur seinen Hut an, das ist doch *mein* Mann!«

»Und mir hat er doch ein Kind angedreht, dass ihn der Satan verdrehe!«

»Und mit mir hat er sich erst dieses Jahr verheiratet, kurz nach Pessach erst. Schamlos hat er achthundert Rubel bei mir abgestaubt, wie wenn es gar nichts wäre, dass er achthundert Geschwüre kriege im Gesicht und auf der Zunge und überall am Leib, Herr des Himmels, damit er aufhört, herumzufahren und jüdische Mädchen zugrunde zu richten und ihr Leben kaputtzumachen.«

»Gebt ihn raus, den Dieb, dass ich ihm mit den bloßen Nägeln die Augen auskratze! In Ketten soll man ihn legen, in eiserne Ketten! Für meine achthundert Rubel soll er achthundert Schläge kriegen, Herr des Himmels!«

Epilog

Für die Kasrilewker Zeitungen, den *Kapelusch* und die *Jarmulke,* war diese schreckliche Geschichte, die sich auf der Datscha im ›Paradies‹ abspielte, ein wahrer Festtag. Tagelang fanden sie kein Ende, darüber zu schreiben und zu schreiben und immer weiter zu schreiben.

Die ernsthaften Publizisten, diese großen Sittenprediger, hörten nicht auf, die Leute mit ihrer Moral zuzustopfen und ihnen einzutrichtern, wie man sich in den heutigen Zeiten vorsehen muss, wenn man seine Tochter mit einem Mann verheiraten will, der den russischen Namen *Tischebow* trägt. Die Possenreißer und Sprücheklopfer aber machten ohne Ende Witze: Was kann Gutes dabei herumkommen, wenn Purim und Tischebow aufeinandertreffen? Es endete damit, dass beide Zeitungen, sowohl der fortschrittliche *Kapelusch* wie auch die orthodoxe *Jarmulke,* ihren Lesern in enorm großen Buchstaben die wunderbare Nachricht überbrachten, dass sie ihnen sehr, sehr bald ein

Geschenk machen würden: einen neuen, modernen, äußerst spannenden und höchst lehrreichen Roman, aus dem heutigen Leben gegriffen, dazu mit einer moralischen Botschaft! Beim *Kapelusch* wird der Roman heißen:

>*Der Mann mit den drei Ehefrauen*<
(ein höchst interessanter Roman in vier Teilen
mit einem Epilog).

Und bei der *Jarmulke* wird er den Namen tragen:

>*Der dreifach beweibte Ehemann*<
(ein ungewöhnlicher Roman in vier Teilen
mit einem Prolog und einem Epilog).

Nur schade, man wird all das prächtige Material nehmen und es auf dreihundert Seiten breitschmieren und damit total ruinieren. Leid tut es uns besonders um die Heldin, Mojsche Purims Sarahs Tochter Esther. Wenn wir bedenken, wie die Kasrilewker Blätter sich an ihr abarbeiten werden, sollte sie am besten jeden Gedanken an eine Hochzeit fallen lassen. Hier wird sie nämlich ihr Leben lang keinen Mann finden. Es sei denn, sie verlässt ›Israel‹ und Kasrilewke und macht sich auf nach Amerika.

Hoffentlich! Wir wünschen ihr Glück und Segen und alles Gute. Amen.

5. ›*Unsere Brodskis*‹ *und* ›*unsere Rothschilds*‹

An einem heißen Sommertag mitten in der Hochsaison des Datschalebens fuhr von Kasrilewke aus über ›Israel‹ unsere bekannte *Kolejke* nach ›Palästina‹. Sie war fast leer, denn es ist kein Freitag, sondern ein normaler Wochentag, an dem die Kasrilewker Sommerfrischler, die in ›Israel‹ ihre Wohnung bezogen haben, sich nicht zu schade sind, zu Fuß zu gehen. In der Lokalbahn saßen nur zwei Frauen, eine ältere und eine jüngere; beide litten sie sichtbar unter der großen Hitze, sie jammerten und stöhnten und waren dem Sterben nah. Der Fahrer Awremel döste vor sich hin, die Pferde taten nur, als liefen sie, die Lokalbahn schleppte sich kaum vorwärts.

Plötzlich tauchte wie aus dem Boden gestampft ein merkwürdig elegant gekleideter, aristokratischer junger Mann von etwa zwanzig, zweiundzwanzig Jahren auf, mit einem weißen aristokratischen Hut und einem schwarzen aristokratischen Schnurrbart; er gab mit seinem aristokratischen Stöckchen dem Fahrer der Lokalbahn einen Wink, dieser möge so freundlich sein und die Pferde einen Augenblick anhalten. Er sprang derartig aristokratisch und gekonnt in die Lokalbahn, dass es eine wahre Wonne war, dies anzusehen. Danach setzte er sich auf die zweite Bank, genau der Madame und ihrem Töchterchen (ja, die ältere war die Mutter und die jüngere ihre Tochter!) gegenüber. Die eine Hand steckte er in die linke Hosentasche, mit der anderen zwirbelte er seinen äußerst aristokratischen Schnurrbart. Und dabei schaute er sehr aristokratisch auf die junge Schöne, das liebliche Fräulein. Ein Mädchen, selbst wenn es sich vorher noch niemals heftig verliebt hätte, müsste doch stärker als Eisen sein, wenn es sich nicht auf der Stelle in solch einen kühnen aristokratischen jungen Mann verlieben würde. Für die Dame war diese unerwartete Begegnung direkt ein Fingerzeig Gottes, ein schicksalhaftes Geschehen, und ihr mütterliches Herz fing sofort an zu pochen und sich auszumalen, dass dies hier nicht von ungefähr geschehen, sondern ein Handeln Gottes sei. Und obwohl ihre Tochter praktisch schon die Braut ihres eigenen Vetters zweiten Grades war – wie wir in Kürze erfahren werden –, sah die Mutter doch mit größter Zufriedenheit, wie der aristokratische junge Mann ihre Tochter gebannt und hingebungsvoll anschaute. Wie aber stellt man es an, dass die Tochter auch seine Bekanntschaft machen kann, wo sie selbst doch kaum richtig mit ihm bekannt war? Sie verfiel aber auf eine Idee (ja, das Herz einer Mutter vermag manches!): Sie bewegte sachte ihren Fächer und sprach leise, wie zu sich selbst, natürlich auf Russisch, auf Kasrilewker Russisch, das in der ganzen Welt berühmt ist: »*Ach, kakoj goriatsche djen sewodni!* Was für eine heiße Tag!«

Die Tochter warf einen Blick auf den aristokratischen jungen Mann und verbesserte die Mutter: »*Da, otschen scharkij dijen! Ja, welch ein heißer Tag das ist!*«

Nun hatte der aristokratische junge Mann eine Gelegenheit, sich mit einem Wörtchen in die Unterhaltung einzumischen; so fragte er das Fräulein, auch auf Russisch:

»*A u was na datsche takske charoschij wosduch?* Ist die Luft, wo Ihr wohnt, wirklich so gut?«

Die Mutter jedoch ließ nicht zu, dass die Tochter jetzt antwortete, sondern sie antwortete selbst (eine Mutter bleibt eine Mutter!). Sie wandte sich zum jungen Mann und sagte, wieder auf Russisch, in ihrem besonderen Singsang:

»*Na tschto nam wosdech, kogda u nas jest djengi?* Zu was wir brauchen Luft, wo wir haben Geld?«

Vielleicht wollte sie damit seine Begeisterung etwas dämpfen, damit er sich nicht so ins Zeug lege. In Wirklichkeit aber hat sie etwas ganz anderes damit bewirkt. Beide jungen Leute, sowohl der junge Mann wie das Fräulein, wechselten einen Blick miteinander und platzten dann mit solch einem Lacher heraus, dass der Fuhrmann Awremel, der Fahrer der Lokalbahn, sich zu ihnen umdrehte, um nachzuschauen: Worüber lachen diese Aristokraten, die Pest soll sie holen!

Schließlich erreichten sie eine der schönsten und reichsten Datschen in ›Palästina‹, man verabschiedete sich herzlich und drückte einander fest die Hand, und Madame lud den aristokratischen jungen Mann sozusagen inoffiziell zu sich ein: »*Pozhaleste bes zeremoni!* Bitte ohne alle Förmlichkeiten!«

Und das schöne Fräulein lächelte so lieb und schenkte dem jungen Kavalier solch warme Blicke aus ihren schönen, liebreizenden Augen, dass auch dann sein Herz wie Wachs zerschmolzen wäre, wenn er selbst von Stein und das Herz aus Stahl gewesen wäre.

Nun aber müssen wir doch erzählen, wer dieser junge Aristokrat war und warum die Mutter so viel daran setzte, dass ihre Tochter seine Bekanntschaft machte!

Die große Stadt Jehupez irrt sich gewaltig. Sie meint, nur bei ihr gäbe es Aristokraten und Millionäre. Die Großstadt Paris meint ebenfalls, nur sie hätte Aristokraten, die zugleich Milliardäre sind. Ich behaupte mal, dass wir in Kasrilewke unsere eigenen Aristokraten haben, unsere eigenen Brodskis[19] und unsere eigenen Rothschilds. Wieso denn nicht? Nur geschieht es, wie alles, was Kasrilewke auf die Beine stellt, im kleineren Maßstab, und deshalb sind ›unsere Brodskis‹ kleinere Brodskis und ›unsere Rothschilds‹ kleinere Rothschilds. Aber genauso wie es allen anderen Millionären und Milliardären auf der ganzen Welt widerfährt, haben es auch unsere kleinen Brodskis und unsere kleinen Rothschilds verdient, ausführlich beschrieben zu werden.

Es ist ganz selbstverständlich, und jedes Kind weiß es, dass alle großen Menschen der Welt irgendwann einmal klein gewesen sind. Erst danach sind sie gewachsen und groß geworden. Die amerikanischen Milliardäre rühmen sich zum Beispiel zehnmal am Tag, wie klein sie einmal gewesen sind. Ein amerikanischer Aristokrat macht eine große Sache daraus und erzählt stolz und mit großem Tamtam jedem, der ihn interviewt, dass er in seiner Jugend auf seinen eigenen Schultern Säcke schleppte, Zeitungen verkaufte oder mit *matches*, Streichhölzern, handelte. Unsere Kasrilewker Aristokraten halten nichts von solchen Sachen. Im Gegenteil, ein Kasrilewker Milliardär wird, wenn Ihr ihn nach seiner Herkunft fragt, ohne mit der Wimper zu zucken erzählen, sein Großvater sei ein Row gewesen und sein Urgroßvater ein Gaon.[20] Überhaupt seine ganze Familie: lauter Rabbiner, Talmudgelehrte, reiche Leute, lauter hochwohlgeborene Menschen und Talmudkenner; sie reden Euch dumm und dämlich mit ihrer Herkunft und wollen mit ihrem Aristokratengehabe bei Euch Eindruck schinden, dass Ihr einen Schrecken bekommt und bei Euch denkt: Soll sie der Teufel holen, wer weiß, woher sie stammen! Unsere Aristokraten, unsere Millionäre und Milliardäre, also ich meine, unsere Kasrilewker Brodskis und Rothschilds, waren auch einmal ganz kleine Leute, und man muss zu ihrem Lob sagen: Sie haben sich aus eigener Kraft durchs Leben geschlagen und sind so mit der Zeit stark und stärker geworden, haben sich hochgearbeitet, sie wuchsen heran und waren dann ›ausgewachsen‹, sie haben einen nach dem anderen überholt und übertroffen, sei es an Reichtum, sei es an Mildtätigkeit wie auch an guten Heiratspartien, und wer weiß, was noch einmal aus ihnen werden wird!

Die ganze Welt kennt heutzutage die Herkunft der echten Rothschilds, man weiß, dass sie aus Frankfurt stammen und dass ihr Urgroßvater zuerst ein Geldwechsler war, danach Pfandleiher und dann ein Bankier, der Geld verleiht. Unsere Kasrilewker Rothschilds kommen nicht aus Frankfurt. Sie stammen aus Kasrilewke selbst, aber weil ihr Urgroßvater alle Tage seines Lebens ein Geldwechsler gewesen ist und mit einem kleinen Tischchen auf dem Kasrilewker Markt stand und Rubel in Zehner und Groschen wechselte, krönte man seine Kinder und Kindeskinder mit dem Namen ›die Rothschilds‹. Sie, die Kinder, waren aber keine Geldwechsler mehr, sie standen niemals mit einem kleinen Tisch auf dem Kasrilewker Markt, sie befassten sich mit Geldverleih, und mit dem Geldverleih befassen sie sich noch heute, und ihre Kinder und Kindeskinder werden sich auch mit Geldverleih abgeben, solange auf der Welt jene schmutzige Sache existiert, die man ›Geld‹ nennt. Und solange es solche Menschen geben wird, die, Ihr müsst schon verzeihen, ihre Hosen versetzen, wenn man ihnen nur Geld dafür leiht! Wenn Ihr heutzutage mal die Gelegenheit haben werdet, ins neue, moderne Kasrilewke zu fahren, so werdet Ihr auf der ›gepflasterten

Straße‹ ein zweistöckiges, hohes Gebäude mit einem Schild finden, das die ganze Wand einnimmt. Darauf steht mit großen goldenen Buchstaben geschrieben ›*Jefim i Boris Feingold, bankirskaja kantora*‹.

In unserer Sprache klingt das so: ›Chaim und Baruch Feingold, Bankgeschäft‹.

Nun wisst Ihr also, wer unsere Kasrilewker Rothschilds sind. Jetzt aber die große Frage: Woher haben sie den Namen ›Rothschild‹ bekommen, wo sie doch ›Feingold‹ heißen? Wir können Euch das wie üblich mit einer Gegenfrage beantworten: Was werdet Ihr zum Beispiel dazu sagen, dass genau den Rothschilds gegenüber eine noch prächtigere Fassade steht, mit einem noch schöneren Schild und mit noch größeren vergoldeten Buchstaben beschriftet. Auch hier auf Russisch: *Liesnaja torgowlia bratiew Dembo*, das heißt: ›Holzhandel der Gebrüder Eichenbaum‹. Ihr könnt dann das kleinste Kind fragen: »Sag mal, Junge, wessen Haus ist das da?« Und selbst das kleinste Kind wird Euch antworten: »Wem das Haus gehört? Den Brodskis.« Wenn Euch die Biografie dieser Brodskis mit dem eigentlichen Namen Dembo oder die Herkunft der Gebrüder Dembo, die sich Brodski nennen, interessiert, so kann man Euch das in aller Kürze erzählen.

In einem Städtchen nicht weit von Kasrilewke mit dem Namen *Sucholjiesje*, ›Einöde‹, das früher einmal dem Grafen Strembo-Rudnitzki gehörte, gab es einen jüdischen Verwalter, einen Aufseher über die herrschaftlichen Wälder. Er hieß Aaron, aber man nannte ihn *Demb*, Eichenbaum, denn er war, man muss das leider sagen, ein sehr einfacher Mensch, ein Dorfmensch, ein hochgewachsener kräftiger Mann, wie eine Eiche eben. Er trug gojische grobe Kleidung, war mit einem einfachen Strick gegürtet, dazu kamen hohe, große Stiefel; er kannte jeden einzelnen Baum in den *Sucholjiesjer* Wäldern. Er bewachte des Grafen Vermögen wie ein getreuer Hund und war beim Grafen so geschätzt, dass der in seinem Testament den Kindern auftrug, dieser Jude und seine jüdische Kinder sollten als Verwalter bei ihnen bleiben, solange die Wälder von *Sucholjiesje* stehen werden und solange der Name Strembo-Rudnitzki besteht.

Aber wie es bei diesen Leuten so üblich ist, ließen sich die Erben des Grafen Strembo-Rudnitzki zum Kartenspiel verlocken und verspielten riesige Summen. Sie verkauften alle *Sucholjiesjer* Wälder. Die Kinder von Aaron mussten aus dem Wald in die Stadt ziehen, sie siedelten sich in Kasrilewke an. Weil sowohl sie wie auch ihre Kinder von nichts eine Ahnung hatten außer von Wald und Holz, so bestand auch ihr weiteres Geschäft ausschließlich in Wald und Holz. Und das ist so geblieben bis auf den heutigen Tag. Und sie hatten Erfolg. Sie stiegen immer höher und höher und zusammen mit ihnen ist auch ihr Name gewachsen. Zu Anfang nannte man sie die ›Waldmenschen‹, danach die ›Holzjuden‹, die ›Eichernen‹ und dann die ›Brüder Dembo-Eichenbaum‹, dann die ›neuen Bankiers‹, ›die Millionäre‹, und erst danach, als sie anfingen, sich hervorzutun, mit großen Spenden von sich reden machten, edle Heiratspartien abschlossen und den Rothschilds Konkurrenz machten und sie zu übertreffen begannen, erst dann krönte sie die Stadt mit dem Namen ›unsere Brodskis‹.

Man kann schwer sagen, wer von beiden reicher ist, ›unsere Rothschilds‹ oder ›unsere Brodskis‹. Ihr Geld hat noch niemand gezählt. Aber ich wünsche uns allen, das zu haben, was uns vom Vermögen der richtigen Rothschilds und der wahren Brodskis fehlt. Ihr Reichtum wechselt mal hierhin, mal dahin. Mal sind unsere Rothschilds reicher, mal unsere Brodskis. Es hängt davon ab, wer von ihnen vor der Stadt besser in Erscheinung tritt. Und weil jeder in seiner aristokratischen Haltung den anderen übertreffen will, deshalb konkurrieren unsere Kasrilewker Millionäre und Milliardäre, und sie bekämpfen einander mit allen Mitteln. Sagt zum Beispiel ein Rothschild, er tue sich schwer damit, Jiddisch zu sprechen, so wird ein Brodski gleich mit Stolz verkünden, dass er kein Wort Jiddisch versteht.

Und in Kasrilewke ist dies ein Zeichen von aristokratischem Wesen.

Oder es passierte eine Sache bei den Rothschilds, dass nämlich einer ihrer Söhne einen Hunderter beim Kartenspiel verlor. Danach hat natürlich bei den Brodskis der Sohn gleich zwei Hunderter verspielt. Oder noch so eine Geschichte: Bei den Rothschilds begann eine Schwiegertochter im Ausland einen heißen Flirt, in einem Kurort, in aller Öffentlichkeit und mit einem wildfremden jungen Mann; die ganze Welt geriet darüber in Aufruhr. Da hat sich natürlich bei den neuen Aristokraten, bei den Brodskis, auch eine Schwiegertochter in einen Flirt mit gleichzeitig zwei jungen Männern gestürzt, auch im Ausland, auch in einem Bad, auch in aller Öffentlichkeit, auch begleitet von einem riesigen Aufruhr.

Wenn Aristokraten miteinander konkurrieren, dann hat eben doch die ganze Stadt einen Nutzen davon, denn wenn sie einander schon bekämpfen, dann bald auf allen Ebenen. So wird Kasrilewke niemals jenen Winter vergessen, in dem diese Eiseskälte wütete; wie die Fliegen brachen die armen Leute zusammen, ›und es erhob sich ein großes Geschrei: *Wajizaku*, und sie schrien zum Pharao‹:[21] »Wo bleiben unsere vermögenden Leute? Unsere Rothschilds und unsere Brodskis? Warum tun sie nichts?« So erbarmten sich die Rothschilds und schickten einige Fuhren mit Stroh vom Markt, damit man die Erfrierenden etwas wärmen konnte. Nun, was taten die Brodskis, was meint Ihr wohl? Die Brodskis schickten also aus ihren eigenen Wäldern ein paar Fuhren Holz und verteilten diese umsonst unter den Armen der Stadt. An den ein Pfund Holz und an jenen sogar zwei. Oder die Sache damals, als die Rothschilds so weit gingen, dass sie außer dem üblichen *Mazzengeld* zu Pessach noch fünfzig Säcke mit Kartoffeln für die armen Leute rüberschickten? Überlegten sich natürlich die Brodskis: ›Ihr gebt die Kartoffeln? Geben wir das Schmalz zu den Kartoffeln‹! So verteilte man Schmalz unter den armen Leuten: ›*Kol dichfin*, ein jeder, der hungrig ist, komme und esse‹,²² wie wir an Pessach sagen. Jedem ein Löffelchen Schmalz. Und ein großer Löffel Schmalz pro Familie, *wenn* man ein Papier vom Row herbeischaffen konnte, in dem er bestätigte, dass die Familie aus mindestens fünf Seelen besteht.

Aus der Stadt heraus verpflanzte sich dieser Konkurrenzkampf, den anderen unbedingt zu schlagen, auch nach draußen in die Vorstadt, zu den Datschen. ›Palästina‹ öffnete seine Tore für ›Israel‹. Und die verschmachtenden Sommerfrischler aus ›Israel‹ konnten wieder aufleben. Wie das zugegangen ist? Folgendermaßen: In einem jener Sommer bauten ›unsere Rothschilds‹ in ›Palästina‹ ihre eigene Datscha (natürlich unter einem gojischen Namen, wie denn anders?). Nun, das war mal eine Datscha! Mit einer Veranda und mit einem grün gestrichenen Zaun; auch einen Garten pflanzten sie an, setzten rote und schwarze Johannisbeersträucher, Stachelbeeren, Sauerkirschen und auch süße Kirschen. Und dann öffneten sie den Garten für alle Kasrilewker Sommerfrischler, die auf der anderen Seite vom Berg Wohnung genommen hatten; damit keine Unklarheit besteht: Ganz ›Israel‹ kann am Sabbat den ganzen Tag über im Garten herumspazieren. Aber nur am Sabbat! An einem gewöhnlichen Wochentag: ›Betreten verboten!‹ So überlegten also ›unsere Brodskis‹ sich etwas im folgenden Sommer, sie gingen mit sich zu Rate und bauten eine noch schönere Datscha, mit einer noch schöneren Veranda, mit einem noch größeren Garten, das alles auch in ›Palästina‹ und auch auf den Namen eines Christen. Auch mit roten und schwarzen Johannisbeeren und Stachelbeeren und Sauerkirschen und Süßkirschen. Sie ließen wahrhaftig öffentlich in der Stadt bekanntgeben, in allen Bethäusern, dass der Garten nicht nur am Sabbat, sondern alle Tage der Woche für alle Juden geöffnet sei, allerdings unter der Bedingung, dass man die Bäume nicht anrührt, kein Obst abreißt und nicht auf dem Gras herumtrampelt.

Was glaubt Ihr aber, was passiert, wenn man Sommerfrischler aus ›Israel‹ in einen Garten reinlässt, und sie entdecken dort

Gras? Werden sie nicht etwa im Nu ihre Kaftane von sich werfen und sich gleich auf die Erde setzen? Oder, um ein anderes Beispiel zu nennen, wenn jüdische Kinder rote oder schwarze Johannisbeeren sehen oder den Geruch von Kirschen in der Luft spüren, meint Ihr vielleicht, sie werden sie nur anschauen und nicht probieren wollen? Also hat man den Garten mit einem Zaun umgeben, oben in die Zaunpfähle schlug man spitze Nägel ein, das Tor wurde mit einem Schloss verschlossen und es gab eine *Prikas* von innen, eine Anordnung, dass ab sofort und in alle Zukunft, sollte sich einer aus ›Israel‹ erdreisten, zu ihnen in die Datscha einzudringen, man ihm Hände und Füße brechen, ihm einen Zahn ausschlagen und die Hunde gegen ihn hetzen würde. Das mit den Hunden war in Wirklichkeit nur in der Fantasie ausgedacht, um die Leute abzuschrecken und ihnen Angst einzujagen. Aber es hat doch am meisten geholfen, denn mit Hunden wollen die Menschen in Kasrilewke nichts zu tun haben!

6. Es können andere Tage kommen!

Ihr wisst vielleicht, dass es bei den echten, den Frankfurter Rothschilds, seit uralter Zeit einen Brauch gibt, so eine Art streng bewahrter Tradition noch aus dem Erbe des Urgroßvaters, die sehr gehütet wird: dass man nämlich Heiratspartien nur mit seinesgleichen abschließt, damit die Familie, Gott behüte, nicht Fremdem ausgesetzt wird; höchstens wenn sich ein Graf hereinschmuggelt oder ein Marquis oder ein Prinz sich in eine ihrer Töchter verliebt. Dann denkt man anders darüber. Dann nämlich, versteht Ihr, wird der böse Trieb übermächtig, und man kann solch einer Versuchung nicht widerstehen.

Bei den Kasrilewker Rothschilds finden wir die gleiche Tradition. Nicht, dass sie es auch von ihren Großvätern in Erbfolge übernommen hätten, nein, es ist viel einfacher: Sie halten sich für besser als alle anderen und reden sich ein, glauben es danach selbst, dass ihre Herkunft mit keiner anderen auf der Welt verglichen werden kann. Nicht umsonst erzählt man in Kasrilewke ein geflügeltes Wort über diese Aristokraten: Sie seien von so edler Abstammung, dass sogar eine Beziehung mit der eigenen Familie unter ihrer Würde ist.

Es gab mal eine Zeit, wo unsere emporgekommenen Kasrilewker Aristokraten, ›unsere Brodskis‹, nicht einmal im Traum daran denken konnten, die Ehre zu erhalten, sich mit den alten Kasrilewker Aristokraten zu verschwägern, mit ›unseren Rothschilds‹. Nur als ›unseren Brodskis‹ das Glück zulächelte und sie anfingen zu wachsen und zu wachsen und sie schließlich richtig groß geworden waren und fast so viel Geld besaßen wie die Rothschilds, da rührte sich doch tief in ihrem Herzen ein einziger Wunsch: eine Heirat mit den Rothschilds! Aber deshalb konnte man diesen Wunsch noch lange nicht öffentlich äußern. Nur einmal, ein einziges Mal, passierte so etwas. Die emporgekommenen Aristokraten schickten einen *Schadchen,* einen Heiratsvermittler, zu den Rothschilds: den berühmten Kasrilewker Heiratsvermittler Soloweitschik.

Dieser *Schadchen* Soloweitschik, müsst Ihr wissen, ist nicht so wie die früheren Kasrilewker *Schadchonim;* Soloweitschik ist ein *Schadchen* des heutigen, modernen Kasrilewke. Deshalb heißt er auch nicht mehr *Schadchen,* sondern ›Vermittler‹. Soloweitschik hat einen berühmten Namen, nicht so sehr wegen seiner großen Partien, die er vermittelt hat, als vielmehr wegen seines Mundwerks, nämlich weil er gut reden kann. Er kann über alles in der Welt reden. Der Mensch muss noch geboren werden, der es mit Soloweitschik dem Vermittler aufnehmen könnte, wenn der anfängt zu reden: flammend, stürmisch! Man könnte aus der Haut fahren! Dieser Vermittler Soloweitschik ist zwar der Sohn vom alten Reb Scholem *Schadchen,* aber er ist ein Mensch der heutigen Zeit und Welt. Er hat schon, versteht Ihr, einen Hut auf dem Kopf und trägt eine weiße Hemdbrust mit

Schlips. Der Hut ist zwar ein bisschen abgerieben, die weiße Hemdbrust ist so schrecklich weiß auch nicht mehr, und der Schlips ist, er mag mir das verzeihen, nicht mehr als ein abgewetzter Lappen; aber doch ist es ein Hut und doch eine Hemdbrust und immer noch ein Schlips. Jetzt nehmt noch seine Weste. Eine alte kurze Weste, die etwas fremd an ihm herunterhängt, und dazu ein paar Hosen, auch ein bisschen zu kurz, dafür aber sind die Hosen breit, sehr breit sogar und kariert. In ihren jüngeren Jahren waren sie mal sehr, sehr feine Hosen! Da seht Ihr schon den Unterschied zwischen ihm und seinem Vater, er ruhe in Frieden. Aber das alles ist ja rein gar nichts, wenn wir erst den Bart und die Schläfenlocken betrachten! Bärte gibt es ja aller Art, und wenn's kein richtiger Bart ist, dann eben ein Bärtchen. Kein Mensch ist verpflichtet, einen Besen im Gesicht zu tragen. Aber erst die *Pejes*, die Schläfenlocken! Nicht mal eine winzige Erinnerung an sie. Abrasiert, abgeschnitten, mit der Wurzel ausgemerzt!

Und wie er redet! Kein ›Guten Morgen!‹, das gibt's schon lange nicht mehr. Vielmehr ein russisches *Isdrastojtje*! Und beim Abschied heißt es *Doswidanje*. Dass er sagen würde: »Ich habe da einen guten *Schiddech* für Euch«, unmöglich! Wie denn? Ein bisschen auf Deutsch, etwas Französisch und ein wenig Russisch: »*Ich abe far Sie une Partie – tschto nibud asovene*, etwas ganz Besonderes!« Was wollt Ihr noch mehr? Sein Vater, er ruhe in Frieden, pflegte einen Schirm zu tragen, einen großen roten Parasol. Aber für ihn schickt sich das nicht mehr, er ist ein Aristokrat mit einem Stöckchen und nennt sich doch Soloweitschik der ›Vermittler‹. Ach, wenn Reb Schaje *Schadchen* aus seinem Grab aufstehen und seinen Sohn, den ›Vermittler‹, sehen würde!

Als er solch eine große Mission erhalten hatte, eine Partie zwischen diesen zwei aristokratischen Häusern einzufädeln, nämlich zwischen ›unseren Rothschilds‹ und ›unseren Brodskis‹, zog Soloweitschik seine weiße Hemdbrust über, kämmte seinen spärlichen Bart; den Ort, wo früher einmal Schläfenlocken gewesen waren, hatte er sorgfältig glattrasiert; so machte er sich auf den Weg zu den Rothschilds. Aber er konnte nur die paar ersten Worte in seiner Mischsprache hervorbringen: »*Isdrastojte! Ich abe far Sie une Partie – tschto nibud asovene!*« Denn man fragte ihn sofort, wer die ›Partie‹ sei und um was für ein *tschto nibud asovene* es sich handelte. Und als er die Worte ›unsere Brodskis‹ fallen ließ, ist man derart über ihn hergefallen, dass es ihm finster vor Augen wurde. Er wird das sein Lebtag nicht vergessen! Man versicherte ihm, dass man ihn, sollte er es noch einmal wagen, solch eine ›Partie‹ mit solch einem *tschto nibud asovene* vorzuschlagen, mit dem Kopf nach vorne aus der Tür werfen wird. Kurzum, man hat dem Schadchen den Weg gewiesen. In einfachem Jiddisch muss man es so ausdrücken: Man hat ihn kurzerhand rausgeschmissen. Als er aber so vor der Tür stand, zeigte der Vermittler Soloweitschik doch seine wahre Größe. Er sagte nämlich zu ihnen: »Vergesst nicht, was ich Euch jetzt sage: Es können andere Tage kommen!«

Das waren offenbar prophetische Worte. Denn es kam die Zeit, dass sich Soloweitschiks Worte erfüllten. Den Hochmütigen wurde es heimgezahlt. Dieselben Rothschilds, die Soloweitschik hinausgeworfen hatten, schickten zu jenem Soloweitschik, dem Heiratsvermittler, er möge ihnen doch eine Partie mit den neuen *Milliontschikes* machen, mit den emporgekommenen Aristokraten, also den Brodskis. Hier zeigt sich wieder einmal die Wahrheit jenes Sprichwortes: ›Wenn man den Dieb unbedingt braucht, schneidet man ihn noch vom Galgen ab‹. Soloweitschik der Vermittler ließ sich auch jetzt nicht zweimal bitten, und als er zu den Rothschilds kam, bat man ihn, Platz zu nehmen, man wartete nicht darauf, bis er sich von selbst setzen werde, man bot ihm wahrhaftig eine Zigarette an, reichte ihm auch sofort Feuer zur Zigarette. Da seht Ihr die Natur eines Kasrilewker Aristokraten: Er kann sich aufblasen wie ein Truthahn, man kann ihm nicht wirklich nahekommen. Aber sobald er etwas von Euch braucht, ihm also einen Gefallen tun sollt, so wird er sich klein machen und butterweich werden, samtweich wie Balsam, man könnte ihn glatt auf eine Brandwunde legen. Kurzum, nach ein paar kleinen Vorreden, in der sich die Rothschilds entschuldigten, erklärten sie ihm ihren Standpunkt, dass sie eigentlich auf keinen Fall mit Leuten zu tun haben wollen, die nicht ihresgleichen sind, also nicht mit Menschen, die nicht zu ihnen passen. Aber da doch, wie man weiß, im Talmud manches Kluge steht und auch im Midrasch und den gojischen Sprichwörtern, sie seien wohl unterschieden, deshalb möge er sich doch bitte zu den Neuen begeben, zu den Emporgekommenen, zu denen, die man jetzt ›die Brodskis‹ nennt. Und er solle ihnen vorschlagen: so und so ... ihm muss man ja nicht extra die Zunge schmieren, er ist doch einer, der seine Sache versteht ...

Als er das hörte, löste sich der Vermittler fast in Wohlgefallen auf, besonders über ihre höflichen Worte und ihre Komplimente. Was soll das heißen, er versteht seine Sache? Natürlich versteht er seine Sache, er weiß, wie man redet. »Nein, Panje Soloweitschik, Ihr dürft es nicht so gerade herausbringen, vielmehr indirekt, mehr beiläufig.« Was soll das heißen, beiläufig? Natürlich nur beiläufig. »Nein, Panje Soloweitschik, Ihr dürft ihnen nicht sagen, dass das von uns kommt. Ihr müsst ihnen klarmachen, dass es Eure eigene Idee ist, versteht Ihr? Oder nicht?« Was soll das heißen, ob er es versteht oder nicht? Natürlich versteht er, wer soll so was denn verstehen, wenn nicht er? Und der Vermittler Soloweitschik gürtete seine Lenden. Am selben Tag machte er sich noch zu den Brodskis auf, voll Energie und Entschlossenheit. Er hatte so viel gesammelt, was er sagen wollte, dass er nicht wusste, womit zu beginnen. Er hatte das Gefühl, was er auch sagen würde, es wäre nicht genug, und wie er es vorbringen wollte, wäre es nicht richtig. Seit Anbeginn der Welt ist das so: Wenn Ihr zu großen Menschen kommt, verwirren sich Eure Gedanken, und anstatt das zu sagen, was Ihr vorhattet und geplant habt, wird Euch die Zunge schwer und Ihr redet irgendwas daher, der Teufel weiß was.

Bevor Soloweitschik sich zu den emporgekommenen Millionären aufgemacht hatte, als er also noch draußen vor der Tür stand, hatte er sich einen ganzen Packen mit Redestoff zurechtgelegt, jede Menge Geschichten und Bibelverse und Talmudzitate. Aber als die Brodskis nur einen Blick auf ihn geworfen hatten und ihn kühl fragten: »Ihr wünscht?«, geriet beim Schadchen im Kopf alles durcheinander, und aus all seinen vorbereiteten Argumenten und den Bibelversen und den Talmudzitaten und den Weisheiten wurde ein totales Durcheinander, kein Wort passte zum anderen. Das heißt, er fing gar nicht ungeschickt an: »Raschi sagt«, so meinte er, »*tajle be'idne saget lije*, verbeuge dich vor dem Fuchs zur Zeit seiner Macht ...«[23] Sie aber schauten ihn kurz an und unterbrachen ihn: »Was meint Ihr damit?« »Nun gerade dies: Es können andere Tage kommen! Ist es nicht so, vor kurzer Zeit nur, da wolltet Ihr, *sie* aber sagten: nein! Jetzt wollen *sie*. Was heißt, sie *wollen*, sie brennen darauf, sich mit Euch zu verbinden, sie würden wer weiß was dafür tun!«

»Von wem sprecht Ihr?«

»Von wem ich spreche, na von ihnen doch, *to jest*, von ihm, von der Elite, vom Adel, von den Noblen, von der *crème de la crème*, von unseren Rothschilds rede ich doch ...«

Mehr war nicht nötig. Hätte der Vermittler sie mit Essig übergossen oder sogar Vitriol über ihnen ausgeschüttet, wäre das für sie immer noch erträglicher gewesen. Es zeigt sich, dass die Brodskis die miese Abfuhr, die sie damals von den Rothschilds hatten einstecken müssen, keineswegs vergessen hatten und dass sie nun dafür kühle Rache nahmen. Und sie entluden ihre ganze Wut auf das Haupt unseres Schadchens:

»Von wem redet Ihr da mit uns? Von diesen *Rostowschtschikes*, diesen Prozentgeiern, diesen Wucherern, diesen Geldschindern, die den Dreck unter dem Nagel nicht wert sind? Was erdreistet sich so ein Schadchen, uns einen derartigen Vorschlag zu unterbreiten mit solch ungehobelten Menschen? Wer sind denn Eure Rothschilds? Es ist noch nicht lange her, da saß ihr Großvater mit einem Säckchen Münzen auf dem Markt und fror wie ein Hund. Jetzt sind sie sogenannte Bankiers geworden, sie nehmen Wechsel und schinden den Leuten die Haut vom lebendigen Leib ab. Nein, nein! Versucht erst gar nicht, ein Wort hinzuzufügen. Hört Ihr? Hört Ihr, was wir Euch sagen? Und wenn Ihr nicht auf der Stelle freundlichst verschwindet, so werdet Ihr etwas erleben. Man wird Euch nehmen, hört gut zu, und Euch glatt die Treppe hinunterwerfen!«

Als er so unten am Eingang stand, blieb unserem Schadchen nichts anderes übrig, als noch einmal seinen Spruch von früher aufzusagen: »Es könnten andere Tage kommen!«

Und tatsächlich gingen seine Worte wieder in Erfüllung. Und zwar auf eine ganz wunderbare Weise, so, wie es weder Soloweitschik noch jemand anders ahnen konnte. Dieses Mal eilte der Gott der Liebe dem Schadchen zur Hilfe: der kleine Engel mit dem Namen *Amor*, der mit vergifteten Pfeilen allen jungen Männern und allen Mädchen direkt ins Herz trifft. Es geschah an jenem heißen Sommersonntag, an jenem Tag also, als Awremel der Lokalbahnfahrer nach ›Palästina‹ fuhr und mit ihm, wie der Leser sich erinnern wird, eine aristokratische Dame mit ihrer wunderschönen Tochter, da sprang zu ihnen ein merkwürdig gekleideter junger Mann in die *Kolejke*, mit Hut und einem aristokratischen Stöckchen, und verzauberte sie beide, die Dame wie ihre Tochter! Schon wie er das erste Mal an seinem schwarzen aristokratischen Schnurrbart drehte und wie er sie feurig anschaute! Jetzt ist die Zeit gekommen, wo wir erzählen müssen – es ist ja ohnehin kein Geheimnis mehr –, wer diese aristokratische Dame ist, die so wunderbar Russisch spricht: »*Na tschto nam wosdech, kogda u nas jest djengi*, zu was wir brauchen Luft, wo wir haben Geld«? Und wer war der merkwürdig gekleidete aristokratische junge Mann, der die aristokratische Mutter zusammen mit der aristokratischen Tochter so sehr bezauberte? Nun, die Dame war niemand anders als Madame Rothschild und der junge Mann kein anderer als ein Sohn der emporgekommenen Aristokraten, der Kasrilewker Brodskis.

Wenn wir nun alles in Betracht ziehen, was bisher berichtet wurde, so wird der Leser wohl einverstanden sein, dass der Schadchen Soloweitschik Hilfe erfahren hat. Nur etwas bleibt übrig: Hatte der Gott der Liebe Erfolg? Und ist es Soloweitschik dem Vermittler gelungen, diese Partie zusammenzuführen? Und wenn ja, was verdiente Soloweitschik der Vermittler dabei? Und wo fand dann die großartige aristokratische Hochzeit statt, in Kasrilewke oder in ›Palästina‹ auf der Datscha? Auf all diese wichtigen Fragen wird der geschätzte Leser eine klare Antwort bekommen, und zwar im nächsten Kapitel unseres Sommerromans.

7. Soloweitschik der Schadchen arbeitet, was das Zeug hält

Wir glauben, dass der Freund und Leser zufrieden damit sein wird, dass der ›er‹ und die ›sie‹ dieses Sommerromans keine gewöhnlichen Menschen von Fleisch und Blut sind wie zum Beispiel wir, sondern echte Aristokraten der allerfeinsten Gesellschaft der Kasrilewker Millionäre und Milliardäre. ›Er‹ ist ein Brodski von ›unseren Brodskis‹ und ›sie‹ eine Rothschild von ›unseren Rothschilds‹. Und es ist doch eine Tatsache, die man nicht bestreiten kann, dass wir, die gewöhnlichen Sterblichen, immer wieder von neuem begierig darauf sind zu erfahren, was hinter den großen hohen Fenstern geschieht; wie lebt man bei den reichen Leuten, was essen sie und was trinken sie? Und eine Hochzeit von Millionären und Aristokraten ist für uns besonders interessant – obwohl, wenn man es genau betrachtet: Was haben wir eigentlich davon? Gar nichts! Wirklich gar nichts. Aber so hat uns Gott erschaffen, da hilft alles nichts. Gehen wir also mit reinstem Gewissen weiter in unserer Geschichte. Nur müssen wir uns einen Augenblick lang an die erste Begegnung von unserem ›er‹ und unserer ›sie‹ erinnern, bei Awremel auf der Lokalbahn, wie es dem jungen Helden Brodski erging, wie ihm Erfolg auf der ganzen Linie beschieden war. Nicht nur, dass die Schönheit, Rothschilds Tochter, gleich von ihm bezaubert war, sondern, mit Verlaub, auch ihre Mutter, möge sie gesund und munter bleiben, Madame Rothschild selbst war sofort auf seiner Seite. Sie nahm ihn schon verdächtig freundlich auf und in beängstigend lieblicher Weise lud sie ihn zu sich auf die Datscha ein: »*Pozhaleste bes zeremoni*! Bitte ohne Förmlichkeiten!«

Solch eine Ehre und solch einen Erfolg hat nicht jeder verdient. Bei solch einer Ehre und bei solch einem Erfolg ist doch klar: Reichtum hienieden und Seligkeit droben – *loj kol odem sojcher*, nicht jeder Sterbliche ist beider würdig.[24] Denn wir wissen, seit die Welt besteht und es in der Welt zwischen Menschen zu Romanen und Romanzen kommt, ist es gerade umgekehrt: Wenn die Zeit der Verliebtheit kommt, sind entweder der Vater oder die Mutter der jungen Schönheit strikt dagegen, oder sogar beide, und zwar so entschlossen, dass sie sich keinen Zentimeter von der Stelle bewegen. Das Schönste von allem liegt darin, dass die Eltern, sie mögen mir den Ausdruck verzeihen, sich, als sie jung waren, auch verliebten und kämpften. Auch sie haben mit ihren Eltern Gefechte ausgefochten, auch sie sind durchgebrannt und haben heimlich die Chuppa gestellt. Man könnte meinen, dass sie sich doch daran erinnern würden? Aber nein, kein bisschen! Jetzt, wo Gott ihnen geholfen hat und sie selbst Eltern wurden, fechten sie mit ihren Kindern die gleichen Kämpfe aus. Und wenn *ihre* Kinder mit Gottes Hilfe erwachsen und Eltern werden, so werden diese ebenfalls die früheren Zeiten vergessen und mit den eigenen Kindern Krieg führen. Dies ist eine besondere Strafe Gottes, und nur der allererste Adam hatte das große Glück, dass Eva keine Eltern hatte, aber alles Weitere besteht aus Unglück, aus *Zores*, aus Enttäuschungen, Herzeleid, Kummer, Unglücken, Dramen und allerhand Tragödien. Wehe, wenn wir uns nur ausmalten, wie viele vergebliche Tränen vergossen wurden, wie viele junge Leben dadurch ruiniert wurden – die Haare stellten sich uns zu Berge! Aber weil es gerade Sommer ist, Datscha-Saison, weil alles grünt und wunderbare Farben hervorzaubert und weil alles wächst und vor Hitze brennt – und wenn es heiß ist, will man doch gerne baden gehen – und weil wir im Allgemeinen auch keine Melancholiker sind und tragische Geschichten nicht lieben, lassen wir diese Probleme schnell hinter uns und erwähnen sie weiter nicht. Außerdem ist in dem Sommer, den wir hier beschreiben, zum Glück alles so glatt und so prächtig gelaufen, dass uns nichts anderes übrig bleibt, als hinzugehen, den Verlobungsvertrag zu schreiben, die *Tnojim*, die Teller zu zerbrechen und dann – *Mazeltow* euch beiden! Was sollte uns daran hindern? Als es aber zum feierlichen Moment kam, stockte das Ganze. Was war geschehen? Geschehen war, dass es überall einen dunklen Punkt, ein Haar in der Suppe, einen Wurm gibt, der alles verhindert. Und dies wiederum ist eigentlich ein Glück für uns Schreiber, denn wenn es diesen Wurm nicht gäbe und alles glatt ginge, was hätten wir Schriftsteller dann auf der Welt zu tun?

Der Wurm in der Verbindung unserer Helden bestand nicht nur darin, dass er ein Brodski und sie eine Rothschild war. Zusätzlich lag da noch ein anderer Hund begraben: Unsere Schönheit war doch schon fast eine Braut gewesen – und zwar die Braut von einem der eigenen Leute aus der eigenen Familie, von den Rothschilds! Es war ein Paar, wie die Welt es noch nicht gesehen hatte. Beide von edelster Herkunft, beide *crème de la crème* und beide wohnen sie in ›Palästina‹, Datscha an Datscha. Beide bekommen sie die gleiche Mitgift, zehntausend jeder von ihnen, beide kennen sich schon in- und auswendig. Sie haben einander schon vor sehr langer Zeit kennengelernt. Wir hatten schon das Vergnügen, *sie* bei Awremel in der Kleinbahn zu treffen. Ein Prachtstück von einer Mamsell, eine wahrhafte Schönheit! Mit ihm, dem Bräutigam, müssen wir Euch jetzt unbedingt bekannt machen und ihn Euch mit wenigen kurzen Strichen schildern: Ein junger Mann, wie er sein soll, etwas ganz Besonderes hat er an sich, das Wirtschaftsgymnasium abgeschlossen, er liebt das Kartenspiel, ist gut bekannt mit der ganzen ›Bande‹ vom Varieté, die Operetten kennt er auswendig, die berühmtesten Arien kann er Euch glatt selbst vorpfeifen. Tagsüber ist er meist ein wenig schläfrig, nachts aber frisch und munter. Sein Hütchen trägt er oben auf dem Kopf, seine Weste hängt lässig herab (er trägt seine Jacke *à la cloche*!), dazu ein dünnes Stöckchen, alles pompös und prächtig, und wenn er ins Theater kommt oder in den Zirkus oder ins Kino, geht er im Tänzelschritt; in jenen Kreisen ist er wie zu Hause, so als würde er dazugehören. Jetzt habt Ihr das Bild eines aristokratischen Bräutigams der echten Kasrilewker Rothschilds. Der Braut gegenüber verhält sich solch ein Bräutigam kühl und wohlerzogen, distanziert, zurückhaltend, nicht das kleinste Zeichen von Zuneigung lässt er erkennen. Das passt für einen Knaben aus ›Israel‹, nicht aber für einen Aristokraten aus ›Palästina‹. Zeichen von Verliebtheit und seine Absichten bezüglich der Braut hat er erst dann erkennen lassen, als er unserem zweiten Helden, Brodskis Söhnchen, bei seinen Verwandten in ›Palästina‹ auf der Datscha begegnete und dabei mit ansehen musste, wie jener der Mademoiselle Rothschild feurige Blicke zuwarf. Und wie Madame Rothschild deutlich dessen Seite ergriff, dem Gast nach allen Kräften schmeichelte und solch ein Russisch hervorbrachte, dass man vor Lachen platzen konnte.

Dem Bräutigam, das heißt, dem angehenden Bräutigam, gefiel das kein bisschen, wie seine Verwandte Rothschild mit einem Mal so gesprächig geworden war; auf einmal brannte ein höllisches Feuer in jenem Knaben; er spürte eine heftige Abneigung gegen den jungen Brodski in sich. Und plötzlich entflammte etwas in ihm und loderte lebensgefährlich. Nicht so sehr die Liebe zur Braut als vielmehr ein Hass gegen diesen emporgekommenen Aristokraten! Was hat jener denn der Villa eine Visite abzustatten, wo er, Rothschild, sich doch sozusagen als richtigen Bräutigam im Hause ansehen darf. Und um diese unangenehme Geschichte zu beenden, setzte er bei seinen Eltern durch, dass man sich mit dem Verlobungsessen sputen solle. Nur, wie überrascht waren seine Eltern, als man ihnen von drüben die Nachricht überbrachte, es gäbe gar nichts über ein Verlobungsessen zu reden, und zwar aus dreierlei Gründen: Erstens haben wir jetzt Sommer, und im Sommer macht man kein Verlobungsessen. Zweitens ist die Braut noch zu jung, man denkt noch nicht an eine Heirat. Drittens kann es wohl sein, dass sie eine Braut wird, aber dann mit einem der ihrigen, einem Aristokraten aus ›Palästina‹.

Dass aber dieser ›Palästina‹-Aristokrat ausgerechnet unser junger Brodski ist, das hat man nicht gesagt. So was musste man von alleine begreifen. Für die Rothschilds war es ein doppelter Skandal. Dass ihr Söhnchen jetzt ohne Braut dasteht, ist schon mal das eine. Und zweitens: Soll sich etwa in die elitären Kreise der echten Rothschilds so ein ›hochgekommener‹ Aristokrat, irgend so ein Brodski hineinschleichen dürfen? Der zweite Punkt war vielleicht noch wichtiger als der erste. Und für unseren genarrten Helden, den halbgebackenen Bräutigam Rothschild, war es solch ein Schlag, dass er sich zu allem rüstete, was er je in den französischen Romanen gelesen hatte. Wenn es sein musste, sogar zu einem Duell! Trotzdem schickte er keineswegs einen Sekundanten zu seinem Konkurrenten Brodski. Er zog es vor, der Mutter seiner Beinahe-Braut ausrichten zu lassen, dass er sehr gut wisse, wer hinter alledem steckte: nämlich *sie*. Und dass er mitnichten über alles schweigen werde. Er werde vielmehr den beiden Kasrilewker Zeitungen alle Liebesbriefe zum Abdruck geben, die er von ihrer Tochter bekommen habe, vom ersten bis zum letzten. Soll ihr geliebter neuer Bräutigam nur erfahren, wen er da als Braut nimmt!

Es ist klar – wenn sich in diesen Liebesbriefchen etwas Unziemliches hätte finden lassen, wäre das ein herrliches Material für die Kasrilewker Gazetten gewesen. Der *Kapelusch* und die *Jarmulke* hätten ihrer Leserschaft daraus schon einen echten Leckerbissen zubereitet, sie würden alles bis in die kleinsten Einzelheiten ausschlachten, und das schätzt doch das sehr geehrte Kasrilewker Publikum über alles, so wie zum Beispiel gehackte Gänseleber mit Schmalz oder gefüllte Hälschen in einem guten Nudelauflauf. Oder kalten Apfelkwass an einem heißen Sommertag. Es war aber weder den Zeitungen beschert, dass sie etwas zum Schreiben bekamen, noch war dem sehr geehrten Publikum ein interessanter Lesestoff beschieden, wie wir gleich erfahren werden.

***

Unser zweiter Held nämlich, der glückliche Herr Brodski, hatte inzwischen die Sache auf seine Weise vorangetrieben. Er wurde ein häufiger Gast bei den Rothschilds auf der Datscha, er brachte täglich ein Bukett mit frischen Blumen, dazu ein halbes Pfund Schokolade. Er unternahm Spaziergänge mit dem Fräulein Rothschild, zu Fuß oder zu Pferde, manchmal sogar in einem Automobil, weit, weit in den Wald hinein, so weit, bis man schließlich in den Datschen ›Israels‹ erfuhr, was so in ›Palästina‹ vor sich ging. Natürlich geriet das Pärchen in die Mäuler, und man fing an, über die Sache zu flüstern und zu tuscheln. Kurzum, alles gelangte zur Familie unseres Helden, zu den Brodskis hinüber. Bei ihnen also, wenn auch nur zum Schein, ein Riesengeschrei: Sie wollten diese Partie gar nicht haben! Das ärgerte natürlich die Rothschilds. Wenn es so ist, dass ihr nicht wollt, so wollen wir erst recht nicht. Nun aber stellt sich das junge Paar auf die Hinterbeine: *Wir* aber wollen! Daraus entwickelte sich eine echt aristokratische Tragikomödie. Alle Beteiligen waren dafür, aber keiner wollte einlenken, alle wollten den Schein wahren, bis man sich schließlich an Soloweitschik den Vermittler wenden musste, damit er den Konflikt löse.

Und bei dieser Sache zeigte nun Soloweitschik seine ganze Meisterschaft. Er ließ wahrhaftig sehen, was er konnte. All seine Mittel setzte er ein. Drei Tage arbeitete er mit Feuereifer, und schließlich vermittelte er zwischen allen beteiligten Parteien und erreichte tatsächlich *Scholem weschalwe*, ›Ruhe und Frieden‹.[25] Zunächst schloss er mit dem früheren Bräutigam eine Art Geschäft ab. Er gab ihm zu verstehen, dass er mit den Liebesbriefen seiner früheren Braut Geld verdienen könne. Und zwar, indem er sie keineswegs den Kasrilewker Zeitungen verkaufte, sondern vielmehr den Eltern der Braut. Die Rothschilds könnten für so eine Ware mehr bezahlen als zwanzig armselige Gazetten in Kasrilewke zusammen. Und gerade jetzt vor der Hochzeit sei die richtige Zeit, über die Briefchen zu verhandeln, denn wenn er es jetzt auf später verschieben wollte, würde die Ware unbrauchbar und man könne ihr nicht auf der Fährte bleiben. Diese Auskunft machte dem früheren Bräutigam großen Eindruck. Und man begann ganz einfach über die Briefchen zu verhandeln, wie man sonst mit irgendeinem Artikel Handel treibt; und tatsächlich kaufte man ihm die Briefe ab. Für welchen Preis?

Nun, das bleibt ein Geheimnis. Soloweitschik der Vermittler jedenfalls würde gerne jedes Jahr so viel verdienen, wie sie gekostet haben, und wenn es hart auf hart kommt, auch nur alle drei Jahre so viel. Und wenn Ihr ihn sehr bittet, sogar nur alle fünf Jahre. Danach setzte er bei den Brodskis Folgendes durch: Da sie doch die Rothschilds übertroffen haben und um einiges wohlhabender sind als diese, und wenn wir von Reichtum reden, so bedeutet das doch den gesellschaftlich höheren Stand, deshalb sollen sie, die Brodskis, zunächst nach ›Palästina‹ fahren, um den Rothschilds in ihrer Datscha einen Besuch abzustatten. Und dort hat man sich das Wort gegeben; danach folgte dort auch das Verlobungsessen, und ziemlich bald danach sollte ebenfalls dort die Hochzeit stattfinden.

Da passierte etwas, ein Ereignis, wie es nur alle hundert Jahre einmal vorkommt. Eine Geschichte, die beinahe den ganzen Plan vom Schadchen Soloweitschik zunichte gemacht hätte. Dieser Zufall aber kam, wenn man so will, durch die Hintertür herein, und niemand, weder Soloweitschik noch die Rothschilds noch die Brodskis, kann man dafür kritisieren. Sie alle waren daran total unschuldig. Stellt Euch vor, genau in der letzten Minute, als schon alle Kasrilewker Aristokraten im kurzen Frack und mit weißen Handschuhen in ›Palästina‹ zur Hochzeit bei den Rothschilds eingetroffen waren; zwei Musikorchester spielten, ganz abgesehen von den Kasrilewker Klezmern, und die Erwartung aller war schon auf die aristokratische Chuppa gerichtet ... da tauchte doch von wer weiß woher plötzlich eine große schlanke Dame auf. Ihr Gesicht war unter einem dichten Schleier verborgen. Ob sie schön oder hässlich war, kann man nicht genau sagen, nur das ist sicher: Es war eine Frau. Und kaum tauchte jene Dame mit dem Schleier auf, so wurde der aristokratische Bräutigam blass und blasser, der Braut wurde übel, so übel, dass sie fast in Ohnmacht gefallen wäre. Die Schwiegermutter des Bräutigams war auf einmal ganz verwirrt, sie rang die Hände und hörte plötzlich auf, Russisch zu sprechen, die Verwandten des Bräutigams tuschelten geheimnisvoll miteinander, und unter den Gästen entstand Panik, solch eine Panik, dass wir hier unterbrechen und die verschleierte Dame dem nächsten Kapitel vorbehalten müssen, wodurch wiederum unsere Sommererzählung mit einem schönen ›Epilog‹ und einer ›Anmerkung‹ enden wird, wie es sich ja für solch einen aristokratischen Roman geziemt.

8. *Die verschleierte Dame*

Deshalb ist es so schön, ein reicher Mann zu sein (was wir ja schon immer behauptet haben), und darin liegen die Vorzüge der Aristokraten: Wenn bei ihnen etwas passiert, pah, den Mund abgewischt und einen Finger an die Lippen: pst! Kein Wort wird darüber verloren! Wenn so etwas, wie es da in ›Palästina‹ bei den Rothschilds und den Brodskis passierte, einem normalen Menschen in ›Israel‹ geschähe, soll ihn nur Gott davor behüten, so stünde doch die ganze Welt auf dem Kopf. Aber hier, bei den Aristokraten? Nichts! Als die verschleierte Dame eine Minute vor der Chuppa bei den Rothschilds eintrat, herrschte zwar für einen kurzen Augenblick ein heilloses Wirrwarr, ein großes Durcheinander. Dies dauerte aber nicht lange. Man führte vielmehr die verschleierte Dame in ein Extrazimmer, Vater und Mutter des Bräutigams selbst, die emporgekommenen Brodskis, sorgten dafür, und man stellte ihr ohne Umschweife die Frage, was sie wolle. Wer sie ist und was sie mit ihnen zu tun habe, das fragte man sie nicht. Man rechnete sich gleich aus, dass sie wahrscheinlich eine Geliebte des jungen Brodski aus der Zeit vor der Hochzeit war (in ihren Kreisen nennt man so etwas einen ›Flirt‹). Wer flirtet denn in unseren Zeiten nicht bei den Aristokraten? Hier stellte man ihr nur die Frage: *Was sie wolle?* Und als die verschleierte Dame aussprach, was sie verlangte, war man kein bisschen überrascht. Man fing nur an, mit ihr zu handeln, denn die Forderung schien etwas übertrieben. Die verschleierte Dame stellte nämlich klar: Eins von beiden – entweder die Partie mit den Rothschilds und die Chuppa heute fällt ins Wasser, und der Bräutigam Brodski wird stattdessen mit ihr, der verschleierten Dame, Hochzeit halten, oder aber er möge ihr eine schöne Pension garantieren, wie es zu Aristokraten wie unseren Brodskis passe. Außerdem möge er die Güte haben, ein gewisses Kapital auf den Namen des Kindes zurückzulegen. Wer das Kind war und woher es stammte, das fragte man sie ebenfalls nicht! Bei den Aristokraten ist es keine ungewöhnliche Sache, dass ein Bräutigam vor der Hochzeit eine Geliebte hatte und dass diese Geliebte von ihm ein Kind hatte oder gar zwei. Unsere emporgekommenen Aristokraten, die Kasrilewker Brodskis, dankten Gott, dass diese nur *ein* Kind hatte. Wäre es denn besser gewesen, sie hätte zwei oder drei Kinder? Ein bisschen nahm man es ja dem Sohn übel: Warum hatte er Vater oder Mutter nicht erzählt, dass er schon einen *Kaddisch* besaß, einen Sprössling? Aber jetzt war nicht die Zeit, ärgerlich zu werden. Die Chuppa ist schon bereit, alles ist fertig und gerichtet, und die Leute könnten langsam ungeduldig werden und auseinandergehen. So dass die aristokratische Hochzeit, Gott behüte, mit einem Skandal beendet wäre. Und Aristokraten hassen Skandale! Also verhandelte man mit der verschleierten Dame, einen Rubel mehr oder weniger, wie man so sagt, und man wurde mit ihr einig, zahlte ihr da auf der Stelle die Summe in bar und händigte ihr ein Papier aus, das der alte Brodski mit seinem vollen Namen unterschrieben und versiegelt hatte: *Kupez perwe gildje Isak Aronowitsch Dembo*, Kaufmann der ersten Gilde Isaak Aaronowitsch Dembo. Das Kind solle bis zum achtzehnten Lebensjahr bei der Mutter leben; dafür erhält die Mutter jährlich soundsoviel. Wenn aber das Kind achtzehn Jahre alt sein wird, erhält es vom Kaufmannssohn Aaron Isakowitsch Dembo, also dem jetzigen Bräutigam, soundsoviel; alles wird mit größter Diskretion behandelt werden, und beide Seiten seien einverstanden und zufrieden; keiner erhebe gegen die andere Seite irgendwelche Vorwürfe oder Forderungen oder Ansprüche, ›*wehakel schorer wekajem*, so festgestellt und bestätigt‹.

Damit kehrte die verschleierte Dame dorthin zurück, wo sie hergekommen war. Und die Zeremonie der aristokratischen Chuppa wurde nach allen Regeln der Kunst durchgeführt: Der Regierungsrabbiner hielt eine sehr schöne, feierliche Rede, natürlich auf Russisch; er sprach von der unschuldigen und reinen Liebe des Paares, das sich nun aufmache, sein eigenes Haus zu bauen, wie Gott es geboten hat und wie es geschrieben steht: ›*habejn jaker li efrajim*, ist Mir Ephraim nicht ein teurer Sohn?‹[26] Bei diesem Vers neigten die aristokratischen Herren ihre Köpfe, die aristokratischen Damen führten ihre Tüchlein zu den tränenlosen Augen. Auch wenn sie den Vers nicht verstehen konnten, so wollten sie doch zeigen, dass sie nicht weniger als ihre Ehemänner verstanden, worum es hier ging. Danach küssten Bräutigam und Braut die Verwandten und die anderen Gäste. Gleich nach der Zeremonie, noch vor dem Essen – sie nahmen sich kaum Zeit, ihr Glas Champagner zu leeren – nahm das Paar in einem schönen Automobil Platz und wurde zur Bahn gebracht, zur Hochzeitsreise. So wie es bei den Aristokraten in der ganzen Welt üblich ist, so hielten es auch unsere Kasrilewker Aristokraten, die ja in allem die große Welt nachmachen.

Epilog zur ›*verschleierten Dame*‹

Am Morgen nach dem Hochzeitsmahl erschien in beiden Kasrilewker Zeitungen eine Notiz über die imposante aristokratische Hochzeit in ›Palästina‹.

In dieser Meldung wurde alles genau beschrieben, aber mit keinem Sterbenswörtchen die verschleierte Dame erwähnt. Beide Kasrilewker Gazetten, sowohl der fortschrittliche *Kapelusch* wie auch die orthodoxe *Jarmulke*, legten sich gewaltig ins Zeug, sie konnten die ›fürstliche Hochzeit‹ nicht genug loben. Mit Namen wurden alle Kasrilewker Aristokraten aufgeführt, die jene außergewöhnliche Hochzeit mit ihrer Gegenwart beehrt hatten, mit einigen charakteristischen stilvollen Worten wurde jeder Aristokrat einzeln geschildert, wo er sich besonders hervorzutun pflegt: der mit einem guten Herzen, der andere mit großer Weisheit und Bildung, ein dritter durch großzügige Mildtätigkeit, und der wiederum mit noch einem anderen besonderen Vorzug. Man vergaß natürlich nicht die Speisen und Getränke genau zu benennen, die verzehrt wurden. Der *Kapelusch* zum Beispiel schilderte mit großer Begeisterung, welche Arbeit die Schächter zu verrichten hatten! Alle drei Schächter der Stadt waren etwa drei Tage damit beschäftigt, Geflügel zu schlachten. Die *Jarmulke* dagegen erhitzte sich an anderen Einzelheiten: Sie hat sich mehr mit den Getränken abgegeben als mit den Speisen. Als man auf die Weine zu sprechen kam, die dort beim Hochzeitsessen getrunken wurden, steigerte sie sich in eine derartige Ekstase, dass sie Folgendes als Beispiel ausführte: Wenn ein normaler Bürger von Kasrilewke nur die leeren Flaschen von dort besäße, könnte er davon ohne Schwierigkeiten drei Töchter verheiraten, und er hätte noch ein Jahr Lebensunterhalt übrig!

Der Kasrilewker Leser, der solche Übertreibungen in den Zeitungen schon gewohnt war, wunderte sich weder über die Schächter noch über die Flaschen. Wäre da nicht die schreckliche Konkurrenz der Zeitungen! So kommt also der radikale *Kapelusch* am nächsten Tag mit einer scharfen Kritik über die *Jarmulke* heraus. Unter der reißerischen Überschrift: ›Die Juden – die größten Säufer der Welt‹, erschien ein Artikel. Der *Kapelusch* also führte Stück für Stück alle Einzelheiten auf und rechnete vor: Keine Panik, wir werden hier alles in Ruhe und gründlich darlegen: Wenn man drei Töchter verheiratet – auch wenn es nicht so prachtvoll geschieht, wie uns der obskure Redakteur der schwarzen *Jarmulke* glauben machen will –, so kostet es doch in der heutigen Zeit mindestens fünf bis sechs Hunderter pro Tochter. Da haben wir schon mal achtzehnhundert zusammen. Jetzt wollen wir also mal ausrechnen: Was ist eine leere Weinflasche wert? Nehmen wir mal an, drei Kopeken pro

Stück. Das ergibt also, dass auf besagter Hochzeit nicht weniger als 60 000 Flaschen Wein getrunken wurden. Fahren wir nun fort: Wie viele Menschen konnten in ›Palästina‹ in jener Datscha Platz finden? Na, sagen wir ungefähr drei *Minjonim*, also dreißig Menschen. Sechzigtausend geteilt durch dreißig – kommt dabei nicht raus, dass hier zweitausend Flaschen Wein auf einen einzigen Menschen zu rechnen sind? Müssen wir also daraus folgern, dass die Juden die größten Trinker der Welt sind? Das ist allerdings eine Neuigkeit, eine sehr überraschende Neuigkeit!!

Die *Jarmulke* ließ sich davon keineswegs beeindrucken, kam ihrerseits am nächsten Morgen mit einer Gegenkritik der Kritik heraus und stellte dem *Kapelusch* die knifflige Frage, und das an die Adresse der ganzen Redaktion: ›Sagt uns, ihr klugen Köpfe vom erlauchten *Kapelusch*, ihr wahrheitsliebenden Menschen, wenn ihr schon solche Koryphäen seid und euch darauf spezialisiert, bei anderen Übertreibungen aufzuspüren und sie mit euren Spitzfindigkeiten zu fangen, und solche Rechnungen und meisterhaften Statistiken aufstellt, warum kauft ihr nicht auf dem Weg zur Arbeit einen Bleistift von vier Groschen und überprüft auf einem Stück Papier eure eigenen Berechnungen und Statistiken? Warum strengt ihr nicht euren Kopf an und rechnet mal nach, was ihr mit den Hühnern errechnet habt? In eurem erlauchten Blatt behauptet ihr, dass zu der betreffenden Hochzeit so viele Hühner geschlachtet worden sind, dass alle drei Kasrilewker Schächter drei Tage lang ununterbrochen Geflügel geschlachtet haben. Seien wir uns nicht zu vornehm und rechnen das Ganze ordentlich aus. Wie lange braucht ein Schächter, um ein Huhn zu schlachten? Doch im höchsten Fall eine Minute. Das heißt also, in einer Stunde kann er mindestens 60 Stück Geflügel hinlegen. An einem Tag sind das (wenn wir ihn nachts schlafen lassen) 12 mal 60, macht zusammen 720 Hühner. In drei Tagen: 2160 Stück Geflügel. Nun sind es drei Schächter, zusammen schaffen sie nicht mehr und nicht weniger als 6480 Stück

Geflügel. Nun wollen wir freundlich mit euch sein und euch zugestehen, dass in solch einer Masse von Geflügel ungefähr 480 *trejfe* geworden sind. Gut, gut! Was kann man da machen? Nun haben wir aber immer noch mindestens 6000 Stück Geflügel! Verteilt auf dreißig Aristokraten, wie ihr gesagt habt, ergibt das eine Zahl von 200 Hühnern pro Kopf. Nun, wenn es so ist, dann fragt sich doch, dass euch achtzig böse Geister packen, welcher Mensch – und sei er der größte Aristokrat und der gewaltigste Vielfraß –, denn an einem Tag 200 Hühner schaffen kann?‹

Aber genau das ist ja das Besondere an Kasrilewke, dass sich Spaßvögel fanden, die zwischen beiden Seiten dieses Kampfes einen Ausgleich gesucht haben. So argumentierten sie: ›Geht ihr ein bisschen runter mit dem Wein, dann kommen wir euch mit dem Geflügel entgegen!‹

Anmerkung

Als das junge Paar von der Hochzeitsreise zurückkam – sie erzählten, dass sie im Ausland, in Italien waren, aber die Kasrilewker Spötter behaupteten, dass dies wohl gelogen sei, sie wären bloß in *Jehupez*, in Kiew, gewesen. Wo sie auch waren – als sie von ihrer Hochzeitsreise zurückkamen und der junge Brodski, also genau gesagt: Aaron Isaakowitsch Dembo, erfuhr (vorher hatte er das über dem ganzen Durcheinander bei der Hochzeit nicht mitbekommen, denn die Eltern wollte ihm nicht die Freude verderben), dass sein Vater, der alte Brodski, der Kaufmann der ersten Gilde Isaak Aaronowitsch Dembo, jener verschleierten Dame ein gewisses Papierchen gegeben hatte, schlug er sich glatt an den Kopf! Mit Schwüren, wie man sie sogar einem *Meschumed,* einem Abtrünnigen, glauben muss, schwor er, dass er, und wenn man ihm den Kopf abschneidet, sich nicht daran erinnert, dass die verschleierte Dame von hohem Wuchs jemals seine Geliebte gewesen sei, und außerdem, wenn er sich richtig erinnert, hatte seine Geliebte niemals ein Kind bekommen, das heißt, er will damit sagen, dass er niemals eine Geliebte hatte, die ein Kind von ihm bekam. Aber wenn die verschleierte Dame, wie er annimmt, doch jene war, so muss es sich um eine Intrige seines Konkurrenten handeln, des früheren Bräutigams Rothschild. Aber was soll das jetzt? Wenn man schon einmal ein Papier mit Brief und Siegel unterschrieben hat, ist alles zu spät. Ein Brodski bricht sein Wort nicht! Ja, vielleicht später einmal, wenn der Alte die Augen zugemacht hat und der Junge das Erbe übernimmt, dann können wir weitersehen …

Was aber den Konkurrenten, den beleidigten jungen Rothschild, angeht, so müsst Ihr Euch keine Gedanken um ihn machen. Soloweitschik hat auch ihm eine Braut besorgt, und was für eine Braut noch dazu! Genau eine von den Emporgekommenen, von ›unseren Brodskis‹! Stellt Euch mal vor, natürlich nicht solch eine vollkommene Schönheit wie jene andere aus der Familie Rothschild! Und nicht nur von etwas geringerer Schönheit war sie, sondern kein bisschen schön, man kann auch sagen: ziemlich hässlich. Zum Ausgleich dafür gab man ihm eine hohe Mitgift. Was soll man große Worte machen, er hat für sein Leben ausgesorgt.

Und noch etwas muss hier besprochen werden, damit der geschätzte Leser in jeder Hinsicht zufrieden ist: Wie viel hat eigentlich der *Schadchen* Soloweitschik bei der ganzen Sache verdient? Fragt lieber nicht! Soloweitschik drückt es so aus: Er bekam solch eine fette Summe, schade, dass er keinen guten Freund hat, dem er so viel Glück wünschen kann. »Seit Kasrilewke eine Stadt und Soloweitschik ein Vermittler ist«, sagt er, »hat noch kein Mensch solch eine Vermittlungsgebühr, nicht einmal im Traum, gesehen.« Aber zum Schluss bemerkt er dann: »Übrigens, was nützt es Euch, anderen Leuten in die Tasche zu kriechen. Besser, Ihr leiht mir für kurze Zeit eine kleine Summe! Ich stehe gerade für ein paar Partien in der Verhandlung und ich werde es Euch, so Gott will, zurückzahlen, und noch mit Dank dazu.«

Man darf das keinem Menschen wünschen …!

Sejdel, der Sohn von Reb Schaje, ist ein junger Mann, er lebt ›auf Kost‹, er hat noch keine richtige Arbeit, sondern sitzt da und lernt. Dabei hat er schon selbst mehrere Kinder! Aber warum sollte er sich Sorgen machen, er ist ja der einzige Sohn von Reb Schaje, und der ist ein wohlhabender Mann – und in hundertzwanzig Jahren wird doch alles ihm gehören!

All seine Lebtage war Reb Schaje Geldverleiher. Sein ›Kapital‹ lag über die ganze Stadt verstreut. Es gab keinen Menschen in Kasrilewke, der Reb Schaje nicht Geld schuldete. Und deshalb war natürlich bei ihm im Haus immer die Hölle los, es kochte und siedete wie in einem Kessel. Der eine rein, der andere raus, dort etwas eingenommen, hier etwas verliehen.

Sein Haus war, mit Verlaub, ein ›Kontor‹, eine ›Bank‹ – jawohl, eine Bank, aber ohne polierte Tische, ohne eine Unzahl von Angestellten mit weißen Manschetten, gezwirbelten Schnurrbärten und langen Fingernägeln, ohne vergitterte Fenster und eiserne Stahlschränke und ohne diese schrecklichen Kontobücher und Inkassobücher, mit denen man einen Menschen ja umbringen kann.

Bei Reb Schaje zu Hause stand nur ein kleiner Tisch, auf dem Tisch ein Tintenfass. Und dazu eine Sandbüchse zum Trocknen der Tinte, denn immer, wenn man etwas zu schreiben hatte, musste man ins Tintenglas spucken, sonst hatte man keine Tinte. Außerdem befand sich im Tisch eine Schublade mit einem großen Vorhängeschloss. Und in dieser Tischschublade lag das einzige ›Kontobuch‹ mit allen Aufstellungen und Zahlungen, das Reb Schaje selbst nach seiner eigenen ›Buchhalterei‹ führte. Und wie machte er das?

Das Buch hatte zweiundfünfzig Seiten; auf jeder Seite stand oben die jeweilige Parascha, der Wochenabschnitt der Toralesungen. Der Rest war in zwei Spalten eingeteilt. Über der einen Spalte stand *kibalti*, ›empfangen‹, über der anderen *nosati*, ›ausgezahlt‹; darunter sah es dann so aus:

Kibalti	*Nosati*
von Reb Gerschon laut Quittung an *Parsche Brejsches*:[1] 2 *ru"k*, (Silberrubel[2]) *Kibalti* von Reb Fajwel Sämisch, lt. Quit. an *Parsche Pekudej*, 4 *ru"k Kibalti* von Reb Simcha Grießbrei 1 *ru"k Loj kibalti*, nichts empfangen, von Reb Gerschon Pupik an *Parsche Nojech*, auch nicht an *Parsche Lech-lecho*.	an Reb Simcha Grießbrei, lt. Quit. von Parsche Pekudej: 13 *ru"k*. *Nosati*, noch einmal an Reb Gershom Pupik, 7 *ru"k*. *Loj nosati* 12 *ru"k* an Reb Fajwel Sämisch, denn er zahlt nichts zurück [es wäre verlorenes Geld] *Zugesagt*: Reb Simcha nochmal 11 *ru"k*.

Wie Reb Schaje aus diesem Zahlenwerk schlau wurde, weiß Gott allein. Aber macht Euch nur keine Sorgen, es gab dabei keinerlei Probleme, keine Prozesse, keine Vorladungen; jeder wusste, dass er nicht mehr kreditwürdig wäre, wenn er aufhörte zu zahlen. Auf alle Zeiten hätte er verspielt.

So also drehte sich das Rädchen eine ganze Reihe von Jahren, weiter, immer weiter, ohne eine Minute Rast und Ruhe bis ... ja, bis eines Tages Reb Schaje starb.

Also, Reb Schaje ist gestorben und Sejdel, der Sohn von Reb Schaje, übernahm das Geschäft.

Er wartete die *Schlojschim* ab, die dreißig Tage Trauerzeit, danach machte sich Sejdel zunächst an die Papiere; er brütete ganze drei Wochen über den Büchern, saß da und schrieb und rechnete. Dann bestellte er sämtliche Schuldner zu sich und sagte zu ihnen: »Meine Herren, ich will Euch mitteilen, dass ich die ganzen Wochen über Euren Rechnungen saß, ich habe alles überprüft, alles genau ausgerechnet und herausgefunden, dass ich von Euch kein Geld mehr bekomme, Ihr seid quitt mit mir.«

»Was heißt, Ihr bekommt kein Geld mehr von uns, was soll das heißen: Wir sind quitt mit Euch?«

»So ist es aber. Nach der Kunst der Algebra habt Ihr an Prozenten und an Prozenten von diesen Prozenten genau siebzehn und drei Sechzehntel mal mehr bezahlt, als Ihr schuldig ward. Hier sind Eure Quittungen.«

Bei diesen Worten gerieten die Kasrilewker sofort in helle Aufregung. Sie rechneten sich aus, dass da irgendein Gaunerstück verborgen sein müsste, ein Trick, eine miese Sache und nichts anderes. So schleuderten sie ihre Quittungen gleich zurück, ihm ins Gesicht, und schrien Zeter und Mordio:

»Er will uns umbringen! Ohne ein Messer will er uns umbringen! Reb Schaje, möge er ein lichtes Paradies haben, hat so viele Jahre mit uns Handel getrieben. Seine Tasche war für uns immer offen; jetzt kommt *er* und will uns in den Dreck ziehen!«

»Aber Ihr Dummköpfe«, rief ihnen Sejdel zu, »was für Narren und Ochsen seid Ihr doch! Ich sage Euch, dass Ihr quitt mit mir seid. Nicht nur so, aus dem Bauch heraus spreche ich, sondern nach den Regeln der Algebra!«

»Was erzählt er uns da für Ammenmärchen: Algebra! Verlassen wir uns lieber auf vernünftige Menschen, kommt, lasst uns den Row fragen, den Rabbiner!«

»Zum Row! Zum Row!«, schrien alle wie mit einer Stimme. Und miteinander machten sie sich auf zu Reb Josifel, dem Row.

Fast die ganze Stadt war bald beim Row versammelt. Ein Lärm entstand, ein Geschrei bis an die Tore des Himmels.

Sejdel ließ sie alle ausreden. Soll doch jeder vorbringen, was er will! Und erst danach, als sich alle gut ausgeschrien hatten, bat er darum, dass alle Leute für eine Weile hinausgehen sollten und er mit dem Row allein bleiben konnte. Er müsse ihm etwas unter vier Augen sagen.

Was danach zwischen Sejdel und dem Rabbiner Reb Josifel besprochen wurde, das weiß bis heute keiner ganz genau. Man erzählt sich, sie hätten eine lange Debatte geführt. Sejdel hat ihm dargelegt, dass man keinen Zins nehmen darf, denn wenn man es genau untersucht, ist Zinsnehmen dasselbe wie Raub. Einer, der vom Zins lebt, sagt er, ist schlimmer als schlimm, denn es ist so gefügt, sagt er, dass doch alle Menschen arbeiten sollen, wo bleibt sonst die Gerechtigkeit?

Der Row Reb Josifel gab sich natürlich alle Mühe, ihm den *tikn Maharam*[3] in Erinnerung zu rufen, die Entscheidung des Krakauer Rabbiners seligen Andenkens über das Zinswesen und über den *jischew-ho'ojlem*, das Gemeinwohl, und über das Sprichwort ›Not kennt kein Gebot‹, und dass die Welt doch weiter Bestand haben muss, und so weiter, und so weiter. Darauf antwortete ihm aber Sejdel, dass nach seinem Verständnis dieser »Bestand« gar keinen »Bestand« hat und dass ihm darum die Welt auch nicht gefällt, so wie sie jetzt läuft.

»Was ist das für eine Welt?«, fragt er den Row, Reb Josifel. »Wenn ich hingehe und lasse ein Beigel für einen Groschen mitgehen, dann heißt das Raub, wenn ich aber eine ganze Stadt voller Witwen und Waisen ausplündere und ihnen den letzten Bissen nehme, dann nennt man das ›bankrottieren‹. Wenn man jemand einen Finger abschneidet, kriegt man *katorschne sibir*, Zwangsarbeit in Sibirien, aber wenn einer achtzigtausend Engländer in Afrika hinschlachtet wie die Ochsen,[4] dann bekommt er eine goldene Tapferkeitsmedaille!

Ist das Gerechtigkeit?«, sagt er zum Rabbiner Reb Josifel und fasst ihn am Revers seines Kaftans. »Ist das Gerechtigkeit? Da fährt der alte Ohm Krüger, der arme Präsident der Buren,[5] überall herum, klopft an alle Türen, er bittet um Erbarmen, man möge doch Mitleid haben mit seinem armen Land, er will ja nicht mehr als ein gerechtes Urteil, er vertraut darauf, was Menschen entscheiden werden. Der eine aber sagt, er will sich nicht einmischen, der andere meint, er will damit nichts zu tun haben, dieser so und jener so, und derweil fließt das Blut. Wo ist da die Gerechtigkeit, frage ich Euch, wo bleibt die reine Menschlichkeit? Und Ihr gebt mir zur Antwort: ›Gemeinwohl‹!, ›Not kennt kein Gebot‹!, das ›Fortbestehen der Welt‹!, ein wunderbares ›Fortbestehen der Welt‹, eine ›schöne Welt‹«!

Und noch eine Reihe solcher wilden Spekulationen trug Sejdel dem Row vor, er steigerte sich weiter und weiter und kam, wie man so sagt, vom Hundertsten ins Tausendste und immer mehr vom Thema ab, ging sogar so weit, jegliches ›mein‹ und ›dein‹ abzustreiten und auch den Nutzen des Gemeinwohls zu leugnen, er machte sich über das alles lustig, er wetterte, wie es heißt: ›gegen den Ewigen und Seinen Gesalbten‹,[6] gegen alles, was ihm in den Sinn kam.

Da wusste der Row, dass es verlorene Mühe war, noch weiter mit ihm zu reden. Und er wollte auch nicht weiter mit ihm reden, so verstopfte er sich die Ohren mit beiden Händen und schrie:

»Genug! Genug! Genug!«

Als Sejdel nach Hause gegangen war, wandte sich der Row, Reb Josifel, mit einem Seufzer an die Leute:

»So ein braver junger Mensch, so rechtschaffen und gutherzig … nur … leider … man darf das keinem Menschen wünschen …!«

Dabei tippte er mit dem Finger an seine Stirn, und alle verstanden, was er meinte.

Die Erben

1. ›Die Mejers und die Schnejers‹

Eigentlich waren sie nur ein *Mejer* und ein *Schnejer*; es waren Zwillinge, aber sie waren einander so ähnlich, dass es zeitweise praktisch unmöglich war, genau zu sagen, wer von beiden der Mejer und wer der Schnejer war.

Als sie kleine Kinder gewesen sind, so erzählt man sich, passierte es, dass man sie um ein Haar vertauscht hätte – und vielleicht hat man sie auch wirklich vertauscht. Die folgende Geschichte jedenfalls ist eine wahre Begebenheit:

Ihre Mutter, müsst Ihr wissen, war von kleiner Statur und nicht ganz gesund, aber sehr gebärfreudig, das heißt, sie kam in ihrem Leben sehr häufig nieder. Alle Jahre bekam sie ein Kind. Das Kind hat sich jeweils kaum ein Jahr lang gequält und ist dann, möge es Euch erspart bleiben, einfach eingegangen. Bis sie schließlich aufhörte, Kinder zu kriegen, und annahm, damit habe es nun ein Ende. Zum Schluss aber – die Wunder des Allmächtigen sind nicht zu erfassen – hat Gott sie im Alter noch einmal beglückt und wahrhaftig mit einem Pärchen. Es fiel ihr aber schwer, beide Kinder zu stillen; so blieb ihr nichts anderes übrig, als eine Amme anzustellen. Was hätte sie sonst tun sollen? Ein Mensch aus Kasrilewke, mag er noch so arm sein, wird doch kein Kind auf der Straße aussetzen und auch nicht in fremde Hände geben, es sei denn, Gott bewahre, ein Waisenkind …

Die Mutter also stellte eine Amme an; sie selbst übernahm Mejer (er war eine gute halbe Stunde älter als Schnejer), Schnejer aber übergab sie der Amme. Da aber die Amme, mögt Ihr davon verschont bleiben, auch nicht ganz gesund war, kriegten beide, sowohl Mejer wie auch Schnejer, nur mit größter Mühe ihre Milch; tatsächlich kamen sie beide fast vor Hunger um, sie schrien Zeter und Mordio, ganze Nächte durch brüllten sie.

Wajehi hajojm,[1] eines Tages passierte es, dass man die beiden Kinder badete, und zwar wie üblich in einem einzigen Bottich. Man zog ihnen die Hemdchen aus und steckte sie beide ins heiße Wasser. Die Würmchen wurden rot und bekamen Gesichter wie aufgeblasene Ballons.

Es stellte sich heraus, dass sie an dem Bad einen ungeheuren Spaß hatten – Juden sind doch alle verrückt nach einem Bad! Die beiden Nährmütter standen über dem Bottich und gossen frisches Wasser nach. Die Kinder strahlten, sie strampelten mit den Händchen und Füßchen, so wie Käfer zappeln (vielleicht habt Ihr das mal gesehen, wenn man sie mit dem Bauch nach oben legt). Als das Bad fertig war, nahm man die beiden Kinder heraus, hüllte sie ins Handtuch (in ein einziges Handtuch!) und legte sie ins Bett, damit sie dort noch etwas nachtrockneten. Und als es so weit war, dass man ihnen wieder die Hemdchen anzog, konnte niemand genau erkennen, wer von den beiden der Mejer und wer der Schnejer war. Natürlich gab es einen Mordsdisput zwischen der Mutter und der Amme:

»Schau nur, schau nur, ich könnte schwören, dass dies Mejer und der andere Schnejer ist!«

»Was Ihr daherredet, nein, der da ist Schnejer und der andere ist Mejer. Seht Ihr es denn nicht?«

»Sollen meine schlimmsten Träume an dir erfüllt werden. Bist du durcheinander oder total verrückt geworden?«

»Herr der Welt, aber schaut Euch doch nur die Augen an, das dort ist Schnejer und der andere Mejer. Seht Euch doch mal beide Augen an!«

»Was soll man da sehen? Es ist doch klar, dass sie beide zwei Augen haben, wie viele denn sonst, vielleicht drei?«

Kurzum, beide Frauen erhitzen sich. Die eine war sich sicher, dass Mejer Schnejer ist und Schnejer Mejer, die andere aber, dass Schnejer Mejer ist und Mejer Schnejer.

Da verfielen die Männer auf eine gute Idee (na, dafür sind sie doch Mannsleute!).

»Wisst Ihr was? Versucht mal, sie zu stillen, dann wird man ja sehen: Der die Mutter annehmen wird, der ist dann sicher Mejer, und der die Amme annimmt, ist zweifelsohne Schnejer. Ist das nicht klar?«

Und so machte man es. Als aber die beiden Frauen ihnen die Brust gaben, legten beide Knaben los wie nach einem Fasttag, sie saugten wie die Blutegel, schmatzten mit den Lippen und strampelten dabei in höchster Wonne mit den Beinchen und gaben Knurrgeräusche von sich wie hungrige Hunde.

»Seht nur mal Gottes Wunder! Seht, wie der Allerhöchste Seine Welt geschaffen hat!«

So bemerkten die Mannsleute mit Tränen in den Augen; jetzt aber wollten die Männer aus reiner Neugier die Brüste tauschen und sehen, was dann los sein wird. Man riss also die Kinder mit Gewalt von den Brüsten, und sie wurden vertauscht: Schnejer auf Mejers Platz und Mejer an Schnejers Stelle. Und was meint Ihr, stellte sich heraus? Ihr glaubt, sie hätten nun nicht mehr gesaugt? Unsinn! Und wie sie gesaugt haben!

Von der Zeit an gab man dann alle Hoffnung auf, was die beiden angeht; man hörte auf, sie auseinanderzuhalten: Wer ist Mejer und wer ist Schnejer? Meinetwegen Mejer-Schnejer oder Schnejer-Mejer. Und so nannte man sie ›die Mejers und die Schnejers‹. Als ob es gleichzeitig zwei Mejers und zwei Schnejers gewesen wären, das heißt, jeder von beiden war für sich selbst ein Mejer und auch ein Schnejer.

Mehrfach ist es vorgekommen, dass man im Cheder Mejer dort verprügelt hätte, wo Schnejer etwas ausgefressen hatte oder andersherum, dass man Schnejer versohlte, wo es Mejer verdient hatte. Damit es im Nachhinein keinen Ärger geben sollte, pflegte der Rebbe auf eine Idee zu verfallen (nicht wahr, wo Tora ist, da ist auch Weisheit![2]):

»Wisst ihr was, Kinder? Legt euch beide hin, dann wird es später keinen Neid geben: ›Prügel für *dich*, Prügel für *mich*‹. Verdient habt ihr es auf jeden Fall, und so wird es in der Familie bleiben!«

Erst nach einiger Zeit, nach der Bar Mizwa, als die Mejers und die Schnejers sich auf die eigenen Beine stellten, gab es plötzlich zwischen ihnen einen Unterschied, so dass man sie nun schon auf eine Meile weit in der finstersten Nacht auseinanderhalten konnte. Wer kann Gottes Wunder verstehen! Beiden nämlich begann ein Bärtchen zu sprießen (sie haben wohl zu früh angefangen, Zigarren zu rauchen!). Und bei Mejer zeigten sich an den Backen und auf der Oberlippe schwarze Haare (aber pechschwarz!) und bei Schnejer: rote Haare (und zwar feuerrot!). Diese Bärte wuchsen bei ihnen wie von geheimnisvollen Kräften getrieben (beide haben sie anscheinend zu starke Zigarren geraucht!). So dass sie zur Hochzeit zwei gehörig lange Bärte trugen, ach, was sage ich: Bärte! Zwei Besen! Einen schwarzen und einen roten Besen! Es sah so aus, als hätte ihnen jemand einen richtigen Besen umgehängt!

Wie groß aber sind die Werke Gottes und ohne Ende Seine Wunder! Denn wer weiß, was passiert wäre, wenn sie nach der Hochzeit die Frauen verwechselt hätten! Ich meine allerdings, es ist gerade andersherum: Wenn die Frauen ihre Männer verwechselt hätten! Ich weiß ja nicht, wie es bei Euch in den großen Städten zugeht. Bei uns in Kasrilewke ist solch eine Sache bisher noch nicht vorgekommen, dass man in dieser Weise die Verhältnisse durcheinanderbringt. Hier heißt es immer noch: Eins von beiden, bin ich deine Frau, so bist du mein Mann, und bist du mein Mann, so bin ich deine Frau; was denn sonst? Bist du der Mann der anderen, bin ich die Frau des anderen. Bin ich wiederum die Frau des anderen, bist du der Mann der anderen. Man kann natürlich die Frage stellen und sich gut vorstellen, dass mein Mann es sich überlegt und sagt, er hat nichts daran auszusetzen, wenn er die Frau des anderen auch hat. Aber was soll das heißen? Wo bleibe ich dann? Und werde ich vielleicht dazu schweigen??!!

Kurzum, das alles ist nicht die Hauptsache, die ich Euch erzählen wollte. Die eigentliche Geschichte fängt jetzt erst an.

2.

Bis jetzt haben wir uns nur mit den Mejers und den Schnejers beschäftigt, das heißt, mit Mejer und mit Schnejer. Und wir haben ein bisschen auch mit ihrer Mutter und mit der Amme Bekanntschaft geschlossen. Wir haben aber noch kein Wort von ihrem Vater erzählt, so als hätten sie, Gott bewahre, gar keinen Vater gehabt. Soll uns Gott davor behüten, so etwas kann nur bei *ihnen*[3] passieren, bei *uns* kommt so was nicht vor. Bei uns ist es noch nie geschehen, dass ein Kind aufwächst und nicht weiß, wer sein richtiger Vater ist. Und wenn sich doch einmal solch eine Geschichte ereignet, dann ist es bestimmt irgendwo in Odessa passiert, in Paris oder im weit entfernten Amerika. Was Kasrilewke angeht, so kann ich Euch garantieren, dass dort so etwas noch niemals geschehen ist. Und wenn es doch geschehen ist, dann höchstens mit irgendwelchen anderen Leuten, also vielleicht mit einem Dienstmädchen oder mit einer jüdischen Tochter, die durch ein Missgeschick verführt und ein Opfer für fremde Sünden geworden ist.

Kurzum, die Mejers und die Schnejers hatten natürlich einen Vater, und dazu noch einen prächtigen Vater; sein Name war Reb Schimen, er war ein ehrlicher Mensch, und außerdem hatte dieser Reb Schimen auch einen Bart, einen großen, dichten, prächtigen Bart, wie bei einem ehrwürdigen Alten. Man kann ruhig behaupten, das bei Reb Schimen mehr Bart als Gesicht vorhanden war, und wegen diesem Bart konnte man sozusagen sein Gesicht fast nicht erkennen; aus diesem Grund hatte er in Kasrilewke nur den Namen Reb Schimen *Bart*.

Dieser Reb Schimen *Bart* war ein ... fragt mich lieber was Leichteres! Ihr könnt mich umbringen, ich weiß nicht, was er war. Ein Jude war er, der sich alle Tage seines Lebens mühte, er plagte sich redlich um das Stückchen täglich Brot, das heißt, er führte Tag für Tag seinen Kampf mit dem Elend. Mal hatte er einen Sieg über das Elend errungen, das andere Mal behielt das Elend die Oberhand. Wie es sich eben so mit den Kasrilewker Menschen verhält. Sie haben keine Angst vor dem Elend, sondern sie lachen es noch doppelt und dreifach aus.

Nun, Reb Schimen *Bart* lebte so lange, bis er starb. Und als er gestorben war, wurde er mit großen Ehren begraben, fast die ganze Stadt lief hinter dem Sarg her.

»Wer ist denn gestorben?«

»Reb Schimen.«

»Welcher Reb Schimen?«

»Reb Schimen *Bart*!«

»Was? Hat sich also Reb Schimen *Bart* auch davongemacht? ›*Boruch dajen emes*, gelobt sei der gerechte Richter!‹[4]«

So redete man in Kasrilewke und bedauerte nicht so sehr Reb Schimen *Bart* selbst wie die Tatsache, dass es in der Stadt schon wieder einen Juden weniger gab. Seltsame Kreaturen, die Juden aus Kasrilewke! Nicht genug damit, dass sie solche armen Leute sind, die niemals richtig satt werden. Aber sie hätten trotzdem am liebsten, wenn bei ihnen niemand stirbt. Ihr einziger Trost ist, dass überall gestorben wird, sogar in Paris; und dass sich keiner vom Tod freikaufen kann, nicht einmal Rothschild selbst, der doch fast mächtiger ist als die Obrigkeit. Aber wenn die Zeit zum Sterben kommt, und man ihn, mit Verlaub, bittet, er möge sich jetzt ›dorthin‹ aufmachen, so muss auch er gehen.[5]

Nun wollen wir zu den Mejers und den Schnejers zurückkehren. Während Reb Schimen *Bart* lebte, waren die Mejers und die Schnejers, so kann man es ausdrücken, ein Herz und eine Seele; aber als Reb Schimen *Bart* gestorben war, wurden sie mit einem Mal das Gegenteil: Feuer und Wasser, und waren jeden Moment bereit, übereinander herzufallen und sich gegenseitig die Bärte auszureißen. Ihr wollt sicher gerne wissen, weshalb und worüber? Und bestimmt werdet Ihr sagen: darüber, worüber sich alle Kinder nach dem Tod des Vaters verfeinden – bestimmt über das Erbe. Reb Schimen *Bart* aber hatte keine Felder, keine Wälder, keinen Grundbesitz oder Häuser oder Rendite hinterlassen und bares Geld schon gar nicht. Und auch keinen Schmuck, kein Silber oder Hausrat hinterließ er den Kindern. Keineswegs aus Bosheit oder Geiz, er hatte einfach nichts. Nun müsst Ihr aber nicht denken, Reb Schimen *Bart* hätte seinen Kindern gar nichts hinterlassen. Reb Schimen *Bart* hinterließ ein Familienerbstück, eine Art Wertsache, die man jederzeit zu Geld machen konnte. Man konnte sie verpfänden, verleihen oder auch verkaufen. Und dies war ein eigener Sitz im alten Kasrilewker Gebetshaus, ganz vorne an der Ostwand, genau gesagt, der Sitz neben dem Row, Reb Josifel, und von der anderen Seite gesehen der Sitz direkt neben dem heiligen Tora-Schrein. Es ist wahr, die Kasrilewker klugen Leute haben in dieser Sache eine Lebensweisheit: ›Besser ein Sitz auf dem Lande als ein Sitz in der Synagoge‹. Das ist aber nichts als ein kluger Spruch. Denn wenn man mit Gottes Hilfe einen eigenen Platz und dazu noch einen an der Ostwand hat, ist das jedenfalls nicht übel und sicher besser als gar nichts!

Kurzum, Reb Schimen *Bart* hinterließ dieses Erbstück, einen eigenen Sitz im alten Kasrilewker Gebetshaus. Allerdings vergaß er eine Kleinigkeit: zu bestimmen, wem er diesen Sitz vererben wollte – Mejer oder Schnejer?

Man könnte meinen, Reb Schimen *Bart*, er möge mir das verzeihen, hätte gar nicht damit gerechnet, einmal zu sterben! Vielleicht hatte er vergessen, dass der Todesengel ständig hinter unserem Rücken steht und jeden unserer Schritte und Tritte bewacht? Sonst hätte er doch sicher einen letzten Willen niedergeschrieben oder jedenfalls vor Zeugen bestimmt, wem von den beiden Söhnen er sein Erbstück hinterlassen will.

Nun, was denkt Ihr, was jetzt weiter folgt? Natürlich entstand schon am ersten Sabbat nach der dreißigtägigen Trauerzeit ein Streit zwischen den beiden Brüdern. Mejer, hört Ihr, Mejer meinte, dass nach Recht und Gesetz der Sitz des Vaters ihm zustehe, denn er sei doch der Ältere von beiden (immerhin um eine gute halbe Stunde älter!). Schnejer aber brachte gleich zwei Argumente für sich vor: Erstens weiß man nicht genau, wer von ihnen der Ältere ist, denn so wie die Mutter erzählte, hat man sie doch als Kleinkinder vertauscht; so kann es nun sein, dass er, Schnejer, in Wirklichkeit Mejer ist und Mejer wiederum Schnejer. Zweitens hat Mejer ja einen reichen Schwiegervater, der ebenfalls einen eigenen Sitz an der Ostwand des Bethauses besitzt, und einen Sohn hat der Schwiegervater nicht, da wird doch dieser Platz in hundertzwanzig Jahren mit Gottes Hilfe an Mejer übergehen, und dann könnte sich doch herausstellen, dass Mejer zwei Sitze an der Ostwand besitzt und Schnejer – nicht mal einen halben! Da muss man doch fragen: Wo bliebe da die Gerechtigkeit? Wo die reine Menschlichkeit?

Als er von diesen Überlegungen hörte, mischte sich Mejers Schwiegervater selbst in die Angelegenheit ein, ein wohlhabender Mann und dazu noch ein hochgekommener Reicher! Und er wurde gleich hitzig: »So eine Frechheit! Ich bin noch keine vierzig Jahre alt und habe zumindest vor, noch lange zu leben, und jetzt wollen sie schon mein Erbe verteilen? Und außerdem, woher will man denn so genau wissen, dass ich keinen Sohn mehr bekommen werde? Zwar stimmt es, ich selbst werde wohl keinen Sohn mehr bekommen, aber meine Frau kann sehr wohl noch einen Sohn bekommen, und nicht nur einen, sondern mehrere! Solch eine Frechheit von einem Abtrünnigen!«

Nun versuchten einige Leute zu vermitteln, sie wollten so etwas machen wie *jak ne psak to psakez*,[6] ›wenn schon keine klare Entscheidung, dann wenigstens eine gütliche Regelung‹; man solle zum Beispiel den Wert des Sitzes schätzen, also wie viel er wert ist, und ein Bruder solle den anderen ausbezahlen. Nun, das hört sich doch gut an oder nicht? Der Haken dabei ist nur, dass beide Brüder partout nichts von ›auszahlen‹ wissen wollten. Es geht ihnen doch nicht ums Geld, Geld zählt doch gar nicht! Wir haben es da also mit Starrsinn zu tun, mit purer Rechthaberei. Wie kann ein Bruder so verbohrt sein und dem zweiten nicht entgegenkommen? Aber warum soll *er* auf Vaters Platz sitzen und *ich* nicht? Es ging ihnen gar nicht mehr um den eigenen Vorteil, sondern darum, gegenüber dem anderen auf keinen Fall nachzugeben, wie es in der Geschichte von König Salomon und den beiden Frauen heißt: ›*Gam li, gam lech*, weder mir noch dir soll das Kind gehören!‹[7] Und die Mejers und die Schnejers begannen, einander zu befehden und einer dem anderen aus reiner Bosheit Übles zu tun. Eine gewaltige Genugtuung: über den anderen zu triumphieren!

Am nächsten Sabbat kam Mejer ein bisschen früher und setzte sich auf den Platz des Vaters; Schnejer aber blieb die ganze Zeit stehen. Am zweiten Sabbat kam Schnejer früher und setzte sich seinerseits auf den Platz des Vaters, Mejer dagegen blieb die ganze Zeit stehen. Am dritten Sabbat ging Mejer mit sich zu Rate und stand sehr früh auf, setzte sich auf den Platz und verhüllte den Kopf mit dem Gebetsmantel – nun, geh hin und mach etwas daran! Ging also am vierten Sabbat wiederum Schnejer mit sich zu Rate, kroch noch etwas früher aus den Federn, deckte sich ebenfalls den Tallit über den Kopf und setzte sich natürlich auch auf den Platz – nun, mach, was du willst, rutsch mir den Buckel runter! Geht am fünften Sabbat wiederum Mejer mit sich zu Rate, steht noch ein bisschen früher auf …

So lange krochen schließlich die Mejers und die Schnejers um die Wette aus den Federn, bis es sich einmal ereignete, dass sie an einem schönen *schabbes hagodel*, einem Sabbat vor Pessach,[8] beide gleichzeitig eintrafen. Draußen war es noch nicht richtig hell, beide stellten sich an die Tür des Bethauses (das Bethaus war nämlich noch verschlossen) und starrten einander wortlos und hasserfüllt an, wie Hähne, die bereit sind, jeden Moment aufeinander loszuspringen und einander die Augen auszupicken. Genauso, so müssen wir es uns vorstellen, standen einmal die ersten beiden Brüder, die ersten zwei Feinde auf der Welt, einander gegenüber, Kain und Abel, beide allein auf dem Feld, unter Gottes Himmel, in blinder Wut, bereit einander umzubringen, einer den anderen bei lebendigem Leib aufzufressen und so unschuldiges Blut zu vergießen.

3.

So haben wir also folgende Situation: die Mejers und die Schnejers am Sabbat früh morgens dort bei der Synagoge, wie sie verletzt und gekränkt einander gegenüberstehen wie die Hähne und dabei zum Angriff bereit sind und nur darauf warten, sich entweder die Bärte auszureißen oder einer dem anderen die Augen auszukratzen. Wir dürfen bei alledem aber nicht vergessen, dass die Mejers und die Schnejers doch Kinder aus gutem Hause sind, anständige junge Menschen und, Gott bewahre, keine Straßenjungen, die übereinander herfallen wie die Gojim, sie seien von uns wohl unterschieden. Sie warteten also, bis der Schammes Asriel kommen und die Tür des Bethauses öffnen würde; dann würde man ja sehen, wer als Erster des Vaters Platz erstürmen wird, Mejer oder Schnejer.

Die zehn Minuten, bis endlich Asriel mit dem Schlüssel erschien, kamen ihnen vor wie zehn Jahre. Und als schließlich dieser Asriel mit seinem zerzausten Bart da war, konnte er mit aller Gewalt nicht mit dem Schlüssel zum Schloss vordringen, weil sich beide Brüder direkt vor der Tür postiert hatten, der eine mit dem rechten, der andere mit dem linken Fuß auf der Schwelle; keiner wollte auch nur einen Spalt breit zurücktreten.

»Was soll dabei herauskommen? Was wollt ihr damit erreichen?«, sprach Asriel zu ihnen und nahm dabei eine Prise Tabak.

»Meinetwegen! Wenn ihr beide den Weg versperrt und euch gegen die Tür stemmt wie die Ziegenböcke, kann ich die Tür nicht öffnen und das Bethaus wird den ganzen Tag verschlossen bleiben. Ist das vielleicht vernünftig? Also, sagt es selbst!«

Es zeigte sich, das diese Worte eine Wirkung zeigten, denn die Mejers und die Schnejers gaben sich einen Ruck nach hinten, der eine nach rechts, der andere nach links, und machten so Asriel Platz, damit dieser mit seinem Schlüssel hingehen und aufschließen konnte. Als aber der Riegel zurückgeschoben war und sich die Tür geöffnet hatte, stürmten die Mejers und die Schnejers beide gleichzeitig hinein.

»Langsam, ihr werft ja glatt einen Menschen um«, schrie der Schammes Asriel, aber ehe er auch nur ein weiteres Wort sagen konnte, lag er wahrhaftig unter ihren Füßen und schrie wie von Sinnen: »Langsam, ihr trampelt einen Menschen tot, einen Familienvater!«

Den Mejers und den Schnejers aber waren in diesem Augenblick der Schammes Asriel und seine Kinder ganz egal, sie hatten nur den Sitz im Sinn, des Vaters Sitz. So rannten sie beide los nach vorne, hin zur Ostwand, sie sprangen schier über Stühle und Pulte, bis sie zu jenem Sitz kamen; dort versuchten beide, sich zu setzen, sie zwängten sich mit der Schulter gegen die Rückwand und mit den Füßen auf den Boden und von dem ganzen Gedränge fielen sie einer auf den anderen, sie packten einander bei den Beinen, sie knirschten wutschnaubend mit den Zähnen und keuchten dabei: »Den Teufel wirst *du* auf dem Sitz da sitzen!«

Mittlerweile hatte der Schammes Asriel wieder seine Knochen beieinander, er ging auf die Mejers und die Schnejers zu, und als er sah, dass sie beide am Boden lagen und einander an den Bärten hielten, versuchte er es zuerst im Guten: »Pfui, schämt euch, zwei Brüder, zwei leibliche Brüder, von einem Vater und einer Mutter, halten sich so an den Bärten fest? Und dann noch an einem heiligen Ort. Pfui!«

Der Schammes Asriel sah aber schnell ein, dass seine Ermahnungen in diesem Augenblick völlig umsonst waren, total in den Wind geredet. Im Gegenteil, mit seinen Worten hatte er noch Öl ins Feuer gegossen: Die beiden Söhne eines Vaters und einer Mutter steigerten sich derartig in ihrer rasenden Wut, dass bei dem einen ein Büschel schwarzer Haare (von Mejers Bart) und bei dem anderen ein Büschel roter Haare (von Schnejers Bart) in der Hand geblieben war. Auch zeigten sich jetzt blaue Flecken auf den Gesichtern, und bei einem von ihnen lief schon Blut aus der Nase.

Solange es bei Bärten und Ohrfeigen, Schlägen und Fausthieben und solchen Dingen geblieben war, hatte der Schammes Asriel noch ein paar Worte vorbringen und ein bisschen zum Guten ermahnen können. Inzwischen aber floss schon Blut, und Asriel wollte nicht mehr einfach so dabei stehen bleiben. Denn Blut, und wenn es auch nur aus der Nase tropft, ist eine schlimme Sache; so was passt zu Gojim, aber nicht zu Juden! Pfui, widerwärtig ist das! Und der Schammes Asriel überlegte nicht lange, lief nach vorne in den Vorraum der Synagoge, schnappte sich einen Eimer voll Wasser und schüttete ihn über die beiden Brüder.

Kaltes Wasser ist von jeher, schon seit die Welt besteht, das beste Mittel, um einen Menschen zur Vernunft zu bringen. Mag ein Mensch auch heftigsten Zorn empfinden, die größte Wut – wenn er dann aber eine kalte Dusche bekommt, so wird er auf einmal klar in den Gedanken, es wird ihm kühl im Kopf, und er kommt wieder zu Sinnen. Von diesem unerwarteten kalten Bad, mit dem Asriel sie beehrte, erwachten die Mejers und die Schnejers plötzlich aus dem Schlaf, sie schauten einander in die Augen, schämten sich auf einmal, so wie sich Adam und Eva schämten, als sie vom Baum der Erkenntnis probiert und erkannt hatten, dass sie nackt waren.

Und noch am selben Sabbatabend gingen die Mejers und die Schnejers zusammen mit einer Reihe anderer Leute zum Row Reb Josifel, um ihn nach seiner Meinung zu befragen und seine Entscheidung anzunehmen.

4.

Wenn Kasrilewke nicht solch ein verlassenes Nest wäre und nicht derart weit von der großen Welt entfernt läge und wenn dort, nur um ein Beispiel zu nennen, Zeitungen erschienen, Gazetten und Journale, dann hätte die große Welt bestimmt etwas von Reb Josifel, dem Rabbiner, gehört. Alle Blätter wären von ihm und seiner Weisheit voll gewesen. Kluge Menschen, Gelehrte und Berühmtheiten der ganzen Welt hätten sich zu ihm aufgemacht, um ihn mit eigenen Augen zu sehen und aus seinem Munde seine klugen Gedanken zu hören. Fotografen und Zeichner hätten ihn porträtiert und sein Bild in alle vier Winde verbreitet. Reporter wären ihm auf die Nerven gegangen und hätten ihm keine Ruhe gelassen. Sie hätten alles erfahren wollen, was bei ihm geschieht. Welche Speisen bevorzugt er? Wie viele Stunden schläft er tagsüber? Glaubt er an die Unsterblichkeit der Seele oder nicht? Welche Meinung hat er zum Zigarettenrauchen; setzt er sich dafür ein, mit Fahrrädern zu fahren – und lauter solche Sachen. Aber da Kasrilewke ein gottverlassenes Nest ist und weit verborgen hinter der großen Welt liegt und weil dort weder Gazetten noch Zeitungen noch Journale erscheinen, hat die Welt nicht die Spur einer Ahnung vom Row, Reb Josifel. Nicht einmal sein Name wird in den Blättern erwähnt. Weise, Gelehrte und Berühmtheiten fahren nicht zu ihm. Fotografen und Zeichner porträtieren ihn nicht. Reporter lassen ihn in Ruhe. Und Reb Josifel verlebt seine Tage still, bescheiden und ohne Aufhebens und großes Theater. Niemand weiß von ihm etwas zu berichten außer der Stadt Kasrilewke, die ihn allerdings bewundert, eine besondere Meinung von ihm hat und ihn hoch in Ehren hält (es stimmt, Geld gibt es nicht in Kasrilewke, aber Ehre – Ehre, soviel Ihr wollt!!! …). Man sagt von ihm sogar, dass er ein ›Nister‹ sei, ein verborgener Weiser,[9] der mit seiner Weisheit nicht nach außen tritt, aber wenn man wegen einer Entscheidung zu ihm kommt, sieht man, wie klug, wie tiefgründig, wie scharfsinnig er rät; nichts anderes als Salomons Weisheit herrscht hier!

Die *Hawdole* beendet und *Hamawdil*[10] gesagt, kamen die Mejers und die Schnejers wegen ihrem Rechtsstreit zum Rabbiner Reb Josifel; dort war schon der ganze Raum mit Menschen gefüllt. Die Stadt war gespannt zu hören, wie Reb Josifel in dieser Sache entscheiden wird. Wie kann er einen einzigen Erbsitz unter zwei Brüdern verteilen? Zuerst einmal ließ Reb Josifel die Parteien ihre Sache ausführlich darlegen. Denn Reb Josifel ist der Meinung, dass man vor der Entscheidung die Parteien alles vorbringen lassen soll; denn was werden ihnen all ihre Argumente *nach* der Entscheidung helfen? Danach ließ er auch den Schammes Asriel so viel reden, wie der wollte. Denn Asriel ist hier immerhin der direkte Zeuge. Dann haben auch noch andere Männer gesprochen. Wer nur etwas Mitgefühl zeigen wollte, mischte sich mit einem Wort ein, und wahrhaftig nicht nur mit einem einzigen Wort, sondern mit allerhand Worten! Reb Josifel ist gottlob ein Mensch, der alle ausreden lässt. Ich für mich habe schon lange verstanden, dass Reb Josifel so eine Art Philosoph ist; er handelt nach der Erkenntnis: Wie viel ein Mensch auch reden mag, einmal muss er doch aufhören.

Und so geschah es auch. Die ganze Stadt redete und redete – und hörte dann einmal auf zu reden. Und als die Leute aufgehört hatten zu reden, wandte sich Reb Josifel langsam, ruhig und bedacht, wie es seine Art ist, mit folgenden Worten an die Mejers und die Schnejers:

»*Schme'u no rabojsim*, hört zu, meine Herren, hört zu, ihr Männer: Der Kern der Sache verhält sich so: Nachdem ich euer beider Argumente und die Argumente aller übrigen Männer hier gehört habe, erkenne ich daraus, dass ihr in der Tat beide recht habt.

Ihr hattet ja beide einen Vater, und dazu noch einen anständigen Vater, möge er ein helles Paradies haben. Der Nachteil ist nur, dass er beiden Söhnen alles in allem einen einzigen Erbsitz hinterlassen hat. Natürlich ist euch beiden der Sitz des Vater teuer; immerhin ein eigener Sitz an der Ostwand und noch im alten, sehr alten Kasrilewker Bethaus. Das kann man nicht so einfach beiseiteschieben. Aber was ist nun zu tun? Genauso wie es unmöglich ist, dass ein Mensch zwei Sitze gleichzeitig einnimmt, so ist es auch unmöglich, dass zwei Menschen sich mit einem einzigen Sitz begnügen können. Obwohl es mir so scheint, als ob es noch viel leichter sei, dass ein Mensch zwei Sitze einnehmen kann, als dass auf einem einzigen Sitz gleichzeitig zwei Menschen sitzen. Denn wenn ein Mensch zum Beispiel zwei Sitze besitzen sollte, so setzt er sich einmal auf diesen Sitz und ein anderes Mal auf jenen Sitz, aber wenn zwei Menschen versuchen, sich zur gleichen Zeit auf ein und denselben Sitz zu setzen, so geht das nicht! Nur als Beispiel: Jetzt lege ich die rechte Hand auf dieses Buch, wenn ich dann zur gleichen Zeit, im selben Moment, die linke Hand auf dieselbe Stelle legen wollte, wo die rechte Hand liegt, so kann ich es nicht. Warum nicht? Weil der Höchste die Welt so geschaffen hat; aber eines Menschen Verstand kann das nicht erfassen. Nicht anders ist es! Aber nun bleibt doch die Frage: Was macht man mit zwei Brüdern, wenn sie nur einen Vater hatten, der ihnen im Ganzen einen einzigen Sitz hinterlassen hat? Beide Brüder wollen ihn haben; immerhin ist es ein eigener Sitz an der Ostwand, im alten, sehr alten Kasrilewker Bethaus. Das kann man nicht einfach so mit der Hand wegwischen. So muss man folgern: *Jachalojku*, sie sollen teilen.[11] Wie aber teilt man einen einzigen Sitz? Ein Sitz ist doch nicht ein ... ein ... ein Apfel, den man in zwei Hälften zerschneidet und sagt: Da hast du einen halben Sitz und da hast du den anderen halben Sitz. Es gibt aber eine Lösung, wie ihr beide an der Ostwand sitzen könnt, jeder auf einem Sitz, einer neben dem anderen. Das habe ich, Gott sei Dank, mit meinem eigenen Verstand herausgefunden, nämlich so: Da der Sitz eures Vaters und mein eigener Sitz zusammen zwei Sitze sind, und zwar ein Sitz neben dem anderen, so werdet ihr euch, meine lieben Brüderchen, auf diese beiden Sitze setzen, und beide werdet ihr ganz wunderbar sitzen, ein Sitz neben dem andern Sitz, und ihr werdet euch nicht mehr streiten! Die Frage ist natürlich: Was werde *ich* ohne einen Sitz machen? Die Antwort hierauf heißt: Wo steht denn geschrieben, dass ein Rabbiner oder irgendein anderer Jude einen eigenen Sitz haben muss, und dazu noch an der Ostwand und dann noch im alten Bethaus? Denn, lasst es uns gut betrachten: Was ist denn ein Bethaus? Nun, doch ein heiliger Ort! Warum gehen wir ins Bethaus? Um Gebete zu sprechen. Zu wem? Zum Höchsten. Und wo ist Er? Überall, denn ›die ganze Erde ist Seiner Ehre voll‹.[12] Die ganze Erde! Wenn es so ist, was bedeutet dann Osten, Norden, Süden, was heißt dann ›ganz vorne im Bethaus‹ oder ›bei der Tür‹? Hauptsache, es ist ein heiliger Ort, und Hauptsache, es wird gebetet!

Moschl lemo hadower dojme, womit ist das zu vergleichen?[13] Mit einem König, dessen zwei Knechte zu ihm in den Palast kamen, um sich eine Wohltat zu erbitten. Plötzlich aber haben sich die beiden Knechte untereinander zerstritten, und vor den Augen des Königs fuhr einer dem anderen in den Bart, und sie vergaßen darüber vollkommen, weshalb sie gekommen waren und vor wem sie standen. Da hat ihnen der König natürlich deutlich die Meinung gesagt und befohlen, dass man sie, mit Verlaub, gleich wieder hinauswarf: ›Eins von beiden, entweder ihr wollt euch die Bärte raufen, dann geht bitte nach draußen, und streitet euch dort, so viel euer Herz begehrt! Was habt ihr im Palast des Kaisers zu suchen, wenn ihr nicht wisst, wie ihr euch benehmen sollt?‹

Das ist das Gleichnis, und das Gleichnis passt auf euch! Also, geht nun nach Hause, Kinder, und lebt in Frieden miteinander und lasst euren Vater dort der Fürsprecher für euch und für uns und für ganz Israel sein.«

So traf Reb Josifel die Entscheidung in dieser Sache, und die Leute gingen nach Hause. Am folgenden Sabbat kamen die Mejers und die Schnejers ins Bethaus und stellten sich zum Gebet neben die Tür. Wie sehr man sie auch bat, der Schammes von der einen Seite und Reb Josifel von der anderen Seite, sie wollten auf keinen Fall an der Ostwand Platz nehmen.

Wer zu einem günstigen Preis einen eigenen Sitz an der Ostwand im alten Kasrilewker Bethaus sucht, direkt neben Reb Josifel, dem Row, der soll sich nach Kasrilewke wenden, an Reb Schimen *Barts* Kinder, an Mejer oder an Schnejer – das ist vollkommen egal. Man wird ihn Euch spottbillig verkaufen, denn keiner sitzt auf diesem Platz, weder Mejer noch Schnejer. Es gibt dort einen leeren Sitz – und das ist doch eine Sünde vor Gott!

»Mit Gottes Hilfe …!«

Ein Monolog

»Wie Ihr mich da vor Euch seht«, sagte ein Kasrilewker Fuhrmann zu mir, wobei er sich zu uns in den Wagen beugte, während er Pferde und Wagen sich selbst überließ, »wie Ihr mich da vor Euch seht, bin ich ein Mann, der mit Gottes Hilfe zwei eigene Pferde besitzt. Der da, der *Bulaner* mit dem gelben Fell, ist schon mit Gottes Hilfe acht Jahre bei mir, so wie Ihr ihn da vor Euch seht, ein Schwerfüßiger, kein Renner, aber er kann was aushalten, ein gutes Pferd; der Kastanienbraune ist mit Gottes Hilfe auch ein robustes Pferdchen. Bei solchen zwei Pferden, wenn Gott noch gute und dazu ausreichend Passagiere schickt, kann man mit Gottes Hilfe sein ordentliches Auskommen haben, und Lebensunterhalt braucht man nun einmal, denn zu Hause sitzt doch eine Frau und dazu noch mit Gottes Hilfe sechs gute Esser. Sie heißt Esther und kommt mit Gottes Hilfe jedes Jahr nieder, darum sieht sie auch aus wie ein Gespenst. Dabei war sie einmal hübsch, und vornehm, eine Schönheit war sie, als wir geheiratet haben! Zu der Zeit war ich noch ein Kutscher bei fremden Leuten – aber ein Bursche, so stark wie von Eisen. Was machte mir der Winter aus oder ein heißer Sommer? Werde ich vielleicht Angst vor Schnee haben? Oder vor dem Matsch? Oder dass der Wagen umstürzt?

Ich habe ihn selbst mit den Schultern hochgestemmt und ihn aus dem Matsch herausgehoben und nicht mal das Gesicht dabei verzogen. So ein Kerl war ich damals. Und sie also, Esther, war ja ein Waisenmädchen, aber ein anständiges Kind, Tochter eines Melameds. Da sie aber nicht die Einzige im Haus gewesen ist – sie waren mit Gottes Hilfe zusammen acht Kinder – und die Mutter eine arme Witwe, wollte diese natürlich unbedingt, dass die Tochter heiratet. Man redete ihr mit Gottes Hilfe die schönsten und feinsten Partien ein. Es gab aber einen Haken: Geld war keines da. Ich wohnte mit ihnen unter einem Dach, und so sagte ich einmal zu ihr, also zu Esther, an einem Feiertag war es, alle anderen waren in der Synagoge: ›Esther‹, sage ich zu ihr, ›willst du mich nehmen?‹ Sie schweigt. Da sage ich noch einmal zu ihr: ›Esther‹, sage ich, ›sieh nicht darauf, dass ich ein Kutscher bei fremden Leuten bin, ich habe‹, sage ich, ›aber gute dreißig Rubel gespart. Wenn ich heirate‹, sage ich, ›kaufe ich mir gleich mein eigenes Pferd und werde, so Gott will, selbst ein Fuhrmann‹, sage ich. ›Ich bin auch ein guter Arbeiter, schuften kann ich, und es wird dir bei mir mit Gottes Hilfe sehr gut gehen‹, sage ich, ›das Allerbeste wirst du bei mir bekommen.‹ Sie schweigt.

Kurzum, wir haben geheiratet. Als wir geheiratet hatten, kriegte sie bald Kinder, mit Gottes Hilfe jedes Jahr eins. Aber als sie begann, niederzukommen, fing sie an zu kränkeln, und danach war sie dauernd krank, die ganze Zeit! Ich sage zu ihr: ›Esther, womit soll das enden, wenn du immer krank bist?‹ Sie lacht. ›Esther‹, sage ich zu ihr, ›du lachst, aber mir blutet das Herz, wenn ich dich ansehe. Vielleicht‹, sage ich, ›sollten wir besser zu einem Doktor gehen? Wer weiß‹, sage ich, ›vielleicht wird er eine Abhilfe finden?‹ Wir nahmen uns also vor, zum Doktor zu gehen; immer von neuem nahmen wir es uns vor, denn wann habe ich, ehrlich gesagt, einmal Zeit, wo man doch die ganze Woche bei der Arbeit ist. Höchstens am Sabbat!

Um es kurz zu machen, einmal an einem Sabbat nahmen wir uns Zeit und gingen wirklich zum Doktor. Als wir bei diesem Doktor angelangt waren, fragte ich ihn: ›Was kann man denn machen, Panje Marschalki, dass sie nicht dauernd krank ist?‹ Er betrachtet sie, horcht sie auch ab und sagt dann zu mir: ›Deine Frau ist nicht gesund.‹ Sage ich zu ihm: ›Schön, Herr Geheimrat, dass Ihr mir das mitgeteilt habt, sonst hätte ich es nicht erfahren.‹ Er aber sagt zu mir: ›Das wollte ich damit nicht sagen, sondern dass du gut auf sie aufpassen musst, sehr gut sogar, wie auf deinen Augapfel. Sie darf‹, sagt er, ›keine Kinder mehr bekommen, denn wenn sie noch ein oder zwei Kinder kriegt‹, sagt er, ›wird sie dir zusammenbrechen und eingehen.‹ ›Eingehen?‹, sage ich. ›Beißt Euch besser die Zunge ab, mein lieber Herr, sie ist bei mir das Allerwichtigste, sie ist mir wichtiger als ich selbst und vielleicht sogar noch wichtiger als meine zwei Pferde. Und Ihr sprecht von ›eingehen‹, sage ich, ›was redet Ihr überhaupt daher? Was nützen mir Eure Ratschläge? Gebt ihr besser eine Arznei, irgendein Pulver, und wir gehen wieder heim.‹

Als wir nach Hause kommen, sage ich zu ihr: ›Esther, hast du gehört, was der kluge Doktor gesagt hat?‹ Sie lacht.

Kurzum, ein Jahr und noch ein Jahr gehen vorbei, und immer schlimmer wird es mit ihr. Die Kinder dagegen, Ihr solltet sie mal sehen, mit Gottes Hilfe alle frisch und munter, eins wie das andere. Der älteste Junge ist schon dreizehn Jahre alt. Ich gab ihn in den Cheder und wollte einen Studierten aus ihm machen. Was, er ein Studierter? Wo sein Kopf doch ständig nur bei den Pferden ist! Der andere ist genauso und der dritte ebenfalls. Wenn ich nach Hause komme und die Pferde ausspanne, oho, schon ist mit Gottes Hilfe meine Bande da. Einer gleich auf dem Wagen, der andere unterm Wagen, der dritte sitzt auf einem Pferd, der nächste auf dem anderen Pferd, und der Kleine reitet auf der Deichsel. ›Ihr Nichtsnutze‹, sage ich, ›dass euch die Erde verschlinge! Zeigt lieber etwas mehr Eifer für den Siddur!‹

Es ärgert mich, hört Ihr, es kostet mich mein Blut! Man zahlt Schulgeld, die ganze Woche führt man ein Hundeleben, man fährt mit dem Wagen raus und wieder rein. Ich verdiene ja damit mein Stückchen Brot. Aber nicht mehr als das bisschen Brot täglich und mehr als die Hälfte von allem ist doch für sie reserviert, für die Pferde, nicht dass ich sie gleichsetzen will. Sie brauchen doch mit Gottes Hilfe jeden Tag ihr Heu und ihren Hafer, den Wagen muss man auch schmieren und dann noch eine ganze Familie aushalten, das ist doch nicht gerade eine Kleinigkeit! Und selbst ist man doch auch ein Mensch; draußen auf der Straße mit Gottes Hilfe nicht mehr als ein Fuhrmann, aber immerhin noch was anderes als ein Kutscher bei fremden Leuten, und so braucht man mal etwas Schnaps, mal ein bisschen was zum Essen, man kann doch die Seele nicht einfach ausspucken! Und dann auf einmal, rums, bricht mit Gottes Hilfe ein Pferd zusammen, und dann ist wieder Schluss mit der ganzen Herrlichkeit!

Ein kleines Glück für unsereinen ist ja, dass Gott uns wenigstens den Sabbat geschenkt hat, wirklich ein Geschenk des Allmächtigen! Kommt nämlich Sabbat, so werdet Ihr mich nicht wiedererkennen, ein neuer Mensch steht dann mit Gottes Hilfe vor Euch! Wenn ich am Freitag früh nach Hause komme, dann heißt es vor allem anderen: ins Gemeindebad! Dort sitze ich ausgiebig im Dampf, ich genieße das von allen Seiten. Dabei kriege ich mit Gottes Hilfe eine neue Haut! Frisch und munter komme ich nach Hause und finde schon auf dem Tisch die zwei schönen Messingleuchter vor, daneben zwei Sabbatbrote, und der wunderbare Fisch verbreitet schon seinen Duft vom Ofen her im ganzen Zimmer. In der Stube ist es warm, in allen Ecken sauber und rein. Voll Wonne sehe ich, dass mit Gottes Hilfe der *Tscholent* schon im Ofen steht, der Ofen selbst ist schön sauber gerieben, die Katze wärmt sich, ich selbst – es sei wohl unterschieden – überfliege mit Gottes Hilfe zweimal den Wochenabschnitt[1], danach gehe ich in die Synagoge zum Gebet, komme mit dem breiten fröhlichen ›Gut Schabbes!‹ nach Hause, sage das *Scholem Alejchem,* ich mache den schönen Kiddusch über einem kleinen Gläschen Schnaps, esse das herrliche Abendessen, die schmackhaften Fische, die gute Suppe, den wunderbaren Zimes und lege mich dann etwas hin zum Ausruhen. Und die

Nacht schlafe ich dann mit Gottes Hilfe wie ein König. Morgens wieder in die Synagoge wie ein Graf, und zu Hause warten schon alle sabbatlichen Speisen: der erlesene Rettich und die koscheren Zwiebeln, kleingehackte Eier und prachtvolle Leber, herrliche Sülze von Kalbsfüßen mit dem feinen Knoblauch, die heiße Suppe und der fette Kugl, von dem mit Gottes Hilfe das Fett herunterrinnt wie aus einem Quarkbeutel die Molke. Natürlich kann man nach solch einem Essen gut schlafen. Und wenn man nach der warmen Mahlzeit gut ausgeschlafen hat, verspürt man doch etwas Lust auf einen Trunk. Wenn Euch etwas schwer auf dem Magen liegt, so ist doch, sagt man, Apfelkwass kein übler Tropfen und Birnenzimes gerade das Richtige. Und nachdem man mit Gottes Hilfe ein Viertel Apfelkwass getrunken und dazu etwas Birnenzimes gegessen hat, wendet man sich dem Psalter zu, ganz gemütlich nimmt man sich einen Psalm nach dem anderen vor. Sie fliegen dahin, die Psalmen, wie die Meilensteine auf der großen Landstraße, einer nach dem anderen, denn auch wenn ich nur ein Fuhrmann bin, wie Ihr mich da vor Euch seht, laufen aber bei mir die Psalmen wie geschmiert, ach, würden meine Bastarde, die Kinder, das in hundertundzwanzig Jahren nach Vaters und Mutters Tod noch können, der Teufel soll sie holen … Brrr, brrr, dass euch die Erde verschlinge! …«

So wandte sich der Kasrilewker Fuhrmann plötzlich an seine Pferde, an den *Bulaner* mit dem gelben Fell und den Kastanienbraunen, die seinen Wagen den Berg hinuntergejagt und ihn in rasender Fahrt vom Weg abgebracht hatten. Und ehe wir uns versehen, liegen wir schon mit dem Wagen im Matsch. Die Passagiere uns gegenüber befinden sich nun, mit Verlaub, unten. Und wir, die anderen Wageninsassen, liegen auf ihnen. Und sowohl der *Bulaner* als auch der Kastanienbraune drehen die Köpfe nach unten, bewegen ihre Füße und geben röchelnde Laute von sich, sie wollen sich sichtlich herausschaffen, können es aber nicht.

»Seit ich zu Verstand gekommen bin, hört ihr«, sagt der Kasrilewker Fuhrmann, dem dies alles etwas unangenehm ist, zu uns, nachdem er die Pferde und den Wagen und alle Passagiere aus dem Matsch gezogen hat, »seit ich ein Fuhrmann bin, und das sind mit Gottes Hilfe gute zwanzig Jahre, was meint ihr, wie viel Mal ich schon beim Runterfahren kopfüber unter dem Wagen gelandet bin, wie viel Mal? Im Ganzen ist es schon mit Gottes Hilfe das dritte Mal!«

Eine total verpfuschte Hochzeitsfeier

Wie sollte sich Noah Zelniker nicht freuen, wo Gott ihm doch geholfen hat und er jetzt das letzte Kind verheiraten kann, also seiner jüngsten Tochter die Hochzeit bereitet?

Mit wem?

Was für einen Unterschied macht es, ob mit Borech oder mit Sorech, meinetwegen mit Fajtel oder mit Trajtel? Die Partie ausgemacht, dann die Hochzeitsfeier besorgt, und Schluss!

Nun meint Ihr vielleicht, Noah Zelniker sei einer von den Vätern, die nur die Tochter loswerden wollen, also eine Last von den Schultern werfen – egal wohin? Hauptsache, sie sind sie los? Da irrt Ihr euch sehr. Solch einen Vater wie Noah findet Ihr nicht noch einmal auf der Welt:

Sein ganzes Leben lang hat er sich für die Kinder geopfert, sie großgezogen, er hat es oft sehr schwer gehabt, ganze Tage in der Hitze und ganze Nächte in Frost, bei Regen und im Dreck sich herumgeschleppt, mehr als einmal lag er unter dem Wagen, ein paar Mal im Winter war sogar das Eis unter ihm eingebrochen und er lag in der *polonke*, einem Eisloch, er verkühlte sich die Lunge und bekam danach einen gefährlichen Husten. Ihr fragt noch, wie einem das Leben bitter werden kann? Versucht mal, dabei Frau und Kinder zu ernähren! Und das alles von einem Kurzwarengeschäft, einem »Galanteriewarenhandel«, und das Ganze noch in Kasrilewke!

Als die Kinder kleiner waren, hat er sich fast umgebracht für sie: sie gewickelt, gefüttert, ihnen die Haare gewaschen – alles! Ihr werdet fragen: Wo war eigentlich die Mutter?

Die Mutter Zelda war im Handel tätig, vor allem mit den Gutsbesitzern. Genau gesagt: er für die aus der Stadt, und sie für die aus der Umgegend. Warum eigentlich sie und nicht er? Sie versteht eben ihre Sprache, sie kann sogar mit einem Baron reden. Und sie schafft es, Ware in der Fremde abzusetzen.

Mit den Leuten in der Stadt kommt Zelda nicht zurecht. Sie kann die Kasrilewker Kundschaft nicht ausstehen, sie ist ihr zu schlau! Gutsbesitzer jedoch – das sind ganz andere Menschen. Ein Gutsbesitzer, wenn man zu ihm sagt: »*Jak Boga kocham*, so wahr ich lebe«, dann glaubt er Euch das. Aber ein Kasrilewker Jude wird Euch, selbst wenn Ihr vor ihm die Erde fresst, dass es die Feinde Israels treffe, mit einem Lächeln ins Gesicht sagen: »Warum wollt Ihr einen Eid schwören? Ich glaube Euch auch ohne Schwüre.«

Zelniker gibt seiner jüngsten Tochter fünfundsiebzig Rubel Mitgift, das heißt, versprochen hat er hundertfünfzig, fünfundsiebzig beim Verlobungsvertrag und weitere fünfundsiebzig später, wenn *lichschejarchew* kommt, wenn bessere Zeiten kommen! Der *lichschejarchew* aber ist noch nicht erschienen. Auf diesen *lichschejarchew* wartet Kasrilewke schon eine ganze Reihe von Jahren, aber immer noch ist er nicht da. Einmal wird er aber kommen, oder etwa nicht? Es kann gut sein! Warum sollte er denn noch schlimmer sein als der Messias? Warten denn Juden nicht schon ewig auf den Messias?

Mit einem Wort, Ihr könnt Euch darauf verlassen: Wegen der Mitgift wird die Partie nicht platzen! Es ist doch eine Angelegenheit unter vertrauten Menschen: Die Verwandten beider Seiten kennen sich und schätzen einander, die Frauen beider Seiten kennen sich und mögen einander, Bräutigam und Braut kennen sich und sind einander zugetan.

Fast hätte ich mich verplappert und es wäre mir ein Wort zu viel rausgerutscht. Aber wenn Ihr versprecht, dass es ein Geheimnis bleiben wird, dann will ich Euch etwas anvertrauen:

Lange, bevor es Reb Scholem Schachne in den Sinn gekommen war, diese Partie auszuhandeln, haben sich Bräutigam und Braut schon gut gekannt. Sie haben sich sogar schon Briefchen geschrieben, in denen sie sich einander versprochen hatten.

Er lernte damals im Cheder; sie stand im Laden. Einmal ging er dort mit dem Tefillinbeutel auf dem Weg zum Gebetshaus vorbei. Es war an einem Neumond. Da sah er sie in der Tür stehen, in einem roten Baumwollkleid, das sie selbst genäht hatte, und einem weißen, bestickten Tuch um den Kopf, auch das ihre eigene Arbeit. Und ihre schönen, schwarzen großen Augen blickten direkt auf ihn und lachten. Er jedenfalls war der festen Überzeugung, dass sie wirklich *ihn* meinte und auf *ihn* blickte. Die Sonne brannte, ein warmes Lüftchen stahl sich zu ihm und streichelte seine Schläfenlocke, und er brummte in sich hinein: eine schöne Frau, die Frejdel!. Danach konnte er nicht mehr mit Andacht die Gebete sprechen; dauernd stand sie ihm vor den Augen.

Beim Hallel, genau beim *min ha-mejzer,* in meiner Not rufe ich …,[1] erinnert er sich wieder an Zelnikers Tochter und an ihre schönen, schwarzen großen Augen. Er beginnt sich heftig hin und her zu wiegen und schreit das *ha-mejzer* mit lauter Stimmer heraus, damit er es nicht vergisst.

Er geht vom Lehrhaus nach Hause und schaut umher, vielleicht wird er Frejdel sehen.

Er kommt in den Cheder, er fängt mit dem Talmud an, er schaut in die *Tojsefes* rein, den Kommentar[2] – wieder hat er Frejdel vor den Augen.

Nachts im Traum sieht er Frejdel, überall Frejdel!

Reb Scholem Schachne, dem Schadchen, war genau dasselbe in den Sinn gekommen. Er ging zu Noah Zelniker in den Laden, um die Heirat von dessen jüngsten Tochter mit Borech Ben Zions Sohn David vorzuschlagen; er nahm die Tabaksdose heraus und fing an darzulegen, was für ein Prachtexemplar er ihm für seine Tochter beschafft hat. Da musste sich Frejdel zur Seite wenden, damit man nicht sah, dass sie rot geworden ist.

Um ihren weißen Hals, versteht Ihr mich, hatte sie ein Band, und an diesem Band hing ein Sparstrumpf, und im Sparstrumpf befand sich ein Brief und in dem Brief stand in schönster Handschrift auf Jiddisch geschrieben, mit Verzierungen und Akzentzeichen und Schnörkeln: »Teuerstes und liebstes Herz. Meine Freundin und meine Krone, mein Entzücken und mein Leben, Frejdel! Gott behüte dich! Wenn unser Fluss aus lauter Tinte bestünde und der Wald mit Federkielen gefüllt wäre und die ganze Welt aus Papier wäre und ich dir ganze Tage und ganze Nächte lang schreiben würde, so könnte ich dir doch nicht mal den zehntausendsten Teil von dem beschreiben, was mein Herz für dich fühlt, von der ersten Minute an, als ich dein strahlendes Gesicht sah, das noch schöner als die Sonne glänzt, und deine süße Stimme gehört habe, die noch süßer ist als der süßeste Wein.«[3]

Und so weiter ...

Das Pärchen hat sehr lange gebangt, welch eine Partie Reb Scholem Schachne vorschlagen würde. Und als dann die Partie vereinbart war, schickte der Bräutigam der Braut ein paar goldene Ohrringe für fünfzehn Rubel, und die Braut nähte dem Bräutigam einen neuen Tefillin-Beutel, mit silbernen Buchstaben auf Samt verziert: einem Davidstern und zwei Löwen und oben drüber eine Krone. Wer die Handarbeit betrachtete, kam aus dem Staunen nicht mehr heraus. So etwas wie dieses Paar gab es nicht noch einmal auf der Welt! Still, ohne viel Worte zu machen, warteten sie die Stunden, ja die Minuten bis zur Chuppa ab; die Hochzeit war auf den Sabbat nach Tischebow gelegt worden. Dann endlich kam die glückliche Stunde, die gesegnete Zeit: Herzlichen Glückwunsch!

Wer das erlebt hat: die Zelnikerin Zelda am Tag von Frejdels Chuppa im Seidentuch, unter dem Hals von zwei Spitzen zusammengehalten; wie sie dabei mit heiserer Stimme schrie: »Wo steckt denn nur Noah? Welch ein Verhängnis mit ihm!«, der weiß, was »stark beschäftigt« bedeutet.

»Bräutigam und Braut fasten«, schrie sie mit etwas schriller Stimme. »Und *er* ist verschwunden, weiß der Teufel wohin, Noah! Wo steckst du denn? Hilfe, Noah! Ich überlebe das nicht, Noah!!« »Wo ist der Schwiegervater?«, unterstützen sie die Verwandten von ihrer Seite. Es ist schon Zeit, die Braut auf den Thron zu setzen! Wo ist der Schwiegervater?«

Der Schwiegervater aber sitzt in einer Ecke. Dorthin hat er sich mit einem »guten Freund« verzogen, mit Reb Mojsche Jossi, dem Schwiegersohn des Rows, und schüttet ihm sein bitteres Herz aus, welch eine verdorbene Hochzeitsfeier er hat. Alle Töchter hat er mit Gottes Hilfe verheiratet, wie es sich gehört. Jedes Mal hat er die Jehupezer Klezmorim herbestellt. Und jetzt ist die Reihe an der Jüngsten, und es sind keine Klezmer da! Eine überstürzte Hochzeit! Eine verpfuschte Hochzeit!

Mojsche Jossi, der Schwiegersohn des Rows, streichelt sich den Bart, schaut mit lachenden Augen auf den verstörten Schwiegervater des Bräutigams und sagt zu ihm:

»Aber Ihr habt doch Musiker! Sind denn die hiesigen Musikanten keine Klezmer?«

»Geh weg, das sollen vielleicht Klezmer sein?«, meint Noah zu ihm. »Eine Hochzeit ohne Jehupezer Musikanten!!«

Hätte Noah früher gewusst, dass die Jehupezer Musikanten nicht kommen würden, so hätte er die Hochzeit auf Mitte Elul verschoben.

Später, gleich nach der Chuppa, war er schon wieder verschwunden.

»Wo ist Noah?«, schreien die Verwandten der Braut.

»Wo ist der Schwiegervater?«, schreien die Verwandten vom Bräutigam.

Der Vater? Der Schwiegervater? Zelda findet ihn und wäscht ihm ordentlich den Kopf; dabei schlägt sie die Hände zusammen:

»Eine schöne Hochzeit machst du deiner jüngsten Tochter!«

»Ohne die Jehupezer Klezmorim«, ruft Noah aus, »ist das eine Beerdigung, keine Hochzeit! Eine total verpfuschte Hochzeit!«

»Gott steh dir bei, Noah! Was erzählst du da, Noah«, sagt Zelda zornig zu ihm. »Sind denn Kasrilewker Klezmorim keine Menschen? Haben Kasrilewker Klezmorim vielleicht keine Kinder? Müssen Kasrilewker Klezmorim vielleicht nichts essen? Pfui, schämen sollst du dich, in Grund und Boden! Auf, Reb Jehoschua Heschel, einen Tanz!«

Und Reb Jehoschua Heschel, der Klezmer, ein älterer Mann im wattierten Kaftan, mit dicken Schläfenlocken und einem langen *Tales-kotn*, gibt mit dem Geigenbogen den Einsatz und winkt der Gesellschaft zu. Die Kasrilewker Klezmorim zeigen, dass sie keine Stümper sind. Sie spielen einen Tanz auf, sie arbeiten, was das Zeug hält, sie reißen die Saiten, sie brummen mit dem Bass, sie blasen die Trompete, sie pfeifen auf den Flöten und hauen auf die Becken. Sie schlagen mit den Händen den Takt dazu, der Kreis geht auseinander, wird größer und immer größer. Die Verwandten beider Seiten fassen einander bei den Händen und beginnen zu tanzen.

Alles gelogen!

Dialog in Galizien

»Ihr fahrt nach Kolomea, nicht wahr?«

»Woher wisst Ihr denn, dass ich nach Kolomea fahre?«

»Ihr habt mit dem Schaffner gesprochen, ich habe es mitbekommen. Seid Ihr selbst aus Kolomea oder fahrt Ihr nur dahin?«

»Ich bin aus Kolomea. Weshalb?«

»Nichts. Ich frage nur so. Ist das eine schöne Stadt, Euer Kolomea?«

»Was heißt schön? Eine Stadt wie alle anderen Städte in Galizien. Ja, ein feines Schtetl, ein sehr feines Schtetl sogar …«

»Ich meine, ob es bei Euch auch bessere Leute gibt, reiche Leute und so?«

»Alles Mögliche gibt es bei uns. Reiche und arme Schlucker. Und wie überall mehr Arme als Reiche.«

»Genau wie bei uns. Auf einen Gutgestellten kommen mit Gottes Hilfe tausend Arme. Gibt es bei Euch in Kolomea auch einen reichen Mann mit dem Namen Finkelstein?«

»Ja, wir haben einen reichen Finkelstein. Warum? Kennt Ihr ihn?«

»Nicht direkt; ich habe nur von ihm gehört. Heißt er nicht Reb Schaje?«

»Ja, Reb Schaje. Was ist mit ihm?«

»Nichts, nur so, nur eine Frage. Ist er eigentlich wirklich so reich wie man sagt, dieser Reb Schaje?«

»Woher soll ich das wissen. Gezählt habe ich sein Geld nicht. Warum fragt Ihr danach? Geht es um einen Kredit? Wollt Ihr es deshalb wissen?«

»Nein, nur so. Wie man erzählt, hat er eine Tochter?«

»Drei Töchter hat er. Ach so, es ist wegen einer Heirat? Was hat man Euch denn gesagt, wie viel Mitgift er der Tochter gibt?«

»Es geht nicht um Mitgift, kein bisschen, sondern um sein Haus. Was für ein Haus hat er, dieser Reb Schaje Finkelstein? Wie lebt man denn so in seiner Familie?«

»Wie soll man in der Familie leben. Wie alle Familien. Es ist ein jüdischer Haushalt, ein Haushalt, wie es sich gehört, ein frommes Haus, alles ist in Ordnung. Obwohl man erzählt, dass es in Bezug auf Jüdischkeit bei ihm in der letzten Zeit … aber es ist alles gelogen!«

»Was ist gelogen?«

»Gelogen ist alles, was erzählt wird. Kolomea, müsst Ihr wissen, ist eine Stadt von lauter Lügnern.«

»Nun, wo wir gerade dabei sind, was sagt man denn zum Beispiel über sein Haus?«

»Man sagt, dass es jetzt nicht mehr so ist wie früher einmal. Zum Beispiel hat man früher sehr genau darauf geachtet, dass alles an Pessach koscher war … Er selbst fuhr früher sogar zweimal im Jahr zum Rebben. Nun heute … heute ist es nicht mehr so wie früher einmal …«

»Ach so, das ist es?«

»Was wollt Ihr denn? Dass sie sich dort schon den Bart und die Pejes abschneiden und vor aller Augen Schweinefleisch essen?«

»Ihr sagt doch ›man sagt‹, da habe ich gemeint, man erzählt wer weiß was. Die Hauptsache ist doch, ob der Mann selbst in Ordnung und als Mensch etwas wert ist. Das heißt, ich meine, ob er, dieser Reb Schaje Finkelstein, alles in allem ein anständiger Mann ist. Das habe ich gemeint.«

»Was heißt hier ›ein anständiger Mann‹? Ein Mann wie alle anderen auch. Ein ordentlicher Mensch. Warum soll ich was anderes sagen? Ein sehr ordentlicher Mann! Man erzählt zwar bei uns, dass er ein bisschen … aber das ist gelogen!«

»Was ist gelogen?«

»Alles, was man über ihn erzählt, ist gelogen; Kolomea ist so eine Stadt, wo der eine gerne über den anderen redet. Aber ich will es nicht wiederholen, das wäre ja schon Verleumdung.«

»Aber wenn Ihr wisst, dass es gelogen ist, kann es doch keine Verleumdung mehr sein.«

»Nun, man erzählt, er sei … ein bisschen … ein Schieber.«

»Ein Schieber? Jeder Jude ist ein kleiner Schieber. Ein Jude schiebt und verschiebt. Seid Ihr denn nicht auch ein bisschen ein Schieber?«

»Schieber und Schieber ist noch nicht dasselbe. Man erzählt über ihn, versteht Ihr …, aber es ist gelogen!«

»Was erzählt man denn genau über ihn?«

»Ich sage Euch doch, dass es gelogen ist!«

»Ich will nur wissen, welche Lügen man über ihn erzählt.«

»Man sagt, dass er schon dreimal bankrott gegangen ist. Aber es ist gelogen. Ich weiß nur von einem Mal.«

»Ah, das meint Ihr! Aber wo habt Ihr schon einen Händler gesehen, der nicht irgendwann mal bankrott gegangen ist? Ein Händler handelt so lange, bis er in Schwierigkeiten gerät. Wenn ein Händler stirbt, und er hat niemals bankrott gemacht, dann ist es doch ein Zeichen, dass er zu früh gestorben ist. Stimmt es etwa nicht? Ist es nicht so?«

»Für Euch ist bankrott gleich bankrott. Von ihm aber erzählt man, er hätte auf eine miese Tour bankrott gemacht, das ganze flüssige Geld eingesäckelt und sich um weiter nichts gekümmert. Versteht Ihr?«

»Oho, anscheinend ist er kein dummer Mann! Nun, und außerdem gibt es nichts?«

»Was wollt Ihr denn noch? Soll er vielleicht Leute umbringen und Verbrechen begehen? Man erzählt wohl bei uns noch eine

Geschichte von ihm, keine sehr schöne Geschichte. Aber es ist alles gelogen.«

»Und was ist das für eine Geschichte?«

»Es war etwas mit einem Gutsbesitzer ... lauter Lügen.«

»Was für eine Sache mit einem Gutsbesitzer?«

»Irgend so ein Gutsbesitzer von da drüben ... etwas mit Schuldscheinen. Was weiß ich, Kolomea kann sich viel ausdenken! Alles gelogen! Ich weiß genau, dass es gelogen ist!«

»Wenn Ihr wisst, dass es gelogen ist, kann es ihm doch nicht schaden.«

»Man sagt, dass er mit einem Gutsbesitzer, einem sehr reichen Gutsbesitzer, Geschäfte gemacht hat. Er war sein Vertrauter, ein sehr enger Vertrauter. Nun ist der Gutsbesitzer gestorben, und da hat er ein paar Schuldscheine auf dessen Namen vorgelegt. Natürlich gab es ein Riesengeschrei in der Stadt: Wie ist er an diese Schuldscheine gekommen? Wo doch dieser Gutsbesitzer sein Leben lang niemals ein Papierchen unterschrieben hat! ... Ihr müsst wissen, Kolomea ist eine Stadt, da passt man genau aufeinander auf.«

»Und jetzt?«

»Jetzt hat er Probleme!«

»Ach so, das ist es? Aber jeder Jude hat doch seine Probleme. Habt Ihr schon mal einen Juden gesehen, der keine Probleme hat?«

»Der aber, so sagt man, sitzt gleich dreifach in der Tinte.«

»Dreifach? In welchen Schwierigkeiten steckt er denn, nach allem, was man erzählt?«

»Es hatte etwas mit einer Mühle zu tun, sagt man. Aber es ist bestimmt alles gelogen!«

»Aha, vielleicht ist sie abgebrannt, die Mühle, da behauptet man von ihm, er habe selbst *bojre me'ojre ho'ejsch* gemacht, alles selbst angezündet, denn die Mühle war schon alt, und er hatte sie gut versichert, um sich danach eine neue bauen zu können.«

»Woher wisst Ihr, dass es so gewesen ist?«

»Ich weiß es gar nicht, aber ich kann mir schon denken, dass die Geschichte so aussieht.«

»Ja, so erzählt man es bei uns in Kolomea, aber es ist alles gelogen. Ich könnte Euch schwören, dass es gelogen ist.«

»Es ist mir egal, auch wenn es die Wahrheit wäre. In welchen Schwierigkeiten steckt er denn außerdem, was könnt Ihr denn noch erzählen?«

»Ich erzähle? Die Stadt erzählt es. Aber das ist reine Verdreherei, lauter Verleumdung, echte Verleumdung.«

»Eine Verleumdung? Falschgeld?«

»Noch schlimmer!«

»Was kann denn noch schlimmer sein?«

»Es ist eine Schande, auch nur zu erzählen, was man sich in Kolomea ausdenken kann. Lauter beschränkte Leute, und Tagediebe dazu. Vielleicht hat man die ganze Sache auch erfunden, um Geld rauszuschlagen. Wisst Ihr das nicht? Ein kleines Schtetl, und der Reiche hat natürlich Feinde …«

»Ah, er hatte also was mit dem Dienstmädchen?«

»Woher wisst Ihr das? Hat man Euch das schon erzählt?«

»Gar nichts hat man mir erzählt, aber ich kann mir die Sachen schon zusammenreimen. Das hat ihn sicher ein paar schöne Kreuzer gekostet, diese Verleumdung?«

»Wir beide würden uns wünschen, so viel jede Woche zu verdienen – ich hätte nichts dagegen –, was ihn das gekostet hat. Obwohl er in der Sache total unschuldig ist. Aber ein kleines Schtetl … ein reicher Mann … und es geht ihm gut … aber man gönnt es ihm nicht … so einfach ist das: Man gönnt es ihm nicht.«

»Schon möglich. Hat er denn wenigstens anständige Kinder? Drei Töchter hat er, sagt Ihr?«

»Ja, drei. Zwei sind schon verheiratet, und eine ist noch ledig. Ordentliche Kinder, sehr … Zwar erzählt man von der älteren … aber es ist gelogen!«

»Was erzählt man denn über sie?«

»Ich sage Euch doch, dass es gelogen ist.«

»Ich weiß, dass alles gelogen ist. Ich möchte aber gerne wissen, wie sich die Lügen anhören.«

»Wenn Ihr alle Lügereien anhören wollt, die bei uns in Kolomea herumgehen, dann reichen Euch drei Tage und drei Nächte nicht aus. Von der älteren Tochter erzählt man, dass sie ihre eigenen Haare trägt. Ich kann aber bezeugen, dass das gelogen ist, denn sie ist gar nicht so gebildet, dass sie ihre eigenen Haare tragen wollte. Und über die zweite Tochter hat man glatt erfunden, dass sie, als sie noch unverheiratet war … nur, was sich Kolomea ausdenken kann! Alles gelogen!«

»Nun lasst doch einmal hören, was man sich in Kolomea ausdenken kann!«

»Aber ich sage Euch doch, dass Kolomea eine Stadt von lauter Lügnern ist, von Verleumdern und von Hetzern und bösen Zungen! Wisst Ihr das nicht? Wenn in einem kleinen Schtetl ein Mädchen abends allein mit einem jungen Mann bei der Dunkelheit durch die Straßen läuft, geht doch schon gleich die Tratscherei los. Was hat denn ein Mädchen abends allein in Kolomea mit einem Provisor herumzulaufen?«

»Aha, das meint Ihr also.«

»Was wollt Ihr denn noch mehr? Dass sie vielleicht mit ihm am hellen Jom Kippur nach Cernowitz durchbrennt und ihm so einen bösen Streich spielt, wie es die jüngere getan haben soll?«

»Was für einen bösen Streich hat ihm denn die jüngere gespielt?«

»Es ist gar nicht wert, dass man's erzählt, wirklich nicht. Wenn man allen Unsinn nacherzählen würde, der bei uns in Kolomea herumgeht! Ich habe etwas dagegen, wenn man Lügen weitererzählt.«

»Ihr habt schon so viele Lügen weitererzählt, da macht diese auch nichts mehr aus!«

»Ich erzähle doch nicht *meine* Lügen, mein Herr, ich sage nur, was die *anderen* sagen …! Und ich verstehe nicht, wieso Ihr mich mit Gewalt nach jeder Einzelheit fragt, gerade so wie ein Staatsanwalt! Ich glaube fast, Ihr seid einer, der gerne die anderen abklopft und sie ausfragt; Ihr zieht einem ja das Mark aus den Knochen! Ihr selbst aber habt Angst, auch nur ein Wörtchen herauszulassen. Nehmt es mir nicht übel, ich sage Euch die Wahrheit ins Gesicht: Es sieht mir so aus, als wäret Ihr aus Russland! Und die russischen Juden haben eine üble Art an sich: Sie kriechen gerne den anderen mit dem Stiefel in die Seele hinein ... und man sagt ja, dass die Russischen keine schlechten Verleumder sind ... übrigens sind wir schon gleich in Kolomea ... es ist Zeit, die Sachen zusammenzupacken ... lasst mich mal durch!«

Beim Doktor

Herr Doktor, ich bitte Euch nur um eines: Hört mir zu, bis ich fertig bin. Aber nicht über meine Krankheit sollt Ihr mich anhören, von der Krankheit können wir später reden. Ich werde Euch schon sagen, wo meine Krankheit liegt. Ich möchte, dass Ihr mich einfach so anhört. Und nicht jeder Doktor lässt den Kranken gerne ausreden! Nicht jeder Doktor lässt zu, dass überhaupt ein anderer redet. Das haben die Doktoren so an sich: Sie lassen die Leute nicht zu Wort kommen. Was sie können, ist den Puls fühlen, auf die Uhr schauen, Rezepte schreiben und Rechnungen für die Visite ausstellen. Das können sie wunderbar. Von Euch aber erzählen die Leute, dass Ihr nicht zu dieser Sorte von Doktoren gehört. Man sagt, Ihr seid noch ein junger Doktor, und Ihr seid noch nicht so versessen auf die Rubelchen wie andere. Und deshalb bin ich gerade zu Euch gekommen, um mich mit Euch wegen meinem Magen zu beraten.

Wie Ihr mich hier vor Euch seht, bin ich ein Mensch, der es mit dem Magen hat. Nach der ärztlichen Weisheit wird sich zwar vielleicht herausstellen, dass jeder Mensch einen Magen hat. Nur, wer stellt das auch in Frage? Natürlich ist der Magen ein Magen. Denn wenn der Magen kein Magen wäre, wozu soll dann das Leben gut sein? Nun werdet Ihr mir vielleicht mit dem Vers antworten: *Bal korchecho ato chaj ...*, »gegen deinen Willen wirst du geboren ...«[1] Das weiß ich auch. Für das ›bal korchecho‹ habe ich doch noch im Cheder Prügel eingesteckt. Aber ich rede davon, dass ein Mensch, solange er lebt, nicht sterben will. Obwohl ich Euch ehrlich sage, vor dem Tod habe ich kein bisschen Angst. Denn erstens habe ich die sechzig schon hinter mir, und zweitens bin ich einer von denen, für die leben und sterben glatt die gleiche Sache ist. Das heißt, natürlich ist leben besser als sterben, wer will denn einfach sterben? Und dann noch ein Jude! Und dazu noch ein Vater von elf Kindern, gesund sollen sie sein, und mit einer Frau, zwar schon die dritte Frau, aber immerhin noch eine Frau!

Kurz gesagt, ich selbst komme aus Kameniz, das heißt, nicht direkt aus Kameniz, sondern aus einem Schtetl nicht weit von Kameniz. Und ich bin, Gott sei's geklagt, ein Müller, das heißt, ich betreibe eine Mühle, oder besser gesagt, die Mühle treibt mich. Man sagt ja immer: Wie man sich bettet, so liegt man. Was für eine andere Wahl hat man denn? Das Leben ist wie ein Karussell, versteht Ihr, und man fährt immer im Kreis herum. Rechnet Euch doch mal selbst aus: Den Weizen muss man bar bezahlen, aber das Mehl gibt man auf Kredit, mal einen Wechsel hierfür und mal einen anderen dafür. Und man hat es doch mit groben Menschen zu tun, mit rohen Seelen. Und noch mit Frauen! Habt Ihr vielleicht gerne mit Frauen zu tun? Dann wisst Ihr ja, wie es geht: Stellt Ihr ihnen die Rechnung aus, heißt es gleich: Warum denn dies und wieso das? Warum ist ihnen die Challe nicht geraten? Nur, was kann ich dafür? Vielleicht, sage ich, war der Ofen nicht heiß genug? Oder Ihr habt schlechte Hefe genommen? Oder Euer Holz, sage ich, war feucht? Da fallen sie über Euch her und machen Euch total fertig und versprechen Euch, dass sie Euch beim nächsten Mal die Challe höchstpersönlich an den Kopf schmeißen werden! Habt Ihr das vielleicht gerne, dass man Euch die Challe ins Gesicht schmeißt? Und das sind nur die kleinen Kundinnen.

Nun glaubt Ihr vielleicht, die großen Händler sind besser? Keinen Deut besser sind sie! Zu Beginn, wenn der Kunde in die Mühle kommt und einen Kredit haben will, ist er weich wie Butter, mit tausend Schmeicheleien und Komplimenten, dass er einem schon auf den Wecker geht. Aber danach, wenn's ans Zahlen geht, hat er eine ganze Latte von Ausreden: Die Lieferung kam zu spät, die Säcke waren gerissen, das Mehl war bitter und feucht, das heißt, es war zu lange gelagert und riecht schon. Jammer und Plagen! Achtzehn Fehler und siebenundzwanzig faule Ausreden! »Und mein Geld?«, frage ich. »Euer Geld?«, sagt er: »Schickt mir eine Rechnung.« Das heißt, die halbe Einnahme ist schon weg. Schickt man ihm eine Mahnung, sagt er »morgen«, und morgen heißt es »übermorgen«. Ihr meint, jetzt zahlt er? Pustekuchen! Man fängt an, ihm mit einer Klage zu drohen. Man protestiert, und schließlich gibt er nach. Aber meint Ihr vielleicht, wenn er nachgibt, ist schon etwas erreicht? Man hat zwar eine Liste, aber wenn man mit der Liste ankommt, stellt sich vielleicht heraus, dass alles auf den Namen der Frau steht, und dann sieh zu, wo du bleibst!

Und jetzt frage ich Euch: Wie soll man es bei solchen Geschäften nicht an den Magen kriegen? Nicht umsonst sagt mir die Meinige – obwohl, sie ist nicht meine erste, sondern die dritte Frau, und man sagt doch, die dritte Frau ist wie die Sonne im Juli, aber man kann sie ja nicht einfach verschwinden lassen, sie ist immerhin die Ehefrau. »Noah«, sagt sie, »hör mit dem Mehlgeschäft auf. Erst wenn dein Geschäft mitsamt der Mühle abbrennt, werde ich wieder merken, dass du noch auf der Welt bist.« »Oho«, sage ich, »wenn die Mühle nur brennen würde. Sie ist gut versichert ...!« »Das meine ich doch nicht, Noah«, sagt sie, »sondern wie du rumläufst, du kennst keinen Sabbat und keinen Feiertag, kein Weib und kein Kind. Was ist denn los, warum rennst du so herum?«

Fragt mich lieber was Leichteres, ich weiß auch nicht, warum ich so rumrenne. Was soll ich machen, es ist meine Art, der Teufel mag wissen, warum. Ich hab es einfach gerne, immer ein bisschen herumzuhetzen. Vielleicht meint Ihr, das Herumhetzen bringe wenigstens was ein? Ja, Ärger hat man davon. Welches Geschäft Ihr mir auch anbietet, ich nehme es an. Für mich gibt es keinen schlechten Schnaps. Schlagt mir Säcke vor, so mache ich in Säcken. Wollt Ihr Holz? Meinetwegen Holz. Es kommt aufs Angebot an. Ihr meint vielleicht, ich hätte außer der Mühle keine Geschäfte? Verzeiht mir, aber da seid Ihr schwer im Irrtum. Wie Ihr mich hier vor Euch seht, handle ich auch mit Wald, zusammen mit einem Partner, wir müssen ihn selbst fällen, außerdem liefere ich Proviant fürs Gefängnis, und ich habe meinen Anteil an der Fleischsteuer, dafür lege ich jedes Jahr noch Geld drauf, so viel würdet Ihr gerne im Monat verdienen, ich hätte nichts dagegen. Und wozu hab ich die Steuer überhaupt nötig? Nur um die Leute zu ärgern!

Wie Ihr mich hier vor Euch seht, bin ich ein Mann, für den nichts unmöglich ist. Wenn ich etwas plane, kann meinetwegen die ganze Stadt zugrunde gehen und begraben werden – aber ich muss schaffen, was ich mir vornehme. Ich habe, bestimmt keine schlechte Natur. Aber empfindlich bin ich, empfindlich ist gar kein Ausdruck. Wenn man mich bei meiner Ehre packt, seid Ihr Eures Lebens nicht mehr sicher! Und dann bin ich auch noch ziemlich eigensinnig. Einmal in den guten Jahren habe ich mir in den Kopf gesetzt, das »Ato-horejso«[2] an Simchat Tora zu kriegen. Ich ließ nicht locker! Das Lehrhaus wurde schließlich dazu verdonnert, und ich habe erreicht, was ich wollte. Was soll ich machen? Das steckt mir im Blut.

Die Doktoren sagen, es seien die Nerven. Und das wieder hätte was mit dem Magen zu tun. Obwohl das rein logisch gesehen vielleicht eine kühne Behauptung ist. Denn was haben die Nerven mit dem Magen zu tun? Eine herrliche Verbindung! Denn wo liegen denn die Nerven, und wo sitzt der Magen? Nach der Wissenschaft der Doktoren sitzen die Nerven ja zum größten Teil da, wo das Gehirn ist. Und der Magen liegt doch, was weiß ich wo, jedenfalls weit weg davon! ...

Seid nur ruhig, ich bin schon bald zu Ende, warum habt Ihr es so eilig? Bleibt doch noch eine Minute sitzen! Ich will Euch doch nur alles genau erzählen, und Ihr sollt mir zuhören und mir dann sagen, woher das ganze Unglück kommt, ich meine mit meinem Magen. Vielleicht kommt es daher, dass ich so elend herumrenne, nie zu Hause bin, und wenn ich mal zu Hause bin, bin ich auch nicht zu Hause! Ich schwöre Euch mit meinem Ehrenwort – es ist ja zum Lachen und Weinen zugleich –, ich weiß nicht mal, wie viel Kinder ich habe und wie sie heißen. Es taugt nichts, hört Ihr, wenn kein Herr im Haus und kein Vater da ist! Ihr solltet mal mein Haus sehen, Gott bewahre Euch, solch ein Durcheinander! Wie ein Schiff ohne Ruder! Tag und Nacht ein Tamtaram, ein Gewimmel, ein Spektakel, dass Euch Gott behüte und bewahre! Man stelle sich das mal vor, elf Kinder, mit Gottes Hilfe, von drei Frauen! Während der eine Tee trinkt, sitzt der zweite beim Frühstück, und wenn ich bete, will ein anderer schlafen. Der eine schnappt sich ein Brötchen, ein anderer möchte Hering. Einer will Milch, schon schreit der nächste wie ein Wilder nach Fleisch, und wenn man sich gewaschen hat und zum Essen niedersetzt, ist kein Messer da, um ein Stück Brot abzuschneiden, und dazu unter dem Kleinzeug ein Getümmel, eine Hölle, sie schlagen einander halb tot, es bleibt Euch nichts übrig, als aufzuspringen und das Weite zu suchen. Und weshalb das alles? Alles, hört Ihr, weil ich nie Zeit habe, und sie, die Meinige, nicht dass ich mich versündigen will, sie ist doch eine gute Frau, das heißt, so gut auch wieder nicht, eher nachgiebig, jedenfalls mit den Kindern kommt sie nicht zurecht. Ja, mit Kindern muss man es können. Aber ihr tanzen sie auf dem Kopf herum, das heißt, sie schimpft sie natürlich aus, sie kneift sie, reißt ihnen das Fleisch stückchenweise aus. Aber was nützt das? Sie ist doch eine Mutter, und eine Mutter ist kein Vater. Ein Vater legt das Kind übers Knie und gibt ihm eine Tracht Prügel. Ich weiß noch gut, wie mich mein Vater verprügelt hat. Vielleicht hat Euch Euer Vater auch verprügelt? Hab ich nicht recht? Und das hat Euch sicher gutgetan! Ich weiß nicht, ob es für Euch besser gewesen wäre, man hätte Euch nicht verprügelt!

Was seid Ihr denn so unruhig? Ihr springt ja schon wieder auf! Ich bin bald zu Ende! Und ich erzähle Euch das alles nicht ohne Grund. Ich tue es, damit Ihr das Leben besser versteht, das ich führe. Ihr meint vielleicht, ich weiß, wie viel ich besitze? Es kann schon sein, dass ich vermögend bin, vielleicht sogar reich, es ist aber auch möglich – nicht wahr, das bleibt doch unter uns –, ich bin auch ein gutes Stück drunter! Wie soll ich das wissen, wenn ich Tag und Nacht nur von einem zum anderen hetze? Wie man so sagt, »eine Jacke rausgenommen und die andere reingehängt«. Und weshalb das alles? Ob man kann oder nicht, man muss seinem Kind doch die Mitgift besorgen. Und vor allem, wenn Gott einen mit Töchtern, und noch mit erwachsenen Töchtern, gesegnet hat! Nun, versucht Ihr mal, drei erwachsene Töchter zur Chupe zu führen, mit Gottes Hilfe alle an einem Tag, dann wollen wir sehen, ob Ihr auch nur einen einzigen Tag zu Hause sitzen könnt!

Jetzt versteht Ihr vielleicht schon, dass ich unablässig beschäftigt bin und dauernd hin und her renne. Und wenn man herumhetzt, fängt man sich im Waggon im Handumdrehen eine Erkältung ein, oder man erwischt ein verdorbenes Abendessen im Gasthaus, das einen danach krank macht. Und dann die Gerüche, die man so runterschlucken muss, bei der wunderbaren Luft, in der man lebt. Ist es da vielleicht ein Wunder, dass man es an den Magen kriegt? Ein bisschen Glück habe ich ja, dass ich von Natur aus nicht kränklich bin, sondern schon als Kind stabil gebaut, schaut aber lieber nicht auf mein Gerippe, wie dürr und mager ich bin. Die Geschäfte haben mich so ausgezehrt. Und außerdem haben wir alle die gleiche Statur, wir sind alle lang und dünn ausgefallen. Ich hatte eine Reihe von Brüdern, die waren alle so wie ich, dass ich sie nur um viele Jahre überlebe! Trotzdem war ich jahrelang kerngesund, ich wusste gar nichts von einem Magen und einem Doktor und weiß der Teufel, was noch dazugehört.

Ich erinnere mich aber gut an die Zeit, wo sie anfingen, mich mit Arzneien vollzustopfen, mit Pillen, mit Pülverchen und Kräutern. Und jeder hat seine ganz besondere Empfehlung. Der eine rät mir, ich solle Diät halten, das heißt etwas weniger essen. Der andere meint, ich solle gar nichts essen, sondern fasten, wie man das nennt. Meint Ihr vielleicht, das ist schon alles? Kommt so ein Oberschlauer daher, ein neuer Doktor, und rät mir, im Gegenteil, ich solle essen, und zwar viel essen. Es ist mir schon klar, warum er das sagt, er selbst hält auch nicht wenig vom Essen. Die Doktoren haben so eine Gewohnheit – alle Sachen, denen sie selbst nicht abgeneigt sind, die raten sie auch dem Kranken. Es wundert mich nur, dass sie Euch nicht verschreiben, Rubelchen zu verschlingen ... Man könnte den Verstand mit ihnen verlieren! Ein Doktor wollte, dass ich viel gehe, einfach so in der Welt herumgehe, ordentlich ausschreiten, sagt er. Kommt der zweite Doktor und heißt mich liegen, und jetzt kriege mal einer raus, wer von beiden das größte Rindvieh ist. Was wollt Ihr noch mehr? Einer erfreute mich mit bitteren Pillen, ungefähr ein ganzes Jahr lang, immer nur bittere Pillen. Ich komme zu einem anderen, da sagt er nur: bittere Pillen? Dass Euch Gott bewahre! An den Pillen werdet Ihr Euch vergiften und elend eingehen. Also geht er hin und verschreibt mir ein Pülverchen, ein gelbes Pulver. Vielleicht wisst Ihr ja, was das für eine Sorte Pulver ist. Ich komme mit dem gelben Pulver zu einem dritten Doktor, greift er sich doch das gelbe Pulver, zerreißt das Rezept und verschreibt mir Kräuter. Und was glaubt Ihr wohl, welche Sorte Kräuter? Bevor ich mich, hört Ihr, an diese Kräuter gewöhnt hatte, ist mir die grüne Galle hochgekommen, das könnt Ihr mir glauben! Wenn er nur die Hälfte von dem abkriegt, was ich ihm an den Hals gewünscht habe, wo ich sie noch alle vor dem Essen einnehmen musste. Damals schaute ich dem Todesengel täglich ins Gesicht. Aber was macht der Mensch nicht alles wegen der Gesundheit.

Zum Schluss passierte noch Folgendes: Ich komme zurück zum anderen Doktor, zum ersten meine ich, der mich mit den Pillen verwöhnt hat, und erzähle ihm die Sache von den bitteren Kräutern, die mir das Leben so schwermachen. Da gerät er doch vor lauter Zorn außer sich und fragt mich mit Wut in der Stimme, so als hätte ich ihn fast abgemurkst: »Ich habe Euch doch Pillen verschrieben,« sagt er, »was rennt Ihr also wie ein Verrückter von einem Doktor zum anderen?« Darauf sage ich ihm: »Jetzt seid aber ruhig, Ihr seid doch nicht der Einzige auf dem Markt! Ich habe schließlich keinen Vertrag mit Euch geschlossen. Und die anderen müssen doch auch leben, vielleicht hat ein anderer auch Frau und Kinder!« Da hättet Ihr mal sehen sollen, wie er erst richtig in Zorn geriet, so als hätte ich ihn wer weiß wie beleidigt! Kurzum, er bittet mich freundlichst, ich solle doch zurück zum anderen Doktor gehen! Ich antworte ihm: »Euren Rat habe ich nicht nötig. Wenn ich will, kann ich gut alleine gehen.« Und halte ihm einen Rubel hin. Nun, Ihr meint vielleicht, er hätte ihn mir ins Gesicht geworfen? Kein bisschen! Rubel lieben sie alle miteinander! Ach, wie sie die Rubelchen lieben, sehr sogar, hört Ihr? Noch mehr als wir einfachen Leute. Aber sich zum Beispiel ruhig hinsetzen und den Kranken anhören, wie es sich gehört, nein, das kommt nicht in Frage. Sie gestatten nicht, dass er ein Wort mehr redet als unbedingt nötig.

Da war ich vor kurzem bei einem Doktor, übrigens einem Bekannten von Euch, ich will hier seinen Namen lieber nicht nennen. Ich komme zu ihm rein, ich habe noch keine zwei Worte zu Ende gesprochen, oho, er fordert mich schon auf, mich frei zu machen. Stellt Euch das mal vor, und ich soll mich auf seine Couch legen. Weshalb? Er will mich abhorchen. Du willst mich abhorchen? Sehr gut, aber horch mir erst einmal zu! Warum lässt du die Leute nicht ausreden? Was nützt mir all dein Abklopfen und Abtasten, das du mit mir veranstaltest? Aber nein, er hat keine Zeit! Dort hinter der Tür warten noch andere Leute, alle in dem *otschered*, in der Schlange, alle schön der Reihe nach, und dann heißt es: »Der Nächste bitte«. Das ist so eine Mode von Euch geworden, *otschered*, Schlangestehen, wie – nicht dass ich es gleichsetzen will – auf der Bahn oder bei der Post mit den Marken.

135

Was? Ihr habt keine Zeit? Bei Euch wartet vielleicht auch schon eine Schlange? Und dabei seid Ihr noch ein junger Doktor! Wie kommt Ihr denn schon zu Schlangen? Wenn Ihr so weitermacht, werdet Ihr vielleicht Kopfschmerzen kriegen, aber keine ordentliche Praxis, hört Ihr! … Und Ihr braucht gar nicht wütend zu werden! Ich will beileibe nichts umsonst haben, Gott bewahre, ich bin keiner von denen, die es umsonst haben wollen. Und obwohl Ihr mich nicht anhören wollt, bis ich fertig bin, deswegen weiß ich doch, dass eines mit dem anderen nichts zu tun hat. Für die Visite muss man auch bezahlen! Was? Ihr wollt nichts nehmen? … Nun, mit Gewalt werde ich's Euch nicht aufdrängen! Ihr habt bestimmt genug zum Leben … Vielleicht lebt Ihr ja von Dividenden … Und Euer Vermögen wird immer größer. Na meinetwegen, sollt Ihr mit Gottes Hilfe immer größer und größer werden … Adieu! Seid mir nicht böse, vielleicht habe ich Euch Eure kostbare Zeit gestohlen? Aber dazu seid Ihr doch schließlich ein Doktor …

Welwel Gambetta

1.

Gambetta[1] war Jude, Welwel war Jude; Gambetta war auf einem Auge blind, Welwel war auf einem Auge blind; Gambetta war Advokat, Welwel war Advokat. Der einzige Fehler war nur, dass jener Gambetta in Paris wohnte, der andere aber – bei uns in Kasrilewke. Doch vielleicht war das auch ein Vorteil und gar kein Nachteil? Denn wollen wir uns nichts vormachen, was hätte denn der Pariser Gambetta in Kasrilewke ausrichten können? Und was hätte der Kasrilewker Gambetta in Paris gemacht? Es ist viel besser, dass der Pariser Gambetta in Paris und der Kasrilewker Gambetta in Kasrilewke wohnte und dort vielleicht noch bis auf den heutigen Tag wohnt.

Erstens war unser Gambetta bei uns in Kasrilewke als ein besonders kluger Kopf bekannt. Wäre er kein Jude, so sagte man, wäre er schon lange Minister geworden. Ich meine allerdings, dass es viel vorteilhafter ist, wenn man von einem Menschen sagt: »Er *könnte* einmal etwas *werden*« als »er *ist* das schon«, denn wenn jemand es schon *ist*, dann *ist* er es ja schon, der aber, der es noch *nicht ist*, kann es einmal *werden*, er hat alles noch in der Hand … Und zweitens hat Gambetta bei uns sein schönes und ehrbar verdientes Auskommen, das heißt, natürlich ist es mit der Ehre nicht immer so gut bestellt, denn manchmal geschieht es doch, dass man in Schwierigkeiten kommt, aber wer ist noch niemals angegriffen worden? Wer kann sich denn rühmen, dass er in seinem Leben noch niemals eine Demütigung erfahren hat? Man zeige mir mal den weisen oder erfolgreichen Menschen, der behaupten kann, dass er noch niemals beleidigt oder beschimpft wurde. Von Prügel rede ich gar nicht, obwohl es auch wieder so ist, dass sich kein Mensch auf der Welt vor einem plötzlichen Hieb oder vor Faustschlägen schützen kann. Warum mir gerade Faustschläge in den Sinn gekommen sind? Weil meine Geschichte mit einem Faustschlag beginnt; wäre da nicht der Faustschlag gewesen, so wäre Welwel nicht auf einem Auge blind und er wäre auch kein Advokat geworden und hieße nicht ›Welwel Gambetta‹, und ich hätte jetzt keinen Stoff zum Schreiben gehabt, der Drucker nichts zu drucken und Ihr hättet jetzt nichts zu lesen. Da aber Gott ein Wunder getan hat und es eine Schlägerei gab, wurde Welwel dabei ein Auge ausgeschlagen; so ist er Advokat geworden und man gab ihm den Namen Welwel Gambetta. Und so habe ich, gelobt sei Sein Name, nun etwas zu schreiben, der Drucker hat etwas zu drucken und Ihr habt was zu lesen, gelobt sei der Name dessen, der ewig und immer lebt. Amen.

2.

Ich weiß sehr gut: Wenn Ihr hört, dass von ›Prügeleien‹ gesprochen wird, dazu noch von ›jüdischen Prügeleien‹ – gleich denkt Ihr an die Synagoge, den Synagogenvorsteher, an *ato horejso* zu Simchat Tora,[2] wenn die Lesungen verteilt werden. Denn wo schlagen sich Juden sonst außer an einem heiligen Ort? Wann jemals haben denn Juden eine so lockere Hand wie an Simchat Tora beim Umzug mit den Torarollen? Vielleicht habt Ihr ja recht, aber dieses Mal habt Ihr es nicht getroffen (nicht immer stimmt, was Ihr sagt!). Es war gar nicht in der Synagoge, sondern im Synagogenvorraum, und auch nicht an Simchat Tora, sondern an den *Cholemojed Pejsech*, also den Zwischentagen von Pessach,[3] und es passierte auch nicht wegen dem *ato horejso,* sondern wegen einem einzigen Wort, dem Wort ›Abonnent‹.

Es gibt ein Wort ›Abonnent‹, und es gibt ein Wort ›Abonnement‹. Ein Abonnent ist einer, der ein Buch, eine Zeitung, ein Billet und so weiter abonniert hat oder bezieht. Abonnement bedeutet: man ist abonniert, man ist eingeschrieben. Nun passierte es, dass irgendein Knabe, ich glaube es war der Sohn von Ephraim-Jossel-Mojsche-Bär, sich an *Cholemojed Pejsech* vor seinen Freunden rühmte, dass er sich in der Bibliothek eingeschrieben hat, um Bücher zu lesen. Und das teilte er ihnen mit folgenden Worten mit: »Soll ich euch mal was erzählen? Ich bin dort jetzt ein Abonnement.«

Einer von den übrigen aus der Gruppe rief aus: »Was heißt, du bist ein Abonnement?«

Gibt er zurück: »Ich habe mich in der Stadtbibliothek eingeschrieben.«

Sagt der andere zu ihm: »Das heißt doch, du bist ein Abonnent – nicht ein Abonnement!«

Und der wieder: »Was soll da für ein Unterschied sein zwischen Abonnent und Abonnement?«

Gibt ihm aber der andere zurück: »Es ist ein großer Unterschied, genauso wie zum Beispiel zwischen ›verlegen‹ und ›verlogen‹. Abonnement ist Abonnement, und Abonnent ist Abonnent. Fertig.«

Und dabei machte der andere eine Bewegung mit der Hand, um klarzumachen, was ein Abonnement und was ein Abonnent ist. Das heißt, im Grunde hat er gar nichts gezeigt, aber es war eine Bewegung, wie man sie macht, wenn man jemandem mit Nachdruck erklären will, was ›massiv‹ bedeutet. Dabei presst man doch die Hand zur Faust und sagt dabei, dass ›massiv‹ ›massiv‹ heißt … Da aber jener Bursche schon vorher nicht aus der Handbewegung begriffen hat, was der Unterschied zwischen Abonnent und Abonnement ist, wiederholte er nun noch einmal dasselbe wie vorher:

»Es kümmert mich einen Dreck, was ihr sagt, ich bin jetzt jedenfalls ein Abonnement!«

»Abonnent!«, verbessert ihn der andere wieder.

»Wo liegt denn da der Unterschied?«

»Schon wieder kommt der mit seinem Unterschied!«

»Wer hat dich denn gebeten, andere Leute zu verbessern?«

»Wenn du solch einen Unsinn erzählst, muss man dich verbessern!«

»Woher willst du wissen, dass ich Unsinn erzähle? Vielleicht ist es gerade andersherum!«

»Ich weiß es aber!«

»Und ich sage, du verstehst gar nichts!«

»Und ich sage dir, dass du ein Tölpel bist!«

»Und du bist ein Flegel!«

»Und du bist ein Langweiler, und dein Vater ist ein Schmierlapp, und dein Onkel ein Halunke!«

»Hol dich der T ...!«

Weiter konnte man nicht mehr verstehen, was dieser oder der andere dazu sagte. Denn von beiden Seiten hagelte es jetzt Schläge; wären nicht andere dazwischen gegangen, sie hätten einander glatt die Nasen abgebissen! Weil sich aber die anderen dazwischengedrängt haben, hat der eine dem anderen bloß den Kaftan halb zerrissen und der andere ihm aus Versehen den Ellbogen ins Auge gestoßen! Auf den Schlag hin gab dieser wiederum einen merkwürdigen Laut von sich und verlor das Bewusstsein. Die Leute brachten ihn wieder zu sich; dabei sah man, dass eines seiner Augen ausgelaufen war. Natürlich erhob sich jetzt einen Riesengeschrei; gleich wurde der Doktor geholt. Er konnte aber nur feststellen, dass das Auge verloren war. Daraufhin wurde das Geschrei noch größer. Stellt Euch das mal vor, ein Auge! Einfach ein Auge ausgeschlagen! Nun, Auge hin, Auge her, der Mann jedenfalls war für sein Leben sein Auge los. Und dies war Welwel.

3.

Aus der Geschichte mit dem Auge könnt Ihr ersehen, dass wir uns in der Zeit befinden, in der die berühmte *Haskole,* ›die jüdische Aufklärung‹ auch Kasrilewke erreicht hatte, so dass man von solchen Ereignissen in aller Öffentlichkeit reden konnte. Endlich Schluss mit den Treffen auf den Dachböden oder in Kellern, mit Verstecken hinter dem Ofen, Schluss mit der Gewohnheit, sich an geheimen Orten zu verbergen und sich dort unerlaubt mit den Ideen von Jizchak Bär Levinson,[4] Abraham Mapu, Perez Smolenski und anderen hebräischen Schreibern zu vergnügen. An die Öffentlichkeit, ihr jüdischen Kinder! Raus ans Tageslicht, junge Leute aus Kasrilewke, freut euch! Man hat euch in Gottes freie Welt entlassen! Man kann euch gratulieren, Tore und Türen stehen euch offen! Lauft jetzt, ihr Burschen, schneller, erobert verbotene Orte, aber seid rücksichtsvoll und seid vorsichtig, seid gute Kinder, denn bald schon wird eine dunkle Wolke heraufziehen, schon bald wird man jene *Chadorim*[5] schließen, eure neuen Schulen. Ihr werdet dann anklopfen, aber man wird euch nicht öffnen, ihr werdet schreien, aber man wird euch nicht hören, ihr werdet euch die Haare raufen und rufen: Welch ein Jammer um die verlorenen Chancen, es gab einmal bessere Zeiten; ach ja, die vergangenen Zeiten!

Genau in diesen Jahren kostete auch unser Reb Welwel etwas vom Geschmack der Zivilisation: eine Menge Bücher und eine Menge neuer Wörter (er konnte fast das ganze Lexikon auswendig!). Und das reichte ihm; hätte ihn nicht das Unglück mit dem Auge getroffen, wäre er wohl wie eine Reihe anderer Burschen zum Studium weggefahren, er wäre schließlich Arzt oder Jurist geworden und hätte sich in der Welt einen Namen gemacht. Aber weil ihn nun einmal dies Unglück mit dem Auge ereilt hatte, blieb er bei dem, was er gelernt hatte. Und weil er ein Liebhaber von Büchern und Fremdwörtern war, auch eine schöne

Handschrift hatte, dazu einen klugen Kopf, verlegte er sich aufs ›Advokatengeschäft‹.

Er arbeitete den neuen *Schulchan Aruch* durch, lernte also den ganzen *Swod-Zakanow*, das russische Gesetzbuch,[6] auswendig und hängte ein Schild an seine Tür:

Повѣренный по дѣламъ
Powjereni po djelam

›Eingaben aller Art, fachkundige Beratung‹. Dazu hatte er ein Tintenfass und einen langen Federhalter gemalt, zum Zeichen, dass hier ›Schriftstücke‹ angefertigt werden, und das war besonders geschickt, weil dadurch klar war: Da drinnen redet man nicht, sondern man bringt etwas zu Papier und verfasst ›Eingaben‹! Die ›Eingaben‹, die Welwel verfasste, waren so perfekt, dass man hätte wer weiß wohin fahren können und hätte keine besseren gefunden. So meinte Welwel selbst, und so meinten bei uns alle, die etwas vom Schreiben verstehen. Vor seinen ›Schreiben‹ fürchteten sich die Leute, man zitterte buchstäblich vor Todesangst. Denn wenn er zur Feder griff und zu schreiben anfing, dann flossen die Worte bei ihm wie aus einem Fass, seine ›Schreiben‹ gelangten überallhin – zum Gouverneur, zum Minister, wohin Ihr Euch auch nur vorstellen könnt. Ihr könntet vielleicht daraus schließen, dass mein Welwel, Gott bewahre, ein Denunziant war, einer, der nach allen Seiten hin Anzeigen erstattete? Gott behüte! Es gibt ja auf der Welt allerhand Denunzianten, Menschen, die andere anzeigen, und mehr als sonst sind sie, traurig das auszusprechen, bei uns zu finden, bei uns Juden, meine ich. Der eine zeigt den anderen dafür an, dass er ihn um einen Verdienst gebracht hat, ein anderer zeigt wieder jenen an, um dem einen Verdienst abzujagen. Der eine denunziert einen, weil es diesem zu gut geht, der andere denunziert wieder, weil es ihm selbst schlecht geht. Und dann wieder gibt es solche Menschen, die einfach so eine Anzeige erstatten, ohne irgendeinen Grund

und Anlass, aus reiner Freude an der Sache; der Mensch möchte bloß sehen, versteht Ihr, wie sich das Ganze entwickelt. All diese Denunzianten, die wir bisher beschrieben haben, unterschreiben niemals mit ihrem eigenen Namen; man kann sie mit jener bestimmten Sorte von bissigen Hunden vergleichen, die Euch von hinten anfallen; sie schnappen nach Eurer Wade, sodass Blut fließt, oder reißen Euch ein Stück aus dem Kaftan, ziehen dann den Schwanz ein, und im Nu sind sie auf und davon.

4.

Aber zu solchen Leuten gehörte Welwel nicht. Er war ja Advokat, und er führte seine Advokatengeschäfte nach einem eigenen System. Dieses System kann man mit einem Wort umschreiben: *ziehen*! Ziehen, abziehen, verziehen, zuziehen und in die Länge ziehen. Und je mehr gezogen, abgezogen, verzogen, zugezogen und in die Länge gezogen wurde, umso besser war es natürlich für ihn. Und dazu liebte er ›Schreiben‹. Dies ›Schreiben‹ und noch ein ›Schreiben‹, ein ›Schreiben‹ zu einem anderen ›Schreiben‹, so viele ›Schreiben‹, dass man über all den ›Schreiben‹ niemals den Stand der Angelegenheit erkennen konnte – nur unterschiedliche ›Schreiben‹.

»Was gibt es Neues in meiner Angelegenheit, Reb Welwel?«

»Was soll es Neues geben? Man muss noch ein ›Schreiben‹ aufsetzen, dann wird alles in Ordnung kommen.«

»Warum schickt Ihr das ›Schreiben‹ nicht ab?«

»Ich kann dieses ›Schreiben‹ nicht vorlegen, bevor man mir nicht ein ›Schreiben‹ darüber aushändigt, dass ich die vorangegangenen ›Schreiben‹ vorgelegt habe.«

»Warum lasst Ihr Euch das ›Schreiben‹ nicht aushändigen?«

»Aber das erkläre ich doch gerade, dass ich ein ›Schreiben‹ eingeben muss, damit ich ein ›Schreiben‹ darüber ausgehändigt bekomme, dass ich die ›Schreiben‹ vorgelegt habe!«

»Das nimmt ja kein Ende mit Euch, Reb Welwel!«
»So, es wird Euch zu viel? Dann sucht Euch doch einen besseren Advokaten!«

Aber das war natürlich nur so dahingeredet. Der Mann wird sich keinen anderen Advokaten nehmen, und Reb Welwel wird weitere ›Schreiben‹ vorlegen, und er wird die Sache ziehen und hinziehen, solange es geht, denn er ist ohne Zweifel der beste Advokat in Kasrilewke. Der Advokat *Jossil* hat zwar eine scharfe Zunge, aber nur bei sich zu Hause. Da, wo man sie braucht, bleibt sie stumm wie ein Fisch. *Mendl der Schmierfink* ist nichts anderes als ein Ignorant, eine Blamage vor Gericht. Sehr oft wirft ihm der Richter seine Eingabe ins Gesicht: Stiefel, sagt er, soll er putzen, aber keine Eingaben schreiben ... *Solovejtschik* versteht ja etwas vom Metier, wenn man ihn hört, hat er drei Semester lang studiert. Aber er ist ein Lump, nichts anderes als ein richtiger Dieb. Nur *Jerachmiel* ist ein umgänglicher Mensch und ein vornehmer Herr – aber er schweigt! Die Leute haben jedoch etwas gegen Menschen, die schweigen. Sie wollen einen haben, der redet, und vor allem ein Advokat muss etwas von sich geben. Zu was braucht man sonst einen Advokaten? Sogar beim Doktor ist es ja so. Man kann natürlich fragen: Wozu braucht ein Doktor eigentlich eine geschliffene Zunge? Trotzdem ist es angenehm, wenn er etwas redet. Bei uns gibt es eine ganze Reihe von Ärzten, aber keiner hat solch eine florierende Praxis wie der schwarzhaarige Doktor. Denn dieser schwarzhaarige Doktor fragt, wenn er zu einem Kranken kommt, den nicht nur, was er am Tag vorher gegessen hat, sondern jede Kleinigkeit will er von ihm wissen: woher er stammt, wie alt er ist, ob er verheiratet ist oder nicht, wie viele Kinder er hat, und ob es Jungen oder Mädchen sind. Was zahlt er für die Miete, und warum brennt die Lampe so schwach und warum hat das kleinste Kind solch einen großen Nabel – sagt, was Ihr wollt, es ist geradezu eine Freude, ihm zuzuhören! Wenn solch ein Doktor zu Euch kommt, ist es gleich hell im Haus, und gleich wird es Euch leichter ums Herz! Der Kranke selbst fühlt sich sofort besser, wie durch das stärkste Rezept. Er wird sagen: Der Doktor *selbst* ist schon ein Rezept!

Genau das Gegenteil von jenem Doktor in Jehupez, dass ich nicht an ihn erinnert werde, zu dem ich mit meiner Frau ging, lang soll sie leben. Ihr müsst wissen, meine Chaje-Ethel ist ohnehin schon reichlich nervös, jetzt stellt Euch mal vor, lässt sich doch dieser oberschlaue Doktor die Zunge zeigen und runzelt die Nase. Er fühlt ihr den Puls und runzelt die Nase, sitzt die ganze Zeit schweigend da wie ein Bräutigam, aber glaubt ja nicht, dass er auch nur ein einziges Wörtchen fallen lässt. Plötzlich jedoch hat er die wunderbare Idee, sie zu fragen:

»Wohin werdet Ihr dieses Jahr im Sommer fahren?«

Nun, mehr brauchte meine Chaje-Ethel nicht. Sie verlor die Fassung und fing an, mir zuzusetzen, wir sollten so schnell wie möglich ins Ausland fahren, in die ›warmen Bäder‹, und als ich nur fragte, warum auf einmal diese Eile, fiel sie über mich her und sagte, sie sehe schon lange, dass ihr Leben mir keinen Pfifferling wert sei, dass es mir gerade recht wäre, wenn sie, Gott bewahre, bald stirbt, und lauter ähnliche Hirngespinste brachte sie hervor, wie eben eine Frau reden kann, wenn sie ihrem Mann das Leben vergällen will. Und alles nur wegen diesem Doktor aus Jehupez. Aber Schluss damit! Ich habe mit Advokaten angefangen und bin bei Ärzten gelandet! Kehren wir also zurück zu unserem Advokaten Welwel Gambetta.

5.

Eine weitere Spezialität gehörte zu Welwels System: *Zeugen*! Zu jeder Streitsache gehörten bei ihm Zeugen und weitere Zeugen und noch einmal Zeugen. In seiner Strategie der Zeugen war eine doppelte Logik verborgen: Erstens konnte er im Blick auf die Zeugen so viel *ziehen, abziehen, verziehen, hinzuziehen* und *in die Länge* ziehen, wie er wollte, und bei so vielen Zeugen passiert es doch, dass einer gerade nicht gesund ist, ein anderer ist weggefahren und ein dritter hat glatt vergessen, dass man ihn als Zeugen bestellt hat. Zweitens verfolgt er mit Hilfe der Zeugen eine besondere Strategie, eine außergewöhnliche Strategie, jedoch Welwels eigene Strategie.

An dieser Stelle aber muss ich die Zeugen für einen Augenblick verlassen und ein Geheimnis aussprechen (es wird doch hoffentlich unter uns bleiben!): Unser Welwel führte meistens die Sache *beider* Parteien, das heißt, er verstand sich auf die Kunst, zur gleichen Zeit der Advokat beider Parteien zu sein. Es leuchtet ein, dass dies keiner vom anderen wissen durfte und jede Partei davon ausging, dass Welwel nur sie allein vertrat.

Ihr wollt wissen, wie er das fertigbrachte? Ganz einfach! Stellt Euch nur mal vor, Ihr seid mit dem Anliegen zu Welwel gekommen, dass er gegen mich ein Schreiben aufsetzen soll, weil ich das und das getan habe. Gleich verspricht er Euch, dass er mir wer weiß was verschaffen wird, Sibirien ist ein Honigschlecken gegen das, was ich kriegen werde. Und dabei wettert er gewaltig über mich: »Man muss sich mal vorstellen, *ich* hätte so was getan!« Wenn er mich mal vor Augen habe, sagt er, würde er mir ordentlich Bescheid geben.

»Ich muss mir ihn«, sagt er, »mal persönlich vornehmen. Am besten werde ich ihn direkt rufen lassen, diesen Lump!«

So also redet Welwel, bestellt mich auch zu sich und sagt gleich über Euch zu mir:

»Was haltet Ihr von solch einem Halunken! (Nicht ich, Welwel sagt das!) Nicht genug, dass er derart über Euch hergezogen ist, jetzt will er noch eine Anklage gegen Euch erheben! Gerade war er bei mir, ich habe ihm aber direkt gesagt, dass Ihr im Recht seid und nicht er. Was denn sonst? Ihr kennt mich ja, ich bin kein Mensch von Schmeicheleien. Und ich will ja auch nicht die Sache für Euch übernehmen.«

Ich aber unterbreche ihn natürlich und frage ihn:

»Warum denn nicht?« Antwortet er mir:

»Ich will das nicht. Gerade war doch der andere bei mir, das finde ich nicht anständig.«

Ich aber rede auf ihn ein:

»Meinetwegen soll er da gewesen sein. Jetzt aber bin ich da!«

Kurzum, hin und hergeredet, schließlich überzeuge ich ihn, und er übernimmt für mich die Sache und wird auch mein Advokat.

Danach geht das Hin und Her mit den Zeugen los. Er selbst bestimmt die Zeugen für beide Parteien und verhandelt derart geschickt zwischen ihnen, dass am Ende die Zeugen miteinander zu streiten anfangen, aufeinander schimpfen und sich ordentlich zerstreiten, und was spricht dagegen, dass sie sich am Ende nicht auch ein bisschen prügeln?

Dann aber bekommt Welwel erst richtig was zu tun! Neue Anzeigen! Denn die zerstrittenen und verprügelten Zeugen haben natürlich wieder *ihre* Zeugen, die bei der Schlägerei zugegen waren, und sobald sie sich bei Welwel, dem Spezialisten im *swod zakon*, dem russischen Gesetzbuch, versammeln, werden auch sie sich am Ende streiten, übereinander herfallen und zu Taten schreiten. Schon wieder neue Kundschaft für Welwel!

6.

Einen Fehler hatte Welwel (habt Ihr schon einen Menschen ohne Fehler gesehen?). Er konnte nicht mit Frauen auskommen! Keine Frau konnte länger als ein Jahr mit ihm zusammenbleiben – wenn's hoch kommt anderthalb Jahre.

Daraus kann man leicht erkennen, dass Welwel nicht nur *eine* Frau, sondern *mehrere* Frauen hatte. Ihr meint vielleicht mehrere gleichzeitig? Gott bewahre, so weit ist Kasrilewke noch nicht ›zivilisiert‹ worden, dass sich dort ein Jude wie in größeren Städten erlauben würde, es anderen nachzumachen und eine Frau und noch eine Frau und noch eine Frau zu haben. Kasrilewker Juden danken Gott, wenn sie es mit einer einzigen Frau aushalten können. Sie sagen, dass *eine* Frau Euch auch grau und alt machen kann, wenn sie einen besonderen Geschmack für Kleider hat und mit dem Schneider und der Modistin gut bekannt ist. Und erst recht, wenn sie meint, sie kann ein bisschen auf dem Piano klimpern, sie hat in ihrem Leben schon mal ein Buch gelesen und war zwei-, dreimal im Theater! Wenn sie dann noch ein *Stuke* oder ein *Tertel-Mertel*[7] spielen kann, hat der Mann nichts mehr zu lachen! Da muss er bestimmt wenigstens einmal in der Woche einen *jour fixe* einplanen und im Sommer eine Datscha mieten. Der Sohn muss aufs Gymnasium und die Tochter unbedingt einen Studenten kriegen. Kurzum, man muss Mitleid mit dem Mann haben, das Erbarmen Gottes komme über Euch. Und wir können ihm kein bisschen helfen, höchstens mit einem Seufzer! Kehren wir also lieber zu Welwel und seinen Frauen zurück.

Seine erste Frau stammte von hier, aus Kasrilewke meine ich, die Tochter von Jossi, dem Kerzenmacher. Ein Mädchen wie alle Mädchen, ordentlich, nichts auszusetzen. Die Leute beneideten Reb Jossi sehr wegen der Partie: mit so wenig Mitgift einen Spezialisten zum Schwiegersohn zu kriegen, den *swod zakon* in eigener Person! Am Ende stellte sich aber heraus, dass Jossis Tochter bald nach der Heirat verlauten ließ, sie könne mit ihm nicht zusammenleben. Weshalb nicht? Sie hat Angst! ... Wovor hat sie Angst? Sie hat Angst, dass er so lange mit seinen Prozessen weitermacht, bis alle Läden leergeräumt sind. Welche Läden? Wessen Läden? Und was hat das mit ihr zu tun? Aber geh und disputiere mit einer Frau! Sie hat es sich in den Kopf gesetzt: ›Die Läden‹! Und wenn du sie in Stücke schneidest, sie will nichts mehr mit ihm zu tun haben! Es versteht sich von selbst, dass sich Kasrilewke mit dieser Begründung nicht zufriedengab. Was soll das heißen: ›Läden‹!? Wie soll man das mit den Läden verstehen? Dahinter steckt doch eine andere Sache, vielleicht sogar ein Geheimnis, das man nicht laut beim Namen nennen darf? Und in der Stadt kursierten jetzt die wildesten Geschichten, und diese Geschichten erzählte einer dem anderen im Vertrauen, hinter vorgehaltener Hand, ins Ohr. Und dabei schauten sich die Männer um, ob keine Frauen in der Nähe waren, und erstickten fast vor Lachen!

»Was habt ihr da zu lachen?«, fragten die Frauen. »Erzählt es auch uns, dass wir mit euch lachen können!«

Diese Worte aber riefen bei den Männern ein noch größeres Gelächter hervor. Da wurden die Frauen schon ein bisschen böse und fragten ärgerlich:

»Seht nur, wie die Dummheit sie zum Lachen treibt. Sagt schon, was ihr da so irre zu lachen habt!«

Darauf fingen die Männer noch viel mehr an zu lachen, sie hielten sich die Bäuche vor Lachen, sie kugelten sich geradezu vor Gelächter.

7.

Kurzum, Welwel ließ sich von Jossis Tochter scheiden (sie hieß Brajndel und hat später wieder geheiratet; jetzt lebt sie in Amerika). Er blieb aber nicht lange allein; bald brachte er eine Frau aus einem kleinen Schtetl an, auch noch unverheiratet. Er lebte mit ihr ungefähr ein Jahr zusammen und ließ sich dann in aller Stille scheiden. Daraufhin fuhr er nach Berditschew und führte von dort eine richtig feine ›Dame mit Hut‹ nach Hause. Er machte mit ihr ›Visiten‹, staffierte sein Haus mit neuen Möbeln aus, führte offene Abende mit jungen Leuten ein, die *Stuke* oder *Tertel-Mertel* zu spielen pflegten. Schließlich halfen aber weder das Haus noch die Möbel, weder *Stuke* noch *Tertel-Mertel*. An einem schönen Morgen machten sie sich auf zum Rabbiner, der Scheidebrief wurde aufgesetzt, und die ›Dame mit Hut‹ fuhr nach Berditschew zurück.

Als Welwel nach dieser Geschichte noch einmal wegfuhr, um wieder zu heiraten, gaben ihm die Kasrilewker Witzbolde, die sich ja über alles in der Welt lustig machen, einen guten Rat mit: Was muss er extra wegfahren, um zu heiraten, die Frau nach Hause bringen und sich nachher wieder von ihr scheiden lassen! Besser soll er dort an Ort und Stelle Hochzeit und Scheidung direkt in einem abwickeln!

Darauf antwortete ihnen Welwel, dass es auf der Welt wirklich nicht so viele Oberschlaue wie sie gibt. Es wundere ihn nur, dass sie noch immer ohne Stiefel herumgehen … Und noch eine Reihe solcher bissiger Bemerkungen verpasste er ihnen, sodass sie nicht mehr wussten, wie sie ihm schnell entlaufen sollten. Er selbst aber fuhr nach Warschau und brachte wirklich von dort eine Neue mit, ein Verhängnis von einer Frau, mit eingesetzten künstlichen Zähnen und mit einem komischen Schleier auf dem Kopf, dazu mit einer merkwürdigen Sprache, die man in Kasrilewke noch niemals gehört hatte. Erstens redete sie nämlich sehr schnell. Was heißt schnell? Bevor sie das erste Wort herausließ, stürzten schon vorher fünf, sechs Worte kopfüber aus ihrem Mund, um sich um Gottes willen nicht zu verspäten. Aber ehe sie aus dem Mund geflogen waren, standen schon wieder zehn andere Wörter bereit zum Abflug.

Das ist schon mal Nummer eins. Und zweitens tönte sie unglaublich schrill und in so einem Singsang wie bei den *Akdomesgebeten*[8] an Schawu'ot, wo man kein Wort verstehen kann, oder wie wenn die Chassiden am Freitagabend ihr *Kegawne* singen! Und am Ende immer ein *aj-waj* und mit einem langen *niii*! Außerdem lachte sie wie ein Pfau, zeigte dabei immer ihre falschen Zähne und wedelte mit ihrem Schleier: hinreißend, sage ich Euch! Aus purer Neugier kamen die Leute, um die Warschauer ›Schönheit‹ mit den falschen Zähnen zu sehen und zu hören, wie sie krakeelt und gellend lacht und singt. Man hielt sich die Seiten vor Lachen! Was brauchen wir ein Theater, sagten die Leute … wirklich ein Jammer, dass sie sich nicht sehr lange in Kasrilewke hielt! Alles zusammen nur einen Sommer. Denn als die Zeit der großen Feiertage kam, ließ er sich von ihr scheiden, und sie fuhr zurück nach Warschau. Seitdem hat Welwel Gambetta nicht mehr geheiratet, sondern ist Junggeselle geblieben bis auf den heutigen Tag.

Aber Leute, vielleicht wisst Ihr eine Partie für ihn?

Zwei Antisemiten

Erzählung

1.

Max Berliant ist weit herumgekommen, mehrmals im Jahr fährt er von Lodz nach Moskau und wieder von Moskau nach Lodz. Mit sämtlichen Buffetbetreibern auf allen Bahnhöfen ist er bekannt, mit allen Schaffnern vertraut; er war schon in den entferntesten Gouvernements, dort, wo sich ein Jude nicht länger als vierundzwanzig Stunden aufhalten darf.[1] Auf allerhand Polizeirevieren hat er schweißgebadet gesessen, immer neue Beleidigungen unterwegs ausgestanden, oft genug ist er vor Ärger und vor Gram fast gestorben, und das alles wegen dem Judentum. Das heißt, nicht deswegen, weil es ein Judentum in der Welt gibt, sondern genau darum, weil er, wir wagen es kaum auszusprechen, selbst Jude ist. Und, genau gesagt, wieder nicht deshalb, weil er ein Jude ist, sondern deshalb, weil er, Ihr müsst schon entschuldigen, auch noch aussieht wie ein Jude! Ein Jude, wie er im Buche steht! Tiefschwarze Augen, ebenso schwarze glänzende Haare, richtig semitische Haare, und solch eine echt jüdische verdrehte Aussprache beim Reden, natürlich kann er kein ›r‹ rollen; aber dann noch seine Nase, wei o wei, was für eine Nase!

Und zu allem Unglück ist unser Held auch noch mit der Art von Beschäftigung gesegnet (er ist Handlungsreisender!), bei der er seine Nase in der ganzen Welt herumspazieren lassen muss; und reden muss er auch einiges, sehr viel sogar; dauernd muss man ihn also ansehen und anhören! Kurzum, er ist ein Bild des Jammers, man kann nur Mitleid mit ihm haben.

Es ist wahr, beim Bart hat sich unser Held gerächt, den Bart hat er stark gestutzt. Er kleidet sich fein, ja er putzt sich heraus wie eine Braut, die Schnurrbartenden hat er nach oben verdreht, dazu sich auch einen langen Fingernagel stehen lassen, und einen Schlips trägt er, ich sage Euch, einen Schlips, *ascher loj schlipsu awojsejnu*, wie unsere Vorfahren später niemals geschlipst haben! Er hatte sich mit der Zeit an die Speisen auf den Bahnhöfen gewöhnt, mit Todesverachtung verzehrte er jenes unreine grunzende Tier (wenn das Schwein nur die Hälfte von dem abbekäme, was ihm Max wünschte, als er zum ersten Mal Schweinefleisch aß!). Und als wäre das noch nicht genug, fing er sogar unter Lebensgefahr an, Hummer zu essen.

Warum ich das so betone: ›unter Lebensgefahr‹? Weil Max Berliant nicht die leiseste Ahnung davon hatte, wie man diesen Hummern zu Leibe rücken muss: Schneidet man sie mit dem Messer? Oder sticht man mit der Gabel in sie rein? Oder isst man sie ganz und gar auf?

Wenn er sich auch noch so sehr bemüht, so kann doch Max Berliant seine Jüdischkeit nicht verleugnen, nicht bei den eigenen und nicht bei fremden Leuten. So wie man einen falschen Fünfziger oder den fluchbeladenen Kain gleich erkennt, so erkennt man auch bei ihm gleich, wo man mit ihm dran ist, und bei jedem Schritt und Tritt gibt man ihm zu verstehen, wer er ist und was er ist. Das große Mitleid kann Euch überkommen, wenn Ihr ihn seht.

2.

Nur, wenn Max Berliant bis *vor Kischinew*[2] schon ein unglücklicher Mensch war, so war er *nach Kischinew* noch viel schlimmer dran. Tief in sich den großen Schmerz zu spüren und sich zugleich über diesen Schmerz zu schämen: Das ist eine Art von Hölle, die nur der begreifen kann, der diesen Schmerz in sich selbst fühlt. Max schämte sich wegen *Kischinew*, so als wäre er selbst für *Kischinew* verantwortlich. Und zu allem Unglück schickte man ihn gerade in jenen Zeiten dorthin, also nach *Kischinew*, in jene Gegend von Bessarabien. Er fühlte, dass nun eine neue Hölle anfangen wird. Hatten die Menschen bei sich zu Hause nicht bis zum Überdruss von jenen unbeschreiblichen Geschichten erzählt? Blutete ihm nicht das Herz über die Mordtaten, von denen man vorher auf der ganzen Welt noch nie gehört hatte? Kann er jemals den Tag vergessen, als man einmal in der Synagoge das *Ejl-mole-rachmim* sprach, das Totengebet[3] für die Ermordeten von *Kischinew*? Alte Männer weinten damals, und Frauen fielen vor Trauer in Ohnmacht.

Sicher ist es Euch schon einmal passiert, dass Ihr mit der Eisenbahn am Schauplatz einer Katastrophe vorbeigefahren seid. Ihr wisst im Grunde sehr gut, dass Ihr ruhig dasitzen könnt: Noch einmal wird das gleiche Unglück, die gleiche Katastrophe am gleichen Ort nicht mehr passieren. Und doch stellt Ihr Euch vor, dass genau hier, vor nicht langer Zeit, ganze Waggons, einer nach dem anderen, den Abhang heruntergestürzt sind; genau an dieser Stelle haben Menschen ihr Leben ausgehaucht, hier wurden Knochen zermalmt, Blut floss, Mark rann aus den Knochen. Ihr aber seid froh, dass Ihr friedlich durch jenen Ort fahren könnt.

Max wusste sehr gut, dass in jenen Ortschaften zwangsläufig manches zur Sprache kommt, Erzählungen von den eigenen Leuten, Berichte, Geschichten, Klagen, Seufzer, natürlich auch Witzchen und hässliche Bemerkungen von den anderen. Und je näher er diesen Orten kam, umso stärker suchte er nach einer Möglichkeit, davonzulaufen, sich vor sich selbst zu verstecken.

Als er schon sehr nahe war, nahm er sich zuerst vor, allein im Waggon sitzen zu bleiben. Danach aber überlegte er es sich und sprang zusammen mit anderen Passagieren hinaus auf den Bahnsteig und steuerte ganz kühl und selbstsicher auf das Buffet zu, wie ein Mensch, der gut aufgelegt ist. Er genehmigte sich einen Schnaps, aß einige von den guten Sachen, die einem Juden nicht erlaubt sind, trank dazu auch ein Glas Bier, zündete sich eine Zigarre an und ging zu dem Stand, wo man Bücher und Zeitungen verkauft. Und gleich sieht er auch das bekannte antisemitische Blatt jenes prächtigen Antisemiten Kruschewan,[4] mit dem bekannten herrlichen Namen ›Der Bessaraber‹. In jenen Ortschaften, müsst Ihr wissen, wo dieses wunderbare Blatt fabriziert wird, liegt es ganz unberührt da. Niemand nimmt es in die Hand, die dortigen Juden natürlich nicht, weil es so abscheulich ist, dass keiner es anrührt. Und die Nichtjuden auch nicht, weil sie es schon bis zum Überdruss kennen. So liegt es also ruhig im Zeitungsständer, erinnert die Leute aber daran, dass es auf der Welt einen Kruschewan gibt, der nicht ruht und nicht schläft und der nach Mitteln sucht, um die Welt vor jener Krankheit zu beschirmen und zu bewahren, die man ›Judentum‹ nennt.

Max Berliant war der Einzige, der zum Zeitungsständer ging und sich eine Nummer des ›Bessarabers‹ geben ließ. Weshalb eigentlich? Vielleicht mit dem gleichen Gefühl, mit dem er sich hin und wieder Hummer bestellte? Aber vielleicht wollte er auch wirklich wissen, was solch ein richtiger Schweinehund über Juden schreibt? Man vermutet ja, dass der größte Teil der antisemitischen Zeitungen von Semiten gelesen wird, von uns selbst also, Ihr müsst schon entschuldigen ... Die Besitzer jener Blätter wissen das ganz gut, sie gehen davon aus, dass die Juden *trejfe*, unrein sind, aber deren Geld ist ihnen *koscher*.

Wie dem auch sei, unser Max erstand eine Nummer des ›Bessarabers‹, ging mit ihm in den Waggon zurück, streckte sich auf seiner Bank aus und deckte sich mit der Zeitung zu, so wie man sich normalerweise mit einer Decke oder einer Pelerine zudeckt. Dabei flog ihm ein Gedanke durch den Kopf: Was würde zum Beispiel ein Jude denken, wenn er hier hereinkäme und einen einzelnen Menschen sähe, zugedeckt mit einem Exemplar des ›Bessarabers‹? Ganz sicher würde niemand auf den Gedanken kommen, hier läge ein Jude. So wahr ich lebe, ein wunderbares Mittel, um jeden Juden loszuwerden und hier bei Nacht ruhig ausgestreckt zu liegen wie ein Fürst, ganz allein für sich auf einer Bank …

So also überlegte unser Held, und damit wirklich keine Menschenseele ahnen sollte, wer hier liegt, deckte er sich mit dem ›Bessaraber‹ sogar das Gesicht zu, verdeckte so auch seine Nase, die Augen, die Haare, das gesamte jüdische ›Ebenbild Gottes‹! Und in seiner Phantasie stellt er sich vor, wie sich mitten in der Nacht ein Jude, mit allerhand Packen beladen, in den Waggon schafft und nach einem Platz sucht, wohin er sich setzen kann. Und er sieht, dass da ein Mensch mit einer Nummer des ›Bessarabers‹ zugedeckt liegt – bestimmt ein Gutsbesitzer und ganz sicher ein antisemitischer Widerling, vielleicht sogar Kruschewan selbst! Da wird er natürlich gleich zurückspringen, der Jude mit seinen Packen, er wird dreimal ausspucken; er aber, Max, bleibt wie ein Graf alleine auf der ganzen Bank. ›Ha-ha-ha, so wahr ich lebe, ein wunderbares Mittel, noch wirksamer, als wenn ein Mensch plötzlich im Waggon die Cholera bekäme!‹

Der Plan gefällt unserem Max so gut, dass er, ausgestreckt unter seinem ›Bessaraber‹, innerlich laut lachen muss, und Ihr werdet ja wissen: Ein Mensch, der etwas gespeist, dazu ein Glas Bier getrunken und eine Zigarre gepafft hat und zu Beginn der Nacht im Waggon auf einer Bank ganz für sich allein liegt, ausgestreckt wie ein Graf, na, der hat auch gut lachen!

Also still, kein Wort! Unser Held Max Berliant, der Handlungsreisende, welcher von Lodz nach Moskau und von Moskau nach Lodz zu fahren pflegt, liegt allein auf seiner Bank, mit einem Exemplar des ›Bessarabers‹ zugedeckt, und schlummert langsam ein. Stören wir ihn nicht!

3.

Max Berliant ist sicherlich ein kluger Mann, aber dieses Mal hatte er sich getäuscht. Es kam tatsächlich jemand in den Waggon, ein dicker, kräftiger Mann, etwas außer Atem, mit einigen Koffern beladen, er ging tatsächlich auf Max zu, betrachtete ihn gründlich, wie er so dalag, zugedeckt mit einer Nummer des ›Bessarabers‹. Aber der Mann spuckte jetzt nicht dreimal aus und ging auch keineswegs eilends davon. Er blieb nur stehen und betrachtete dieses Geschöpf da, diesen Antisemiten mit der semitischen Nase (während des Schlafs war die Zeitung nämlich ein bisschen heruntergerutscht und die besagte ›Schande‹, also die Nase, offenbarte sich bei unserem Helden in ihrer ganzen Pracht und Schönheit).

Der Mann stand einige Minuten da, mit einem Lächeln um den Mund, danach legte er seine Koffer auf die zweite Bank, Max gegenüber, und unser neuer Mitreisender sprang für ein paar Minuten auf den Bahnsteig hinaus und in den Bahnhof zurück; er kam dann ebenfalls mit einem Exemplar des ›Bessarabers‹ wieder, öffnete einen Koffer, zog aus ihm ein Kissen und eine Decke, dazu ein paar Pantoffeln und ein Fläschchen Eau de Cologne; er machte es sich bequem, streckte sich auf seiner Bank aus und deckte sich – genau wie unser Max Berliant – mit dem ›Bessaraber‹ zu.

So lag er da, rauchte, schaute auf Max und lächelte dabei; er schloss zunächst ein Auge, danach das andere, und langsam schlummerte auch er ein.

Lassen wir unsere beiden ›Bessaraber‹ auf den gegenüberliegenden Bänken schlafen, wir aber möchten jetzt den geneigten Leser mit der zweiten Person näher bekannt machen und ihm sagen, wer dieser ist und was er ist.

Also: er ist ein General ... aber kein Kriegsgeneral und auch kein Generalgouverneur, vielmehr ein Generalinspektor, also ein Agent, der Agent einer Gesellschaft. Er heißt Njemtschik, sein Vorname ist Chaim, aber er schreibt sich Albert und gerufen wird er Petja.

Oberflächlich betrachtet ist die Verbindung ja ein wenig abenteuerlich. Gut, dass sich Chaim auf einmal in Albert verwandelt – das kann man noch verstehen. Denn wieso wird bei uns aus Welwel ›Wladimir‹, aus Jisroel ›Isidor‹ und aus Awraham ›Awakum‹? Wie aber verwandelt sich Chaim in Petja? Da muss man sich ein bisschen mit Philosophie befassen und sich auch in die Sprachwissenschaft vertiefen und dazu außerdem seinen gesunden Menschenverstand gebrauchen: Erster Schritt: werfen wir bei Chaim mal das *ch* raus. Danach bitten wir das *i* und das *m* vielmals um Entschuldigung, auch sie müssen verschwinden. Bleibt nur noch das *a* übrig. Nun stellen wir zum *a* ein *l* und ein *b*, auch noch ein *e*, und ein *r* und schließlich noch ein *t*. Wird daraus nicht von selbst ›Albert‹? Nun, und aus Albert wird dann von selbst Alberti, Berti, Beti, Betja, Petja. *Sic transit gloria mundi*, wie die Lateiner sagen, oder: So wird aus einer Ente ein Truthahn!

Kurzum, unser Mann Petja Njemtschik ist Generalinspektor und kommt in der ganzen Welt herum, genauso wie Max Berliant. Nur hat er, was seine Natur angeht, ein ganz anderes Wesen: lebhaft, lustig und redselig. Und obwohl er Petja heißt und sich Generalinspektor nennt, so bleibt er trotzdem ein Jude wie alle Juden, er will auch ein Jude sein und er liebt es, anderen Juden jüdische Geschichten und Anekdoten zu erzählen.

Petja und seine Anekdoten sind in der ganzen Welt berühmt. Der Fehler dabei ist nur: Jede Anekdote, die er erzählt, hat er nach seiner Auskunft immer selbst erlebt, das schwört er bei allem, was ihm heilig ist. Jedes Mal passiert ihm die Geschichte an einem anderen Ort und diesen vergisst er von einem zum anderen Mal. Wir müssen daraus leider schließen, dass der Generalinspektor Petja Njemtschik eine besondere Sprache pflegt, das heißt, er liebt es zu übertreiben oder, wie man das in unseren Kreisen nennt, er ist mit Verlaub ein Lügner. Entschuldigt bitte, dass wir uns so grob ausdrücken, es genügt ja im Grunde auch, wenn wir einfach sagen: Er ist ein Agent. Denn was ein Agent ist, das wisst Ihr selbst gut genug.

Als er in den Waggon hereinkam und unseren Max Berliant erblickte, wie er, bedeckt mit einer Nummer des ›Bessarabers‹, auf seiner Bank ausgestreckt dalag, und als er an der Nase sofort erkannt hatte, dass dieser Mann nicht im entferntesten mit Kruschewan und seinem prächtigen ›Bessaraber‹ verwandt war, kam ihm sofort der Gedanke:

Eine Anekdote!! Eine brandneue Anekdote! Er wird, mit Gottes Hilfe, wahrhaftig eine Anekdote zu erzählen haben!

Und Petja sprang auf den Bahnsteig und gleich in den Bahnhof zurück, bewaffnete sich ebenfalls mit einer Nummer des ›Bessarabers‹ und legte sich hin, Max gegenüber: mal sehen, was nun passieren wird! Und er schlummerte ebenfalls ein ...

Nun verlassen wir den ›Bessaraber‹ Nummer zwei, wir lassen den Generalinspektor Petja Njemtschik in Frieden und wenden uns wieder dem ›Bessaraber‹ Nummer eins zu, dem Handlungsreisenden Max Berliant.

4.

Max Berliant hatte eine schwere Nacht. Offenbar regten sich die Speisen, die er auf dem Bahnhof zu sich genommen hatte. Und dabei wurde er von seltsam-wilden Träumen heimgesucht. So erschien es ihm, dass er gar nicht Max Berliant war, sondern vielmehr Kruschewan, der Herausgeber des ›Bessarabers‹, und dass er gar nicht im Waggon fährt, sondern auf einem Schwein reitet und ihm ein Hummer, ein roter gekochter Hummer, mit seinen Antennen zuwinkt – und von irgendwoher hört man ein Weinen: ›*Ki-schi-new!*‹

Und ein Lüftchen bläst ihm in die Ohren, er hört ein Rascheln wie von Blättern oder von Frauenkleidern, er will ein Auge öffnen, aber er kann es nicht, er fasst sich an die Nase – die Nase ist nicht da, nicht die Spur von einer Nase. Anstelle der Nase ertastet er eine Zeitung, den ›Bessaraber‹, jetzt weiß er endgültig nicht mehr, wo er ist. Er will sich bewegen, aber er kann nicht. Er spürt, dass es ein Traum ist, aber er kann sich nicht aus dem Schlaf befreien, er hat keine Macht über sich, es ist unmöglich! So liegt er da und leidet Höllenqualen. Er ist wie erstarrt, wie in Hypnose. Er spürt, wie ihm die Kräfte schwinden. So bringt er mit letzter Kraft ein leises Stöhnen hervor, das nur er selbst hören kann, und er öffnet ein wenig das eine Auge, kaum dass er etwas sehen kann. Aber er erkennt in einem Lichtstrahl die Gestalt eines Menschen, der ihm gegenüber ausgestreckt liegt, ganz allein auf seiner Bank wie er selbst, und auch mit einer Nummer des ›Bessarabers‹ zugedeckt. Unser Max wird nun total verwirrt, und es kommt ihm so vor, dass er sich dort selbst sieht, auf jener Bank ausgestreckt, aber er kann nicht verstehen, was das alles zu bedeuten hat, so sehr er sich auch anstrengt: Wie kommt er, Max, auf die andere Bank? Und wie kann ein Mensch sich selbst ohne Spiegel sehen? Er fühlt, wie sich ihm die Haare einzeln zu Berge stellen ...

Langsam, ganz langsam kommt Max wieder zu klaren Gedanken. Und er versteht, dass jener dort auf der anderen Bank doch nicht er selbst ist, sondern ein anderer Mensch. Stellt sich aber die Frage: Wie kommt dieser andere zu ihm herein und wieso liegt er genau ihm gegenüber und warum ist auch er mit einer Nummer des ›Bessarabers‹ zugedeckt?

Unser Max will nicht warten, bis es Tag wird, er muss das Rätsel etwas schneller lösen, ja sogar bald, sofort. Und er bewegt sich ein bisschen und fängt an, mit der Zeitung zu rascheln. Da hört er, wie sich der Mann ihm gegenüber, auf der anderen Bank, auch rührt und auch mit der Zeitung raschelt. Er bleibt unbeweglich liegen, schaut aber noch genauer hin und er sieht, wie jene Gestalt auf der anderen Bank mit einem leisen Lächeln zu ihm herüberschaut. So also liegen unsere beiden Bessaraber einander gegenüber, einer schaut den anderen an, aber sie schweigen. Beide Antisemiten brennen darauf, unbedingt zu wissen, wer der andere ist. Aber mit aller Kraft hält sich jeder von ihnen zurück. Und sie schweigen. Da hat Petja eine Idee. Leise beginnt er ein bekanntes jiddisches Lied vor sich hinzupfeifen:

>»*Afn pripetschik brent a fajerl* ...«[5]

und leise pfeifend fällt nun Max ein:

>»*Un in schtub is hejs* ...«

Langsam richten sich unsere beiden Antisemiten auf, sie schleudern ihre ›Bessaraber‹ von sich und beenden vereint das bekannte jiddische Lied mit der berühmten Melodie, nun aber nicht mehr pfeifend, sondern mit dem vollständigen Text:

>»*Un der Rebbe lernt*
>*mit di kinderlech*
>*dem alef-bejs!*«

wen ich bin Rojtschild

a monolog fun a kaßrilewker melamed

– wen ich bin Rojtschild, – hot sich zelost a kaßrilewker melamed ejn mol in a donerschtik, bejß di rebezin hot im gemont ojf schabeß un er hot nit gehat, – oj, wen ich sol sajn Rojtschild! treft, woß ich tu? rejschiß-chochme, fir ich ajn a minheg, as a wajb sol tomid hobn baj sich a drajerl, bichdej si sol farschporn duln a ßpodik, as ße kumt der guter donerschtik un ß'is nito ojf schabeß ... wehaschejneß, kojf ich ojß di schabeßdike kapote, oder nejn – dem wajbß kezenem burnuß – los si ojfhern pikn in kop arajn, as ß'is ir kalt! un kojf awek di dosike schtub in ganzn mit ale draj chadorim, mit der kamer, mit der schpisarnje, mitn keler, mitn bojdem, mit hakl bakl mikl flekl, – los si nit sogn, as ß'is ir eng; na dir awek zwej chadorim, koch dir, bak dir, wasch dir, brok dir, un los mich zu ru, ich sol konen kneln mit majne talmidim mit a rejnem kop! nischto kejn dajgeß-parnoße, me badarf nischt klern, wu nemt men ojf schabeß – mechaje-nefoscheß! di techter ale chaßene gemacht, arop a horb fun di plejzeß – woß felt mir? hejb ich mich on arumkukn a bißl ojf der schtot. doß erschte bin ich menader a najem dach ojfn altn beßhamedresch, los ojfhern kapen ojfn kop, beschaß jidn dawnen; un lehawdil, doß merchez boj ich iber ojfß naj, worem nit hajntmorgn – eß wet dort musn sajn an umglik, chaß-wescholem, tomer falt doß ojß akurat beschaß noschim bodn sich. un wi bald doß bod, mus men schojn doß hekdesch awade zewarfn un aniderschteln a »biker-chojlim«, ober take woß a biker-chojlim, mit

Wenn ich einmal Rothschild bin

Monolog eines Melameds aus Kasrilewke

»Wenn ich einmal Rothschild bin«, sinnierte ein Kasrilewker Melamed an einem schönen Donnerstag, nachdem ihn die Rebbezin daran erinnert hatte, dass er ihr Geld geben sollte, damit sie für den Sabbat etwas einkaufen kann. »Ach, wenn ich mal Rothschild bin! Ratet mal, was ich dann mache! Erstens führe ich den Brauch ein, dass eine Frau immer drei Rubel in der Tasche haben soll, damit sie nicht die ganze Zeit herumjammert, wenn der herrliche Donnerstag herankommt und es ist für Sabbat nichts im Haus. Zweitens kaufe ich den Sabbatkaftan für mich; nein, lieber doch den *Burnus* für die Frau. So wird sie sich nicht dauernd beklagen, dass ihr kalt ist. Und dann kaufe ich das ganze Haus hier mit allen drei Zimmern und der Abstellkammer und der Speisekammer und dem Keller und dem Speicher, alles zusammen. Soll sie sich nicht immer beschweren, dass es ihr zu eng ist: ›Da, da hast du deine zwei Zimmer, jetzt koche, backe, wasche, schneide Nudeln, menge herum, Hauptsache, du lässt mich in Ruhe, damit ich mit meinen Kindern lernen kann und dabei den Kopf frei habe!‹ Ohne Sorgen um den Lebensunterhalt, ohne sich den Kopf zu zerbrechen, wo man was für den Sabbat hernimmt, herrlich wird das sein! Wenn ich dann alle drei Töchter verheiratet habe und diese Last auch vom Buckel runter ist, was will ich mehr! Und danach fange ich an, mich ein bisschen in der Stadt umzusehen. Zuerst werde ich für das alte Bethaus ein neues Dach spendieren; soll es endlich aufhören,

betlech, mit a dokter, mit refueß, mit jajchlech ale tog far di chojlim, wi eß firt sich in lajtische schtet. un a »mojschew-skejnim« schtel ich awek, alte jidn lomdim soln sich nit walgern in beßmedresch baj der hrube. un a chewre »malbesch-arumim«, oreme kinder soln nit arumgejn, ich bet iber ajer kowed, mit di pupkeß in drojßn, un a chewre »gmileß-chßodim«, as itlecher jid, ßaj a melamed, ßaj a bal-mloche, ßaj a ßojcher afile sol farschporn zoln prozent, nischt darfn farmaschkenen doß hemd funem lajb, un a chewre »hachnoßeß-kale«, as wu ergez an orem mejdl, nebech a derwakßene, sol men si ojßklejdn, wi eß geher zu sajn, un chaßene machn, un noch kedojme aselche chewreß fir ich ajn baj unds in Kaßrilewke … nor woß is schajich epeß dawke nor baj unds in Kaßrilewke? umetum, wu eß gefinen sich nor achejnu bnej Jißroel, fir ich ajn aselche chewreß, umetum, ojf der ganzer welt! un bichdej eß sol sich firn mit a ßejder, wi eßgeher zu sajn – treft, woß tu ich? mach ich ojf ale chewreß ejn chewre a grojße, a zdoke-gdojle-chewre, woß git achtung ojf ale chewreß, ojf ale jidn, doß hejßt, ojf dem klal-Jißroel, as jidn soln umetum hobn parnoße un lebn in achdeß un soln sizn in di jeschiweß un lernen: chumesch mit Rasch"i, mit gmore, mit Tojßfeß, mit Maharsch"o, mit ale schewa-chochmeß un mit ale schiwim loschn, un ojf ale jeschiweß sol sajn ejn jeschiwe a grojße.

den Männern auf den Kopf zu tropfen, wenn sie beim Gebet sind! Und das Gemeindebad, nicht dass ich es vergleichen will, baue ich ganz neu auf. Denn eines schönen Tages wird es dort sonst ein Unglück geben, und das Bad stürzt, Gott bewahre, gerade dann ein, wenn die Frauen baden. Und wo wir schon beim Gemeindebad sind: Man muss auch die Krankenstube abreißen und ein richtiges Spital hinstellen, mit Betten, mit einem Doktor, mit Arzneien und jeden Tag einer Brühe für die Kranken, so wie man es aus den richtigen Städten kennt; und ein *mojschewskejnim*, ein Altenhaus, lasse ich auch bauen, damit sich die alten gelehrten Männer nicht weiter im Bethaus um den Ofen herumdrängen. Und dann richte ich noch eine Vereinigung ein für die Armenkleidung, damit die armen Kinder nicht mehr so herumlaufen, dass man ihren bloßen Nabel sieht, Ihr müsst schon entschuldigen. Und eine Vereinigung ›*Gmiles-Chsodim*‹[1] für die Wohltätigkeit, damit jeder Mensch bei uns, sei er Melamed oder Handwerker oder sogar Kaufmann, nicht mehr Zinsen zahlen und das Hemd am Leib verpfänden muss. Und noch eine Bruderschaft zur Unterstützung von armen Mädchen. Wenn irgendwo ein bedürftiges Mädchen ist, schon erwachsen und heiratsfähig, so soll man sie einkleiden, wie es sich gehört, und ihr die Hochzeit ausrichten. Und noch eine ganze Reihe solcher Vereinigungen werde ich bei uns in Kasrilewke einführen. Allerdings, was macht das für einen Sinn, wenn es nur bei uns in Kasrilewke geschieht? Überall, wo unsere Brüder, die Kinder Israels, leben, führe ich solche Vereinigungen ein, auf der ganzen Welt! Damit dies alles aber nach guter Ordnung vor sich geht, wie es sich gehört, ratet mal, was ich da mache? Ich setze über alle Vereinigungen eine einzige große Vereinigung, eine besondere Wohlfahrtsvereinigung, die auf alle einzelnen Vereinigungen aufpasst, auf alle Juden, das heißt, auf den ganzen *Klal Jisro'el*, damit Juden überall in der Welt ihr Auskommen haben und in Einigkeit leben und in den Talmudschulen sitzen und lernen können: Chumesch und Raschi und den Talmud mit den

a jidische akademje, in der Wilne gewejntlech, woß fun dortn soln arojßgejn di greßte lomdim un chachomim in der welt, un alzding sol sajn umsißt, »al cheschbn hagwir«. ojf majn keschene, un alzding sol sich firn mit a ßejder un mit a plan, eß sol nischt sajn kejn »geb-mir-na-dir-chap-lap«, un ale soln in sinen hobn nor tojweß-haklal! … un bichdej me sol konen trogn ojfn kop dem »klal« – woß darf men? darf men baworenen dem »prat«. un mit woß kon men baworenen dem prat? gewejntlech, mit parnoße; worem parnoße, hert ir, doß is der rechter iker; on parnoße kon nischt sajn kejn achdeß; ibern schtikl brojt, mschtejnß gesogt, is ejner dem andern jojred lechajew, kapa[b]l jenem kojlen, ßamen, hengen! … afile di ßone-jißroel, undsere Homenß fun der ganzer welt, mejnt ir, woß hobn sej zu undß? gornischt. nor zulib parnoße. sej soln hobn parnoße, woltn sej nor asoj schlecht nit gewen. parnoße brengt zu kine, kine brengt zu ßine, un derfun, rachmone-lizlan, nemen sich ale zoreß ojf der welt, ale umglikn, nit do gedacht, mit ale redifeß, mit ale harigeß, mit ale rezicheß un mit ale milchomeß …

oj, di milchomeß, di milchomeß! doß is, hert ir, gor a schchite far der welt! wen ich bin Rojtschild, mach ich ojß milchomeß, ober take lachlutin ojß!

wet ir doch fregn: wi asoj? nor mit gelt. dehajne? ich wel eß ajch gebn zu farschtejn mit a ßejchl: lemoschl, zwej melucheß zeampern sich iber a narischkajt dort, a schtikl erd, woß is wert a schmek tabake; »teritorje« hejßt eß baj sej. di meluche sogt, as di teritorje is ir teritorje, un di meluche sogt: »nejn, ß'is majn te-

Zusätzen² und dem Maharsch'a³ und alle sieben Künste der Welt, in allen siebzig Sprachen.⁴ Und auch über allen *Jeschiwes* soll eine große Jeschiwa sein, eine jüdische Akademie, natürlich in Wilna.⁵ Denn von dort müssen dann die großen Gelehrten und Weisen der Welt ausgehen. Aber alles soll umsonst sein, alles ›auf Rechnung unseres Reichen‹, auf meine Tasche also, und alles ordentlich und geplant, nicht dass ein ›Rapsch-Grapsch‹ daraus wird, ›gib schon – da hast du, holterdiepolter‹. Alles muss auf das Wohl der ganzen Gemeinschaft ausgerichtet sein! Klar, wenn sich der Kopf auf die Gemeinschaft richtet, muss man das Allerwichtigste im Auge behalten, und was ist wohl das Allerwichtigste? Natürlich genügend Lebensunterhalt, *Parnosse*! Denn, hört Ihr, *Parnosse* ist doch das Wichtigste von allem! Ohne *Parnosse* wird es keine Einigkeit geben! Wegen einem Stück Brot geht doch einer dem anderen ans Leben, man muss es so sagen, wegen einem Stück Brot ist er glatt bereit, den anderen umzubringen, zu vergiften und aufzuhängen! Sogar wenn Ihr die Antisemiten nehmt, unsere prächtigen Hamans auf der ganzen Welt, was meint Ihr, was sie wirklich gegen uns haben? Gar nichts! Es ist alles nur wegen der *Parnosse*! Wenn sie ihre *Parnosse* hätten, wären sie nicht so gemein gegen uns. Die Sorge um die *Parnosse* führt zu Neid, Neid bewirkt Hass, und von daher, soll uns Gott bewahren, kommen alle Unglücke der Welt, dass wir nicht daran erinnert werden, alle Verfolgungen, alle Massaker, alle Anschläge und alle Kriege ...

Ach ja, die Kriege, die Kriege! Durch sie, hört Ihr, entsteht doch ein wahres Gemetzel in der Welt. Wenn ich einmal Rothschild bin, mache ich Schluss mit den Kriegen, aber wirklich endgültig Schluss!

Nun werdet Ihr natürlich fragen: aber wie denn? Nur mit Geld, sage ich Euch. Und wie das? Ich will es Euch mit einem Gleichnis erklären. Zwei Königreiche zerstreiten sich irgendwo wegen irgendeiner Bagatelle, einem Stückchen Land, das selbst nicht mehr wert ist als eine Prise Schnupftabak. ›Territorium‹

ritorje«. mischejscheß-jemej-brejschiß, hejßt eß, hot got baschafn ot doß schtikl erd fun ir kowed wegn. kumt zu gejn a drite un sogt: »ir sent bejde behejmeß; di teritorje is alemenß teritorje, a reschuß harabim hejßt eß«. hakizer, teritorje aher, teritorje ahin, me »teritorjet« asoj lang, bis me hejbt on schißn fun bikßn un harmatn, un mentschn kojlen sich ejnß doß andere wi di schof, un blut, blut gißt sich asoj wi waßer.

ober as ich kum zu sej lechatchile un sog sej: »schat, briderlech, lost ajch dinen. in woß gejt do baj ajch, ejgntlech, der ganzer ßichßech? me farschtejt den nit ajer mejn? ir mejnt nit asoj di hagode, wi di knejdlech. teritorje is doch baj ajch nor an ojßrejd: der iker is doch baj ajch jene majße, peti-meti, kontribuzje! un wi bald loschn kontribuzje – zu wemen kumt men on mit a halwoe? zu mir, zu Rojtschildn hejßt eß. amer, wejßt ir woß? na dir, englender mit di lange fiß un mit di keßtldike hojsn, a miljard! na dir, narischer terk mit der rojter jarmlke, a miljard! na dir, mume Rejsl, ojch a miljard. mimo-nefschech, got wet ajch helfn, wet ir mir opzoln mit prozent, nit cholile kejn grojßn prozent, fir oder finf leschone, ich wil ojf ajch nit rajch wern« …

farschtejt ir schojn? i ich hob gemacht a gescheft, i mentschn hern ojf zu kojlen ejnß doß andere, wi di okßn, umsißt un umnischt. un wi bald ojß milchome, hajnt zu woß badarf men doß kle-sajen, mitn chajel, mit ale sibezn sachn, mitn ganzn ta-

heißt es in ihrer Sprache. Das eine Land sagt, das ›Territorium‹ sei *sein* ›Territorium‹, das andere aber sagt: Nein, es ist *mein* ›Territorium‹. *Mischejsches jemej brejsches,*[6] seit Anbeginn der Welt, heißt es dann, hat Gott dieses Stückchen Erde eigens für dieses Land geschaffen. Kommt ein Dritter an und sagt: Ihr seid beide Ochsen, das ›Territorium‹ ist vielmehr gemeinschaftliches ›Territorium‹, unantastbarer Bereich. Kurzum, ›Territorium‹ hin, ›Territorium‹ her, das geht so lange, bis man anfängt, mit Büchsen und Kanonen aufeinander zu schießen und Menschen sich gegenseitig umbringen, so wie man Schafe schlachtet, – und das Blut fließt in Strömen.

Wenn's aber so ist, gehe ich gleich am Anfang zu ihnen und sage: Still, Brüderchen, lasst euch mal helfen! Um was geht eigentlich bei euch der ganze Streit in dieser Sache? Meint ihr vielleicht, ich verstehe nicht, um was es euch wirklich geht? Ihr habt gar nicht so sehr die Haggada als vielmehr die Knödel im Sinn, ist es nicht so?[7] ›Territorium‹ ist doch bei euch nur ein Vorwand, stimmt es nicht? Die Hauptsache ist doch für euch die eine Sache, die man *Pinke-Pinke* nennt, und das wieder vor allem wegen der Abgaben, nicht wahr? Und wo wir schon von Abgaben und von Steuern reden, zu wem wird man wohl wegen einer Anleihe kommen? Zu mir natürlich, zu Rothschild! Also werden wir es so machen: Komm her, du Engländer mit den langen Beinen und den karierten Hosen – da hast du eine Million! Komm her, verrückter Türke mit der roten Jarmulke, da, eine Million! Komm her, *Muhme Rejsl,*[8] russischer Bär, auch für dich eine Million! Wenn Gott hilft, werdet ihr es mir mit Zinsen zurückzahlen – Gott bewahre, nicht mit hohen Zinsen, vier oder fünf Prozent im Jahr, mehr nicht, ich will doch durch euch nicht reich werden!

Versteht Ihr jetzt? Entweder mache ich auf diese Weise ein Geschäft, oder die Menschen hören wenigstens auf, einander abzuschlachten wie die Ochsen, für nichts und wieder nichts! Und wenn mal Schluss ist mit dem Krieg, wozu braucht man

reram? ojf tische-najnzik kaporeß! un wi bald oß kle-sajen, ojß
'chajel, ojß tareram, is doch ojß ßine, ojß 'kine, ojß terk, ojß englender, ojß franzojs, ojß zigajner, ojß jid, lehawdil – di ganze welt
bakumt gor demolt an ander ponim, wi in poßek schtejt baj
unds geschribn: wehojo, un eß wet sajn, bajojm hahu, doß hejßt, as Meschiech wet kumen!« ... (schtelt sich op).

un efscher, ha? ... wen ich bin Rojtschild, kon sajn, as ich bin
gor mewatl doß gelt. ojß gelt! worem, lomir sich nit narn, woß
is den gelt? – gelt is doch, ejgntlech, nor a heßkem, an ajngeredte sach. me hot genumen a schtikl papir, awekgeschtelt a zazke
un ongeschribn: »tri rublja ßerebrom«. gelt, sog ich ajch, is
nischt mer wi a jejzer-hore, a tajwe aselche, ejne fun di greßte tajweß, woß ale wiln doß un kejner hot doß nit ... ober as ße sol
lachlutin gor nit sajn kejn schum gelt ojf der welt, wolt doch der
jejzer-hore nit gehat woß zu ton, un di tajwe wolt nit gewen kejn
tajwe. ir farschtejt, zi nejn? aj woß? is doch di kasche, wu woltn
demolt nemen jidn ojf schabeß? (fartracht sich ojf a wajle). is
der terez: lemaj wu wel ich izter nemen ojf schabeß? ...

dann das ganze Teufelszeug, die Armeen mit all ihren wunderbaren Instrumenten, dem ganzen Zirkus. Neunundneunzigmal zum Teufel sollen sie gehen! Und wenn dann die üblen Instrumente weg sind, keine Armeen mehr da, kein Rabatz, kein Aufruhr, dann ist doch auch Schluss mit dem Hass, mit dem Neid. Keiner fragt dann mehr nach Türken, nach Engländern und nach Franzosen, nach Zigeunern oder auch nach Juden, sie seien wohl unterschieden. Die ganze Welt kriegt dann ein anderes Gesicht, wie es geschrieben steht: ›*Wehojo bajojm hahu,*[9] und es wird geschehen an jenem Tage‹, das heißt, wenn der Messias kommt! … (Er macht eine kleine Pause.)

Aber wer weiß, wer weiß …? Wenn ich Rothschild bin, schaffe ich vielleicht sogar das Geld ab! Schluss mit dem Geld! Denn machen wir uns nichts vor, was ist eigentlich Geld? Geld ist doch nur ein Mittel für Übereinkünfte, eigentlich eine reine Einbildung. Man nimmt ein Stück normales Papier, verziert es mit einem schönen Bild und schreibt darauf: *tri rublia serebrom,* drei Silberrubel. Geld, sage ich Euch, ist nichts anderes als der böse Trieb, eine reine Begierde und noch eine von den schlimmsten Begierden. Denn alle wollen es, und niemand hat genug davon. Aber wenn es einmal gar kein Geld mehr auf der Welt geben wird, dann hätte doch der böse Trieb nichts mehr zu tun, und die Begierde wäre keine Begierde mehr. Ihr versteht oder versteht Ihr es nicht? Aber halt! Dann stellt sich doch die Frage: Bei wem könnten *dann* die Juden etwas für den Sabbat leihen? (Er bleibt eine Weile nachdenklich stehen.) Und die allerschwierigste Frage ist: Wo finde *ich gerade heute*, genau jetzt, etwas für den Sabbat?«

Panik in Kasrilewke

Kapitel 1

*Wo der Verfasser sich ein wenig mit seinen eigenen
Leuten unterhält*

Anscheinend ist es Kasrilewke schon vom Himmel her beschieden worden, dass die dortigen Juden mehr Nöte haben sollten als die ganze übrige Welt. Wo auch nur irgendeine Plage, eine Katastrophe, ein Schicksalsschlag, ein Unglück, ein Verhängnis, eine traurige Begebenheit auftreten, so darf all das sicher dort nicht fehlen; und dazu nehmen sich die Kasrilewker all diese Dinge noch stärker zu Herzen als irgendjemand sonst auf der Welt.

Nun gut, was Dreyfus angeht – Ihr erinnert Euch sicher an ihn –, ist es kein Wunder, dass Kasrilewke in jener Zeit so stark mit ihm gelitten hat: Immerhin ist Dreyfus einer der ›Unsrigen‹, einer von den eigenen Leuten! Und eigene Leute sind doch, wie man sagt, etwas anderes als Fremde! Wieso aber muss man sich so aufregen wegen der Buren, die irgendwo in Afrika von den Engländern überfallen und massakriert worden sind? Ihr meint vielleicht, in dieser Sache hätte sich damals in Kasrilewke wenig getan? Ihr nehmt an, darüber sei im alten Kasrilewker Bethaus bestimmt kein Blut vergossen worden? Nun, vielleicht erschreckt Ihr jetzt, weil Ihr meint, es handelt sich um richtiges Blut? Aber Gott bewahre, nein! Kasrilewker Menschen wollen mit Blut nichts zu tun haben! Wenn ein Kasrilewker von weitem sieht, dass sich jemand in den Finger geschnitten hat, fällt er gleich selbst in Ohnmacht. Nein, wir meinen damit etwas anderes: Wir meinen den Kummer, das Herzeleid, die Scham! Und weswegen? Was glaubt Ihr wohl? Nun, genau deswegen, weil Menschen sich in ihren Meinungen nicht einig werden können. Sagt einer dies, kommt gleich ein anderer und sagt: »Nein, gerade umgekehrt!« Hält es der eine mit den Buren und ergreift ihre Partei: »Bitte sehr, was hat man gegen solch ein armes Volk, das niemandem etwas zuleide getan hat? Das nur ruhig auf seinem Land leben und den Ackerboden bebauen will?« Kommt gleich ein zweiter an und vertritt die Sache der Engländer. Er beweist Euch mit den stärksten Argumenten, dass die Engländer die gebildetsten Menschen auf der ganzen Welt sind.

»Aber du Bastard, was heißt gebildet, wenn man Menschen in Stücke zerhaut wie Kohlköpfe!«

»Was kann ich dafür, dass Ihr ein Esel seid und ein Rindvieh dazu?«

»Das Rindvieh und der Esel seid Ihr selbst, dazu noch in Gestalt eines Schafes!«

Kurzum: Darauf folgen schon bald Prügel, Anzeigen bei der Gemeinde, Protokolle, der Gang zum Friedensrichter! Widerlich, ekelhaft ist das alles! Und so im Vorbeigehen, überlegt mal, Leute, was geht das alles eigentlich euch an, was habt ihr armen Schlucker und Hungerleider, ihr Habenichtse und Stromer damit zu tun? Mit einem Land, das weiß der Teufel wo liegt, irgendwo im hintersten Afrika?

Oder ein anderes Beispiel: Müsst ausgerechnet Ihr Euch Kopfschmerzen wegen der Serben machen, weil dort ein paar Offiziere mit sich zu Rate gegangen sind und irgendwann einmal mitten in der Nacht über den Kaiser Alexander und die Kaiserin Draga hergefallen sind, sie ermordet und aus dem Fenster geworfen haben?[1] Wie ist denn so was möglich, sagt Ihr, jemanden mitten im Schlaf zu überfallen und ihn kurzerhand abzumurksen? Das passt, sagt Ihr, zu primitiven Menschen, zu Kannibalen, in weiß Gott welchen entfernten Gegenden, in den weiten Wüsten! Man könnte Euch aber auch ganz einfach fragen: Geht Euch denn all das mehr an als andere Menschen? Habt Ihr denn keine eigenen Probleme? Die Kinder verheiraten und sie alle versorgen, reicht Euch das nicht? Ich frage Euch also unverblümt: Warum habt Ihr so eine Art an Euch, dass Ihr Eure Nase in alles reinstecken müsst? Glaubt mir, die Welt kommt auch ohne Euch zurecht. Vielleicht sollte sich jeder auf sein Schtetl beschränken! Jeder auf seinem Misthaufen herumwühlen, das reicht!

Der Verfasser bittet den Leser, er möge es ihm nicht verübeln, dass er so hart und so streng von seinen Kasrilewker Menschen spricht. Ich bin ja, versteht mich bitte recht, lieber Freund, selbst ein Kasrilewker! Dort bin ich geboren, dort bin ich aufgewachsen, dort habe ich den Cheder und die staatlichen Schulen durchlaufen. Dort habe ich mich zu meinem Glück verheiratet und erst von dort aus habe ich mich dann mit meinem kleinen Schiff aufgemacht auf den großen, weiten, rauschenden Ozean, den man ›das Leben‹ nennt und dessen Wellen sich haushoch auf- und niedertürmen können. Und obgleich man doch in diesem Getümmel ständig beschäftigt und abgelenkt ist, so habe ich doch nicht eine einzige Minute mein liebes trautes Heim vergessen, mein Kasrilewke, lang soll es leben, und meine lieben vertrauten Brüder, die Kasrilewker Juden, mögen sie fruchtbar sein und sich mehren. Und jedes Mal, wenn es in der Welt irgendwo unruhig ist, wenn sich eine Not, ein Unheil, ein Unglück ereignet, gleich denke ich dabei: Wie geht es ihnen jetzt dort in meinem Kasrilewke? Kasrilewke, müsst Ihr wissen, wie klein und wie arm und wie elend und wie gottverlassen es auch sein mag, ist dennoch mit der ganzen übrigen Welt wie mit einem unsichtbaren Faden verbunden; wenn man an einem Ende zieht, so spürt man es gleich am anderen Ende. Ich kann es auch so ausdrücken: Kasrilewke gleicht dem kleinen Kind im Bauch der Mutter, das durch die Nabelschnur mit ihr verbunden und zusammengewachsen ist und deshalb alles mit der Mutter zusammen fühlt. Tut es der Mutter weh, schmerzt es auch das Kind. Spürt das Kind einen Schmerz, schmerzt es auch die Mutter. Eine Sache verwundert mich allerdings dabei: Warum spürt Kasrilewke aller Welt Kummer und aller Welt Schmerz, aber niemand, hört Ihr, *niemand* empfindet Mitgefühl mit den Schmerzen von Kasrilewke? Kasrilewke ist so etwas wie ein Stiefkind in der übrigen großen Welt. Wenn sich in der Familie, Gott bewahre, ein Unglück ereignet, eine gefährliche Krankheit ausbricht, so spürt Kasrilewke dies früher als alle anderen, es leidet stärker daran als alle, es rennt herum, ganze Nächte schläft es nicht, es kommt fast um vor Kummer: schon wieder solch ein Unglück, möge es die Antisemiten treffen! Gerät aber das Stiefkind Kasrilewke selbst in Schwierigkeiten, wird es selbst krank, so muss es sich mit seiner Krankheit alleine irgendwohin in einen Winkel verkriechen; es mag vor Fieber glühen wie ein Backofen, vor Hunger fast umkommen oder nach einem Schluck Wasser lechzen! Niemand, da könnt Ihr aber sicher sein, *niemand* wird sich auch nur nach ihm umdrehen!

Kapitel 2

Ein kleines Briefchen und eine große Aufregung

Nach dieser Art Einleitung wird jedermann leicht verstehen können, welch eine Aufregung damals in Kasrilewke herrschte, nach dem Skandal, der sich an jenem denkwürdigen Pessach ereignete, möge uns dergleichen künftig erspart bleiben ... Noch bevor man Sejdel seine Zeitung aushändigte und noch nicht das Geringste ahnte, erhielt irgendein Schächter von seinem Schwiegersohn ein Briefchen, das wir Euch hier wortwörtlich wiedergeben wollen, genau im Wortlaut, wie es verfasst wurde, aber in unseren einfachen Jargon übersetzt, damit es jeder verstehen kann:

›In größter Ehrerbietung meinem geschätzten und teuren Schwiegervater, dem berühmten Gelehrten, dessen Name in allen Gegenden der Welt bekannt ist, und meiner geschätzten, teuren, ehrlichen, klugen und frommen Schwiegermutter, mögen beider Namen bis ans Ende der Welt erstrahlen, Friede sei mit ihnen, Friede allen im Hause und ganz Israel. Amen.

Mit zitternden Händen und wankenden Knien schreibe ich Euch diese Zeilen! Hört und wisset, dass sich bei uns die Lage sehr verändert hat, so sehr, dass menschliche Finger und eine bleierne Feder das alles nicht beschreiben können. Derweil sind wir alle, gelobt sei Sein Name, gesund und munter, ich und *sugossi mores* Dwojre, meine liebe Ehefrau Dwojre, lang möge sie leben, und ebenso alle Kinder: Jossele, Fejgele und Asriel und Chanele und Gnendel – außer dass wir über den Hagel und den stürmischen Wind sehr erschrocken waren! Es ist aber letztendlich alles glimpflich vorbeigegangen. Jetzt haben wir vor nichts mehr Angst, ebenso wie alle anderen Leute auch. Und wir, ich und meine Frau Dwojre, bitten Euch, dass Ihr Euch um Gottes Willen keine Sorgen macht, wir und alle Kinder, Jossele und Fejgele und Asriel und Chanele und Gnendel sind, gelobt sei Sein Name, alle gesund und munter. Ihr sollt nicht versäumen, uns alles zu beschreiben, was bei Euch geschieht und wie bei Euch die Lage ist und ob Ihr gesund seid; um Himmels willen, schreibt uns alles haarklein und ausführlich.‹

***

Schon seit langer Zeit haben kluge Menschen erkannt und auch in Abhandlungen beschrieben, dass es dort, wo es um die Kunst geht, *zwischen* den Zeilen zu lesen, auf der ganzen Welt keine solchen Künstler gibt wie die Juden. Zeigt ihnen nur einen einzigen Finger – gleich werden sie Euch herausfinden, um was es sich in Wahrheit handelt. Sagt ihnen ein einziges Wort, sie werden Euch gleich zwei neue hinzufügen. Für sie gibt es keine unerklärlichen Dinge oder verborgenen Rätsel.

Das Briefchen vom Schwiegersohn des Schächters also ging von Hand zu Hand, und schon war der Schwiegersohn selbst in aller Munde. Alle erzählten einander die schrecklichen Geschehnisse ›von dort‹, mit allen Einzelheiten, so als wären sie persönlich dabei gewesen, und ein dunkler Schatten, ein bitterer Trübsinn umwölkte ihre Gesichter; verschwunden war auf einmal ihre gewohnte Fröhlichkeit. Zwar gab es eine kleine Hoffnung: Vielleicht ist alles nur Einbildung, vielleicht steckt sogar eine Lüge dahinter, man weiß doch, was alles möglich ist. Nehmt nur mal den Schwiegersohn vom Schächter, na ja, ein junger Mann ist er, ein aufgeklärter noch dazu, ein flüssiger Schreiber, ein Kenner gar der heiligen Sprache! Vielleicht hat er sich in seiner blumigen Ausdrucksweise wer weiß wohin verstiegen! Vielleicht sind das lauter Ammenmärchen und sonst nichts! Um sich gegenseitig Mut zu machen und den Trübsinn zu vertreiben, begann man, allerhand schöne Geschichten von der heutigen Jugend zu erzählen, von diesen neuen Aufgeklärten und ihrer gekünstelten Sprache, über die man sich zu anderen Gelegenheiten vor Lachen die Seiten gehalten hätte. Das Traurige diesmal war nur, dass jetzt keiner lachte. Nicht einem war nach Lachen zumute. Eine merkwürdig wilde Traurigkeit legte sich auf alle, das Herz eines jeden sagte ihm, dass dort eine ganz schreckliche Sache geschehen sein musste; in dieser Stimmung also machten sich alle auf zu Sejdel.

Sejdel, unser alter wohlbekannter Sejdel aber, der als Einziger im Schtetl eine Zeitung abonniert hatte, war gerade erregt und wutschnaubend von der Post gekommen, mit finsterer Miene und zornig auf die ganze Welt. Da wussten alle, dass die Geschichte wirklich wahr sein musste.

›Ein Glück, dass hier in Kasrilewke solch ein Skandal nicht passieren kann; hier wenigstens wird solch ein Unglück nie geschehen!‹

So trösteten sie einer den anderen; aber tief im Inneren überlegten sie: Wer weiß, was sich doch noch entwickeln könnte –

bei starkem Wind kann doch aus einem einzigen Funken ein richtiger Brand entstehen, und das Ganze kann mit einem Höllenfeuer enden! Und die Kasrilewker Juden fingen an, sich langsam ein bisschen umzuschauen: Wie stehen sie gerade mit ihren Nachbarn, was haben sie von den ›übrigen Völkern‹ zu erwarten?

Kapitel 3

handelt von Fjodor, dem Schabbes-Goj, und von Nichtjuden im Allgemeinen

Wenn man Fjodor, den Schabbes-Goj, der am Freitagabend die Lichter für ganz Kasrilewke auslöscht, und die pockennarbige Hapka, welche die Häuser der ganzen Stadt weißt und die Ziegen der ganzen Stadt melkt, und noch eine Reihe anderer Nichtjuden mit dem Begriff ›andere Völker‹ benennen will, dann können wir rasch feststellen, dass Kasrilewke alles in allem nichts zu befürchten hat. Ja, dass die Juden dort sogar in Ruhe werden weiter wohnen können, bis der Messias kommt. Denn mit ›diesen Völkern‹ leben sie von Urzeiten an so gut zusammen, dass es genau betrachtet besser gar nicht sein könnte. Fjodor zum Beispiel weiß sehr wohl: Wenn man ihm auch als einem Einwohner mit vollen Bürgerrechten besondere Ehre erweisen muss, so hat er trotzdem am Sabbat bei den Juden die Öfen zu heizen, das Licht zu löschen, den Abfallkübel hinauszutragen und noch mehr solcher groben Arbeiten zu verrichten, wie er es seit vielen Jahren gewohnt ist. Und wenn Ihr jetzt vermutet, das verdrieße ihn gegenüber den Juden, so irrt Ihr Euch sehr. Er versteht nämlich gut, dass er – er ist, und sie – sie sind. Die ganze Welt kann doch nicht aus lauter Generälen bestehen, es muss auch einfache Soldaten geben! Es stimmt sogar, dass eine Reihe dieser ›Generäle‹, also der Kasrilewker Juden, vielleicht liebend gerne mit dem einfachen Soldaten Fjodor getauscht hätten; aber andererseits muss man doch auch Generäle haben, denn mit einfachen Soldaten allein wird die Welt nicht bestehen können. Also sind beide Parteien zufrieden. Sie, die Generäle von Kasrilewke, weil sie bei Sabbatbeginn Leute haben, die sie bedienen, und er, der Soldat, weil er jemanden hat, den er bedienen kann und bei dem er regelmäßig sein Stück *Kojletsch*, Sabbatbrot, und einen Schluck Branntwein bekommt.

»*Achodi no sjudi, Chwedor serdze*! Einen ordentlichen Schlag dir in die Visage, bester Fjodor!«, sagt man am Sabbat nach dem Kiddusch zu ihm, »*Na pej tscharka*, da, trink ein Gläschen Schnaps!«, und Fjodor zieht seinen Hut ab, hält sein Glas mit zwei Fingern, verbeugt sich und wünscht allen ein gutes Jahr.

»*Daj bozhe sdrawstwowat*, Gott schenke Euch Gesundheit«. Und er hält das Glas nach unten, verbeugt sich noch tiefer und macht dabei ein Gesicht, als hätte er zum ersten Mal in seinem Leben von solch einem bitteren Wasser getrunken.

»*Duzhe, hirke, nechaj jomu tschertiw i odna widma*, bei allen hundert Teufeln und der großen Hexe, das ist mal ein bitterer Tropfen!«

»*Na, sakusi*, da, iss etwas dazu, dass dir die Gicht in die Knochen fahre, *schmatok schabeskowe bulke*, nimm ein Stück Sabbatbrot«, sagt man dann zu ihm und beehrt ihn mit einem Stück *Kojletsch*.

Wenn Ihr so hört, wie die Kasrilewker Juden Fjodor mit wilden Verwünschungen traktieren, so könntet Ihr vielleicht vermuten, dass das alles ernst gemeint ist? Aber Gott bewahre! Sie würden Fjodor nicht für einen Eimer Borschtsch eintauschen, weil er nämlich ein ehrlicher Unbeschnittener ist; Gold könnte herumliegen, er würde es nicht einmal anrühren, und arbeiten kann er wie ein Pferd: die Öfen heizen, das Schmutzwasser ausgießen, die Ziege festhalten, bis sie gemolken ist, Holzspäne hereintragen, den Wasserbottich vollgießen, das Gefäß reinigen, alles er, wie eine richtige Hausfrau. Wenn einmal Not am Mann ist, wird er auch noch das Kind wiegen. Und überhaupt, wer kann denn ein Kind so gut in den Schlaf wiegen wie Fjodor? Keiner trägt es so herum und macht mit ihm Späße wie Fjodor. Er kann mit der Zunge schnalzen, mit zugespitzten Lippen pfeifen, mit den Fingern knacken, aus dem Hals röcheln, wie ein Schwein grunzen und lauter solche Künste. Und deshalb lieben die Kasrilewker Kinder Fjodors schwarze stachelige Visage und sie lieben sogar Fjodors langen kratzigen Bauernmantel und wollen nicht von seinem Arm herunter. Die Kasrilewker Hausfrauen sind darüber nicht so sehr begeistert, denn nicht selten kommt es vor, dass die Kinder etwas essen wollen, es ist aber nichts da; dann wird Fjodor aus seiner Tasche heimlich ein Stück Brot hervorkramen und sie damit füttern, und, Gott bewahre, vielleicht noch mit etwas anderem ... Aber das stimmt nicht, Fjodor wird so etwas nicht tun. Er weiß sehr gut, dass er, Fjodor, essen darf, was sie essen, aber das, was er, Fjodor, isst, dürfen sie wiederum nicht essen. Weshalb das so ist? Das ist nicht seine Sache! Und auch das andere: Warum er das Licht am Sabbat im Vorbeigehen ausbläst oder sich am Leuchter zu schaffen macht oder den Siddur in die Synagoge trägt und noch andere kleine Arbeiten verrichtet, warum er das alles darf – sie aber nicht, darüber soll man sich besser nicht den Kopf zerbrechen, jeder soll sich am besten um seine eigenen Sachen kümmern! Und wenn es doch mal geschieht, dass Fjodor sich nicht zurückhalten kann und zu spotten anfängt – zum Beispiel an Pessach über die trockenen Mazzen: »*Duzhe treschtschit, nechaj jomu sto tschertiw i odna widma*, staubtrocken! Und wie das beim Kauen kracht, sollen es hundert Teufel und die große Hexe in Ordnung bringen!«, dann stutzt man ihn zurecht und antwortet ihm: »*A twoja swinja, chaser, lutsche*, und dein Schweinefleisch, ist das vielleicht besser«? Und schon schweigt Fjodor wieder.

Aber Fjodor schweigt nur dann, wenn er nüchtern ist, also wenn er nicht so viel getrunken hat, dass er nicht mehr weiß, wer er ist. Und das geschieht bei Fjodor sehr selten. Aber wenn es einmal passiert, dann Gnade Euch Gott, dann seid Ihr Eures Lebens nicht mehr sicher! Dann trommelt er sich mit den Händen auf die Brust, vergießt bittere Tränen und schreit: Was hat man gegen ihn? Warum saugt man sein Blut aus? Warum frisst man ihn bei lebendigem Leib auf? Eines Tages wird er ganz Kasrilewke in Staub und Asche legen! »*Zhidi nechristi, nechaj jomu sto tschertiw odna widma*! Ihr Saujuden, ihr Ungläubigen, sollen Euch hundert Teufel und die große Hexe holen!«

Er schreit so lange, bis er schließlich einschläft. Wenn er aber gut ausgeschlafen hat und wieder aufsteht, dann kommt er zu seinen Juden zurück und ist wieder der alte, stille, ehrliche, ›beste‹ Fjodor wie vorher, so als wäre nichts gewesen.

»*Ade twoj tschobite*, wo sind deine Stiefel, dass dich der Teufel hole!«, fragt man ihn und man liest ihm die Leviten und fängt an, ihn wie immer ordentlich zu verwünschen:

»*Scho ti subi du dumajesch*, was glaubst du eigentlich, wer du bist, du elender Vagabund! Du wirst noch irgendwo krepieren, *budesch sdochnit*, hinter einem Bretterzaun, dass du hundertmal zur Hölle fährst, zur Sühne für ganz Israel, Herr der Welt!«

Fjodor steht verlegen da, kratzt sich im Nacken und schweigt. Er weiß gut, dass sie recht haben und er nicht. Er schaut auf seine nackten Füße und denkt bei sich: Warum hat er auch bloß seine Stiefel verkauft, *nechaj jomu sto tschertiw odna widma*, dass sie hundert Teufel und die große Hexe holen!

Solch ein Mensch ist also Fjodor.

Auch all die anderen Menschen, die in Kasrilewke wohnen, haben ständig etwas mit Juden zu tun. Sie wissen *mischejsches jemej brejsches*, seitdem die Welt eine Welt ist,[2] dass die Juden direkt als Krämer, Geschäftsleute und Zwischenhändler erschaffen wurden, weil doch keiner so gut handeln und Euch übers Ohr hauen kann wie ein Jude! ›Denn dazu bist du erschaffen worden‹,[3] in ihrer gojischen Sprache bedeutet das so viel wie: »*Na to woni zhidi, schob handliowali*, denn dazu sind doch die elenden Juden auf der Welt, damit sie Handel treiben und schachern.«

Man begegnet sich natürlich oft auf dem Markt, und man kennt einander sehr gut beim Namen. Man erweist einander die Ehre: Hritzko sagt zu Herschke: *Maschenik*, Halsabschneider, und Herschke sagt zu Hritzko: *Slodi*, Halunke, aber das alles sehr freundlich, und wenn man sich schon mal heftig streitet, so gehen sie beide zusammen *do rabina*, zum Rabbiner. Der Rabbiner, Reb Jossifel, der ihre Sprache gut versteht, urteilt immer so, dass es auf einen Ausgleich hinausläuft. Für ihn ist die Hauptsache, dass es nicht zu Gotteslästerungen kommt oder dass die Juden nicht in schlechtem Licht dastehen!

Kapitel 4

Hapka, die jüdische Seele, und der Antisemit Makar

Bisher haben wir von den nichtjüdischen Männern geredet. Aber jetzt wollen wir ein wenig über die pockennarbige Hapka erzählen.

Hapka redet Jiddisch wie ein echter Jude, und ihre Rede würzt sie mit einer Menge Wörter aus dem Hebräischen, zum Beispiel *mirtschen, nachtejse, kenore nit, losate, lawdl, gutjonte, machrejnwasser*.[4] Und noch eine Reihe solcher Ausdrücke. Hinter vorgehaltener Hand heißt Fjodor bei Hapka nur *Kaporenik*, der Taugenichts. Hapka ist so eng mit den Kasrilewker jüdischen Frauen aufgewachsen, dass es Zeiten gab, wo die Leute und manchmal sogar sie selbst nicht mehr genau wussten, wer sie ist und woher sie kommt und wohin sie gehört. Und deshalb lässt man sie auch solche Tätigkeiten verrichten, die eng zur jüdischen Tradition gehören: zum Beispiel mit einer religiösen Frage zum Rabbiner gehen, wo er etwas entscheiden soll, oder Fleisch einsalzen, vor allem Hühner mit Salz kaschern,[5] das

Pessach-Geschirr⁶ ins Zimmer bringen, das Haus vor dem Pessachfest reinigen helfen und lauter solche Sachen, bei denen Hapka noch vorsichtiger und ängstlicher ist als jedes jüdische Kind. Sie hat eine Todesangst, Milchiges und Fleischiges zu vermischen, sie hält sich die ganzen sieben Tage von Pessach fern von gesäuerten Chamez-Speisen;⁷ sie isst wie alle jüdischen Menschen Mazzen, sie reibt mit Feuereifer *Maror* und hat an dem allem Freude wie eine echte Jüdin. Lange wollte der Kasrilewker Polizeihauptmann nicht glauben, dass Hapka keine Jüdin ist, bis einmal etwas mit ihr passiert ist, keine schöne Geschichte übrigens. Man nahm sie fest und wollte sie weit, weit fort in die Verbannung verschicken. Ihr Glück war, dass in die Sache auch noch ein anderer Mensch verwickelt war, Makar Halodne, der Schreiber der Gemeindeverwaltung, ein stadtbekannter Antisemit, ein richtiger Judenhasser und Judenverfolger, ein führender Kopf der antijüdischen Intelligenz von Kasrilewke. Wäre da nicht das Mitleid mit Hapka gewesen, so hätten die Juden ordentlich an diesem Haman Rache nehmen können, aber da mit Makar auch Hapka aufgeflogen und ins Unglück gestürzt worden wäre, machten die jüdischen Zeugen einen Rückzieher und gaben vor dem Untersuchungsrichter zu Protokoll, dass alles, was sie vorher gesagt hatten, nur gedankenlos dahingeredet war. So verlief die ganze Sache im Sand. Von da an, so sollte man meinen, hätte doch der Makar Halodne seinen Frieden mit den Juden gemacht und wäre ihr bester Freund geworden! Aber durch eine Laune der Natur wurde er im Gegenteil ein noch größerer Israelhasser, ein noch fanatischerer Judenverfolger, ein noch schlimmerer Antisemit als vorher.

Makar hatte seit seinen Kindertagen, so muss man zugeben, allerlei Leid durch das jüdische Volk erfahren müssen. Deshalb trug er tief im Herzen einen starken Groll, zunächst gegen die Kasrilewker Juden und darüber hinaus gegen alle Juden auf der ganzen Welt. Als er nämlich noch ein kleiner Bursche war und barfüßig die Gänse seines Vaters auf die Weide trieb, begegnete er häufiger jüdischen Kindern, die vom Cheder nach Hause liefen. Und anstatt ihnen ›Guten Morgen!‹ zu sagen, pflegte er sie – natürlich nur aus Spaß – nachzumachen: Wie sie redeten: ›*Tatele-Mamele*‹, und wie sie sich beim Beten wiegten, das alles natürlich, Gott bewahre, nicht, um sie ernsthaft zu beleidigen, sondern einfach so, aus purer Laune. Die jüdischen Kinder aber, die ›heilige Herde‹,[8] die sanften Schäflein, Jakobs Enkel, die doch *Chumesch* und Raschi lernten, fühlten sich dadurch ernsthaft beleidigt. Sie antworten ihm also mit einem jiddischen Lied. Und obwohl Makar die Worte nicht verstand, konnte er sehr wohl aus dem Klang der Worte und aus ihrem Lachen schließen, dass sie ihn damit kränken wollten. Und Makar irrte sich nicht. Da habt Ihr das Liedchen:

> *Gedärme kochen*
> *alle Wochen.*
> *Für mich ein Brot,*
> *für dich den Tod!*
> *Mir den Wagen,*
> *dich zu jagen!*
> *Und verschütten*
> *mit dem Schlitten!*

Dumme, einfältige Kinder! Erstens ist es in Wirklichkeit gerade andersrum: Brot hatte Makar, nicht sie. Auf einem Schlitten fuhr Makar, nicht sie. Und zweitens: Woher nehmen denn jüdische Kinder, und mögen sie zusammen ein ganzer *Minjen* sein, die Courage, mit einem Makar Streit anzufangen, wenn er auch ganz allein ist? Makar hat nämlich ein paar Pranken, die gut zehn Köpfe von zehn kräftigen jüdischen Chederjungen auf einmal ›behandeln‹ können! Weiowei, Makar hat ihnen mit seinen Fäusten damals sehr gut die Bibelstelle übersetzt, die sie im Cheder gelernt hatten: ›*Hakol kol Jankew, wehajodim jedej Ejsew*, die Stimme ist Jakobs Stimme, aber die Hände sind Esaus Hände‹.[9]

Später, als Makar auf der christlichen Gemeindeschule lernte, gab es von neuem allerhand Begegnungen, im Sommer draußen auf den Feldern hinter der Stadt und im Winter auf dem Eis beim Schlittschuhlaufen. Und jedes Mal lief es auf irgendeinen Streit zwischen den beiden Parteien hinaus. Auf das Schimpfwort *zhid,* was doch eigentlich nur ›Jude‹ heißt und ein ganz normales Wort ist wie ›Grindkopf‹ oder ›Dreckskerl‹, antworteten sie ihm grob mit *swinja,* ›du Schwein‹! Und auf ihre drolligen Bemerkungen antwortete er ihnen wiederum mit Prügel und führte so in aller Öffentlichkeit die Szene vor, wie die Kinder Israel vor den Philistern davonrennen[10] und wie ihnen die Philister aus dem Hinterhalt nachjagen, mit Stöcken und Steinen, mit Gebrüll und Gejohle, mit Gepfeife und Getöse:

A tju – tju, zhidi hej!
Ter-ter-ter …
Haut ab, ihr Juden, aber schnell!
Verpisst euch, los, verpisst euch!

Kapitel 5

zeigt, wie aus einem Antisemiten ein Philosoph wird

Weiter als bis zur Gemeindeschule kam Makar nicht. Er blieb außerdem, dass es Euch nicht treffen möge, schon früh als Waise zurück. Von den Eltern hatte er ein kleines Häuschen mit einem Garten geerbt. Und da er immerhin ein ›Gebildeter‹ war, konnte er sich schnell zum Verwaltungsdienst emporschaffen; er gelangte in die Schreibstube und machte bald mit einem geschickten Händchen auf sich aufmerksam, so dass er Schreiber wurde, dann Sekretär der Kasrilewker Gemeindeverwaltung und danach ein richtig hohes Tier. In dieser Position begegneter er den Kasrilewker Juden von neuem und wurde näher mit ihnen bekannt.

Die Auseinandersetzungen, die er jetzt mit ihnen führte, waren anfangs nicht sehr gefährlich. Beide Parteien begnügten sich mit scharfen Anspielungen, mit bissigen Bemerkungen und Spötteleien übereinander. Er zu ihnen: »*Izko, Berko, oj wej, Schabbes, Kugl!*« Und sie zu ihm: »Oh, Euer Ehren«, mit einer raschen unauffälligen Bewegung zum Kragen hin, als müsse man dort ein Ungeziefer wegwischen!

Es kann aber einmal vorkommen, hört Ihr, dass solch eine kleine Andeutung ärger ist als zehn saftige Verwünschungen, und es gibt Worte, die tausendmal schlimmer sind als Prügel. Und in solchen Anspielungen waren doch die Kasrilewker Juden wahre Könner, weltbekannt, die größten Spezialisten auf der Welt! Für eine treffende Bemerkung wird ein Kasrilewker, wie die ganze Welt weiß, keine Minute zögern, zehn Meilen zu Fuß zu gehen, seine Verdienstmöglichkeiten aufs Spiel setzen, womöglich gar sein Leben riskieren! Wenn ein Kasrilewker Armer, ein Hungerleider, der von Haus zu Haus betteln geht, irgendwohin kommt und man ihm nichts gibt, so wird er darum bitten, dass er wenigstens einen Witz erzählen darf, und öfters passiert es, dass er für seinen Witz noch zur Schnecke gemacht wird und mit den Füßen voran aus der Tür fliegt. Das alles macht ihm aber nichts aus, wenn er nur seinen Witz erzählen konnte! Ja, solche Leute sind meine Kasrilewker, und Ihr irrt Euch gewaltig, wenn Ihr meint, man könne sie ändern, oder wenn Ihr jetzt glaubt, ich schämte mich für sie ... Aber kehren wir zu unserem Makar zurück.

Ohne Not haben sich die Kasrilewker Juden also einen gefährlichen Feind herangezogen. Sie vergaßen den Schriftvers ›*hisoher begoj koten*,[11] hüte dich vor dem kleinen Goj‹. Sie meinten, Makar werde für alle Zeiten Schreiberling bei der Gemeindeverwaltung bleiben. Sie vergaßen, dass er aus einer edlen Familie stammte und das Zeug für einen hohen Posten hatte. Und siehe da, sie hatten nicht einmal Zeit, um genau hinzusehen, da war aus Makar schon ein Großer geworden, ein Gewichtiger, mit einem dichten schwarzen Schnurrbart und mit einer roten Litze samt Knopf an der Mütze. Und kaum hatte er diesen Knopf an der Mütze, nahm er auch direkt eine andere Positur ein, streckte den Bauch heraus, wurde größer und breiter und dicker als früher, zeigte ausladende Schultern und einen imposanten Gang: Ein ganz neuer Makar war aus ihm geworden! Und er trug nun auch einen neuen Namen, ›Makar Pawlowitsch‹, und verstand sich prächtig mit allen Gutsbesitzern der Stadt, außerdem mit dem Veterinär, mit dem Feldscher und mit dem Postmeister, mit jedem von ihnen.

Die gute Verbindung zum Postmeister nützte ihm am allermeisten, mehr als alle seine anderen Bekanntschaften, denn dort auf der Post war doch die Quelle zu finden, aus der er ›das Licht der Aufklärung‹ und aller anderen Wissenschaften schöpfen konnte, nämlich aus der einzigen vorhandenen Zeitung im Schtetl, der ›Fahne‹. Zuerst blätterte sie nämlich der Postmeister durch, danach Makar Pawlowitsch und dann erst der Abonnent der Zeitung, ein kleiner Gutsbesitzer aus Zlodiewke, nicht weit von Kasrilewke entfernt. Dieser konnte die neuesten Nachrichten ruhig ein paar Tage später zu lesen kriegen, denn, dass ihn der Teufel hole, er spielte sowieso Tag und Nacht sein ›Stuke‹[12] und pumpte alle verfügbaren Nachbarn um den letzten Groschen an. So zumindest erklärte es der Postmeister selbst. Makar aber hatte in der Zwischenzeit allerhand zu lesen und konnte sich dann über die Lektüre austauschen. Und da die ›Fahne‹, wie jedermann weiß, fast eine jüdische Zeitung ist – beschäftigt sie sich doch treu und ausdauernd mit den Juden, ist besorgt um ihretwillen, sucht nach Mitteln und Wegen, wie man sie loswerden kann, natürlich, das versteht sich von selbst, zu ihrem eigenen Nutzen –, so fand hier unser Makar Stoff genug, um die Juden von allen Seiten und ausführlich kennenzulernen. Mit Gottes

Hilfe wurde er ein gestandener Spezialist in ›jüdischen Sachen‹, ein *go'en-ojlem,* ein großer Gelehrter im Talmud und im *Schulchan Aruch,* dazu in allen jüdischen Geboten und Bräuchen, in Zinssätzen, in Schwindeleien, in Betrügereien und sogar darin, wie man christliches Blut für Pessach[13] nutzt. Alle diese Dinge interessierten unseren Philosophen Makar so stark, dass er sich vornahm, den Sachen genau auf den Grund zu gehen und sie bis in die geheimsten Tiefen bei den Kasrilewker Juden selbst zu erforschen. Wenn er sie auch verabscheute wie ein Jude das Schwein, so hatte er trotzdem gute Bekannte unter ihnen, mit denen er bis auf den heutigen Tag gar nicht schlecht zusammenlebt.

Kapitel 6

Mordechai-Nathan der Reiche und Teme-Bejle, seine Ehefrau

Einer der besonderen ›guten Freunde‹ Makars in Kasrilewke ist Mordechai-Nathan, der Magnat. Er ist im Gegensatz zu vielen, ja sehr vielen anderen Männern der Stadt ein geachteter und einflussreicher Mensch.

Der Magnat Mordechai-Nathan verhält sich wie alle Magnaten, die ganze Stadt hat er fest in der Tasche und macht mit ihr, was er will. Denn er ist gleichzeitig der Fleischpächter und der Synagogenvorsteher, er ist der vorderste in der Reihe bei allen Angelegenheiten, mit einem Wort: Er ist der Magnat. Obwohl, wenn man ganz genau überlegt, worin seine Größe und sein Verdienst eigentlich bestehen – das kann Euch wiederum keiner beantworten. Wenn Ihr zum Beispiel einen Kasrilewker anhaltet und ihm die Frage stellt, wie viel eigentlich der Mordechai-Nathan besitzt, so wird er stehen bleiben, sich beim Bart fassen, den Kopf hin und her bewegen und im Singsang mit einem tiefen Seufzer antworten:

»Mordechai-Nathan? *Aj wej*, die Hälfte, nein, ein Hundertstel von dem, was er besitzt, würde mir genügen! Ja, Mordechai-Nathan, der ist nicht irgendwer! Mordechai-Nathan ist ein reicher Mann, da habt Ihr schon alles!«

»Was heißt hier reich? Auf wieviel, meint Ihr, sollte man ihn schätzen?«

»Schätzen? Das sagt sich so einfach: schätzen! Kann man so etwas überhaupt schätzen?«

»Nun, was besitzt er denn, der Mordechai-Nathan?«

»Mordechai-Nathan? Erst einmal hat Mordechai-Nathan ein eigenes Haus.«

»Und weiter?«

»Mit einem eigenen Hof!«

»Und weiter?«

»Und einige Ziegen.«

»Und weiter?«

»Und sein Geschäft! Nicht irgendein Geschäft!«

»Und weiter?«

»Na, dann noch die Steuer!«

»Und weiter?«

»Schon wieder ›und weiter‹ und noch einmal ›und weiter‹! Missgönnt Ihr es ihm vielleicht? Reicht es Euch nicht, dass er ein Jude ist? Was wollt Ihr noch mehr! Soll er vielleicht eine Bank aufmachen? Mit Geldstücken um sich werfen? In Kutschen herumfahren?«

Der Kasrilewker geht zornig weiter – und hat dabei sogar recht. Denn was kann denn ein Mensch mehr verlangen, als dass Mordechai-Nathan der Magnat ist, der unbestrittene Anführer von allen, der Synagogenvorsteher der Stadt und die Nummer eins in allen Bereichen? Wer ist der Vorsitzende der Beerdigungsbruderschaft? Mordechai-Nathan. Wer ist überall in der Stadt präsent? Mordechai-Nathan. Wer richtet jeden Sabbat-Abend eine prächtige Mahlzeit für die besseren Leute her? Mordechai-Nathan. Kurzum, überall: Mordechai-Nathan! Mordechai-Nathan!

Mordechai-Nathan, müsst Ihr wissen, weiß, wie man sich in der Welt bewegt; er weiß, wie man mit der Obrigkeit umzugehen hat. Jeden Freitagabend ist der Polizeihauptmann bei ihm zu Gast – zum Fisch! Der Kasrilewker Polizeihauptmann hat nämlich eine Vorliebe für jüdischen Fisch. Und jedes Mal, wenn er sie isst, kann er nicht genug loben, wie man bei Juden Fisch zubereitet, welchen besonderen Geschmack der hat – zuckersüß, wahrhaftig, er muss sich die Finger lecken!

»*Nema lutsche jak zhidowska riba stjortem chrenos*, es gibt nichts Besseres als jüdische ›gefillte Fisch‹ mit geriebenem Meerrettich!«, sagt er dann jedes Mal mit einem besonderen Ton in der Stimme.

Dem Hausherrn und seiner Frau gefällt das Kompliment natürlich sehr, und so strahlen sie beide und werden von Stolz erfüllt. Es wird ihnen vor Vergnügen warm ums Herz. Und gleich will Mordechai-Nathan dem Gast zu verstehen geben, dass es bei Juden noch anderes und noch Besseres gibt als Fisch mit Meerrettich.

Der Gast kann es nicht glauben:

»Und das wäre zum Beispiel?«

»Zum Beispiel …«

Und Mordechai-Nathan will irgendetwas Jüdisches nennen, das noch besser schmeckt als Fisch mit Meerrettich, er hat aber Angst, es auszusprechen. Vielleicht *Zimes*? Aber dann bleibt der da vielleicht hier bis zum Nachtisch! Was soll er so lange mit ihm? Oder *Kugel*? Aber dann will der vielleicht schon heute, am Freitagabend, den *Tscholent*, versuchen. Wer weiß, was dem alles in den Sinn kommen könnte! Bei solchen Sachen kann man nie wissen! Und Mordechai-Nathan rettet sich mit einem kleinen Lachen: ›He-he-he‹! Worauf ihm der Gast zurückgibt: ›He-he-he‹. Und Mordechai-Nathan ist zufrieden, dass der andere immerhin noch lacht, so ermuntert er ihn noch ein wenig: ›He-hehe-he‹! Und dabei stößt der Gast Mordechai-Nathan mit dem Ellbogen in die Seite und lacht der Ehefrau zu, worauf nun der Hausherr selbst und seine Frau fast vor Lachen platzen.

Plötzlich springt der Gast auf, wischt sich Hände und Mund an der sauberen weißen Tischdecke ab, knöpft sich alle Knöpfe zu und sagt – plötzlich in Eile und ohne jede Spur von Spaß –:
»Es ist Zeit, der Dienst ruft!«

Und Mordechai-Nathan sowie Teme-Bejle stehen zu Ehren des Gastes auf, begleiten ihn hinaus, schauen ihn mit solchen Augen an, wie ein Hund auf seinen Herrn schaut, der wissen will, wie die Stimmung ist, sie verbeugen und verneigen sich und bitten ihn, er möge doch um Gottes Willen nicht versäumen, nächste Woche am Schabbat wieder zu kommen …

»Dass ihn der Teufel hole!«, mit diesem Segenswunsch bedenkt die Hausherrin den Gast von der Innenseite der Tür her; sie ist wütend und aufgebracht und giftet ihren Mann an, dass der sich Tag und Nacht und auch noch am Sabbat mit der Obrigkeit abgeben muss!

Mordechai-Nathan hört das alles und sagt gar nichts. Er tut den Mund nicht auf. Nein, er schweigt. Ein seltsamer Mensch, dieser Mordechai-Nathan! Der Verfasser dieser Geschichte kann nicht umhin, in wenigen Strichen das Portrait dieses Paares zu zeichnen, um die Leserschaft so mit ihm bekannt zu machen.

Mordechai-Nathan ist ein groß gewachsener Mann mit langen Armen, hager und dürr, und weil seine Backenknochen herausstehen, hat er ein viereckiges Gesicht, das ganz mit einem schütteren Bärtchen bewachsen ist, wie bei einem Chinesen. Die Lippen hält er ständig geschlossen, der Mund ist etwas nach einer Seite verzogen, und darum sieht er aus, als verberge er ständig ein Geheimnis. Immer wirkt er sehr ernst, seine Stirn ist von Falten durchzogen. Niemals redet er laut und sowieso: kein Wort zu viel! Nur dann, wenn er mit jemandem von der Obrigkeit zusammen ist, wird ein ganz anderer Mordechai-Nathan aus ihm: Die Falten in der Stirn haben sich geglättet, sie sind fast vollständig verschwunden, das Gesicht fängt an zu strahlen, die Lippen öffnen sich, der Mund stellt sich wieder gerade und fängt sogar an, normal zu sprechen. Es ist nicht mehr der alte, es ist ein neuer Mordechai-Nathan. Vielleicht wisst Ihr, warum er solch ein Theater mit der Obrigkeit macht? Nur der Ehre zuliebe oder aus Stolz? Nein, vielmehr weil ein Kasrilewker, der etwas braucht, zu ihm kommen und ihn bitten muss:

»Wer sonst kann das schaffen außer Euch, Reb Mordechai-Nathan, wer hat denn solch einen Einfluss wie Ihr?«

Wegen diesem einen Wort ›Einfluss‹ geht alles Weitere für ihn in Ordnung: dass er allerlei Demütigungen ertragen muss! Dass es ihn ziemlich viel Geld kostet! – Ein merkwürdiger Mensch, dieser Mordechai-Nathan!

Mordechai-Nathans Gattin, Teme-Bejle, die ›Magnatin‹, ist ihrerseits klein und dick; sie sieht aus wie ein Messing-Mörser. Oder wie ein bauchiger Samowar mit einer kleinen spitzen Teekanne auf dem Kessel. So dick und rundlich sie in der unteren Hälfte ist, so klein und spitz ist dagegen ihr Kopf obendrauf. Und immer ist er am Kochen, der kleine bauchige Samowar, immer siedet und summt er. Denn dauernd ist sie böse – böse auf den Mann, böse auf das Dienstmädchen, böse auf die Kasrilewker Ziegen, böse auf die Kasrilewker Frauen, böse auf die ganze Welt. Man kann zum Glück sagen, dass weder der Mann noch das Dienstmädchen noch die Frauen noch die ganze Welt im Geringsten darauf achten, was Teme-Bejle sagt. Sie hören sie so wenig wie Haman die Rassel hört! Der Mann hat ständig irgendwelche Geschäfte mit der Gemeinde oder mit der Obrigkeit. Das Dienstmädchen ärgert sie absichtlich, es lässt die Suppe anbrennen, die Kartoffeln verkohlen oder die Milch überkochen. Die Kasrilewker Ziegen rauben ihr fast das Leben, sie springen aufs Dach und zupfen Halm für Halm das Stroh heraus. Die Kasrilewker Frauen auf dem Fischmarkt oder an der Fleischbank oder in der Synagoge bei den Frauengebeten oder, nicht dass ich es gleichsetzen will, sogar im Bad gehen ihr auf die Nerven. Wirklich, die ganze Welt hat etwas gegen Teme-Bejle! Vielleicht gibt es ja auch einen Grund dafür? Die ganze Welt kann doch nicht verrückt sein!

Jetzt also, wo wir schon ein wenig mit diesem Ehepaar bekannt sind, können wir, so meine ich, ruhig weitergehen zu den übrigen Menschen, mit denen sich der reiche Mordechai-Nathan so sehr herumzuärgern hat.

Kapitel 7

Der ›große Meister‹ zu Besuch beim reichen Mann, im Geschäft und zu Hause

Der andere Gast bei unserem Mordechai-Nathan ist unser bekannter Makar, Makar Pawlowitsch. Aber er ist kein Hausgast, sondern ein Kunde, der oft zu ihm in den Laden kommt, in Mordechai-Nathans Kurzwarengeschäft. Sein Kurzwarengeschäft, müsst Ihr wissen, ist die erste Adresse in Kasrilewke. Dort kriegt Ihr neben Baumwollstoff auch Rips, Lüster, Segeltuch, Kaliko, Kattun, Batist, außerdem Wolltücher, Trikotstoff und Cheviot, des Weiteren Samt und Atlas und Satin und Mousselin, überhaupt alles, was das Herz begehrt. Und insgesamt natürlich alles in den neuesten Mustern, wie man sie nicht einmal in Jehupez finden kann, so sagt Mordechai-Nathan selbst; seine Frau, Teme-Bejle, sagt es mit einem gewissen Nachdruck, und Mordechai-Nathans Verkäufer im Geschäft sagen es natürlich ebenfalls. Jetzt geht mal hin und behauptet, dass alles gelogen ist!

Alle Gutsbesitzer aus Kasrilewke und aus der Umgebung sind Mordechai-Nathans Kunden, und fast alle Christen glauben ihm aufs Wort. Wenn Mordechai-Nathan nur fallen lässt: »Mein Ehrenwort!«, hören alle direkt auf zu diskutieren. Teme-Bejle dagegen kann Stein und Bein schwören, das macht bei niemandem Eindruck. Das eine Wort von Mordechai-Nathan aber: ›Ehrenwort!‹, ist heilig. So ist das nun mal, und niemand stellt es in Frage.

Auch Makar ist einer von Mordechai-Nathans Kunden und auch mit ihm verhandelt er auf der Ebene ›Ehrenwort!‹. Schon seit langer Zeit ist Makar Kunde bei ihm. Auch damals schon, als er noch nicht Makar Pawlowitsch hieß, sondern einfach Makar. Damals hätte ihm Mordechai-Nathan nicht mal ein Stück Faden auf Borg gegeben. Er sagte es ihm auch glatt ins Gesicht:

»*Nosen mo'es lokech kemach, waschi groschi, naschi towar*, ohne Geld keine Ware!«

Später, als Makar bereits ein kleiner Macker in der Verwaltung geworden war, gewährte ihm Mordechai-Nathan zwar einen Kredit, aber natürlich nur gegen Quittung oder auf Wechsel. Und dabei sagte er ihm mit einem Lächeln, halb auf Russisch, halb auf Hebräisch:

»*Ne wibatschejte, panitsche, scholem babajes maschken bakeschene*, nehmt es mir nicht übel, junger Herr, aber solange das Pfand bei mir in der Tasche liegt, bleibt unsere Freundschaft ungetrübt.«

Doch später, als sich Makar mit einer Kokarde an seiner Mütze zierte und einen Stehkragen trug, gewährte ihm Mordechai-Nathan einen großzügigen Kredit in unbegrenzter Höhe. Wenn Makar Pawlowitsch nun in den Kurzwarenladen kommt, trägt ihm Mordechai-Nathan gleich einen Stuhl entgegen und beehrt ihn mit dem ehrenvollen Titel ›*Wasche wisoke blahorodje*, Eure höchste Exzellenz‹, und Makar Pawlowitsch setzt sich ganz gemütlich hin, schlägt ein Bein über das andere, er raucht eine Zigarette und unterhält sich ausgiebig mit Mordechai-Nathan auf Du und Du – in größter Freundschaft –: ›*Ej posluschaj*, he, hör mal, Mordechai-Nathan‹.

Mordechai-Nathan steht in gespielter Ehrfurcht vor ihm, mit einem gekünstelten Respekt, und denkt dabei still bei sich:

›Was willst du eigentlich hier, mein allergnädigster gewaltiger Herr?‹

Und der allergnädigste Herr redet irgendetwas über Juden, über die jüdischen Geschäfte und so weiter, und von Zeit zu Zeit lässt er ein schrilles, meckerndes Gelächter hören, zusammen mit einem merkwürdigen Husten, der Mordechai-Nathan durch und durch geht. Aber er reißt sich zusammen und bringt selbst ein unnatürliches Lachen hervor, das ihn, hätte er sich in diesem Augenblick im Spiegel betrachtet, mit einem Ekel vor sich selbst erfüllt hätte.

Das Gespräch mit dem ›allergnädigsten Herrn‹ dreht sich immer um Dinge, die Mordechai-Nathan nicht im Geringsten interessieren und ihn ganz kalt lassen. Es geht bei ihm in ein Ohr rein und gleich wieder aus dem anderen raus. Doch im weiteren Verlauf des Gesprächs wechselt Makar zu Sachen, von denen Mordechai-Nathan auf keinen Fall etwas hören will: Zum Beispiel fragt er, ob es wahr ist, dass die Juden jeden Sabbat in der Synagoge die anderen Völker beschimpfen, mit der *Tochecha*, den ›Verwünschungen‹ aus der Tora?[14] Und dass sie auf den Fußboden der Kirchen spucken? Und dass man, wenn ein Christ ein jüdisches Haus verlässt, den Abfallkübel ausschütten soll? Und lauter solche total verdrehten idiotischen Sachen.

Mordechai-Nathan will sich seinen Händen entwinden, er will ihn ablenken, sagt irgendetwas von der Verwaltung, von der Fleischsteuer, von Zwangsrekrutierungen[15]. Glaubt es oder nicht, der andere lässt sich nicht ablenken, und wenn du ihn umbringst! Von neuem wendet er sich an ihn: Ein für alle Mal, er solle ihm die Wahrheit bekennen! Mordechai-Nathan versucht es mit einem Witz, er fragt ihn: »Wo hat denn Eure Exzellenz solche Sachen aufgeschnappt?« Makar aber schaut ihm direkt in die Augen und verfolgt seine besondere Strategie: Er wendet sich ihm jäh zu, sodass der andere mit dem Rücken zur Wand zu stehen kommt:

»Nun, und was ist mit dem Blut?«
»Was für Blut?«
»Pessach! … Mazzen … Ha?«

Mordechai-Nathan hat nun eine Idee: Er streicht dem Herrn über die Schulter, er streichelt sanft den Stehkragen, und mit dem widerlichen Lächeln eines speichelleckenden Hundes sagt er zu seinem Gast, dass er wirklich ein toller Witzbold sei, he-he-he. Und als der hohe Herr aufsteht und weggehen will, macht ihm Mordechai-Nathan das Kompliment, dass der hohe Herr wahrhaftig ein mordsmäßiger Spötter ist, das heißt, Gott bewahre, kein schlechter Mensch, nur so, ein scharfer Hund …

Einmal, es war auch im Verlauf des Sabbats, saß Mordechai-Nathan zu Hause und lernte *Perek*, die ›Sprüche der Väter‹; plötzlich öffnet sich die Tür, und herein kommt Makar Halodne. Erst einmal erschrak unser Magnat ein bisschen und wunderte sich: Wieso kommt der ›hohe Herr‹ so früh am Morgen hierher? Dann aber zeigt er ihm ein freundliches Gesicht, er bittet ihn lächelnd, Platz zu nehmen, er selbst vertauscht den Sabbathut mit der Jarmulke, er ruft seiner Frau laut zu:

»Teme-Bejle, hör mal, bring rasch was zu essen!«

Makar aber machte eine Bewegung mit der Hand:

»Nicht nötig. Ich bin wegen einer bestimmten Sache zu dir gekommen. Es muss ein Geheimnis bleiben zwischen uns!«

Als er das Wort ›Geheimnis‹ hört, springt Mordechai-Nathan auf und will die Tür verschließen. Aber Makar hält ihn bei der Hand fest:

»Nicht nötig, es ist nicht solch ein Geheimnis, bei dem man die Tür verschließt. Ich wollte dich nur eine Kleinigkeit fragen. Du bist doch ein kluger und ein ehrenhafter Mann. Bei dir werde ich die ganze Wahrheit erfahren.«

Mordechai-Nathan spielt mit seinen Schläfenlocken und freut sich sehr über das Kompliment. Vor Freude gehen ihm beinahe die Augen über. Er schmilzt fast hin vor Vergnügen; schade, dass niemand da ist und das mitbekommt!

»Du hast doch sicher die Geschichte von dem Mädchen gehört?«, fragt ihn Makar und schaut ihm direkt ins Gesicht wie ein Untersuchungsrichter.

Mordechai-Nathan spitzt die Ohren wie ein Kaninchen.

»Von welchem Mädchen?«

»Von dem Mädchen, das Juden ermordet und dessen Blut sie ausgesaugt und für Passah aufgehoben haben!«

Erst einmal lässt Mordechai-Nathan ein verhaltenes Lachen hören: »He-he-he!« Danach aber wird sein Gesicht bleich und grün; seine Augen blicken erregt:

»*Scheker we kesew*, erstunken und erlogen!«, sagt Mordechai-Nathan und schüttelt heftig den Kopf; die Schläfenlocken tanzen.

»Aber überleg doch mal, man schreibt darüber in den Zeitungen«, sagt ihm Makar und lässt kein Auge von ihm.

»Aber die Zeitungen lügen, und wie sie lügen!«, schreit Mordechai-Nathan.

»Die Zeitungen schreiben, dass ein Protokoll vorhanden ist«, versucht ihn Makar zu unterbrechen. »Ich habe es mit eigenen Augen gelesen, dass ein Protokoll existiert.«

»Erstunken und erlogen«, schreit Mordechai-Nathan außer sich und seine Jarmulke zittert wie seine Schläfenlocken.

»Was ist erstunken und erlogen?«, fragt ihn Makar, jetzt schon rot vor Wut. »Das, was ich dir erzähle? Oder das, was im Protokoll steht?«

»Alles ist völlig aus der Luft gegriffen. Alles! Von Anfang bis Ende total hirnverbrannt!«

Und dabei bewegt Mordechai-Nathan die Hände, das Gesicht, die Augen, die Schläfenlocken und alle Glieder und zittert vor Zorn. Makar hat ihn noch nie so wütend gesehen und gleich folgert er daraus, dass dieser Jude da nicht ohne Grund so aufgeregt ist. Wahrscheinlich ist die Geschichte also wahr! Denn wenn es nicht so wäre, warum schreit er dann so? Warum zittert er so? Solch eine Frechheit von einem Juden, einfach von dem, was da schwarz auf weiß geschrieben steht, zu behaupten, es wäre alles erfunden! Makar Halodne ist jetzt wirklich zornig geworden. Er steht auf, rückt die Mütze mit der Kokarde zurecht und sagt:

»Du wirst noch an deine Worte zu denken haben!«

Und er geht zur Tür. Gleich nach ihm aber steht auch Mordechai-Nathan auf; er bedauert schon die ganze Geschichte und will den anderen versöhnlich stimmen. Er will ihn dazu bewegen zurückzukommen, so läuft er ihm nach:

»*Pani ... wazhe ... wisoke blahorodje ...* Mein Herr, Eure allergnädigste Exzellenz ... Makar Pawlowitsch! Makar Pawlowitsch!«

Alles umsonst! Makar Pawlowitsch ist schon draußen vor der Tür. Mordechai-Nathan ist außer sich vor Schmerz und Besorgnis. Vielleicht hat er wirklich ein Wort zuviel gesagt, der Teufel muss ihn getrieben haben! Und ausgerechnet jetzt kommt Teme-Bejle herein und fängt an, mit ihm zu streiten. Er solle ihr doch mal antworten: Was wollte heute der ›gnädige Herr‹ und warum ist er so schnell weggegangen? Und warum hat er derart die Tür zugeknallt?

»Frag ihn doch selbst!«, antwortet ihr Mordechai-Nathan wütend.

»Jetzt sieh mal an, wie er sich aufregt! Mit welchem Fuß bist du heute zuerst aus dem Bett gestiegen oder was hast du heute Nacht geträumt?«

»Dumme Pute! Blöde Gans!«, schreit der Magnat Mordechai-Nathan so laut, dass die Frau fast in Ohnmacht fällt. Auch er selbst ist vor seiner eigenen Stimme erschrocken, und das Dienstmädchen, eine dunkelhaarige Litauerin, kommt halbtot vor Schreck aus der Küche gerannt und schreit:

»Was ist passiert? Ist Euch nicht gut? Ist noch alles in Ordnung mit Euch? Ihr habt mich ja zu Tode erschreckt!«

Teme-Bejle rennt auf sie zu und bearbeitet sie mit beiden Fäusten, mit aller Kraft; Mordechai-Nathan wiederum schlägt auf beide Frauen ein; das Ganze endete mit einem riesigen Krach, einer wüsten Szene, die wir jetzt lieber nicht beschreiben wollen.

Kapitel 8

Kasrilewke macht sich eilends auf den Weg

Von jenem Augenblick an begann für Kasrilewke eine Zeit von Kummer, Not und Ängsten. Keiner konnte genau erklären, um was es eigentlich ging. Keiner durchschaute den Zusammenhang. Wodurch war Makar Halodne ein noch größerer Antisemit geworden als früher? Warum sah man ihn nicht mehr beim Magnaten im Geschäft? Der Reiche selbst schämte sich wegen irgendetwas, aber er würgte die Geschichte hinunter und erzählte sie niemandem. Und Makar grub weiter nach Schmutz, so gut er konnte, er suchte dauernd Streit mit den Kasrilewker Juden, Mal um Mal gab er ihnen etwas Neues zu hören: Dass hier die Juden nicht mehr lange regieren werden! Dass man schon rauskriegen wird, woher sie ihren Reichtum haben! Menschen, die sich nicht plagen, nicht graben, nicht säen und nicht ernten, aber von allem essen, was andere bereitet haben! Wieso haben sie das Recht dazu? Und lauter solche Vorwürfe, die das Blatt ›Die Fahne‹ zusammengestellt hatte.

Jedoch genau in dieser Zeit erlebte Makar die Demütigung mit Hapka, durch die er stark ins Wanken kam, fast sogar in ein großes Unglück geriet, wie wir es ja schon im vorhergehenden Kapitel beiläufig erwähnt haben. Als aber Makar mit Gottes Hilfe mehr oder weniger unschuldig aus dieser vertrackten Lage herausgekommen war, fing er erst recht an, gegen die Kasrilewker Juden zu graben und zu wühlen. Er gab ihnen wieder und wieder zu verstehen, dass man ihnen sehr bald eine deutliche Lehre erteilen werde. Dazu traf gerade damals auch das schöne Briefchen vom Schwiegersohn des Schächters ein, und Sejdel mit seinem ›Blättchen‹ goss noch Öl ins Feuer und machte alles noch dramatischer. Verschiedene Geschichten verbreiteten sich über die Stadt, eine schrecklicher als die andere; aus allem hörte man heraus, dass hier in Kasrilewke sehr bald ›das Gleiche wie anderswo‹ passieren wird. Woher sie es gewusst haben? Wer als Erster diese Botschaft verbreitet hatte?

Das weiß man bis zum heutigen Tag nicht genau und wird es auch niemals genau erfahren, niemals! Wenn der Historiker, der einmal die Geschichte der Kasrilewker Juden beschreiben wird, zu diesem Zeitabschnitt kommt und alle Papiere und alle Zeitungen liest, wird er nachdenklich, mit der Feder in der Hand, innehalten, und seine Gedanken werden ihn weit, weit wegtragen …

Niemand wusste Genaues, aber in der Stadt verbreitete sich die Neuigkeit, dass sich gleich drei Dörfer zugleich aufgemacht hatten, um in Richtung Kasrilewke zu ziehen. Und an einem schönen Morgen stand Kasrilewke auf wie ein Mann; die Menschen fingen an zu packen: Kinder und Bettzeug und Lumpen – das bisschen Kasrilewker Armut, um dies alles wie vor einem Brand zu bewahren. So machten sie sich auf den Weg – wohin? Wohin die Augen führen und die Füße tragen! Mütter rissen ihre kleinen Kinder an sich, sie drückten sie fest an die Brust und küssten sie, sie umarmten sie und liebkosten sie mit Tränen in den Augen, so als hätte sie ihnen jemand, Gott bewahre, wegnehmen wollen; so als brauche man sie für irgendeine Sache …

Kasrilewke fing an, ein Geschäft nach dem anderen zu schließen, man schaute einander zu und versteckte sich zugleich voreinander. Die Leute eilten sich, jeder wollte früher und schneller bereit sein. Fjodor zerriss man an jenem Tag fast buchstäblich in Stücke. Jeder schleppte ihn zu sich, damit er beim Packen helfe. Von allen Seiten, so, dass es die anderen nicht sehen sollten, steckte man ihm ein Zehn- oder Fünfkopekenstück zu. Niemals vorher war Fjodor solch eine wichtige Person gewesen wie an jenem Tag, und niemals brachte Fjodor so viel Geld zusammen wie damals – so eifrig stopften ihm die Leute Geld zu. Bis er die Nase voll hatte und ausspuckte: »*Nechaj jomu sto tschertiw i odna widma:* sollen sie alle hundert Teufel und die alte Hexe holen ...«

Er lief davon, dahin, wohin er immer ging, und genehmigte sich ein schönes Schnäpschen zu Ehren der davonfahrenden Kasrilewker Geschäftsleute. Und als er allerhand intus hatte, kam plötzlich Bewegung in ihn, er schüttelte die Fäuste und schrie, dass es auch langsam Zeit sei, die Kasrilewker Juden loszuwerden. Und wie es der Teufel will, musste gerade in dem Moment Makar Halodne mit dem Herrn Postmeister vorbeigehen und mitbekommen, wie Fjodor so eifrig für die Juden schuftete. Beide Herren blieben stehen und bemerkten, dass die Juden packten und sich eilends auf den Weg machten. Wohin? Das konnten sie sich nicht zusammenreimen, und beide schauten sich genauer um: Wohin laufen nur die Juden? Dieses Inspizieren der beiden Herren rief eine gewaltige Panik bei den Juden hervor; sie hörten sofort mit Packen auf. Hol der Teufel den ganzen Hausrat! Das Leben, das nackte Leben ist jetzt das Wichtigste. Und die Menschen mieteten eine Fuhre, wenn sie eine fanden, oder ein Pferd, oder ein paar Ochsen, und man machte sich in aller Eile auf den Weg, hastig, solange noch Zeit war, fast genauso hastig, wie man damals aus Ägypten ausgezogen war.

Allen voran flogen – den Adlern gleich – wie immer die Kasrilewker Fuhrleute mit dem großen und dem kleinen Wagen. Darin saß der Magnat Mordechai-Nathan mit seiner gesamten Familie. Dahinter ächzten die gojischen Fuhren, vollgeladen mit Frauen und mit Kindern und den Kranken. Hinterher liefen die Männer, die gewöhnlichen jüdischen Einwohner, also das, was man ›die breite Masse‹ nennt; sie machten sich notgedrungen zu Fuß auf die Pilgerreise, aber sie liefen schnell und sie hatten Angst, sich umzudrehen:

Vielleicht jagte man ihnen von hinten her nach, vielleicht würde man sie, Gott bewahre, einladen, zurückzukommen? Es wurde still in Kasrilewke, öde, verlassen, wie auf einem Friedhof. Keine Seele war zurückgeblieben. Von den lebendigen Wesen blieben in der Stadt nur die Ziegen zurück, das gesamte jüdische Vermögen Kasrilewkes, dazu die blatternarbige Hapka, der Bader mit der Badersfrau und, es sei wohl unterschieden, der alte Row Reb Josifel.

Von all diesen lebendigen Seelen werden wir jetzt sprechen, von jeder in einem besonderen Kapitel.

Kapitel 9

wagt sich ein bisschen vor in die Philosophie

Die studierten Menschen, die sich mit der Natur befassen und jedes Geschöpf genau betrachten und das Wesen jedes einzelnen Geschöpfs, jedes Gräschens kennen, sie belegen und beweisen uns, dass alle Dinge auf der Welt einmal vergehen, dahinschwinden und absterben. Wir sagen zum Beispiel: Der Baum wuchs, seine Zweige blühten, er brachte uns Früchte, wir pflückten die Früchte und aßen sie, die Zweige verblühten, die Blätter fielen ab, wir fällten den Baum und verheizten das Holz – und das ist das Ende, fertig, aus! Nein, sagen die Gelehrten, die Sache verhält sich nicht so. Der Baum, sagen sie, der Baum hat sich nur in seine einzelnen Teile zerlegt. Aus den Früchten, sagen sie, haben wir Kraft gezogen, an den Blättern gerochen, das Holz hat uns gewärmt; der Baum hat gelebt, und wir haben gelebt; und wenn wir gestorben sind, dann wird man unseren Körper in die Erde legen, und wir werden uns auch in unsere ursprünglichen Teile zerlegen. Aus unserem Grab wird einmal ein Gras hervorgewachsen sein, das Gras wird von einer Ziege gefressen werden und sie wird dadurch Milch bekommen, die Milch wird ein kleines Kind trinken, dadurch erhält es Lebenskraft, es wird wachsen, wird groß werden, wird sein Leben leben, sterben und sich wieder in seine einzelnen Teile zerlegen. Von neuem Gras, von neuem Ziegen, wieder Milch, wieder kleine Kinder und so weiter, immer weiter, bis an das Ende der Welt.

Ihr ahnt vielleicht schon, worauf diese ganze Philosophie hinausläuft? Sie läuft direkt hinaus auf die alten verfallenen Gräber des alten Kasrilewker Friedhofs. Diese Gräber und diese Ziegen und die Kasrilewker Juden bilden alle miteinander eine Art Kette, die sich durch eine ganze Reihe von Jahren zieht. Und wer weiß, wie viele Jahre die Kette noch weiter wachsen wird!

Wenn Ihr wissen wollt, wie viele Jahre Kasrilewke schon eine jüdische Stadt ist, so dürft Ihr nicht in den alten Geschichtsbüchern nachschauen – dort werdet Ihr es nicht finden. Ihr müsst Euch auf den alten Kasrilewker Friedhof bequemen und die uralten Gräber mit den uralten, verwitterten Grabsteinen betrachten, entweder schlichte hölzerne Tafeln oder einfache graue Steine, die gebeugt dastehen, von einer ganzen Reihe von Jahren so niedergebeugt. Hin und wieder lassen sich auf den alten Steinen noch die halbverblassten Buchstaben erkennen. Dort liegt ein Row begraben, der und der *Zaddik*. Dort unten liegt die und die tugendsame und weise Frau. Die Jahreszahl ist schwer auszumachen, aber man versteht, dass es lange her ist, denn manche der Grabsteine sind schon lange umgefallen, und eine Reihe der Gräber sind schon mit Gras überwachsen. Und Ziegen, die Kasrilewker Ziegen, die ja nie genug zu fressen haben, springen über den längst zerfallenen Zaun und weiden auf diesem Gras und bringen davon pralle Euter voll Milch nach Hause; und die armen jüdischen Kinder in Kasrilewke haben etwas zu trinken. Etwas, woraus sie Kraft schöpfen können. Und wer weiß denn, wer diese Ziegen in Wahrheit sind? Vielleicht steckt in ihnen die Seele eines Menschen, eines sehr vertrauten Menschen? Wer weiß, wie eng diese drei miteinander verbunden sind: der alte Kasrilewker Friedhof, die Ziegen, die dort weiden, und sie selber mit allem Respekt auch, die Kasrilewker Juden.

Zu dieser Art Philosophieren hat mich der Anblick jener Ziegen veranlasst, und zwar genau an jenem Tag, als die Kasrilewker Juden davongelaufen sind und ihr ganzes Vermögen, ihre Ziegen nämlich, der Gnade Gottes anheimgegeben haben.

Draußen war noch Pessach, der Schnee war bereits von der Erde verschwunden, er ließ das junge Gras hervorsprießen, sich zur warmen Sonne hin ausstrecken und überall, an jedem Ort, wo Menschen es wachsen lassen, Gottes Welt begrünen und zieren. Kasrilewke aber ist leider kein Ort von frischem Gras und kein Ort von duftenden Bäumen. Kasrilewke ist ein Ort von Matsch und Dreck, von Sand und von Staub, von stickiger verpesteter Luft, bei der einem das Würgen ankommt, und von noch einer Reihe solch wunderbarer Dinge. Grünes Gras findet Ihr nur auf dem Friedhof …, und dorthin hatten mich meine Phantasie und meine Eingebung an jenem Tag der großen Panik getrieben. Dort betrachtete ich also die ganze Herde der verlassenen, verwaisten Ziegen, und es gab mir einen Stich ins Herz, sowohl wegen der Ziegen als auch wegen der kleinen jüdischen Kinder, die diesen Tag ohne einen Tropfen Milch bleiben würden. Ich schaue auf die armen Ziegen, wie sie dastehen, wiederkäuen, ihre Bärte schütteln. Sie glotzen mich merkwürdig an; mir kommt es so vor, als ob sie mir sagen wollten:

»He, Onkelchen, wisst Ihr vielleicht, wo unsere Besitzer und Besitzerinnen sind? Wo, zum Teufel, sind sie hingelaufen?«

Ich verlasse den Gottesacker, den ›Heiligen Ort‹ von Kasrilewke, und gehe weiter mit Euch in die Stadt, um nach den übrigen Seelen zu schauen, die bei der großen Panik in Kasrilewke zurückgeblieben sind.

Damit meine ich den Bader und die Baderin, dazu ihr ›Pflegekind‹, den alten, schwachen Row Reb Josifel.

Kapitel 10

handelt von Reb Josifel, dem Row

Schon ein paar Mal habe ich in meinen wahren, also keineswegs erfundenen Geschichten eine meiner liebsten Gestalten erwähnt, an sie erinnert und sie Euch beschrieben: Reb Josifel, den Row von Kasrilewke. Aber noch niemals bin ich richtig bei ihm stehen geblieben, um ihn so mit Euch bekannt zu machen, wie es sich gehört. Ich weiß, dass dies ungerecht von mir war. So will ich wenigstens diesmal den Fehler ein wenig gutmachen.

Reb Josifel ist ein alter Mann, ein Greis; er ist krank und war schon immer nicht besonders kräftig, von schwacher Gesundheit also; in ihm aber lebte eine vollkommene, eine reine und gesunde Seele. Ja, Gott hatte in den kränklichen Körper diese immer junge und immer frische Seele gesetzt und ihr gesagt, sie möge sich gut und lange halten bis die rechte Zeit kommen und Gott selbst ihr sagen wird:

»Komm jetzt, es ist Zeit, herein ins Paradies!«

Ganz gewiss ins Paradies! Daran gibt es nicht den geringsten Zweifel. Denn die ›Grabesfolter‹[16] und all die übrigen wunderbaren Sachen, die *dort* auf uns warten, hat unser Reb Josifel mit Gottes Hilfe schon auf dieser Welt reichlich erfahren. Keine Not, kein Unheil, keinen Schicksalsschlag hat Er, der ewig lebt, ihn *nicht* kosten lassen. Der Ewige wollte wohl Seinen getreuen Knecht Reb Josifel erproben, darum hörte Er nicht auf, immer wieder mit freigiebiger Hand Nöte und Kummer auf ihn hinabzuwerfen, so wie man zum Beispiel einen Bräutigam mit Nüssen überschüttet. Eines nach dem andern hat Er ihm seine Kinder genommen, sie davor noch ordentlich gequält, wie man das kennt, danach seine Frau, Frume-Teme, die fromme Rebbezin, die ihnen eine getreue Mutter gewesen war. Und danach beugte Er ihn ein wenig zur Erde hinunter, beglückte ihn im Alter mit ein paar hübschen Krankheiten und überließ ihn dann sozusagen elend, schwach, allein und mittellos sich selbst. Und damit er den wahren Geschmack der Hölle fühlen möge, gab Er den Kasrilewker Juden die Idee, einen neuen Row zu suchen, einen jungen Row natürlich; ihn, den alten Row Josifel, könne man im Alter, mit Verlaub, irgendwo hinschicken, ihn meinetwegen zum Bader und zur Baderin geben, damit er bei ihnen seine letzten paar Jahre verbringe. Der Herr der Welt hat sicher damit rechnen müssen, dass selbst Reb Josifel einmal mit dem Munde sündigen würde, so wie vor Zeiten Hiob sich so lange bezwang, bis er es nicht mehr aushielt und sich selbst verfluchte und tausend Tode wünschte.[17]

Aber unser alter Reb Josifel war nicht solch ein Mensch. Der Row hatte nämlich viele Dinge mit seinem eigenen Verstand erforscht und ergründet. Mit seinem eigenen Verstand erkannte er deshalb, dass alle Nöte und alle Leiden, mit denen ihn der Höchste beehrt hatte, eins von beidem bedeuten müssen: Entweder es ist eine Prüfung, eine Unannehmlichkeit von Seiten Seines lieben Namens, eine Buße also hier auf dieser verrückten sündigen Welt, damit er dort drüben sein *s'char kejfl keflajim* bekomme, seinen hundertfachen Lohn. Oder aber er hatte die Schläge schlicht verdient, nicht nur für seine eigenen Sünden – sondern vor allem für die seiner armen sündigen Brüder, der Kinder Israel, die doch füreinander einstehen und einer für den anderen bürgen[18], so wie bei einem *artél*, einer Genossenschaft,[19] wo einer für den anderen geradesteht; wird einer bei einem Diebstahl ertappt, so muss der ganze *artél* dafür leiden, jeder seinem Anteil entsprechend. So hatte es sich Reb Josifel mit seinem Verstand zurechtgelegt und sich all seine Lebtage deshalb niemals beklagt. Er hielt sich fern von der Welt mit all ihren Lastern und Freuden; mit dem Lächeln eines großen Philosophen beachtete er sie gar nicht und dadurch erwarb er sich große Zuneigung unter den Kasrilewker Menschen. Obwohl er ja nicht mehr ihr Row war und die Einnahmen, über die er verfügt hatte, bereits der neue Row einsteckte, so genoss er trotzdem die gleiche Achtung wie vorher, er behielt seinen Ehrenplatz im Bethaus, und sogar der Name ›Rebbe‹ blieb für ihn reserviert wie früher. Der Nachteil ist aber, dass man vom Titel ›Rebbe‹ allein noch nicht leben kann. Der Körper verlangt seinen Anteil, was es auch sei, Hauptsache irgendetwas zwischen die Zähne, um die Seele am Leben zu erhalten. So verfielen die Menschen aus Kasrilewke auf eine Idee: Da doch das Kasrilewker Bad eine Gemeindeeinrichtung ist, so können die Einnahmen aus dem Bad doch an den alten Row gehen; und im Bad könne er auch wohnen. Das heißt, nicht direkt im Bad, aber weil doch beim Bad ein Häuschen steht, wo jetzt der Bader und seine Frau, die Baderin, wohnen, und darin eine Nebenkammer ist, so soll er da einfach seine Wohnung bekommen und in Ruhe *lernen*.[20]

Lernen? Das sagt sich so leicht. Wie soll denn Reb Josifel lernen können, wo seine Sehkraft, möge es Euch nicht treffen, schon so schwach ist, dass er kaum noch hell und dunkel unterscheiden kann? Trotzdem, macht Euch keine Sorgen, ein *Talmud-Chochem*, ein Talmud-Student, mag er noch so alt sein, findet immer eine Möglichkeit. Kann er nicht mehr lesen, so ›lernt‹ er auswendig, er sagt sich Texte auf, wiederholt, was er einmal gelernt hat, oder er spricht Gebete, oder er denkt einfach nach. Und zum Nachdenken gibt es allerhand! Über die Welt macht sich der alte Reb Josifel seine Gedanken und über den *Herrn* der Welt, den Schöpfer – und dass Er gerecht ist in all Seinen Taten! Und über Sein Volk Israel denkt er nach, das Er züchtigt, wie ein geliebtes Kind gezüchtigt wird, und auch über all die übrigen Völker denkt Reb Josifel nach, gar über alle Lebewesen auf der Erde. Vom größten Auerochsen bis zur winzigen Milbe, bis zum kleinsten Würmchen da unter dem Stein, das Er mit Seiner milden Hand ernährt. Daraus ergibt sich doch ein klarer *Kalwechojmer*,[21] man muss nur logisch folgern: ›*Madoch – loj-kol-scheken!*‹, wo das schon für eine Milbe und irgendein Würmchen gilt – umso mehr doch für einen Menschen und erst recht für einen Juden! So überlegt Reb Josifel und ist sofort zufrieden mit Gott und mit dem Volk Israel und mit sich selbst und seinen Überlegungen, die er öfters laut vor sich hinsagt, damit es alle hören können. Natürlich gibt es überall und auch in Kasrilewke Philosophen und Grübler, die das wiederum gerne infrage stellen. Sie treiben ihren Spaß mit dem alten Reb Josifel und stellen ihm die unsinnigsten Fragen:

»›Eine Milbe‹, sagt Ihr? Ein Würmchen, sagt Ihr? Dann beantwortet uns bitte die eine Frage: Wenn der Höchste solch ein großer Gott ist, solch ein guter und gnädiger Gott, der selbst das kleine Würmchen unter dem Stein ernährt, warum, bitte sehr, ernährt Er dann Seine Kasrilewker Juden nicht? Sind wir denn geringer als die Milbe, kleiner als der Wurm unterm Stein?«

»Was seid ihr doch für Kindsköpfe«, antwortet ihnen der Alte lächelnd. »Ich erzähle euch dazu ein Gleichnis von einem König. Also, stellt euch vor, der König hat euch zu sich zu einem Festmahl eingeladen, und ihr habt das Vorzimmer betreten und seht, dass es im Vorzimmer nicht sehr geräumig und nicht sehr hell ist, und schon dreht ihr euch um und geht wieder zurück. Genauso verhält es sich hier! Ich frage euch: Welche Bedeutung haben denn für euch das bisschen Not und die Unannehmlichkeiten im engen Vorzimmer, also im Vorraum, gegenüber jenem großen Festsaal im schönen, herrlichen, reichen Palast der Kommenden Welt dort drüben, dessen Wände aus Feingold sind, der Boden aus Silber und seine Steine sind lauter Brillanten! Dort, wo das Leben ewig ist, dort, wo die Seelen der Zaddikim obenan sitzen; sie haben es sich bequem gemacht und erfreuen sich an der Lauterkeit und der Reinheit der *Schechina*, und der Heilige, Er sei gesegnet, bedient sie selbst, Er kredenzt ihnen in goldenen Bechern den besten Wein, Er reicht ihnen auf goldenen Tellern den Fisch Leviathan[22] und das Fleisch vom *schor-habor*, dem Paradiesochsen.«

Die letzten Worte ›Wein‹, ›Leviathan‹ oder ›schor-habor, Paradiesochse‹, ergänzt Reb Josifel natürlich nur für die einfachen Leute, die man nicht für die geistigen Dinge oder die *Schechina*, die ›Einwohnung Gottes‹, begeistern kann. Ein einfacher Mensch muss im Paradies ein ordentliches Stück Fisch und ein richtiges Stück Braten bekommen. Und das ist in Kasrilewke sehr selten zu finden, höchstens am Sabbat oder an den Feiertagen kann man sich so etwas erlauben, und das – auch nicht immer! Für solche einfühlsamen Worte schätzt man den alten Row über alles, und besonders die einfachen Leute schätzen ihn, und unter diesen wieder am allermeisten das berühmte Ehepaar, der Bader und die Baderin des alten Kasrilewker Gemeindebades. Und deshalb widmen wir ihnen jetzt in unserer Schilderung ein eigenes Kapitel.

Kapitel 11

Adam und Eva im Paradies

Wenn es einen Sinn macht, was Schmaje oder der Korrespondent Fischl – jener, der für allerlei Zeitungen Feuilletons schreibt, die aber niemals gedruckt werden – vom Kasrilewker Badehaus sagt, dass es nämlich ein ›Paradies auf Erden‹ sei, so wird es Euch nicht wundern, dass die Kasrilewker Spötter dem Bader Berko den Beinamen gegeben haben: ›Adam im Paradies‹, und die Baderin Chawa krönten sie mit dem Namen ›Eva im Paradies‹. Woher dieser Name für sie kam – das ist schwer festzustellen. Vielleicht einfach daher, dass die Baderin wirklich Chawa hieß, Eva, da ergab es sich doch von selbst, dass man *ihn* Adam nannte! Vielleicht auch deshalb, weil das berühmte Paar schon eine ganze Reihe von Jahren draußen in jenem ›Paradies‹ wohnte, abgesondert von der übrigen Welt? Aber vielleicht auch deshalb, weil die Kasrilewker Männer und Frauen mehr als alle anderen das Privileg hatten, dem Paar in dem gleichen Kostüm zu begegnen, das Adam und Eva auch im Paradies trugen, bevor sie vom Baum der Erkenntnis gegessen hatten? Wie es auch sei, das eine müssen wir zugeben: Wenn die Kasrilewker Witzbolde jemandem einen Namen verpassen, dann sitzt er demjenigen wie angegossen, zugeschnitten auf ihn, genäht und gebügelt, also maßgeschneidert – und: bitte schön! Jetzt werdet glücklich damit! Und jeder Einzelne musste zugeben: Einen besseren Namen konnten sie gar nicht haben!

Wie soll man denn zwei Menschen sonst nennen, die all ihre Tage und Jahre dort hinten verbracht haben, am Abhang des Berges, außerhalb der Stadt, weit entfernt von dem berühmten ewigen Kasrilewker Matsch, direkt am Flussufer, wo gebeugte grüne Weidenbäume ins Wasser starren, dort, wo im Sommer Frösche quaken und Euch den Kopf vollgragern? Solch einen Platz kann man wirklich nicht anders nennen als ›Paradies‹. Und ein Ehepaar wie der Bader und die Baderin sind natürlich Adam und Eva in diesem Paradies. Beide sind sie sozusagen ›*mischejsches jemej brejsches,*[23] seit dem Anfang der Welt‹ füreinander bestimmt. *Er*, ein großgewachsener, starker, breitbeiniger Mann, ein ausgedienter Soldat mit struppigem Bart, wattiertem glänzendem Kaftan, ständig offenstehenden Stiefeln; *sie* hingegen, auch groß und kräftig, aber dick, mit dunklem, glänzendem, blatternarbigem Gesicht, aber darin guten, grauen Augen, einem karierten Kopftuch und ständig hochgeschürztem Kleid, worunter ein paar kräftige Füße in großen Männerstiefeln herausschauen. Von nichts hat das Paar eine Ahnung außer vom Bad. Und dauernd sind sie auch mit dem Bad beschäftigt: Entweder sie müssen es heizen oder reinigen oder es ist etwas zu reparieren; keine Minute sitzen sie untätig da, außer nachts, wenn alle Feuer ausgegangen sind. Dann setzt sich Adam mit seiner Chawa nieder zu einem Topf Kartoffeln; und bald danach legen sie sich schlafen, im Winter auf den Ofen und im Sommer draußen auf die Bank am Haus. Niemand, hört Ihr, niemand fühlt sich in Kasrilewke so wohl wie unser Paar. Keiner hat solch eine dauerhaft gesicherte Existenz wie Adam und Eva. Denn Monatsmiete und Abgaben müssen sie nicht zahlen und um Besucher brauchen sie sich nicht zu sorgen, denn, wie arm die Stadt auch sein mag, ohne ein Gemeindebad kann doch ein Jude nicht leben. Es stimmt zwar: Große Vermögen und Kapital kann man hier nicht ansammeln und schon gar nicht ein eigenes Haus kaufen, denn was zahlt schon, offen gesagt, ein Kasrilewker Jude, wenn er am Freitagabend ins Gemeindebad kommt? Und außerdem, was für eine Menge Holz verschlingt der Ofen, wo doch der Kessel schon alt ist und die Steine abbröckeln, man kann schon durch die Wände nach draußen schauen, und von der Decke tropft es auch! Jeder Tropfen, der auf die bloße Haut der nackten Männer fällt, verbrüht sie, jedes Mal verbrennt ein Stück Fleisch, die Leute tanzen wie verrückt herum, mit verzerrten Gesichtern wie die Frevler in der Hölle, wenn sie mit glühenden Zangen gepeinigt werden, und schreien dabei: »Au, auah.« Und die Leute lassen natürlich ihr bitteres Herz am Bader aus, verwünschen ihn in alle Richtungen; aber er, der Bader, macht seine Arbeit wie immer, er gießt Wasser auf die heißen Steine und brummt in seinen Bart: »Man muss sich das mal vorstellen: ein Bad noch aus uralten Zeiten, und sie verlangen, dass es nicht tropft!« Jedes Mal flickt er eigenhändig irgendeine Stelle im Bad, stopft die Löcher zu, bessert das Dach aus, stützt es mit einem Balken ab und säubert immer wieder die Mikwe, damit die Kasrilewker Intelligenz keine abfälligen Kommentare gibt und nicht solche Geschichten hinausposaunt, man würde draußen im Bad die Frösche quaken hören …

Adam vom Paradies steht sehr früh auf, wenn Gott selbst noch schläft, er schleppt mit seinen kräftigen, groben Armen Eimer um Eimer herbei und singt dabei ganze Psalmenbündel auswendig und in der richtigen Melodie; seine Stimme klingt und schallt, sie tönt aus dem Badehaus hinaus, sie rollt mit dem Wind über die Ufer des Flusses und verstummt erst weit draußen, auf der anderen Seite des Flusses, wo ein Vogel auf den Zweig eines Baumes geklettert ist; dieser setzt sich zurecht, schüttelt sich, reinigt seinen Schnabel und denkt an eine kleine Mahlzeit …

Im Häuschen drinnen ist es derweil noch stockdunkel, dort sitzt die Baderin Chawa bei einem Kerzenstummel und flickt die Kleider vom Row, die sie ihm gestern erst ausgewaschen hat. Sie näht hier einen kleinen Riss, dort einen Knopf fest, wo es nötig ist, damit der Rebbe was anzuziehen hat, wenn er vom Schlaf aufgestanden sein wird.

Vom Schlaf aufgestanden? Was ist das schon für ein Schlaf, den der alte Reb Josifel schläft? Gerade erst hat er das Mitternachtsgebet gesprochen, und kurz danach, sobald man etwas sehen kann, richtet er sich schon wieder auf, gießt Wasser über die Fingernägel,[24] wendet sich dem Morgengebet zu und beginnt dann zu ›sagen‹.[25] Was er ›sagt‹? Das versteht die Baderin nicht genau, aber immer, wenn er ›sagt‹, ist es eine Freude zuzuhören! Jedes Wort dringt einem in alle Glieder. Und sie steht langsam auf und geht auf Zehenspitzen zum Backtrog, um die Challa für Sabbat vorzubereiten.

›Kikeriki‹, kräht ein weißer Hahn mit rötlichen Flügeln, springt dabei vom Querbalken gleich auf die Schwelle; er meint, dass er den Leuten wer weiß was für eine Wohltat dadurch erweist, dass er sie zur Arbeit aufgeweckt hat.

»Zum Teufel mit dir!«, ruft ihm Chawa zu und verjagt ihn mit einer Flut von Schimpfwörtern. »Ksch ksch, zur Hölle mit dir! Ob man es braucht oder nicht, immer lässt er sein *kikeriki* hören! Warte nur, warte nur, noch ein bisschen werde ich dich hochpäppeln, danach bringe ich dich zum Schächter, dann wird dir dein *kikeriki* vergehen!«

All die Worte, mit denen Chawa den unverschämten Hahn traktiert, sind aber völlig umsonst. Der Rebbe ist ohnehin bereits aufgestanden, schon lange hat er sein Nägelwasser gegossen, hat sich dem Morgengebet zugewandt, er ›sagt‹ schon. Was ›sagt‹ er? Das versteht sie ja nicht genau, aber immer, wenn er ›sagt‹, ist es eine Freude zuzuhören! Jedes Wort dringt einem in alle Glieder. Und mit großem Respekt serviert sie ihm ein Töpfchen Zichorie. Sie ist heiß und dampfend und hat einen himmlischen Geschmack.

Kapitel 12

Der Row Reb Josifel hat ein gesegnetes Alter

Der Gedanke, dass der alte Row, Reb Josifel, seinen Lebensunterhalt aus dem Kasrilewker Gemeindebad bestreiten solle, war einer von jenen wunderbaren Einfällen, auf die nur Kasrilewke verfallen kann. Berko, der Bader oder ›Adam aus dem Paradies‹, der nach der Absprache auf eigene Kosten mit dem Holz des Bades auch das Lehrhaus, es sei wohl unterschieden, beheizen musste, ließ ohnehin die Männer den ganzen Winter hindurch frieren und fand dafür jedes Mal eine andere Ausrede: Der Frost war zu eisig, das Holz ist zu nass, draußen ist es nebelig und noch mehr solcher unmöglichen Argumente, die hinten und vorne nicht stimmen. Soll er wenigstens den alten Row, Reb Josifel, im Alter versorgen, dann lässt man ihm das mit dem Lehrhaus durchgehen! Und was braucht denn schon – unter uns gesagt – ein alter Mann, und dazu noch ein Row: und dann noch solch ein Mann und solch ein Row wie Reb Josifel? Ist denn bei ihm in seinen guten Jahren alles so wunderbar gewesen? Die Rebbezin selbst, Frume-Teme, Friede sei mit ihr, berichtete über ihren Mann, er sei mit allem zufrieden. Gibt man ihm zum Beispiel heiße Kohlen zu essen, isst er sie. Er verbrennt sich den Mund, aber er isst die Kohlen! Solch ein ›Genießer‹ war Reb Josifel.

Und nun erst recht im Alter! Nur einen Haken hat die Sache: Wird es ihm bei ihnen nicht zu eng werden? Doch es gibt einen Ausweg. Adam und Eva können ganz gut im Bad schlafen und der Row im Wohnraum. Das Bad und das Haus sind ohnehin ein einziges Gebäude, sie liegen unter einem gemeinsamen Dach. Und das Bad hat noch einen Vorzug: Dort ist es im Winter warm, richtig wie im Paradies. Natürlich gilt der Vorzug nur im Winter; kommt der Sommer, wird aus dem Vorteil schnell ein Nachteil. Es wird so heiß, dass man nicht nur im Bad, sondern auch im Haus vor Hitze vergeht. Doch dafür gibt es wieder einen anderen Ausweg: Man schläft einfach draußen! In der Sommerzeit draußen schlafen ist doch tausendmal besser als im Haus! – und hier, am Flussufer, ist es doch wie im Paradies! Es stimmt, auch dieser Vorzug hat einen kleinen Fehler, weil man hier am Fluss wegen der Frösche unmöglich schlafen kann. Dazu muss man nun aber sagen: Gab es denn vorher bei ihnen im Haus keine Frösche? Passierte es der Baderin Chawa nicht oft genug, dass ihr die Frösche direkt ins Gesicht gesprungen sind, auch aus dem Bett heraus oder aus dem Backtrog oder sogar aus dem Ofen? Kurzum, man machte es so: Man legte den Row ins Haus, und Adam und Eva nahmen Wohnung im Paradies, also im Bad. Sie achteten auf den Rebben, dass er es gut hat und dass er Essen und Trinken genau zur richtigen Zeit bekommt. Und mit der Zeit wurden sie sehr anhänglich und ewannen ihn lieb wie einen eigenen Verwandten.

Der alte Reb Josifel nannte sie ›Kinder‹, und sie ihn ›Rebbe‹. Und das nicht ohne Grund, denn in ihrem ganzen Leben hatten sie bisher nie so viel Tora gehört wie jetzt beim alten Row, bei Reb Josifel, an einem einzigen Tag. Und alles, was sie von ihm hörten, war für sie neu. Er war in ihren Augen wie ein Mensch, der von einem weit, sehr weit entfernten Land gekommen ist und nun Wunderdinge von dort erzählt, die man vorher niemals gehört und nicht einmal im Traum gesehen hat. Mit offenen Mündern und mit Herzklopfen sitzt unser Paar im Winter beim Ofen, im Sommer draußen auf der Mauerbank, sie schauen auf den Rebben und hören zu, wie der Rebbe von *ruchni'es*, geistigen Dingen, von den Wundern Gottes, aber auch von den Menschen auf dieser Welt erzählt; auch von Engeln dort in jener

Welt, von der Erde und von allen Geschöpfen auf der Erde, auch vom Himmel und von der Sonne und vom Mond und von den Sternen und allen übrigen Wesen. Und öfters kommt es Adam und Eva im Paradies, wie sie so in der warmen hellen Sommernacht beim Bad sitzen, so vor als ob dieser Greis mit dem gekrümmten Rücken, dem kleinen weißen Bärtchen und den herzensguten Augen selbst so etwas wie ein geistiges Wesen wäre, das sich gleich von der Erde in die Luft emporheben und entschweben und so lange schweben wird, bis es irgendwo dort zwischen den anderen Wesen entschwindet.

Selbst fühlen sie auch, wie sie etwas nach oben zieht, zu jenen weißen Himmelswolken und zu jenen kleinen Sternchen, zu all den Seelen, die dort oben herumirren und keine Ruhe finden können.

Gott allein weiß, ob noch anderen Menschen auf der ganzen Welt so wohl ums Herz war wie unserem Paar, Adam und Eva im Paradies. Und auch, ob noch jemand solch einen glücklichen Lebensabend hatte wie hier bei ihnen im Paradies der alte Row, Reb Josifel aus Kasrilewke.

Kapitel 13

Zum ersten Mal in seinem Leben regt sich Reb Josifel auf

Himmel und Erde haben einander geschworen, dass nichts auf dieser Erde ewig dauert; immer und immer gut – das kann es für niemanden und nirgends auf der Welt geben. Schließlich gibt es den Ankläger, den Teufel, der sich einmischt: Ständig steht er hinter unserem Rücken und bewacht unsere Seele, er sorgt dafür, dass wir, Gott bewahre, Gott nicht vergessen. Dieser Satan mischte sich auch in jenes Paradies ein, das wir vorher beschrieben haben. Um ein Haar hätte er Adam und Eva von dort verjagt und mit ihnen zusammen auch den alten, ehrbaren

Greis, um ein Haar hätte er das schöne Nest zerstört, um ein Haar liebe und treue Menschen auseinandergebracht, um ein Haar das ganze Glück für immer vernichtet.

Es war genau zu dem Zeitpunkt, als die Baderin Chawa vom Markt zurückkam. Sie hatte dort Fisch kaufen wollen; es war aber kein Fisch da. Kartoffeln waren auch nicht zu bekommen; wenigstens ein Bündel Zwiebeln? Nichts da! Keine einzige lebendige Seele war zu sehen. Zuerst überlegte sie: Vielleicht war sie zu früh zum Markt gekommen? So wartete sie ein bisschen, doch dann merkte sie, dass es schon heller Tag war; aber auf dem Markt – nicht mal ein verrückter Hund! Nur sieht sie überall Menschen herumrennen, auch Sachen einpacken und sich auf den Weg machen. Was ist da passiert, was ist los? Nun, man rennt eben! Wohin rennen die Leute? Einfach irgendwohin!

Bis aber Chawa nach Hause gekommen war und Adam im Paradies alles berichtet hatte, und bis Adam im Paradies das wiederum dem Rebben weitererzählt hatte, da war schon mehr als die halbe Stadt jenseits des Friedhofs.

Zuerst wollte Reb Josifel partout nicht glauben, dass das alles wahr sein sollte: »Sie laufen fort? Was heißt, sie laufen fort?« Danach nahm er seinen Bambusstock mit dem gekrümmten Blechknauf (er ist vielleicht schon so alt, wie er ein Row in Kasrilewke ist) und bequemte sich trotz seines Alters in die Stadt; er traf gerade noch ein paar letzte Juden, die ebenfalls dabei waren fortzugehen. Er stellte sich ihnen in den Weg und begann sie mit freundlichem Lächeln zurechtzuweisen.

Einige der verbliebenen Juden hielten mit einem tiefen Seufzer an und antworteten ihm mit einem bitteren Lächeln:

»Ihr habt ja recht, aber trotzdem, Rebbe, steigt auf und fahrt mit uns. Folgt uns, Rebbe, fahrt mit uns, so schnell wie möglich!«

»Fahren? Wohin? Und wieso? Weshalb?«

Aber seine Worte liefen ins Leere, denn auch die Menschen, die eben noch da gewesen waren, befanden sich inzwischen schon auf der anderen Seite der Stadt.

Zurück im Paradies, beim Bader und der Baderin im Bad, fand er Adam und Eva sehr beunruhigt vor, fast in Tränen. Er rief ihnen zu:

»Warum seid ihr denn so unruhig, Kinder?«

»Was soll das heißen?«, sagten sie zu ihm. »Wisst Ihr denn nicht, was hier vor sich geht? Gerade eben war Hapka hier.«

»Was für eine Hapka?«

»Die Christin Hapka, die am Sabbat immer die Kerzen löscht. Sie erzählt solche schrecklichen Sachen, dass sich einem die Haare zu Berge stellen.«

Und Adam und Eva erzählten ihm beide gleichzeitig, unterbrechen sich dabei gegenseitig, all die schrecklichen Dinge, die Hapka darüber erzählt hatte, was gerade in der Welt passiert.

Der Row Reb Josifel sitzt da, stützt sich auf seinen Stock und hört zu. Sehr aufmerksam hört er zu. Er sitzt da und überlegt, aber er antwortet nicht. Am Ende hebt er den Kopf, schaut sich nach allen Seiten um, legt den alten Bambusstock neben sich, zieht den Hut ab, bleibt mit der Jarmulke auf dem Kopf sitzen und wendet sich mit folgenden Worten an Adam und Eva:

»Hört zu, Kinder, was ich euch jetzt sage. All das, was mir da erzählt wird, ist lauter leeres Gerede, nicht mal eine Prise Tabak ist es wert. Und ich will euch jetzt sagen: *Loj jonem weloj jischn schojmer Jisroel*, der Hüter Israels schläft nicht noch schlummert er![26] Gott schläft nicht! Ich will euch dazu ein Gleichnis von einem König erzählen: Es war einmal ein König ...«

»Was nützt mir Euer König! Hört lieber, was Hapka erzählt hat!«

So platzte Adam heraus; doch gleich tat es ihm leid, er spürte, dass er zu grob gewesen ist zum Row. Aber er konnte es nicht mehr ungeschehen machen. Reb Josifel hatte sich schon von ihm abgewandt, hatte Gebetsmantel und Gebetsriemen angetan und ein frommes Buch genommen. Den alten Bambusstock hatte er neben sich gelegt und saß nun da, von Kopf bis Fuß bewaffnet wie ein König im Krieg. Mit großer Geste blickte er um sich, wie wenn er sagen wollte:

›Nun soll mal einer versuchen, bis hierher vorzudringen!‹

Aus seinen alten dunklen Augen und aus seinem alten grauen Kopf sprachen so viel Kraft und ruhige Entschlossenheit, dass Adam und Eva auf einmal fühlten: Hier war jemand, an den sie sich anlehnen konnten.

Kapitel 14

Zwei Städte begegnen sich und gehen auseinander, als wäre nichts geschehen – Schluss!

Die Flüchtlinge hatten die große Straße genommen, die nach Masepewka in der Nähe von Jehupez führt, und der erste Ort, wo sie halten konnten, war Kosodejewke, auch eine jüdische Stadt. Sie ist für ihre Ziegen berühmt, worauf ja schon ihr Name Kosodejewke, ›Ziegenmelkerstadt‹,[27] hinweist. Kosodejewker Ziegen melken sich ganz anders, auch sind sie von den Kasrilewker Ziegen durch ihre Hörner unterschieden, das heißt, genau gesagt, sie haben gar keine Hörner. Anstelle der Hörner ist bei ihnen vorne am Kopf ein seltsames Gebilde vorhanden, eine Verzierung, eine Art Tefillin-Kapseln am Kopf, nicht dass ich es vergleichen will. Und dann sind sie ihrer Natur nach auch noch unglaublich träge und schwerfällig; und dumm, viel dümmer jedenfalls als die Kasrilewker Ziegen. Wenn Ihr einer Kosodejewker Ziege mitten auf der Straße begegnet, und Ihr haltet ihr ein Büschel Stroh hin und lockt sie: »*Kos-kos-kos!*«, dann geht sie gleich in die Knie, spreizt die Beine – und schon könnt Ihr sie melken!

Auch die Menschen dort sind nicht so wie die Menschen in Kasrilewke. Das heißt, natürlich sind es die gleichen Menschen wie hier, mit den gleichen Seelen, mit den gleichen Mägen, und wahrscheinlich sind sie auch gleich arm – hier wie dort. Der ganze Unterschied liegt im *Borech-sche'omer,*[28] nämlich darin, dass die Kasrilewker Juden beim Morgengebet *zuerst ›Hojde ha-Schem‹* sagen, ›Dank sei dem Ewigen ...‹ und danach ›*Borech-sche'omer,* gelobt sei, der da sprach ...‹, die Kosodejewker Juden aber umgekehrt, *zuerst ›Borech-sche'omer,* gelobt sei, der da sprach ...‹, und *danach* erst ›*Hojde haSchem,* Dank sei dem Ewigen ...‹. Nun, wenn man es genau überlegt, was macht das für einen großen Unterschied? Aber sagt das nicht zu schnell! In den vergangenen guten Jahren, als die Kasrilewker und die Kosodejewker Menschen noch ihr Auskommen hatten und sich um nichts große Kopfschmerzen zu machen brauchten, da wurde in der Auseinandersetzung wegen diesem *Borech-sche'omer* und dem *Hojde haSchem* sogar Blut vergossen! Öfters passierte es, dass ein Kosodejewker nach Kasrilewke ins Lehrhaus zum Gebet kam, und der Kantor stellte sich ans Pult, richtete sich den Tallit zurecht, räusperte sich und begann in der richtigen Melodie zu singen:

»*Hojde haSchem* ..., dankt dem Ewigen, ruft an Seinen Namen ...«,

da fuhr ihm der Kosodejewker für alle vernehmlich eine Oktave höher dazwischen:

»*Borech-sche'omer wehojo ho'ojlem,* gelobt sei, der da sprach, und es ward das All ...«.

Und umgekehrt: Wenn ein Kasrilewker nach Kosodejewke in die Synagoge kam, und der Kantor war schon in der Verzückung, hatte die Augen geschlossen, die Arme erhoben und intonierte das *Borech-sche'ojmer,* gleich fiel der Kasrilewker mit einem perfekten musikalischen Schnörkel ein: »*Hojde haSchem kiru wischmo hodiu wa'amim aliloso-ho-ho-how,* dankt dem Ewigen, ruft an Seinen Namen, tut kund unter den Völkern Seine Ta-ha-ha-ha-ten.«

Wegen dem *Hojde* selbst waren die Kosodejewker nicht einmal so empfindlich wie wegen der ›Taten‹, die der Kasrilewker anderthalb Klafter in die Länge zu ziehen pflegte. »Bitte entscheide dich. Willst du sagen: ›Dankt dem Ewigen, ruft an Seinen Namen, tut kund unter den Völkern Seine Taten‹? Wer soll was dagegen haben? Stell dich hin und sag dein ›Dankt dem Ewigen, ruft an Seinen Namen, tut kund unter den Völkern Seine Taten‹. Welcher Teufel hat dich aber geritten, dass du es dermaßen heraustrillerst und endlos in die Länge ziehst: Ta-ha-ha-ha-ten? Es ist doch klar, dass du das absichtlich machst, nur um Streit zu suchen! Nun, wenn du also solch ein Streithammel bist, hast du doch eine ordentliche Tracht Prügel verdient!« Und man verabreichte ihm dann so viel, wie er nur aushalten konnte. So ist also in diesen Zeiten zwischen den Kasrilewker und den Kosodejewker Juden nach und nach ein Streit ausgebrochen, eine richtige Feindschaft. Auf lange, lange Jahre hin. Mit Prügeleien fing es an, und es endete mit Anzeigen, mit Verleumdungen, mit Grobheiten, Beschimpfungen. Damals bekam die Welt etwas von ihnen zu hören! Wildfremde Menschen mischten sich in ihre Prozesse! Man spottete über sie, über ihre ›jüdischen Sitten‹ und ihr leeres Geschwätz. Man titulierte sie mit dem schönen Ausdruck ›Fanatiker‹. Kurzum, es war *chulsche chalosches*, widerlich und abstoßend!

Nun, es stimmt, jene verrückten und doch irgendwie glücklichen Jahre sind schon lange vorbei, und Gott allein weiß, ob sie jemals wiederkommen werden. Und es ist auch wahr: Inzwischen hatten sie ganz andere Sorgen, als sich über ein *Hojde ha-Schem* und ein *Borech-sche'ojmer* den Kopf zu zerbrechen. Und doch ist die Feindschaft zwischen den Kasrilewker und den Kosodejewker Juden geblieben. So etwas kann man mit dem Verstand nicht begreiflich machen, unmöglich! Aber erkläre andererseits einmal mit deinem normalen Menschenverstand, warum etwa ein Wicht von einem Christenjungen, wenn er einen Juden sieht, seine Mütze zwischen die Zähne nimmt, sie hin und her schlenkert und dabei solch ein Liedchen singt: ›*Zhid, zhid, chalamid! Sahubiw tscherewik! A ja schow! taj naschow! Taj pid-*

nijaw! Taj pischow! ... Itzik, Itzik, mit dem nackten Hintern, hast verloren deinen Schuh! Kam ich da vorbei, hab ich ihn gefunden, und gleich aufgehoben, geb ihn nicht mehr her!‹[29] Oder auch umgekehrt: Ergründet mal, wie es dazu kommen kann, dass ein Kasrilewker Jude, sobald er in Anwesenheit eines Nichtjuden spricht, so viele hebräische Wörter benutzt, wie er nur irgendwo gelernt hat: ›Gib dem *orel* ein *zinzejnes jasch* in die *jadajin*, aber nicht *mole*, dazu ein Stückchen *lechem*, denn er hat heute noch nichts *geachelt*, und sei ihm *meschalem* zwei *se'uwim*, und dann soll er *halchenen*, aber lass ihn ja nicht aus den *ejnajim*, damit er nichts *lakchent* ...[30] Gib dem Unbeschnittenen ein Glas Schnaps in die Hand, aber nicht ganz voll, dazu ein Stückchen Brot, denn er hat heute noch nichts gegessen, und lass ihn zwei Gulden bezahlen, danach soll er gehen, aber lass ihn ja nicht aus den Augen, damit er nichts mitgehen lässt ...‹ Das sind Dinge, die man mit dem Verstand nicht erklären kann. So etwas kann man höchstens erfühlen ... Aber kehren wir zurück zu den Kasrilewker und den Kosodejewker Leuten.

Es gibt solche Augenblicke im menschlichen Leben, wo alles, was vorher war, vergessen ist, alles ist weggewischt, so als wäre es nie geschehen. Und es ist ein großes Glück, dass es das gibt. Denn anders könnte die Welt nicht bestehen. Zu Recht haben unsere Weisen die Bestimmung erlassen, dass am Abend von Jom Kippur, während man sich die ›Schläge‹ verpasst,[31] einer dem anderen vergeben soll.

Auch die Feindschaft der Kasrilewker mit den Kosodejewkern war, als sie sich in jener wunderlichen Zeit der Panik und der Hetzerei begegneten, auf einmal wie weggeblasen, wie Wind oder Rauch. Schluss mit der Feindschaft! Und Kasrilewke begegnete Kosodejewke genau in der Mitte des Weges, auf freiem Feld, nicht weit von der Stelle, wo früher einmal eine jüdische Schenke stand, die sich ›Zur Eiche‹ nannte und die – Eiche hin, Eiche her – wegen des Alkoholmonopols schließen musste,[32] es half ihr nichts, jammerschade!

Als also Kasrilewke und Kosodejewke einander begegneten, blieben beide stehen, und zwischen ihnen kam es zu folgendem Gespräch:

KASRILEWKE: »Wohin fahrt ihr, wenn man fragen darf?«
KOSODEJEWKE: »Und wohin fahrt ihr?«
KASRILEWKE: »Wir fahren ... nur so. Wir sind sozusagen geschäftlich unterwegs.«
KOSODEJEWKE: »Eine ganze Stadt ist geschäftlich unterwegs?«
KASRILEWKE: »Und ihr? Seid ihr denn keine ganze Stadt?«
KOSODEJEWKE: »Bei uns ist es anders. Wir fahren nicht, wir laufen!«
KASRILEWKE: »Und woher wollt ihr so genau wissen, dass es bei uns anders ist?«
KOSODEJEWKE: »Na, dann redet klar: Wohin lauft ihr?«
KASRILEWKE: »Und wohin lauft ihr?«
KOSODEJEWKE: »Wir ..., wir ... wir laufen zu euch.«
KASRILEWKE: »Und wir zu euch!«
KOSODEJEWKE: »Und was wollt ihr bei uns?«
KASRILEWKE: »Dasselbe wie ihr bei uns!«
KOSODEJEWKE: »Hört mal gut zu: Warum sollten wir zu euch laufen und ihr zu uns?«
KASRILEWKE: »Anscheinend, damit wir die Orte tauschen?«
KOSODEJEWKE: »Spaß beiseite! Ihr sagt uns lieber, wie es sich wirklich verhält. Warum lauft ihr weg?«
KASRILEWKE: »Und warum lauft *ihr* weg?«
... ...
... ...

Erst viel später, nachdem die beiden Städte ein langes Gespräch miteinander gehabt hatten, als sie einander gut angeschaut und sich mit nüchternem Blick betrachtet hatten, erst da erkannten sie, was eigentlich geschehen war.

»Man muss sich das mal vorstellen: einfach los- und weggerannt! Man läuft irgendwohin! Weshalb? Wohin? Sollen doch lieber unsere Feinde rennen, bis sie keine Luft mehr kriegen!«

Und die Menschen fingen an, sich die Augen zu wischen und zu schluchzen und zu weinen. »Jammer und Elend! So weit ist es mit uns gekommen!« Und man redete miteinander, sprach sich aus, schüttete einander das Herz aus! Danach schüttelten sich alle die Hände, verabschiedeten sich, küssten einander herzlich wie gute Freunde, wie frisch verbundene Verwandte, die gerade miteinander eine Partie geschlossen haben, oder wie ein Ehemann und eine Ehefrau, die geschieden waren und nun wieder von neuem geheiratet haben. Und ihre Feinde verwünschten sie in Grund und Boden. Für sich aber hofften sie, dass alles gut enden werde, und bekräftigten es mit einem bitteren Lächeln: »*Jehi rozn!*, Sein Wille geschehe ...«

Dann gab man den gojischen Fuhrleuten einen Wink, sie mögen so freundlich sein und die Pferdchen zurücklenken.

Und die beiden Städte fuhren an ihre Orte zurück. Kasrilewke nach Kasrilewke, Kosodejewke nach Kosodejewke. Still, wortlos stahlen sie sich nach Hause, wie die Vögel, jeder zurück in sein eigenes Nest. Still und wortlos begannen jeder und jede ihre Arbeit. Und noch lange Zeit sprachen sie von jener Panik und erinnerten sich daran, wie sie damals über sie gekommen war. Und damit die späteren Generationen, unsere Kindeskinder, auch alle Einzelheiten erfahren, haben wir uns bemüht, dies schöne Epos in unserer einfachen Sprache aufzuschreiben und es in einem Extrabuch herauszugeben, damit es späteren Generationen als Erinnerung diene.

»Hundertundeins«

Eine Geschichte

1.

Der schöne alte Fluss Bug, der zwischen Dnjeper und Dnjester nach Süden fließt und genau wie diese beiden im Schwarzen Meer mündet, trennt mit seinem Lauf zwei Provinzen, Charkow und Podolien. Und zwar genau dort, wo verlassen und ohne die Spur einer Planung errichtet zwei jüdische Städte liegen, Holte und Bohopoli[1]. Diese beiden Städte sind im Grunde eine Stadt, doch ist sie eben durch den Fluss getrennt, in zwei Hälften zerschnitten. Nur haben die Menschen beide Teile dann wieder durch eine Brücke verbunden, so dass aus beiden Städten nun wieder eine Stadt geworden ist. Gerade wart Ihr noch in Bohopoli, kaum aber sind fünf Minuten verstrichen, schon befindet Ihr Euch in Holte, und dasselbe auch andersrum: Eben wart Ihr noch in Holte, Ihr schaut Euch um, oho, schon wieder seid Ihr in Bohopoli.

Eine Reihe von Jahren galt Holte als ein Dorf, Bohopoli aber war ein Schtetl. Daher bekam nur Holte die Folgen des Erlasses vom 3. Mai 1882 zu spüren, nach dem Juden sich ab sofort nicht mehr in Dörfern niederlassen durften, es sei denn, sie hätten schon vor diesem Termin dort gewohnt[2].

Von da an war Holte bei den Bohopolier Juden sehr begehrt; unbedingt wollten sie plötzlich alle ihren Wohnsitz in Holte haben, und ganz besonders nach diesem 3. Mai. Von jenem 3. Mai an begannen also die Bohopolier Juden still und heimlich nach Holte umzuziehen. Sie hatten damit aber kein Glück: Man schickte sie in aller Freundlichkeit über die Brücke nach Bohopoli zurück: »Mit Verlaub, *Gospodin Jizko*, bequeme dich, bitte sehr, zum Rabbiner von Bohopoli«

Oder man wendete ohne viel Worte ihren Wagen in die andere Richtung und sang dabei lachend das bekannte Liedchen: ›Ein Wagen fuhr nach Berditschew …‹

»Was soll das heißen?«, antwortete dann der Betroffene. »Seit Menschengedenken bin ich ein Einwohner von Holte, ich habe dort meinen eigenen Platz im Bethaus! Und jede Menge Verwandte habe ich auf dem Friedhof liegen!«

All diese Beschwerden halfen aber so viel wie der Schnee vom letzten Jahr. »Dokumente bitte, amtliche Papiere!«, verlangte man von ihnen. Und es begann jetzt ein Theater mit Papieren. Man konnte in dieser Zeit mit Juden ordentlich Geld für ›Papiere‹ verdienen. Die Vermittler brachten hübsche Summen zusammen, Denunzianten hatten gute Zeiten … Einigen glückte es, anderen auch nicht. Zum Teil richteten sich die Juden selbst durch Anzeigen zugrunde. Wegen solcher Anzeigen musste nämlich eine Reihe von Familien ihren Krempel einpacken und über die Holter Brücke nach Bohopoli auswandern. Es entstanden neue Arme, neue Hungerleider, die sich gegenseitig auffraßen … Die Juden wollten sich nicht so schnell unterkriegen lassen, sie führten einen richtigen Krieg (auf dem Papier natürlich, wie immer). Es begann ein Kampf zwischen Juden und der Polizei oder zwischen Juden und Juden. Die Papiere flogen nur so hin und her: zur Polizei, von der Polizei zur Provinzverwaltung, von der Provinz in den Senat, vom Senat zurück in die Provinz und von dort wieder zur Polizei. Dieser Papierkrieg zog sich fast zwanzig Jahre hin. Ich fürchte, der Historiker, der einmal die Geschichte der beiden Städte beschreiben wird, muss über jene Zeit den Titel setzen: ›Die Geschichte des Zwanzigjährigen Krieges‹. Die Holter und die Bohopolier werden dann schon wissen, um was es geht.

Zu den erwähnten ›Kriegsparteien‹ gehörten auch zwei einzelne Personen: Jerachmiel-Mojsche Bohopolski aus Holte und sein blutiger Feind Nachman-Lejb Holtjanski aus Bohopoli.

2.

Ihr dürft Euch nicht wundern und mich bitte nicht fragen, wieso Jerachmiel-Mojsche ein Holter ist und trotzdem Bohopolski heißt. Denn ich kenne einen, der Tscherkaski heißt und in Bielozerkow angesiedelt ist und neben diesem einen Bielozerkowski, der aber in Tscherkask wohnt. Außerdem weiß ich von einem Tarschtschanski, der in Krementschug zu Hause ist und umgekehrt einem Krementschugski, der in Taraschtsche lebt. Man darf ja mal fragen: Was wäre so übel daran, wenn Tscherkaski, der wahrscheinlich aus Tscherkask stammt, auch selbst in Tscherkask wohnen würde? Und Bielozerkowski in Bielozerkow, Tarschtschanski in Taraschtsche, Krementschutski in Krementschug? Die Antwort ist: Wenn jeder Mensch nur an seine eigene Stadt gebunden wäre, würde die Welt doch nicht weiter bestehen. Aber kehren wir lieber zurück zum 3. Mai 1882.

Nachman-Lejb Holter, der sein Leben lang in Bohopoli gelebt hatte, musste ausgerechnet am 2. Mai, dem Tag vor jenem 3. Mai, in Holte übernachten, so dass er dann vom *Uradnik*, vom Polizisten, im Protokoll erfasst wurde; und dies diente ihm dann als Beweis dafür, dass er ein Einwohner von Holte war. Da sieht man mal wieder, wie der eine Glück hat und der andere Pech.

Es versteht sich, dass diese Sache Jerachmiel-Mojsche sehr aufregte, er tat auch gleich alles, was er konnte, und forschte so lange über Nachman-Lejb, bis er mit ausreichend Beweisen zu zeigen vermochte, dass dieser Nachman-Lejb in Wirklichkeit Bohopolier war. Natürlich ruhte derweil Nachman-Lejb auch nicht, sondern bewies mit den erforderlichen Papieren, dass er an jenem 2. Mai, also schon vor dem 3. Mai 1882, in Holte beim

Uradnik in den Büchern vermeldet war. Der Name selbst, Holtjanski, beweise ja ebenfalls, dass er, Nachman-Lejb, ein Holter sei, Jerachmiel-Mojsche dagegen sei Bohopolier, wie schon sein Name zeigt: ›Bohopolski aus Bohopoli‹.

Dies alles schrieb Nachman-Lejb über Jerachmiel-Mojsche an die Provinz. Dazu schwieg natürlich wieder Jerachmiel-Mojsche nicht, er besorgte seinerseits Papiere und wies mit Zeugen nach, dass Nachman-Lejb, obwohl er sich Holtjanski nennt, doch ein Bohopolier ist. Der Beweis: Er hat in Bohopoli eine eigene Wohnung und einen festen Platz in der Synagoge des Maggid von Mesritsch.[3] Was braucht ein Holter Bürger eine Wohnung in Bohopoli und einen Platz in der Bohopolier Synagoge? Kurzum, beide schickten mit solch einer Energie Papiere in die Provinz und setzen sich gegenseitig derart zu, bis schließlich verfügt wurde, man solle sie alle beide aus Holte ausweisen und sie nicht wieder hineinlassen, es sei denn tagsüber.

3.

»Du Ochse, warum hältst du still?«

»Was hilft es mir, wenn ich laut herumschreie?«

»Es gibt doch einen Senat, mach eine Eingabe beim Senat!«

»Was nützt eine Eingabe beim Senat, wenn die Provinzverwaltung behauptet, ich sei ein Bohopolier?«

Bei diesem Stand der Sache mischte sich auch noch Jerachmiel-Mojsches Frau in die Gespräche.

»Geh auf keinen Fall zum Senat! Das fehlt dir noch! Willst du, dass man uns am Ende auch aus Bohopoli rauswirft?«

Normalerweise setzt sich in allen Familienangelegenheiten Jerachmiel-Mojsches Frau durch. Hier aber erreichte sie gar nichts. Jerachmiel-Mojsche war in dieser Sache ein Starrkopf und wandte sich wirklich mit einem Schriftstück an den Senat. Und stellt Euch vor, was passierte: Eine schöne Zeit war vergangen, ich befürchte sogar, so um die zwanzig Jahre. Einmal sitzt er allein in seinem Geschäft, es war an den ersten Sommertagen. Er denkt natürlich nicht mehr an den Senat. Die Sache ist schon so lange vorbei, und er hat fast vergessen, dass es überhaupt einen Senat gab. Da schickt man nach ihm, er solle zum Polizeimeister kommen.

»Gibt es schon wieder was Neues mit dir? Schon wieder eine *switschne sbor*, ein ›heiliger Synod‹ wegen deiner Eingaben?«, sagt Jerachmiel-Mojsches Frau zu ihrem Mann. »Ich habe nicht die leiseste Ahnung«, antwortet ihr Jerachmiel-Mojsche. »Aber wenn der Polizeimeister ruft, muss man gehen.«

»Pass nur auf, dass sie dich nicht einbuchten!«, so verabschiedet sie ihn im Laden. Es dauerte keine halbe Stunde, da kommt Jerachmiel-Mojsche in den Laden zurückgerannt, er kann kaum Worte herausbringen:

»Man kann uns gratulieren … ein Brief vom Senat … ich bin Bohopolier. Ich kann, heißt das, ohne weiteres in Bohopoli wohnen.«

Jerachmiel-Mojsches Frau schlägt die Hände zusammen.

»Was nützt uns das denn, was soll man uns da gratulieren! Er darf in Bohopoli wohnen!«

»Unsinn, was rede ich da: Bohopoli! Ich meine Holte! Holte!«

»Holte? Das ist was anderes! Siehst du, Jerachmiel-Mojsche, was habe ich dir gesagt!?«

»Was hast du mir gesagt?«

»Habe ich dir nicht gesagt, du sollst dich an den Senat wenden?«

Jerachmiel-Mojsche war so glücklich und zufrieden, dass er gleich in die Stadt lief und von einer Ecke bis zur anderen ausposaunte, es sei ein Beschluss vom Senat gekommen, dass er ein Holter ist und in Holte wohnen dürfe; so Gott will, wird er schnell dorthin ziehen. An diesem Tag konnte Jerachmiel-Mojsche vor Erregung weder essen noch ruhen. Er lief von einem zum anderen, er ging wie auf Wolken. Wem er auch begegnete, jeden hielt er an:

»Schon gehört?«
»Was, die Sache vom Senat? Natürlich habe ich es gehört, wieso denn nicht? Gratuliere! Alles Gute!«
»Wann plant Ihr Euren Umzug?«
»Nach Schawu'ot, so Gott will.«
»Alles Beste dazu!«
»Danke.«

4.

Wenn Gott einem Menschen hilft und ihn etwas Besonderes erleben lässt, ist das natürlich schön. Noch schöner aber ist dies Geschenk, wenn man dabei auch noch Rache üben kann. Das ist eine von den herrlichsten Sachen der Welt, man kann das Vergnügen darüber nicht in Worten beschreiben. Wenn einer sieht, wie der andere neidisch ist, wie der Gegner sich schon vor Wut nicht mehr halten kann und fast platzt, so verleiht dies dem Menschen so viel Hochgefühl, es macht ihn so stark und groß, dass er sich in seinem Triumph selbst vergisst und anfängt, den Verstand zu verlieren und unsinnige Dinge zu tun.

Unser Jerachmiel-Mojsche hörte nicht auf, die Sache vom Senat bei jedem Schritt und Tritt auszuposaunen, sodass er die Leute mehr und mehr gegen sich aufbrachte; sie wurden seiner überdrüssig; ja, er wurde für sie so abstoßend und widerlich wie Schweinefleisch! Wenn er nur das Wort ›Senat‹ in den Mund nahm, lief ihnen schon die Galle über: ›Senat‹ und noch einmal ›Senat‹ und immer weiter ›Senat‹! Nur, wenn schon die ganze Stadt der Sache überdrüssig geworden war, wie erst brannte und glühte es tief innen in Nachman-Lejb, dass er sich dies alle Minute und jeden Moment anhören musste! Unaufhörlich suchte und verfolgte ihn Jerachmiel-Mojsche mit den Augen, und wo Nachman-Lejb auch stehen blieb, gleich rannte er zu ihm und sagte:

»Es sieht doch so aus, als ob im Senat noch anständige Menschen säßen!«

Nachman-Lejb drehte sich zur Seite und schwieg, aber Jerachmiel-Mojsche folgte ihm und redete weiter, nicht direkt zu ihm, sondern zu anderen, aber so, dass auch er es hören musste.

»Ich bin gestern Abend absichtlich nach Holte gefahren und habe dort übernachtet. Ich hätte doch zu gerne gehabt, dass der Polizeimeister zu mir gekommen wäre. Schade, dass er nicht gekommen ist ...«

Jerachmiel-Mojsche und seine Frau führten, gelobt sei Sein Name, ein gutes Eheleben: Das heißt, überall und wo es nur ging, widersprach sie ihm; aber hier, bei Nachman-Lejbs Niederlage, eilte sie ihm sofort zur Hilfe und posaunte ihrerseits alles in der Stadt aus. Sie ärgerte Nachman-Lejb und dessen Frau so sehr, dass diese schon Gott selbst anriefen. Er möge doch endlich Schawu'ot vorbeigehen lassen, damit Jerachmiel-Mojsche mitsamt seiner Frau dahin verschwänden, wo der schwarze Pfeffer wächst. Man kann ja niemand mehr in die Augen sehen! Und Gott hatte Erbarmen, Schawu'ot ging vorüber. Doch Jerachmiel-Mojsche und seine Frau eilten sich kein bisschen, nach Holte überzusiedeln. Treibt sie denn jemand? Und wenn sie eine Woche später fahren? Die Hauptsache ist doch, dass sie, Gott sei's gedankt, umziehen *dürfen*!

Bis jener Sonntag kam, der 24. Mai 1903, und die Zeitungen (wer hat sie eigentlich erfunden, diese Zeitungen?) die neue Nachricht von den ›Hundertundeins Städten‹[4] verbreiteten, in denen Juden auf ein Mal wohnen, Häuser bauen, sogar Land erwerben und Gärten anlegen dürften. Hundertundeins Städte! Und Holte gehört auch dazu! So etwas hat man noch nie in der Welt gehört! Jerachmiel-Mojsche nahm es zuerst niemandem ab.

»Das kann nicht sein, es ist glatt gelogen!«, schrie er. »Ungefähr zwanzig Jahre lang durfte man da nicht mal eine einzige

Nacht über bleiben, und mit einem Mal soll man dort Häuser bauen, Land kaufen und Gärten anlegen dürfen?! Hundertundeins Städte und ausgerechnet Holte auch dabei! Feinde haben sich das ausgedacht, und vielleicht kommt es sogar von Nachman-Lejb selbst, sicher hat er seine Finger darin, dass ihn der Teufel hole! Aber es ist bestimmt alles Unsinn! Ja, ja, wenn mir hier auf der Handfläche Haare wachsen,[5] *dann* wird man in Holte wohnen dürfen – aber eher nicht«.

So schrie Jerachmiel-Mojsche. Seine Frau hatte auf dem Markt ebenfalls die Neuigkeit wegen irgendwelchen »Hundertundeins Städten« gehört, und dass auch Holte dazugehöre. Sie warf ihm einen finsteren Blick zu und verhöhnte ihn:

»Wenn die Geschichte mit dem Senat stimmt, kannst du dich gleich mit ihm zusammen begraben lassen!«

So sagt Jerachmiel-Mojsches Frau gehässig und spuckt Gift und Galle.

Plötzlich öffnet sich die Tür, und herein tritt der Schammes der Synagoge vom Meseritscher Maggid mit einer jüdischen Zeitung in der Hand.

»Seht mal, Reb Jerachmiel-Mojsche, da schickt man Euch eine Zeitung; Ihr sollt so gut sein und lesen, was da steht. Es gibt eine Neuigkeit, sagen sie, wegen Bohopoli und wegen Holte und wegen hundertundeins Städten. Seht her, da, wo die Seite gefaltet ist, die Nummer vierundneunzig ist unterstrichen!«

Jerachmiel-Mojsche hatte gleich verstanden, wer sich da für ihn diese Mühe gemacht hatte. Er nahm die Zeitung, setzte sich die Brille auf, und gleich fiel ihm die Nummer vierundneunzig und das Wort ›Holte‹ in die Augen. Den Rest wollte er gar nicht mehr lesen. Er verstand, dass die ganze Angelegenheit wahr ist und er ging zu seiner Frau. Sie begriff auch sofort, was das zu bedeuten hatte, so sagte sie mit bitterem Lächeln zu Jerachmiel-Mojsche:

»Siehst du, da hast du deinen Senat!«

»Wieso denn *meinen* Senat?«

»Wessen Senat denn? Wer war denn versessen auf seinen Senat? Jetzt hast du den Salat. Verbrennen sollt ihr alle, Schöpfer der Welt!«

5.

Es war ein schrecklicher Tag für Jerachmiel-Mojsche und seine Gattin. Schweigend, ohne ein einziges Wort zu reden, bereitete sie das Essen zu, klapperte dabei laut mit Tellern und dem Besteck. Die Gabeln schmiss sie auf den Tisch.

»Mach schon, wasch dich«, ruft Jerachmiel-Mojsches Frau ihm zu, »siebzehnmal muss man ihn zum Essen rufen!«

»Siebzehnmal? Vielleicht eher kein einziges Mal!«, wirft Jerachmiel-Mojsche mit einem Seufzer ein und geht, um die Hände zu waschen. Er hebt beide Hände hoch, sagt das *Se'u jedejchem*, ›Erhebet die Hände ...‹,[6] und denkt dabei: Hundertundeine Stadt! Einfach so! Und Holte dabei! Er setzt sich an den Tisch, sagt den Segensspruch vor dem Brot und sucht dabei etwas auf dem Tisch, findet es aber nicht. Weil man aber vor dem ersten Bissen Brot nicht unterbrechen und sprechen darf außer in der heiligen Sprache,[7] will er mit einer Handbewegung zeigen, was er sucht; er dreht sich dabei zur Seite und spricht auf Hebräisch:

»*I – o – nu – melach* – Salz!?«

»*Melach*, Salz, Schmalz! Da steht doch das Salz vor deiner Nase! Da! Was meckerst du so herum?«

Jerachmiel-Mojsche konnte das Stückchen Brot kaum runterbringen, es blieb ihm fast im Halse stecken. Anstatt nach dem Löffel griff er nach der Gabel und umgekehrt. Die ganze Mahlzeit saßen sie einander gegenüber und schwiegen. Man hörte nur das Klappern vom Besteck, ein Schlürfen und andere Essensgeräusche. Nur ein einziges Mal sagte Jerachmiel-Mojsches Frau etwas:

»Ein stiller Engel ist durch das Haus geflogen.«

Jerachmiel-Mojsche antwortete nichts darauf; die ganze warme Mahlzeit verlief schweigend, man hätte eine Fliege hören können. Nach dem Essen stocherte Jerachmiel-Mojsche mit der Gabel in seinen Zähnen herum und schaute zur Decke; er sagte:

»*Majim achrojnim*,[8] das Wasser für die Hände!«

Jerachmiel-Mojsches Frau schaute ihm direkt ins Gesicht und neigte dabei den Kopf ein wenig zur Seite:

»Sag mal, Jerachmiel-Mojsche, bist du heute mit dem falschen Fuß aufgestanden?«

Jerachmiel-Mojsche antwortete ihr darauf nicht ein einziges Wort. Er goss das Wasser über seine Hände, stieß den Teller mit einem Ruck von sich und begann halblaut, den Tischsegen zu sprechen. Jetzt aber, wo er nicht unterbrechen und also nicht antworten konnte, war die beste Zeit für Jerachmiel-Mojsches Frau gekommen, ihm einiges heimzuzahlen, ihm jedenfalls auf die Nerven zu gehen, zu sticheln und ihm so massiv zuzusetzen, wie er es nur aushalten konnte: also dass er nicht den Verrückten spielen, sich nicht so aufspielen und nicht mit den Tellern solch einen Krach machen solle.

»Schau nur, er spielt den Beleidigten, als ob er wer weiß was wäre, nur weil er ein Mann ist, meint er schon, er darf sich alles erlauben. Jawohl, ein Mann! Mit einem direkten Zutritt zum Senat! Wahrhaftig keine Kleinigkeit! Tse, tse!«

Jerachmiel-Mojsche hielt starr den Kopf nach oben, mit geschlossenen Augen wiegte er sich hin und her und sprach leise die Gebete:

»*Hason umefarnes lakl umejtew lakl*, Du speisest und ernährst alles, erweist allen Gutes ...«[9]

Und Jerachmiel-Mojsches Frau machte weiter wie vorher. Sie stichelte:

»Stellst du ihm eine Frage, weiß er keine Antwort. Warum bist du den ganzen Morgen so wütend? Es ist doch *dein* Senat, nicht meiner.«

Jerachmiel-Mojsche betete ein bisschen lauter:

»*Kakosew* ... So steht geschrieben: hast du gegessen und bist satt geworden, so preise den Ewigen ...«

Und er beschloss die Zeile in höchster Koloratur: »Für das La-ha-ha-ha-nd und für die Speise.«

Jerachmiel-Mojsches Frau ließ eine knappe Minute verstreichen, dann fing sie wieder an:

»Auf einmal gerät er in Wut! Auf einmal wird er rasend! Irgendein geheimnisvolles Feuer brennt lichterloh in ihm, wer weiß, weshalb? Man kann schon fast Angst kriegen vor ihm, Gott bewahre uns!«

Jerachmiel-Mojsche erhob seine Stimme noch ein Stück höher: »*Lo'ad lechejn* ... Gnade und Freundlichkeit, Erbarmen und Tröstung hast Du uns erwiesen, erweist Du uns, wirst Du uns stets erweisen ...«

»Wenn Juden so von Hilfe und Barmherzigkeit reden, so sollten sie doch auch etwas Freude damit verbinden, nein?«

Jerachmiel-Mojsches Stimme wurde noch lauter: »*Broche wejeschu'e nechome parnosse ...*, Segen und Hilfe, Trost und Versorgung, Erbarmen, Leben, Frieden und alles Gute ...«

Jerachmiel-Mojsches Frau konnte immer noch nicht still sein:

»Frag ihn mal, was ihn das angeht? Was verliert er dabei? Nachman-Lejb wird in Holte wohnen können, na und? Soll er doch da wohnen bis er platzt! Mir macht es nicht das Geringste aus!«

Jerachmiel-Mojsche kochte schon wie ein Dampfkessel, beherrscht aber seinen Zorn so gut er konnte und fing jetzt mit noch lauterer Stimme und in klagender Melodie an, die *Horachmenes*[10] zu sagen, die neun ›Segnungen‹. Aber ein Mensch besteht doch nicht aus Eisen. Seine Frau hat Jerachmiel-Mojsche so sehr gereizt, das er ihr jetzt seine beiden Fäuste vors Gesicht hält, mit den Zähnen knirscht und in höchsten Tönen schreit::

»*Aj, horachmen hu jeworech ojsi we'es ischti, we'es sar'i we'es sere sar'i. Tfu* ... Wehe mir, der Barmherzige segne mich und meine

Frau und meine Kinder und Kindeskinder![11] ... Zum Teufel mit dir ...!«, und er läuft aus dem Haus wie ein Irrer ...

***

Nachman-Lejb und seine Frau zogen um nach Holte. Jerachmiel-Mojsche und seine Frau aber sind in Bohopoli geblieben bis auf den heutigen Tag.

Berel Ajsik

Berel Ajsik erzählt große Wunder aus Amerika

»Amerika ist ein Land von lauter *Bluff*. Alle Amerikaner *bluffen*!«
So sagen bei uns die Auswärtigen, die von nichts eine Ahnung haben! Sie sind ausgemachte Esel! Amerika kann darin Kasrilewke nicht das Wasser reichen! Und unser Berel Ajsik steckt alle amerikanischen *bluffer* glatt in die Tasche!

Ihr werdet gleich hören, wer Berel Ajsik ist: Wenn es mal in Kasrilewke passiert, dass irgendeiner einen Unsinn daherredet, in Eurer amerikanischen Sprache sagt man ja: *er hakt a tschajnik,*[1] er redet Blech, er *blufft*, so fertigt man ihn mit den Worten ab: Berel Ajsik lässt schön grüßen! Dann kapiert er gleich, was man meint, und hält seinen Mund.

Man erzählt sich bei uns in Kasrilewke eine Anekdote über einen Menschen, der nicht auf den Mund gefallen war; in ihr wird auch etwas über Berel Ajsik deutlich. Pessach gibt es doch bei den Gojim den Brauch, dass einer dem anderen, wenn sie sich begegnen, eine gute Nachricht weitergibt: dass nämlich Christus lebendig geworden ist: *Christos woskres!*[2] Darauf antwortet ihm dann der zweite: *Wojistinja woskres:* Es stimmt, er ist wahrhaftig lebendig geworden! Da passiert nun aber Folgendes: Ein Christ trifft diesen Juden, also den schlagfertigen Menschen, und beehrt ihn mit dem Gruß: *Christos woskres!* Dem jüdischen Mann wird ganz merkwürdig zumute. Was soll er darauf sagen? Wenn er dem Goj antwortet: *Wojistinja woskres*, so weiß er doch, dass das gelogen ist, noch dazu stimmt es nicht mit unserem Glauben überein. Sagt er ihm aber: Nein, er ist nicht lebendig geworden, so kann man doch für solch eine Bemerkung ganz schön eins abbekommen. Er denkt also kurz nach und sagt dann: »Ja, ja, ich habe das schon von unserem Berel Ajsik gehört!«

Jetzt stellt Euch mal vor, war doch der Berel Ajsik tatsächlich nach Amerika gefahren; er hatte ein paar Jahre dort verbracht und ist dann wieder zurückgekommen. Also, was der Mann für Wunder über Wunder von diesem Amerika erzählt!

Erstens schon einmal das Land selbst. ›Ein Land, das von Milch und Honig trieft‹![3] Die Leute verdienen Geld, man buddelt das Gold nur so aus dem Boden, man rafft es mit beiden Händen zusammen. Und es gibt so viele Geschäfte zu machen, *business* heißt das dort, dass sich Euch der Kopf dreht! Auf was Ihr Lust habt, das macht Ihr einfach! Wollt Ihr eine Fabrik bauen, baut Ihr eine Fabrik. Ein Geschäft eröffnen? Macht es! Einen Handkarren schieben, bitte, schiebt Ihr eben einen Handkarren! Und wenn das alles nicht infrage kommt, dann verlegt Ihr Euch aufs Hausieren oder Ihr schuftet in einer Werkstatt! Ein freies Land ist das! Ihr könnt vor Hunger anschwellen und krepieren, Euch mitten auf der Straße ausstrecken und sterben, so wird Euch keiner daran hindern, keiner wird auch nur ein Wort darüber verlieren.

Und dann die Größe der Städte, die breiten Straßen! Die hohen Häuser! Da gibt es so ein Häuschen, man nennt es den *Woolworth*, dessen Spitze bis an die Wolken des Himmels reicht und noch darüber hinaus. Da kann man sich schon vorstellen, dass solche Häuser ein paar Hundert Etagen haben. Und wie klettert man dort auf den Speicher? Mit einer Art Leiter, man nennt sie *elevator*. Wenn Ihr dann zu jemand in der obersten Etage müsst, setzt Ihr Euch unten drauf auf den *elevator*, nun, wenn Ihr früh raufffahrt, kommt Ihr abends an, so um *Mincha* herum, zur Zeit des Abendgebets.

Ich wollte mal rauffahren, aus reiner Neugier, um zu sehen, wie es dort aussieht. Und ich bedaure das nicht. Was ich da oben sah, werde ich bestimmt niemals mehr vor die Augen bekommen. Und wie mir da zumute war, das kann ich gar nicht beschreiben. Stellt Euch vor, ich stehe da oben so rum und blicke hinunter. Plötzlich spüre ich auf der linken Backe eine seltsame Kühle, irgendwie glatt und kalt, wie Eis. Nein, nicht genau wie Eis, mehr wie stark gekühlte Sülze von Kalbsfüßen, so glitschig und wabbelig. Ich drehe ganz langsam den Kopf nach links und schaue hin: Es war der Mond!

Das Leben dort ist übrigens eine einzige Hetzerei, ein ständiges Gerenne, ständig jagt einer hinter dem anderen her. *Hurry up*, nennen sie das. Alles geht bei ihnen in Eile, auch das Essen, sie essen in Windeseile. Man geht in ein Restaurant und lässt sich einen Schnaps geben. Wenn man dazu etwas essen will ... – ich habe mit eigenen Augen gesehen, wie man jemand etwas auf den Teller legte, irgendetwas Lebendiges, Zappelndes. Bevor der Mann das zerschneiden konnte, ist die eine Hälfte nach einer Seite hin weggeflogen und die zweite nach der anderen. Na, da war der Knabe schon fertig mit dem Essen.

Und trotzdem solltet Ihr mal sehen, wie gesund die Leute dort sind! Stark wie von Eisen! Wie die Bären! Sie haben da eine Gewohnheit, sich auf der Straße zu prügeln. Mitten auf der Straße! Und sie wollen Euch dabei nicht im Ernst verdreschen, halb abmurksen, ein Auge oder auch ein paar Zähne ausschlagen wie bei uns. Gott bewahre! Nur einfach so, man krempelt die Ärmel hoch und man verabreicht einander Prügel, man will mal sehen, wer es besser kann. In ihrer Sprache heißt es, sie *fighten*. Einmal spazierte ich so durch die Bronx. Ich trug etwas Ware bei mir. Kommen mir zwei *boys* entgegen, Rumtreiber, so eine Art Straßenjungen. Sie machen sich an mich ran, also, sie wollen mit mir *fighten*. Ich sage zu ihnen: *No Sir*, ich *fighte* nicht. Hin und her geredet, sie lassen mich nicht weitergehen. Da aber überlegte ich mir, wenn ihr von der Sorte seid, so werde ich euch mal zeigen, was eine Harke ist! Ich legte meinen Packen zur Seite und zog den Kaftan aus. Und schon hagelte es Schläge. Ich sage Euch, ich kam da grade noch lebendig aus ihren Händen heraus. Na ja, wo sie doch zwei waren und ich nur einer! Seit dieser Zeit *fighte* ich gar nicht mehr, und wenn man mich mit Gold überzieht!

Und dann ihre Sprache! Alles andersherum wie bei uns. Zum Beispiel, was bei uns eine Küche ist, nennen sie *kitchen*. Ein *kazev*, ein Metzger bei uns, ist dort ein *butcher*. Ein Nachbar bei uns ist dort der *next-door-nik*! Die Nachbarin eine *next-doornike*. Eine normale Hausfrau ist eine *landlordsche*. Alles auf den Kopf gestellt! Vor kurzem wollte ich einen Hahn zum Kaporeschlagen[4] besorgen. Ich sage zu der *Misses*, sie soll mir ein Huhn verkaufen. Fragt sie mich: ›Wollt Ihr wirklich *a hin*? *A hin* ist doch für mich!‹ ›Meinetwegen *a hun* für mich und *a hin* für Euch‹. Sagt sie: ›Wo*hin*?‹ Stellt sich also zu allem Unglück raus, dass sie eine Litauische ist. Und bei den Litauern kommt Ihr doch niemals zurecht mit dem *i* und mit dem *u* und mit dem *a*. Also ist bei ihnen ein *hin* doch ein *hun* und ein *hun* ein *han* – Ihr werdet ganz verrückt davon! Da habe ich eine Idee und ich sage zu ihr: ›Missis, verkauft mir den *Gentleman* von den Hühnern.‹ Natürlich verstand sie gleich und beehrte mich daraufhin mit dem schönen Wort: ›*All right*‹, was ungefähr dasselbe bedeutet wie bei uns *mechetejsi*, warum nicht, meinetwegen, aber gewiss doch!

Dann noch, welche Achtung sie vor uns Juden haben! Kein Volk auf der Erde ist bei ihnen so erhaben und geehrt wie die Juden. Nach einem Juden leckt man sich dort die Finger. Es ist geradezu ein Vorteil, wenn Ihr Jude seid. Ihr könnt zum Beispiel an Laubhütten einem Juden mitten auf der *Fifth Avenue* mit einem *Lulaw* und einem *Etrog* begegnen, und er muss kein bisschen Angst haben, dass man ihn deshalb einbuchtet.

Wenn ich Euch gerade gesagt habe, dass man bei ihnen Juden schätzt, so darf man trotzdem nicht drüber hinwegsehen, dass man dort jüdische Bärte und Schläfenlocken nicht ausstehen kann. *Whiskers*⁵ heißen sie in ihrer Sprache. Wenn sie einen Juden mit *whiskers* sehen, so tun sie ihm selbst gar nichts, nur an seinen *whiskers* ziehen sie so lange, bis er sie schließlich abrasiert. Deshalb läuft auch dort die Mehrzahl der Juden ohne Bärte und ohne Schnurrbärte herum. Mit einem Gesicht, so glatt und abgeleckt wie ein Teller. Man kann also schwer erkennen, ob einer Jude ist oder nicht. Nicht mehr am Bart und nicht an der Sprache, es sei denn am Gang, also wie er geht, und daran, dass er mit den Händen redet, wenn er spricht. Aber davon abgesehen sind sie dort echte Juden bis in die kleinsten Einzelheiten. Sie beachten alle jüdischen Bräuche, begeistern sich für die jüdische Küche, sie halten alle jüdischen Feiertage, Pessach lassen sie sich nicht nehmen! Das ganze runde Jahr durch backt man dort Mazzen, und es gibt dort eine Fabrik extra für *charojses*, das Pessachmus …! *Factory* nennen sie das dort. Tausende von Arbeitern sitzen in dieser *factory* und *manufacturen charojses*. Und auch mit der Herstellung von *Karpes* und den *bitteren Kräutern* verdienen Juden drüben ihren Lebensunterhalt.«

Da seht Ihr, keine Ahnung habt Ihr von Amerika!

»Ja, Berel Ajsik, das hört sich alles sehr gut an, was du da erzählst. Aber eine Sache wollen wir doch zu gerne wissen: Stirbt man bei ihnen in Amerika genauso wie hier? Oder lebt man dort ewig?«

»Natürlich stirbt man, wieso sollte man nicht sterben? In Amerika sterben sogar tausend an einem Tag, was sage ich: tausend? Zwanzigtausend, dreißigtausend! Ganze Straßen fallen dort um wie die Fliegen. Ganze Städte gehen unter wie die Rotte Korach.⁶ Was Ihr bloß von Amerika denkt!«

»Warte mal einen Moment, wenn es so ist, wo liegt dann ihr Vorzug? Sie sterben also doch genauso wie wir?«

»Ja, sterben tut man, aber es kommt darauf an, *wie* man stirbt, das ist das Entscheidende! Und nicht nur auf das Sterben selbst.

Überall wird ja gestorben, da gibt es keine Unterschiede. Sterben stirbt man doch am Tod! Die Hauptsache aber ist die Beerdigung! Darauf kommt es an! Erstens gibt es in Amerika den Brauch, dass jeder schon vorher weiß, wo man ihn einmal begraben wird. Denn er geht selbst, noch zu seinen eignen Lebzeiten auf den Friedhof, *cemetary* nennt man das, sucht sich einen Platz aus für das Grab und handelt so lange, bis er mit dem Preis zufrieden ist. Dann nimmt er seine Gattin beim Arm und fährt mit ihr zum *cemetary* und sagt zu ihr: ›Siehst du, mein Herz, da wirst du liegen, da werde ich liegen, und dort werden unsere Kinder liegen!‹ Dann geht er zum Beerdigungs*office* und bestellt sich seine Beerdigung für den Zeitpunkt, wenn er so in hundertzwanzig Jahren herum stirbt. Und welche Klasse er will. Und Klassen gibt es dort nicht weniger als drei, die erste, die zweite und die dritte Klasse. Die erste Klasse für sehr reiche Leute, Millionäre und so, kostet tausend Dollar. Nur, das ist dann aber auch eine Beerdigung! Die Sonne scheint, draußen ist es herrlich, die Totenbahre liegt auf einem mit Silber beschlagenen Katafalk, die Pferde sind alle mit schwarzen Pompons und weißen Federn geschmückt. Die *Reverends*, Rabbiner, Kantoren, *Schamesse*, auch in schwarz mit weißen Knöpfen, Wagen hinter der Bahre, unzählige Wagen, und die Kinder aller Talmud-Tora-Schulen[7] gehen vorneweg. Sie singen laut und feierlich den Psalmvers ›*Zedek lefonew jehalech wejosim laderech pe'omew*, Gerechtigkeit geht vor ihm her und bestimmt den Weg seiner Schritte.‹[8] Die ganze Stadt erklingt von diesem Gesang. Nun, ist das nichts? Na ja, für tausend Dollar!

Die zweite Klasse ist auch eine ganz schöne Beerdigung, sie kostet aber bloß fünfhundert Dollar. Der Tag ist nicht gerade berauschend, die Totenbahre steht auch auf einem schwarzen Katafalk, ist aber diesmal nicht mit Silber beschlagen. Die Pferde und die Reverends, schwarz gekleidet, aber ohne Federn und ohne Knöpfe, auch Kutschen folgen der Bahre, nur dann nicht mehr so viele. Kinder sind da, aber nur von einigen Talmud-

Tora-Schulen, sie gehen voran und sie singen. Nun, nicht ganz so feierlich: ›*zedek lefonew jehalech wejosim laderech pe'omew.*‹ Der Gesang ist etwas traurig, ungefähr so in der Melodie, wie man Psalmen sagt. Na ja, was wollt Ihr, für fünfhundert Dollar!

Die dritte Klasse ist allerdings eine ziemlich gewöhnliche Angelegenheit, sie kostet aber auch nur einen Hunderter! Draußen ist es kühl und nebelig. Die Bahre ganz ohne Katafalk. Gerade mal zwei Pferde und auch nur zwei Reverends. Keine einzige Kutsche. Kinder von einer einzigen Talmud-Tora-Schule gehen voran und leiern ohne jede Spur von Melodie: ›*Zedek lefonew jehalech wejosim laderech pe'omew*‹ ... Und das alles verschlafen, sehr leise, man kann sie fast nicht hören. Alles zusammen für hundert Dollar, was kann man denn für hundert Dollar sonst verlangen?«

»Ja, Berel Ajsik, was macht denn der, der nicht einmal die hundert Dollar aufbringt?«

»Der sitzt ganz schön in der Tinte. Ohne Geld ist es überall schwierig. Ein armer Mensch liegt ja ohnehin immer schon ›neun Ellen tief in der Erde‹. Trotz alledem, glaubt ja nicht, dass ... nein, nein, in Amerika lässt man den armen Menschen auch nicht einfach liegen, ohne dass er begraben wird. Man richtet ihm ein Begräbnis, ganz ohne Geld, es kostet ihn nicht mal einen *Cent*!

Natürlich ist das eine sehr traurige Beerdigung. Ohne jede Zeremonie. Nicht einmal von ferne die Spur von einem Pferd oder von einem Reverend. Und draußen gießt es in Strömen. Nur zwei *Schamesse* laufen zu Fuß an beiden Seiten, in der Mitte die Leiche. Alle drei schleppen sich zu Fuß zum Friedhof. Ohne Geld, hört Ihr, sollte man besser gar nicht geboren werden.

Ja, ja, eine miese Welt ist das! Leute, es hat nicht einer von Euch zufällig eine Zigarette dabei?«

Anmerkungen

DREYFUS IN KASRILEWKE *Drejfus in Kasrilewke*, 1902 in *Der Jid*, Warschau, erschienen.
1 Der Hintergrund der Geschichte ist die sog. ›Dreyfus-Affäre‹, ausgelöst durch eine unbegründete kriegsgerichtliche Anklage in Paris gegen den jüdischen Offizier Alfred Dreyfus (1859–1935), in der er der Spionage und des Landesverrats beschuldigt und 1894 zu lebenslanger Verbannung auf die Teufelsinsel Cayenne verurteilt wurde. Verurteilung, Widerspruch und die Aufdeckung antisemitischer Einstellungen in weiten Kreisen der französischen Gesellschaft, schließlich die Rehabilitierung von Dreyfus lösten eine innenpolitische Krise in Frankreich aus. – Als Akteure der Geschichte erwähnt Scholem Alejchem unter den Gegnern: Major Ferdinand Walsin-*Esterhazy*, General Charles Arthur *Gonse*, General George Gabriel de *Pellieux (Pelli)*, General Auguste *Mercier (Mersi)*, General Raoul François Charles Le Mouton *de Boideffre (Boudefer)*, unter den Verteidigern: den Schriftsteller Emile *Zola* (1898 Zeitungsaufruf ›J'accuse!‹ in der Zeitung *l'Aurore*), Oberst Marie-Georges *Picquart*, Verteidiger Fernand Gustave Gaston *Labori* (1899: Attentat auf ihn).
2 *Wissozki*: weltbekannte russische Teefirma, 1858 vom jüdischen Philantropen K. W. Wissozki gegründet.
3 *HaZefirah*: in Warschau erscheinende hebräische Zeitung (ab 1862, mit Unterbrechungen bis 1931), zunächst wöchentlich, ab 1886 Tageszeitung; stand vorwiegend der zionistischen Bewegung nahe.
4 *Ejn acher hamajsse besdn klum*, das Urteil ist rechtskräftig, verurteilt ist verurteilt; entspricht sinngemäß dem Babylonischen Talmud: bBawa Mezia 17a/b.
5 *Sie summten leise Hallel-Gebete*: Gemeint sind wohl die Psalmen 145–150, die zum täglichen Morgengebet gehörten und (neben den Psalmen 113–118) ›Hallel‹ genannt werden (vgl. Jüd. Lexikon II, Sp. 1365).

NACH HAUSE, NACH HAUSE! *Farbenkt ahejm,* 1902 in *Der Jid,* Warschau, erschienen.
1 *Nordau,* Max Simon (1849–1923): Mitkämpfer von Theodor Herzl in der zionistischen Bewegung.
2 *Korrespondent,* Handlungsgehilfe, der in einem Verein oder auf einem Kontor die Korrespondenz führt; Vgl. *Meyers Großes Konversations-Lexikon,* Bd. 11, S. 512).
3 *Schekelgeld,* Mitgliedsbeitrag, besonders für zionistische Vereinigungen, auch Geldspende, die am Vorabend von Purim in der Synagoge eingesammelt wird; genannt nach Ex 30,13.
4 *Maskil:* Anhänger der jüdischen Aufklärung(sbewegung).
5 *viertausend Jahre schauen diese Pyramiden ...:* Ansprache Napoleons vor der Schlacht bei den Pyramiden am 12. Juli 1798: »Soldaten! Ihr seid in diesen Landstrich gekommen, um ihn der Barbarei zu entreißen, die Zivilisation in das Morgenland zu bringen und diesen schönen Teil der Welt vom Joch Englands zu befreien. Wir werden kämpfen. Denkt daran, dass von diesen Monumenten 40 Jahrhunderte auf euch herabblicken« (Wikipedia, Schlacht bei den Pyramiden).
6 *Neun Ellen (unter der Erde):* Bezeichnung einer sehr großen Weite/Tiefe; vgl. Dtn 3,11 (das Bettgestell des legendären Königs Og aus Basan war 9 Ellen lang!).
7 *17. Tamuz:* Fastentag zum Gedenken an das Einbrechen der Jerusalemer Stadtmauer durch die Römer im Jahre 70. n. Z.
8 In *den Neun Tagen ...:* Die ersten neun Tage des Monats Aw, die im Fasten des 9. Aws gipfeln, als nach der Tradition beide Tempel zerstört wurden, sind die besonderen Trauertage des jüdischen Kalenders.
9 *siebenundsiebzig mal:* unermesslich große Zahl, vgl. Gen 4,24.
10 *Bejs Jankew, lechu unelcho,* Kinder vom Hause Jakob, kommt, lasst uns gehen! Jes 2,5.
11 *Im ejn ani li mi li?* Wenn *ich* nicht für mich bin, wer wird dann für mich sein? Mischna Awot (Sprüche der Väter), 1,14.
12 *Scholem ... Schliomka ...* jiddische bzw. russische Variante von Schelomo (Salomo).
13 *misnagdim:* orthodoxe Juden, die nicht der Bewegung des Chassidismus angehören.
14 *Schechjonu ...:* Der uns am Leben ließ [und uns erhalten hat und uns diese Zeit erreichen ließ]; wird bei einem freudigen Ereignis gesagt, um Gott zu danken; auch Beracha im Kiddusch für Feiertage, meist ›Zeitsegen‹ genannt. Vgl. Bamberger, Sidur, S. 288.

SOMMERROMANZEN, *Sumerdike romanen*, 1915 in *Der Tog*, New York, erschienen.
1 *Slobodka*: sprachlich nahe zu russ. Swoboda = Freiheit! Sloboda war eine Art Siedlung in der Geschichte Russlands, Weißrusslands und der Ukraine; man könnte ›freie Siedlung‹ übersetzen.
2 *dürfen sich Juden doch nicht aufhalten* ... Vgl. Nachwort, 2. Abschnitt »Geschichtlicher Hintergrund«.
3 *all die dreihundertzehn Welten aus dem Talmud* ... Nach einem Zahlenspiel im babylonischen Talmud (bSanhedrin 100a) werden den Gerechten dereinst dreihundertzehn Welten gegeben.
4 ägyptische Finsternis: vgl. Ex 10,21 ff.
5 Gebetstücher: s. Glossar *taleß-kotn*.
6 *Zhidatschkis*(zid = Jude), *Lajbserdakis* (= Taleß-Kotn; s. Glossar), *Zizzelchen* (Zizeß; s. Glossar), (spöttische) russische Bezeichnungen für Juden.
7 *Jehupez*: Scholem Alejchems Bezeichnung für Kiew.
8 *Wajikro* ... ›gerühmt werde [Sein Name in Israel]‹, vgl. Ruth 4,14.
9 *durch die Regierungserlasse*, Die *Maigesetze* des Russischen Reiches, im Mai 1882 offiziell als »zeitlich begrenzte Verordnungen« erlassen, waren eine Reihe von antijüdischen Maßnahmen. Sie wurden von Zar Alexander III. als Reaktion auf die Pogrome in Kraft gesetzt, zu denen es nach dem Attentat auf seinen Vorgänger Alexander II. in zahlreichen russischen Städten gekommen war, und dienten der Einschränkung der Freizügigkeit der russischen Juden. Zu Beginn des 20. Jahrhunderts wurde die Wirksamkeit dieser Gesetze langsam abgemildert; im März 1917, unmittelbar nach der Februarrevolution, wurden sie von der provisorischen Revolutionsregierung außer Kraft gesetzt.
10 *Alter/Alte*. Beiname, oft für ein schwächliches Kind, mit dem der Wunsch ausgedrückt wird, das Kind möge ein gesegnetes Alter erreichen.
11 *Wissozki*: vgl. Anm. 2 in der Erzählung »Dreyfus in Kasrilewke«.
12 *Zehngebot*: im Original *Asore dibraje* = Zehn Worte (Gebote).
13 Traurig sind wir über die, die uns verlassen haben und nicht mehr da sind ...: vgl. Raschi, Kommentar zum Pentateuch, zu Ex 6,9.
14 *Artsybaschew*, Michail Petrovič (1878–1927), russ. Schriftsteller. Über seinen Roman *Sanine* siehe Scholem Alejchem, ›An den Gräbern der Lieben‹, in *Eisenbahngeschichten*, S. 82 ff.
15 *Kapelusch* beide Zeitungen sind nach typischen Kopfbedeckungen genannt, der *Jarmulke* bei traditionellen Juden, das bei modernen Juden durch *Kapelusch* (russ. Hut) ersetzt wird.
16 *Bräutigam und Braut haben nicht gefastet*: Aus alter Zeit rührt der Brauch, dass der Bräutigam (meist auch die Braut) am Tag der Hochzeit bis zur Zeremonie ihrer Eheschließung fasten. Ein Grund ist der Wunsch, wie beim Fasten an Jom Kippur Vergebung für die Verfehlungen aus der Zeit vor der Ehe zu erbitten. Vgl. Kolatch, *Jüdische Welt verstehen*, 2,26.

17 *das sojs tosis anzustimmen, ›die Fruchtbare wird jubeln und sich freuen‹*: Beginn des vierten der »Sieben Segenssprüche«, die bei der Hochzeit gesprochen werden.
18 *Harej at* ...: Beginn der Trauungsformel, die der Bräutigam (dem Rabbiner nachsprechend) zur Braut sagt (vgl. Siddur Schma Kolenu, S. 129; Magonet I, S. 551).
19 *Brodski, I. M.* (1823–1888): Zuckerindustrieller in Kiew.
20 *Gaon* großer Talmudgelehrter; urspr. Oberhaupt einer babylonischen jüdischen Akademie (7.–9. Jh.).
21 *Wajizaku*: und sie schrien [zu Pharao]. Vgl. Ex 5,15.
22 *Kol dichfin*: Ein jeder der hungrig ist [komme und esse], aus der Pessach-Hagada, S. 7.
23 *tajle be'idne saget lije, verbeuge dich vor dem Fuchs zur Zeit seiner Macht* ...: Raschi zu Gen 47,31. [Da verbeugte sich Israel (Jakob vor seinem Sohn Josef)]: ›... vor einem Fuchs in seiner Zeit, wenn er mächtig ist, beugt man sich, selbst wenn man das in normalen Zuständen nicht täte.‹ Vgl. bMeg 16b.
24 *loj kol odem sojcher*, nicht jeder Sterbliche ist beider würdig: [Reichtum hienieden und Seligkeit droben] bBer 5b mit Erklärung von Lazarus Goldschmidt.
25 *Scholem weschalwe*, ›Ruhe und Frieden‹: Jer 32,17.
26 *habejn jaker li efrajim*, ist Mir Ephraim [nicht] ein teurer Sohn? Jer 31,20.

MAN DARF DAS KEINEM MENSCHEN WÜNSCHEN *Nischt far kejn jidn gedacht,* 1902 in *Der Jid,* Warschau, erschienen.
1 *Parascha Brejsches* s. Glossar *Parascha.*
2 *ru"k* = rubel kesef, Silberrubel.
3 *Tikn Maharam*: Mit der stärkeren Teilnahme von Juden an Bank- und Handelsgeschäften benötigten jüdische Finanzleute, wenn sie Darlehen gewähren wollten, eine Sicherheit, ihr Kapital zurückzuerhalten, ohne das biblische Zinsverbot (z. B. Ex 22,24; Lev 25,36 ff.; Dtn 23,20 f.) zu verletzen. Über die Zeiten wurden dazu Kontrakte entwickelt, die auf dem »tikn Maharam« beruhten, einer Entscheidung von Meir ben Gedalja Lublin (1558–1616), dem Maharam von Lublin.
4 *wenn einer achtzigtausend Engländer in Afrika hinschlachtet wie die Ochsen*: Anspielung auf den äußerst grausamen und verlustreichen »Zweiten Burenkrieg« in Afrika (1898–1902).
5 *der alte »Ohm Krüger«*: S. Paulus Kruger (1825–1904), südafrikanischer Politiker und von 1882–1902 Präsident der südafrikanischen Republik.
6 *gegen den Ewigen und Seinen Gesalbten*: Ps 2,2.

DIE ERBEN *Di jorschim* (Orig. *An ejgene schtot*), 1902 in *Der Jid,* Warschau, erschienen.
1 *wajehi hajojm,* wörtl.: ›Und es geschah eines Tages ...‹ Biblisches Zitat, z. B. Hiob 1,6.
2 *wo Tora ist, da ist auch Weisheit:* jidd. Sprichwort, siehe (negativ) Mischna Awot 3,17.
3 *bei ihnen ...* bei den Gojim.
4 *gelobt sei der gerechte Richter:* bBerachot 58b; Worte, die man sagt, wenn man von einem Todesfall erfährt.
5 *über Baron Rothschild und das Sterben:* vgl. Scholem Alejchem, Die Stadt der kleinen Menschlein, in: *Der Fortschritt in Kasrilewke,* S. 9 f.
6 *jak ne psak to psakez:* Mischung aus verdrehten hebräischen und ukrainischen Wörtern, ungefähre Bedeutung: ›Weder zu deinen noch zu meinen Gunsten, machen wir also halbe-halbe!‹.
7 *Gam li gam lech* (wörtl.) ›sowohl dir als auch mir soll das Kind [nicht] gehören‹ 1Kön 3,26.
8 *Schabes hagodel,* hebr. Schabat hagadol: ›der große Sabbat‹ unmittelbar vor Pessach. Der ›große‹ bezieht sich nach einigen Erklärungen auf die Lesung von Mal 3,4–24 (... der Tag des Ewigen, der große und furchtbare ... 3, 23); andere Deutungen verweisen auf die ›große‹ Predigt zur Erklärung der Pessach-Vorschriften, die der Row zu halten pflegte.
9 *dass er ein* ›Nister‹ *sei ...:* ein verborgener Heiliger.
10 *Hamawdil [ben kojdesch lechojl]:* ›Der unterscheidet zwischen Heiligem und Werktäglichem‹, Anfang/Name eines nach der Hawdala (vgl. Glossar) gesungenen Liedes.
11 *Jachalojku,* ›sie sollen teilen‹: vgl. Raschi zu Gen 14,25.
12 *die ganze Erde ist Seiner Ehre voll:* Jes 6,3.
13 *Moschl lemo hadower dojme,* womit ist das zu vergleichen?: Raschi zu Lev 26,9 u. ö.

MIT GOTTES HILFE! *Kejnejn(eh)ore nit,* 1902 in *Der Jid,* Warschau, erschienen.
1 Wochenabschnitt: siehe Parascha (Glossar).

EINE VERDORBENE HOCHZEITSFEIER *A farschterte chasene.* 1902 in *Der Jid,* Warschau, erschienen.
1 *min-hamejzer* »aus der Bedrängnis [rief ich]«: Ps 118,5.
2 *Tojsefes:* Mischna-Kommentar von R. Jomtow Lipman Heller (1579–1654).
3 Der Brief ist inspiriert durch den Text der *Akdomes* (hebr. *Akdamut*), einem aramäischen Lied, das die Aschkenasim vor der Toralesung am ersten Schawu'ottag mit einer traditionellen Melodie rezitieren: ›Wären alle Flächen des Himmels aus Pergament, und alle Bäume der Welt Schreibfedern; wären alle Meere, Flüsse und Seen mit Tinte gefüllt, und alle Menschen der

Welt Schriftsteller und Schreiber; würde es noch immer nicht ausreichen, um die Grösse und die Herrlichkeit G-ttes zu beschreiben. Vgl. Text unter http://www.hagalil.com/judentum/feiertage/schawuoth/akdamut.htm.

ALLES GELOGEN! *S'a lign* 1906 im *Lemberger Togblat* erschienen.

BEIM DOKTOR Bajm doktor [Orig. A mentsch mit a mogen] 1904 in *Der Tog*, New York, erschienen
1 *Bal korchecho ata chaj* ..., »gegen deinen Willen wirst du geboren« Mischna Awot (Sprüche der Väter) 4,22.
2 *Ato-horejso*, ›man hat dich gelehrt ...‹ Dtn 4,35: Anfangsworte und Name einer (sehr begehrten) an Simchat Tora vor dem Öffnen des Thoraschreins verlesenen Versgruppe.

WELWEL GAMBETTA *Welwel Gambeta,* 1901 in *Der Frajnd*, Petersburg, erschienen.
1 *Léon Gambetta*, (1838–1882), französischer Staatsmann, Sohn eines nach Frankreich eingewanderten genuesischen Kaufmanns und einer gascognischen Mutter, Advokat, radikaler Gegner des Zweiten Kaiserreiches. Im Alter von 15 Jahren verlor Gambetta sein linkes Auge, als er einem Messerschmied zusah und von einem abgebrochenem Bohrer getroffen wurde.
2 *Ato-horejso*, siehe Anm. 2 der vorhergehenden Erzählung.
3 *Cholemoje-pejsach*: Zwischentage (zwischen den ersten und letzten beiden Tagen) des Passah- und Sukkot-Festes (an denen das Arbeitsverbot nicht gilt).
4 *Isaac Bär Levinsohn* (1788–1860), hebräischer Schriftsteller, *Abraham Mapu* (1808–1867), hebräischer Romancier, und *Perez Smolinski* (1842–1885), russisch-hebräischer Romancier und Publizist, führende Vertreter der russischen Haskala (zu »Haskala« vgl. das Glossar).
5 *chadorim* (Plural von *cheder*): Hier sind wohl die *chadorim-mesukonim* gemeint, die modernisierten religiösen Schulen (ab Ende des 19. Jahrhunderts).
6 *Svod Zakonow*: Gesetzbuch des Russischen Reiches, ab 1835 in Kraft.
7 *ein Stuke oder ein Tertel-Mertel:* beliebte Kartenspiele im Schtetl.
8 *Akdomes ... Kegawne: Akdomes*, hebr. *akdamut*, aramäisches Lied, das die Aschkenasim vor der Toralesung am ersten Schawu'ottag mit einer traditionellen Melodie rezitieren. *Kegawne*, hebr. *Kegavna*, aramäisches kabbalistisches Lied, das sefardische Chassidim an Freitagabend singen. Wegen des aramäischen Textes sind beide Stücke schwer zu verstehen.

ZWEI ANTISEMITEN *Zwej antisemitn,* 1905 in *Der Weg,* Warschau, erschienen.
1 *nicht länger als vierundzwanzig Stunden aufhalten darf:* siehe Nachwort, 2. Abschnitt: »Geschichtlicher Hintergrund«.
2 *Kischinew:* zur Zeit Scholem Alejchems bessarabische Stadt am Rande des russischen Reiches; heute Hauptstadt von Moldawien. Der ›Pogrom von Kischinew‹: antisemitische, von der Zeitung *Bessarabez* unter ihrem Verleger Kruschewan demagogisch geschürte organisierte Auschreitungen gegen Juden an Ostern 1903 in Kischinew mit vielen ermordeten und verletzten Juden sowie massiven Plünderungen jüdischer Häuser und Geschäfte.
3 *Ejl-mole-rachmim* ›Barmherziger Gott ...‹: bei Bestattungen und Gedenkfeiern gesprochenes Totengebet (vgl. Sidur Schma Kolenu, S. 630 f.).
4 *Kruschewan,* Pawel A., bessarabischer antisemitischer Journalist, Kischinew (1860–1909), Herausgeber der Zeitung *Bessarabez,* in der er 1903 den Kischinewer Pogrom mit auslöste (s. o.)
5 *Ojfn Pripetschik:* berühmtes Lied von Mark M. Warshawsky (1840–1907): ›Im Ofen brennt ein Feuer, im Zimmer ist es heiß, und der Rebbe (siehe Melamed, vgl.Glossar) lernt mit den kleinen Kindern das Alphabet ...‹ Mark Warshawsky verdankt Scholem Alejchem zu einem beträchtlichen Teil seine spätere Berühmtheit.

WENN ICH EINMAL ROTHSCHILD BIN *Wen ich bin rojtschild,* 1902 in *Der Jid,* Warschau, erschienen.
1 *Vereinigung* ›*Gmiles-Chsodim*: Kreditkooperative im Schtetl, die zinslose Darlehen besorgt.
2 *Mit den Zusätzen ...,* hebr. *tosafot,* jidd. *tojsefes:* ›Zugaben‹, Sammlungen von Erklärungen und Zusätzen zum Talmud (12.–14. Jh.).
3 *Maharscha:* Samuel Elieser ben Jehuda haLevi Edels, Talmudgelehrter und Kommentator (um 1560–1631). Eine Reihe seiner Erklärungen sind in den meisten Talmudausgaben enthalten.
4 *siebzig Sprachen:* Nach der Tradition wurde die Tora von Israel in den 70 Sprachen der Menschheit aufgeschrieben (bSota 36a; siehe auch Raschi, Pentateuch, zu Dtn 27,8).
5 *Natürlich in Wilna:* Wilna galt als Zentrum von jüdischer Gelehrsamkeit und Kultur.
6 *mischejsches jemej brejschis,* wörtl. ›seit den sechs Tagen der Schöpfung‹: talmudischer Ausdruck, z. B. bBer 34b.
7 *nicht so sehr die Hagada als vielmehr die Knödel im Sinn:* siehe Bernstein, *Sprichwörter,* S. 74: Bild für Menschen, die nur einen praktischen Zweck verfolgen und alles andere als Nebensache behandeln.
8 *Muhme Rejsl* (iron. Anspielung auf Russland, vom Gleichklang Rejs-Rus).
9 *Wehojo bajojm hahu,* und es wird geschehen an jenem Tage: Jes 7,18 u. ö.

PANIK IN KASRILEWKE *Di grojse bahole fun di klejne mentschelech,* 1904 in *Der Frajnd,* Petersburg, erschienen.

1 *Kopfschmerzen wegen den Serben* ...: Anspielung auf die Ermordung des serbischen Königs Aleksandar Obrenovic und seiner Frau Draga im Jahre 1903.
2 *mischejsches jemej brejsches,* siehe die Erzählung »Wenn ich einmal Rothschild bin«, Anm. 6.
3 *Denn dazu bist du erschaffen worden:* mAwot 2,9 [Rabbi Jochanan ben Zakai sagte]: ›Wenn du viel Tora gelernt hast, so tue dir nichts darauf zugute, denn dazu bist du erschaffen worden.‹
4 *Mirtschen, nachtejse* ...: Hebräischstämmige Begriffe in (teilweise verdrehter) russischer Aussprache: *mirtschen* – mirze [ha]Schem (so Gott will!), *nachtejse* – mechetejse (meinetwegen); *kenore nit* – kejn ejnhore nit (mit Gottes Hilfe!); *lesate* (einstweilen); *lawdl* – lehawdl (mit Verlaub, es sei wohl unterschieden!); *gutjonte* – gut jontew (einen guten Feiertag!); *machrejnwasser* (von *majim-achrojnim,* wörtl. ›das letzte Wasser‹ oder ›Nachwasser‹, mit dem man nach dem Essen vor dem Tischgebet die Hände übergießt).
5 *koscher machen* ...: Fleisch durch Wässern und Salzen koschern.
6 *Pessach-Geschirr:* siehe zum Folgenden im Glossar unter »Pessach«.
7 *Chamez-Speise:* siehe Glossar: »Pessach«.
8 *heilige Herde:* vgl. Ez 36,38.
9 *Hakol kol Jankew, wehajodim jedej Ejsew* [der blinde Vater Isaak sagt:] ›die Stimme ist Jakobs Stimme, aber die Hände sind Esaus Hände‹ (Gen. 27,22).
10 *wie die Kinder Israel vor den Philistern davonrennen:* siehe Buch Richter, 1Sam passim.
11 *hisoher begoj kotn:* hüte dich vor dem kleinen Goj; »goj« = biblisch: [meist nichtjüdisches] Volk, Nation; hier auf den einzelnen Nichtjuden (Christen) übertragen.
12 *Stuke:* Kartenspiel im Schtetl.
13 *christliches Blut für Pessach:* Anspielung auf die Ritualmord-Beschuldigungen, nach denen Juden christliche Kinder ermordet hätten, um Blut für Mazzen zu gewinnen. Scholem Alejchem erlebte zur Zeit der Abfassung der Geschichte den Fall der Beschuldigung gegen David Blondes in Wilna (1900) und die Ritualmordverleumdung in Dubossary (Ukraine 1903) sowie eine Beschuldigung mit anschließendem Pogrom in Kischinew (1903). Vgl. Art. ›Blood Libel‹ in EJ IV, S. 1120 ff.
14 *mit der Tojcheche, den Verwünschungen aus der Tora: Tojcheche* [hebr. *tochacha*] = Verwünschung; Bibelabschnitte, in denen die Strafen aufgezählt sind, die Israel treffen werden, wenn es Gott nicht gehorcht (Lev 26,14–45; Dt 28,15–68).
15 *Zwangsrekrutierung:* siehe Nachwort, 2. Abschnitt: »Geschichtlicher Hintergrund«.

16 *Grabesfolter,* jidd. *chibet-hakejwer:* (in der Folklore) Züchtigungen, die ein verstorbener Sünder noch im Grabe erleidet.
17 *so wie vor Zeiten Hiob:* Hiob 3,1.
18 *der Kinder Israel, die doch füreinander einstehen und einer für den anderen bürgen …:* Kol Jisro'el arejwin, ganz Israel ist verantwortlich füreinander (bShevuot 39a).
19 *Artél:* war im russischen Kaiserreich ein freiwilliger Zusammenschluss von Menschen zur Organisation gemeinsamer wirtschaftlicher Aktivitäten.
20 Lernen: *hier besonders* ›Talmud studieren‹.
21 *Kalvechomer:* Schluss vom ›Leichten (= minder Bedeutenden) auf das Schwere (Bedeutendere)‹, talmudischer Ausdruck; Rückschluss, (Schluss-)Folgerung: *madech,* wenn schon (dies gilt), *loj kol scheken,* umso mehr (gilt es dort), eine der 13 Regeln der rabbinischen Bibelauslegung. Z. B. Midrasch Genesis Rabba 92,7 zu Exodus 6,9–12 (Mose sagt: ›wenn schon die Israeliten nicht auf mich hören, um wie viel weniger wird es Pharao tun‹).
22 *Lewiosn … und schorabor:* legendärer Riesenfisch (Leviathan) bzw. Riesenochse, deren Fleisch für die messianische Mahlzeit der Gerechten im Paradies bestimmt ist.
23 *mischejsches jemej brejsches,* siehe die Erzählung »Wenn ich einmal Rothschild bin«, Anm. 6.
24 *gießt Wasser über die Fingernägel:* beim Aufstehen die Fingerspitzen rituell benetzen.
25 ›sagen‹: (Gebete, Psalmen) sprechen, predigen.
26 *Der Hüter Israels schläft nicht noch schlummert Er:* Ps 121,4.
27 *Kosodejewke,* ›Ziegenmelkerstadt‹, russ. kosa=Ziege.
28 *Borech-sche'omer und Hojde:* Scholem Alejchem spielt hier auf einen Unterschied in der liturgischen Tradition (z. B. Wortlaut, Reihenfolge, Melodie von Gebeten) zwischen unterschiedlichen jüdischen Gruppierungen an. In den *Pesuke desimra* (den Gesang-Abschnitten) zu Beginn des Morgengebets (vgl. Bamberger, Sidur, S. 17–20) geht bei den Chassidim die Hymne ›Borech-sche'omer … gepriesen sei, Der da sprach [und es ward das All] …‹, dem Abschnitt ›Hojde haSchem kiru wischmo hodiu wa'amim alilosow …‹ voraus, ›dankt dem Ewigen, ruft an Seinen Namen, verkündet unter den Völkern Seine Taten … [bestehend aus 1Chronik 16,8–36 und verschiedenen Psalmversen]; bei ihren Gegenspielern, den Mitnagdim, ist es umgekehrt. Dabei folgen die Chassidim der sefardischen, die Mitnagdim der aschkenasischen Tradition. Siehe Bamberger, Sidur, S. 17 f.
29 Zhid, zhid …: vgl. Dow Sadan, *Cholemojd* – a niblpej, in: Chejn-griblekh 1, S. 54 ff.
30 ›Gib dem *orel* ein *zinzejnes jasch* in die *jadajim* … Gib dem Unbeschnittenen ein Glas Schnaps in die Hand, aber nicht ganz voll, dazu ein Stückchen Brot, denn er hat heute noch nichts gegessen, und lass ihn zwei Gulden be-

zahlen, danach soll er gehen, aber lass ihn ja nicht aus den Augen, damit er nichts mitgehen lässt ...‹

31 *während man sich die ›Schläge‹ verpasst*: symbolische Auspeitschung (mit 39 Schlägen)am Vorabend von Jom Kippur (vgl. Glossar).

32 *wegen dem Alkoholmonopol schließen musste*: Durch die Übernahme des Alkoholmonopols durch den Staat im Jahre 1893 verloren auch viele jüdische Gasthäuser ihre Lebensgrundlage.

HUNDERTUNDEINS *Hundertejns*, 1903 im Sammelband *Hilf* [für die Opfer des Kischinewer Pogroms] im Verlag Folksbildung, Warschau, erschienen.

1 Die beiden Orte bilden heute – vereint! – die ukrainische Stadt Perwomaisk.
2 Vgl. die Erzählung »Sommerromanzen«, Anm. 10.
3 Der *Maggid von Mesritsch*: Dow Bär von Mesritsch (Mezhirech bei Rovno/ Ukraine) (1710–1792), Nachfolger des Ba'al Schem Tow.
4 »[...] auf Grund der allerhöchsten Befehle vom 10./23. Mai und 9./22. Dezember 1903 [wurde von der zaristischen Regierung] in 101 bzw. 57 namentlich aufgeführten Dorfsiedlungen den Juden der Aufenthalt sowie der Erwerb von Pacht und Grundbesitz gestattet.« (Jüdisches Lexikon IV/1, Sp. 1164, Artikel ›Provisorische Regeln‹)
5 *wenn mir hier auf der Handfläche Haare wachsen*: schon im Altertum verbreitete Redewendung. Vgl. Plutarch, Crassus 1; Jerusalemer Talmud 68d.
6 *Se'u jedejchem ...* Zum Text des Tischgebetes: vgl. Weinreich, *Lexikon*, S. 268 f.; Bamberger, Sidur, S. 278–284.
7 *Zu Fragen der Unterbrechung des Gebetes* (vor allem des Achtzehngebetes) und der Toralesung vgl. Kap. 5 vom Mischna Berachot u. ö., auch EJ, *Bitul ha-Tamid*, Bd. 4, Sp. 1061: vgl. z. B. Babylonischer Talmud, bBer 40a: »Raw sagte: [spricht jemand] ›Nimm, gesegnet, nimm, gesegnet!‹, so braucht er den Segen nicht abermals zu sprechen; wenn aber. ›Salz her, Zukost her!‹, so muss er den Segen abermals sprechen (auch die erstgenannten Worte sind eine Unterbrechung, haben aber immerhin eine Beziehung zum Segen!).«
8 *majim achrojnim*: wörtl. ›letztes Wasser‹ oder ›Nach-Wasser‹, das Übergießen der Hände nach dem Essen vor dem Tischgebet.
9 *Vgl. zu den weiteren Teilen des Tischgebetes*: Bamberger, Sidur, S. 282–284.
10 *Horachmojnes*: Teil des Tischgebets, neun Lopreisungen, alle mit *horachmojn* beginnend: ›Barmherziger!‹, vgl. Bamberger, ebd., S. 282.
11 *der Barmherzige segne mich und meine Frau*: Siehe Bamberger, ebd., S. 283.

BEREL AJSIK *Berl-Ajsik*, 1915 in *Der Tog*, New York, erschienen.

1 *hakn a tschajnik*: wörtl. ›auf einen Wasserkessel hauen‹; Unsinn reden.
2 *Christos woskres ... Wojistinja woskres*: ›Christus ist auferstanden! ... Er ist wahrhaftig auferstanden‹, Ostergruß der orthodoxen Kirche.
3 *Ein Land, das von Milch und Honig trieft*: Ex 3,8 u. ö.

4 *Kaporehuhn*: Huhn (Hahn, Geflügel), das im Sühneritual des ›Kaporesschlagens‹ am Rüsttag des Jom Kippur mit einem Sühnegebet über dem Kopf geschwungen und dann geschlachtet wird.
5 *Whisker*: amerikanisch: Schnurrbart, Backenbart.
6 *Rotte Korah*: vgl. Num 16. Der Levit Korah und sein Anhang wurden von der Erde verschlungen, weil sie sich gegen Mose erhoben hatten.
7 *Talmud-Tora-Schule* (jidd. *talmetojre*): (in traditionellen Gemeinden von dieser unterhaltene) kostenlose religiöse Elementarschule für arme Kinder; (modern:) jüdischer ergänzender Religionsunterricht.
8 Gerechtigkeit geht vor ihm her und bestimmt den Weg seiner Schritte: Ps 84,14.

NACHWORT
1 Scholem Alejchem, *Fortschritt in Kasrilewke*, S. 5 f.
2 bBerachot 7a; vgl. Mayer, *Talmud*, S. 567.
3 Vgl. Frettlöh, Theologie des Segens, S. 393–395; Ebach, Vielfalt, S. 148 f.

Glossar

Die Transkription der jiddischen Wörter folgt im Glossar dem System, das Ronald Lötzsch in seinem *Jiddischen Wörterbuch* für deutschsprachige Leser eingeführt hat: *s* ist stimmhaft wie in ›sagen‹, *ß* – auch im Anlaut – ist stimmlos wie in ›Riss‹, *ch* wird immer hart ausgesprochen wie in ›lachen‹, *sh* bezeichnet den stimmhaften Zischlaut wie in ›Etage‹ oder ›Journal‹. Im Text selbst, wo nicht die jiddische, sondern die im Deutschen allgemein übliche Lautform des hebräischen Wortes verwendet wurde, richtet sich die Schreibweise nach dem *Jüdischen Lexikon*.

Achtzehngebet, auch *Schemone Esre,* hebr.; jidd. *schimeneßre,* wörtlich ›achtzehn‹, neben dem Schema Jisrael eines der Hauptgebete im Gottesdienst der Synagoge oder außerhalb, wenn ein Minjan erreicht wird. Es gilt als *das* Gebet, wird daher auch Tefila genannt (Gebet) oder Amida (stehen), weil es im Stehen gebetet wird. Das Achtzehngebet besteht aus einer Reihe von Bitten, die jeweils mit einem Segen und einem Bekenntnis über Gottes Handeln abschließen.

Arbe-Kanfeß, hebr. *arba kanfot,* Gebetsmantel oder -tuch, wörtlich: »vier Ecken« (des Gebetstuches), auch *taleß-Kotn* genannt (siehe dort).

Bar Mizwe, hebr. *bar mizwa,* wörtlich ›Sohn des Gebotes‹. Mit vollendetem 13. Lebensjahr wird der jüdische Junge ein ›bar mizwa‹, d. h. erwachsen im Hinblick auf religiös-sittliche Rechte und Pflichten. Am Tag der Bar-Mizwe legt er erstmals die Tefillin (Gebetsriemen) an und wird in der Synagoge zum Vorlesen der Tora aufgerufen. Auch: Feier des Tages.

Beerdigungs-Bruderschaft, hebr. *chewra kadischa,* jidd. *chewre kedische,* wörtlich ›heilige Vereinigung‹: Bestattungsgesellschaft des Schtetls. Die *chewre kedische* kümmert sich um Fürsorge und Hilfe bei Krankheiten und erledigt das Nötige bei allen Todesfällen in der Gemeinde. Sie sorgt auch bei Armen für ein Begräbnis nach den religiösen Vorschriften.

Beß-Medresch, hebr. *bet hamidrasch,* wörtlich ›Haus des Studiums‹: Lehrhaus, ständig zum Gebet und Studieren geöffnet. Ursprünglich von der Schul (Synagoge) getrennt, war das Beß-Medresch vor allem in kleineren Gemeinden mit ihr identisch. Bei den Chassiden auch *schtub* oder *schtibl* genannt.

Beschneidung: siehe *Briß.*

Bethaus: siehe *Beß-Medresch.*

Briß, eigentlich *briß-mile,* hebr. *berit mila:* Beschneidung, wörtlich ›Bund der Beschneidung‹. Als Zeichen des Bundes Gottes mit Abraham (vgl. Gen. 17,9–14) und mit ganz Israel wird einem Jungen am 8. Tag nach der Geburt durch den Beschneider die Vorhaut entfernt. Durch die Beschneidung wird das Kind in diesen Bund aufgenommen. Der Gevatter (jidd. *ßandek*), einem Paten vergleichbar, hält den Jungen bei der Beschneidung auf dem Schoß. Hiermit wurde gewöhnlich der Großvater, Onkel oder ein sonstiger naher Verwandter geehrt.

Bußgebete, hebr. *selichot,* jidd. *ßlicheß,* werden während der Tage vor dem Neujahrsfest im Morgengrauen gesprochen.

Chad gadje: Anfang/Name des Schlusslieds in der Haggada.

Chanukka, hebr.; jidd. *chánike,* wörtlich ›Weihe‹: achttägiges Lichterfest zur Erinnerung an die Verfolgung des jüdischen Volkes im 2. Jahrhundert v.d.Z., die Siege der Makkabäer sowie besonders die Wiedereinweihung des durch Epiphanes IV. geschändeten Tempels in Jerusalem im Jahre 164.

Chanukka beginnt am 25. Kislew (November/Dezember). Während der Festtage werden Chanukkalichter angezündet sowie Chanukkageld an Kinder, Arme und Bedürftige ausgeteilt.

Charoset, jidd. *charojß(i)eß*: eine der symbolischen Speisen auf der Sederschüssel: ein Gemisch aus kleingehackten Äpfeln und Nüssen, mit Zimt und etwas Wein. Es soll an den Lehm in Ägypten erinnern, aus welchem die Israeliten Ziegel bereiten mussten. Siehe auch unter *Seder*.

Chassid, hebr.; jidd. *choßed*, wörtlich ›Frommer‹: Anhänger einer in der Mitte des 18. Jahrhunderts in Südost-Polen entstandenen, später in ganz Osteuropa verbreiteten religiösen Bewegung, mit mystisch-ekstatischen, aber auch abergläubischen Zügen.

Cheder, hebr.; jidd. *chejder*, wörtlich ›Stube‹: traditionelle jüdische Elementarschule, in der Jungen vom 5. Lebensjahr an bis zur Bar Mizwe (siehe dort) vom Melamed, dem Kleinkinderlehrer, unterrichtet werden, vor allem in Bibel und Talmud. Die weiterführende Schule ist die *Jeschiwe* (siehe dort).

Chumesch: Buch mit den 5 Büchern Mose (Pentateuch) für den Unterricht im Cheder und um der Toralesung zu folgen.

Chupe, hebr. *Chupa*: Baldachin, unter dem die Trauung vollzogen wird. Von daher auch Bezeichnung für die Trauung.

Elul: Der letzte Monat im jüdischen Jahr (August/September), geht den ›hohen Feiertagen‹ voraus. Im Monat Elul wird beim Gottesdienst das Schofarhorn (Widderhorn) geblasen. In diesem Monat verrichtet der fromme Jude beim Morgengrauen besondere Bußgebete, sog. *ßlicheß*. Man besucht die Gräber der Verstorbenen. Diese Zeit beginnt mit ›Rosch-Chojdesch-Elul‹, dem ersten Tag im Monat Elul.

Erew-Pejßach: Der Abend, an dem mit der Sedermahlzeit das Pessachfest beginnt (siehe dort).

Eruw: symbolische Umzäunung eines Bezirks mit einem Draht, um ihn zum privaten Bereich zu erklären, was das Tragen von

Gegenständen am Sabbat erlaubt; auf einem geöffneten Buch hinterlegter persönlicher Gegenstand, der die Absicht signalisiert, mit dem Studium des Werks fortzufahren.

Etrog jidd. *Eßreg:* Zitrusfrucht; zusammen mit dem Lulaw, dem ›Feststrauß‹ (bestehend aus Palmzweig, Bachweiden- und Myrtenzweigen), eine der ›vier Arten‹ am Laubhüttenfest.

fleischig/milchig: siehe *Speisegebote.*

Gabbai, hebr.; jidd. *Gabbe:* einer der Gemeindeältesten mit dem Ehrenamt, bei der Toralesung zu assistieren.

Gemore, hebr. *Gemara:* der (babylonische) Talmud; im engeren Sinn die jüngeren Teile des Talmud, die die Mischna kommentieren.

Goj, hebr. und jidd., Plural *gojim,* wörtlich: Volk/Völker: Bezeichnung für Nichtjuden, Christen, übertragen auch für solche Juden, die sich in den religiösen Vorschriften nicht auskennen oder sie nicht befolgen. *Gojisch:* nichtjüdisch.

Haggada, hebr.; jidd. *Hagode:* Bericht vom Auszug Israels aus Ägypten (nach Ex 12–15), der an den beiden Pessachabenden (siehe dort) bei Tisch verlesen wird.

Halbfeiertag, hebr. *chol hamo'ed,* jidd. *cholemojed,* wörtl. ›Das Nicht-Heilige des Festes‹: Zwischentage, Halbfeiertage zwischen den ersten und letzten beiden Tagen von Pessach und Sukkot, an denen das Arbeitsverbot zum größten Teil aufgehoben ist.

Hallel: Zusammenstellung der Psalmen 113–118; wird an den drei Wallfahrtsfesten, am Neumond und an Chanukka ins Morgengebet eingeschaltet; auch Psalm 136 (in der Pessach-Haggada) sowie die Psalmen 145–150, die zum täglichen Morgengebet gehörten (vgl. *Jüdisches Lexikon,* Bd. II, Sp. 1365).

Haman, hebr.; jidd. *Homen:* nach dem Buch Esther Regent unter dem Perserkönig Xerxes, der alle Juden vernichten wollte. Zur *Erinnerung* an den Fehlschlag der Pläne Hamans wird das Fest Purim (siehe auch dort) gefeiert. Wenn an Purim das Buch Esther verlesen wird, machen die Kinder mit ›Gragers‹

(Holzratschen, Klappern) Lärm, so oft der Name Hamans fällt.

Haskala: jüdische Aufklärungs-Bewegung des 18. und 19. Jahrhunderts.

Hawdala jidd. *hawdole*, wörtlich »Unterscheidung«, Zeremonie zu Ausgang des Sabbats, bei dem der Unterschied zwischen Ruhe- und Werktag sichtbar gemacht wird. Auch Bezeichnung der Kerze, die bei der Zeremonie gelöscht wird.

Hoschana Rabba, hebr.; jidd. *heschajne rabe*, wörtlich ›großes Hilf mir!‹: der siebte Tag des Laubhüttenfestes. Letzter Tag der ›hohen, schrecklichen Tage‹ (der großen Bußtage). Entsprechend der Kabbala ist es ein Tag, an dem Gebete gen Himmel geschickt werden, um das dort gefällte Urteil, das für jeden Menschen bereits für das kommende Jahr fest und auf dem himmlischen ›Kwitl‹ (Zettel) geschrieben steht, doch noch verbessern zu können. Man wünscht sich ›a gut kwitl‹, einen guten ›Zettel‹. An Hoschana Rabba werden beim Gebet Hoschana-Zweige geschlagen, d. h. die ›Ruten‹, grüne Weidenzweige, werden in kleinen Bündeln auf den Fußboden oder gegen die Bänke geschlagen.

Hoschana-Zweige, jidd. *Heschajneß*: Weidenruten (siehe Hoschana Rabba).

Jahrzeit, jidd. *Jorzeit*: Gedenktag, an dem der Tod der Eltern oder der nächsten Verwandten sich jährt.

Jarmulke oder auch *kapl*: kleine runde Kopfbedeckung, die ein frommer Mann beim Gottesdienst, Gebet und Studium trägt. Der orthodoxe Jude trägt seinen Kopf immer bedeckt.

Jehupez: Scholem Alejchems Bezeichnung für Kiew.

Jeschiwe, hebr. *Jeschiwa*: Schule für fortgeschrittenes Talmudstudium. Der Schüler, der ›jeschiwe-bocher‹, lebt meist bei den Schwiegereltern in ›Kost‹ (Kost und Logis) oder versucht, wenn er auswärts wohnt und arm ist, abwechselnd bei verschiedenen Gemeindemitgliedern einen Freitischplatz zu bekommen.

Jom Kippur, hebr.; jidd. *jom-kiper:* der große Versöhnungstag, wird als Fast- und Bußtag begangen, die Männer sind meist den ganzen Tag in der Synagoge. Er ist der letzte Tag und Höhepunkt der zehn Bußtage vom 1. bis 10. Tischri (September/Oktober). Das Schlussgebet heißt *Neila.*

Kaddisch, hebr.; jidd. *Kadesch:* liturgisches Gebet im Gottesdienst, Anbetung Gottes und Bekenntnis Seiner Herrschaft. Wird auch von Trauernden während des Trauerjahres und bei Jahrzeiten für die Seelen der Verstorbenen gebetet, insbesondere vom Sohn/Verwandten eines Verstorbenen während des ersten Jahres nach dem Tode und an jedem Todestag. Person, die dieses Gebet spricht; familiär: Sohn, Sprössling

Kapores jidd. *kaporeß,* hebr. *kaparot;* Sing. hebr. *kapara,* jidd. *kapore,* wörtl. Sühne, Loskauf: Die biblische Zeremonie mit dem Sündenbock wird seit der Verwüstung des Tempels nicht mehr ausgeführt. Aber es entstand stattdessen in Teilen der jüdischen Tradition ein volkstümlicher Brauch: Man schwenkt ein lebendiges Huhn (oder spendet Geld für Wohltätigkeit) feierlich über seinem Kopf, dabei spricht man: ›*se kaparti* …‹ (›Dies sei meine *kapore,* mein Tausch, mein Ersatz, meine Sühne‹ usw.) und schenkt danach das Huhn den Armen. Im Jiddischen heißt dies *kaporeß schlogn,* Versöhnung ›schlagen‹, so als ob man persönlich ein Opfer brächte und sich peinigte. Männer nehmen für diesen Brauch einen Hahn, Frauen ein Huhn, aber ein Kapore-Huhn reicht für zwei Menschen. Man bevorzugt weiße Hühner, mit Hinweis auf Jesaja 1,18: ›Wenn eure Sünden rot wie Karmesin sind, wie Schnee sollen sie weiß werden‹. Anfang und Name des bei diesem – häufig angefochtenen – Sühneritus gesprochenen Gebetes lauten: ›Bnej-Odem …‹, ›Menschenkinder [die in der Finsternis und im Schatten des Todes sitzen …]‹.

Kapote: langes, bis zu den Füßen reichendes Männergewand.

Karpes symbolische Vorspeise (Petersilie, Sellerie etc.) am Passah-Abend.

Kiddusch, hebr.; jidd. *kidesch:* Segensspruch bzw. Gebet über dem Becher Wein zu Beginn des Sabbats bei der häuslichen Sabbatmahlzeit.

Kittel, jidd. *kitl:* von Männern an bestimmten Feiertagen getragenes weißes Leinengewand, wird auch als Leichentuch verwendet.

Klal-Jisro'el Gesamtheit der Juden, Judentum.

Kost, jidd. *keßt:* freie Wohnung und Verköstigung, die einem jungen Ehepaar von den Eltern bzw. den Schwiegereltern für eine bestimmte Zeit gewährt wird, damit der Ehemann sein Tora- und Talmudstudium fortsetzen kann.

Koscher, hebr.-talmudisch *kascher,* wörtlich ›tauglich‹: rein im Sinne der rituellen Reinheitsvorschriften (siehe Speisegebote).

Krankenbruderschaft, Krankenspital, jidd. *biker-chojlim:* eine der Wohltätigkeitsorganisationen im Schtetl, die versucht, die Kosten für die Kranken zu decken, wenn die Familie dazu nicht in der Lage ist.

Kugel, jidd. *kugl:* bezeichnet Sabbat-Mehlspeisen verschiedener Art, Auflauf, süß oder mit Pfeffer.

Kwass, alkoholisches Getränk aus gegorenem Roggen und Gerste bzw. aus saurem Obst.

Lag-be'ojmer hebr. *lag-be'omer,* Dreiunddreissigster (Zahlenwert von ל lamed =30; ג gimel =3) Tag nach Pessach, Feiertag in Erinnerung an den Bar Kochba-Aufstand gegen die Römer. Die (lern-freie) Cheder-Jugend unternimmt Ausflüge ins Freie mit Kampf- und Wettspielen.

Laubhütten: siehe *Sukkot.*

Luach, jidd. *luech:* (Mond-) Kalender, verzeichnet die Daten der Feiertage, der Jahreszeiten, die Wochenabschnitte der Tora- und Prophetenlesungen sowie die Zeiten für das Anzünden der Sabbat-, Chanukka- und Feiertagslichter.

Lulaw hebr., jidd.: *lulew:* Palmenzweig, Teil des Feststraußes beim Laubhüttenfest, siehe *Sukkot.*

Majrew: Abendgebet.
Maseltow, hebr. *masal tow,* wörtlich ›gut Glück!‹: Glückwunschformel bei allen Gelegenheiten, auch Bezeichnung für eine freudige Nachricht.
Mazze, hebr. *maza*: ungesäuertes Brot, das an Pessach gegessen wird.
Mazzengeld, jidd. *moeß-chitin*: Geld, das man an Pessach an die Armen verteilt, damit sie das Fest begehen können.
Megille, hebr. *megila,* wörtlich ›Rolle‹: bezeichnet die Schriftrollen der Bücher Ruth, Hoheslied, Klagelieder, Prediger Salomo und Esther, meist Kurzform für die Megile Esther, die an Purim vorgetragen wird.
Melamed: Kleinkinderlehrer, siehe *Cheder.*
Meschumed: siehe *schmaden.*
Mesuse, hebr. *mesusa,* wörtlich ›Türpfosten‹: Pergamentröllchen mit handgeschriebenen Bibelstellen (Dtn 6,4–9; 11,13–21), das in einem Behälter am rechten Türpfosten der Eingangstür einer Wohnung angebracht und beim Herein- und Hinausgehen berührt wird.
Mincha, jidd. *minche*: Nachmittagsgebet.
Minjan, hebr.; jidd. *minjen,* wörtlich ›Zahl‹: die vorgeschriebene Anzahl von zehn männlichen Personen im Alter von mindestens 13 Jahren (siehe Bar-Mizwe), die für einen öffentlichen Gemeindegottesdienst in der Synagoge nötig sind; auch der Gottesdienst selbst. Der ›erste Minjan‹ am Tage ist etwas schneller fertig, da die Gebete schneller gesprochen werden, denn die Betenden, in der Regel einfache Arbeiter, müssen rasch zur Arbeit.
Mizwa, jidd. *Mizwe,* wörtlich ›Gebot‹: gute, verdienstvolle Tat.
Parascha auch *Sidra* (Plural Paraschot; Sidrot): Wochenabschnitt. Die 5 Bücher Moses (Pentateuch, Tora) sind für die wöchentlichen Toravorlesungen im Gottesdienst in Abschnitte (Perikopen) eingeteilt. Die Namen wurden in der Religionsschule auswendig gelernt. Für die regelmäßigen Synago-

genbesucher verbanden sich die Wochenabschnitte mit den Jahreszeiten, in denen sie gelesen wurden. Die Namen dienten auch zur Bezeichnung der ganzen Woche. Fromme Juden datierten oft ihre Privatkorrespondenz mit dem Tag der Woche, dem Namen des Wochenabschnitts und dem jüd. Jahr. Die Einteilung des Pentateuch in Wochenabschnitte ist älter als die in Kapitel. Ein Wochenabschnitt schließt mehrere Kapitel ein, und sein Anfang und Ende decken sich nicht immer mit denen eines Kapitels. Es gibt 54 Wochenabschnitte, die am Sabbatmlorgen ganz, in anderen Gottesdiensten teilweise gelesen werden (*Parsche Brejsches* (Parascha Bereschit/Gen 1,1–6,8), *Nojech* (Noah Gen 6,9–11,32); *Léchlecho* (Gen 12,1–17,27); *Pekude* (Ex 38,21–40,38).

Parnosse: Lebensunterhalt, Auskommen; Einkommensquelle, Broterwerb.

Pessach, hebr.; jidd. *pejßach,* wörtlich ›das Vorüberschreiten‹, die Verschonung: Pessach ist eines der drei großen Wallfahrtsfeste, gefeiert im Monat Nissan (März/April) zum Gedenken an den Auszug Israels aus Ägypten (Ex 12–15). Wichtig an der Festliturgie ist das Essen von ungesäuertem Brot (Mazzen), die Entfernung von allem Gesäuerten (Chomez) im Haus, das Reinigen des Geschirrs von allem Gesäuerten, die Sedermahlzeit am ersten Abend von Pessach (Erew-Pejßach), bei der die ›Haggada‹ vom Auszug aus Ägypten vorgelesen wird.

Pitom und Ramses: zwei Städte, die das Volk Israel nach Ex 1–3 in der Sklaverei für den ägyptischen Pharao bauen musste.

Pogrom: russ. Bezeichnung für Massaker, Plünderung; zunächst Begriff für die Verfolgung einer bestimmten Bevölkerungsgruppe, mit Plünderungen und Gewalttätigkeiten verbunden. Im 19./20. Jahrhundert übliche Bezeichnung für Judenverfolgungen.

Purim: Freudenfest im Gedenken an die Errettung der persischen jüdischen Gemeinschaft vor der Verfolgung des Statthalters Haman. Der Tag wird karnevalsähnlich begangen, man führt Purimspiele auf, Geschenke werden ausgetauscht, man isst dreieckiges Mohngebäck (Hamantaschen). In der Synagoge wird die Megille Esther verlesen: Immer wenn der verhasste Name »Haman« fällt, lärmt man mit Holzrasseln und stampft kräftig mit den Füßen.

Raschi: Abkürzung für Rabbi Schlomo Jizchaki (1040–1105), bedeutender Kommentator von Bibel und Talmud.

Rebbe, jidd.: Oberhaupt von Chassidim, oftmals nicht gleichzeitig Rabbiner der Gemeinde; auch Anrede für einen Row oder Melamed.

Reb, jidd., ›Herr!‹: Anrede für Männer.

Rosch Haschana, hebr., jidd. *roscheschone,* wörtlich ›Jahresbeginn‹: einer der höchsten jüdischen Feiertage, am ersten und zweiten Tischri (September/Oktober) gefeiert. An Rosch Haschana wird im Gottesdienst das Schofarhorn geblasen.

Row, jidd.: Rabbiner einer Gemeinde.

Sabbatbrot, hebr. *chala,* jidd. *chale:* Weißbrot für den Sabbat.

Schabeß hagodel, hebr. *schabat hagadol:* ›der große Sabbat‹ unmittelbar vor der (langen) Predigt zur Erklärung der Pessach-Vorschriften, die der Row zu halten pflegte.

Schammes, hebr.; jidd. *schameß:* Synagogen-, Gemeindediener, Helfer im Beß-Medresch.

Schadchen, hebr. *Schadchan:* Heirats-, Ehevermittler.

Schechina, hebr., jidd.: *schchine:* Einwohnung Gottes (von hebr. *schachan,* wohnen), in der rabbinischen Literatur die Bezeichnung für Gottes Gegenwart in der Welt: an bestimmten Orten (z. B. im Dornbusch des Mose, im Tempel), beim Volk Gottes oder beim Einzelnen während des Gebetes. Eine Auffassung sagt, dass die Schechina nach der Zerstörung des ersten Tempels bis zu den messianischen Zeiten im Himmel weilt, nach anderen Auffassungen zog sie mit dem Volk Israel ins Exil.

Schema Jisrael, hebr.; jidd. *schma jißrol,* wörtlich ›höre Israel!‹: wichtigstes jüdisches Gebet. Es besteht im Kern aus den drei

Abschnitten der Tora: 5. Mose 6,4–9, 11,13–21 und 4. Mose 15,37–41. Es wird im Abend- und Morgengebet, vor dem Schlafengehen und im Gottesdienst gesagt. Unter *Schema Jisrael* versteht man auch nur den ersten Satz, Dtn 6,4: ›Höre Israel, JHWH ist Gott, JHWH ist einzig‹. Er gilt als *das* jüdische Glaubensbekenntnis und ist Gebetsruf in der Not und Sterbegebet. Er wird im Gottesdienst mehrfach wiederholt.

Schmaden, jidd. *schmadn:* sich schmaden, sich christlich taufen lassen, d. h. den Glauben der Väter und die Gemeinschaft mit Israel aufgeben. Ein Meschumed ist ein getaufter Jude, d. h. ein Abtrünniger.

Schofar, hebr.; jidd. *schojfer,* Widderhorn, vgl. Ex 19, 6. Das Schofarhorn wird vor allem am Neujahrstag und am großen Versöhnungstag (Jom Kippur) im Gottesdienst geblasen.

Scholem alejchem, ›Friede sei mit Euch!‹: Gruß. Die Antwort lautet ›Alejchem scholem, mit Euch sei Friede!‹

Schul: traditioneller Ausdruck für die Synagoge. Die Schul ist ein Ort des Gebetes und des Lernens.

Schulchan Aruch, jidd. *schulchn-orech,* wörtl. ›gedeckter/geordneter Tisch‹: (1565 zuerst gedruckter) Kodex zum gesamten jüdischen Gesetz.

Schawu'ot, jidd. *schwueß,* Wochenfest, wörtlich ›Wochen‹: Wallfahrtsfest wie Pessach und Sukkot, das auf den fünfzigsten Tag nach Pessach fällt. Fest der Ernteerstlinge und des jungen Grüns sowie der Gabe der Tora am Sinai; daher wird im Festgottesdienst an Schawu'ot der Dekalog gelesen.

Seder, jidd. *ßejder:* die häusliche Tafel an den beiden ersten Pessachabenden, bei der die Hagada (s. o.) gelesen und mit Erzählungen erweitert bzw. umrankt, eine Mahlzeit gegessen und vier Becher Wein getrunken werden. Auf dem Tisch steht neben den Mazzen die Sederschüssel mit den symbolischen Speisen, die an das Elend des ägyptischen Frondienstes sowie die Verheißung der Befreiung erinnern, u. a. Maror (Bitterkraut – in Europa meist Meerrettich) und Charoset (s. dort).

Simchat Tora, hebr.; jidd. *ßimcheß tojre*, wörtlich ›Freude an der Tora‹: neunter Tag nach dem Beginn des Laubhüttenfestes, feierliche Vollendung und Wiederbeginn der jährlichen Toralesung im Synagogengottesdienst. Die Torarollen werden fröhlich durch die Synagoge getragen und gegrüßt. Derjenige, der zur Lesung des letzten Kapitels der Tora aufgerufen und so geehrt wird, heißt ›Bräutigam der Tora‹, der ›Bräutigam am Anfang‹ dagegen beginnt den neuen Zyklus. Simchat Tora liegt zwei Tage nach Hoschana Rabba (siehe dort).

Speisegebote: Vorschriften über die Reinheit von Speisen. Zum Beispiel Verbot von nichtkoscherem Fleisch (Schwein, Wild u. a.), Verbot von Blutgenuss (daher Vorschrift des Schächtens); Milchiges und Fleischiges muss getrennt zubereitet und darf nicht zu gleicher Zeit verzehrt werden.

Sukkot, hebr., jidd. *ßukeß:* Laubhüttenfest, wörtlich ›Laubhütten‹. Zum Gedächtnis an die zeltartigen Hütten, in denen das Volk Israel während seiner Wüstenwanderung wohnte, hält sich die Familie an Sukkot eine Woche lang vorwiegend in einer Laubhütte auf, durch deren geflochtenes Dach die Sterne sichtbar sein sollen. Die Hütte *(ßuke)* wird vorher aus Zweigen, Stangen und Brettern gebaut und in der Wohnung oder im Hof aufgestellt. Das Fest beginnt am fünften Tag nach Jom Kippur im Monat Tischri (September/Oktober).

Tallit, hebr., jidd. *taleß,* Gebetsmantel: viereckiges Umschlagtuch aus Wolle, Baumwolle oder Seide, weiß mit dunklen Streifen. An den vier Ecken sind Schaufäden, ›Zizeß‹, Quasten aus drei weißen und einem blauen Faden. Der Tallit wird beim Morgengebet und bei feierlichen Gottesdiensten getragen.

Taleß-Kotn jidd.; hebr. *talit katan,* wörtlich ›kleines Gebetstuch‹, ebenfalls mit Zizeß, das unter dem Hemd getragen wird und dessen Schaufäden oft sichtbar heraushängen. Orthodoxe Juden tragen stets einen ›Taleß-Kotn‹; sein Tragen wird als Vorschrift im Schema Israel erwähnt. Synonym mit Arbe-Kanfeß. und Lejbserdak.

Talmud, wörtlich: ›Studium, Lehre‹: die von der Schrift ausgehende jüdische Lehre, besteht aus Mischna und Gemara. Man unterscheidet den Jerusalemer und den Babylonischen Talmud, abgeschlossen Anfang 5. Jahrhundert bzw. Ende 6./Anfang 7. Jahrhundert n.Z. Der Talmud hat erzählende Teile (Haggadot) und Teile mit Vorschriften (Halachot).

Tamus, hebr.; jidd. *tames:* Monatsname (Juni/Juli).

taufen: siehe *schmaden.*

Tefillin, hebr., jidd. *tfiln:* Lederriemen, an denen zwei würfelförmige Kästchen befestigt sind, die, auf Pergament geschrieben, die Bibelstellen Ex 13,1–10; 11–16; Dtn 6,4–9 und 11,13–21 enthalten. Die Tefillin werden um die Stirn und den linken Arm gebunden und beim Gebet getragen. Nach der Vorschrift in Dtn 6,8 sind sie Zeichen des Bundes mit Gott.

Tischebow, jidd., hebr. *tischa beaw,* neunter Tag des Monats Aw: Trauertag zur Erinnerung an die Zerstörung des Tempels in Jerusalem im Jahre 586 v.Z. und 70 n.Z. Strenger Fasttag. Er fällt in die Zeit Juli/August.

Tora, hebr., jidd. *tojre,* wörtlich ›Lehre, Unterweisung‹: im engeren Sinn die fünf Bücher Mose, handschriftlich auf eine Rolle geschrieben. Diese wird im Toraschrein der Synagoge aufbewahrt und in fortlaufender Lesung jährlich im Gottesdienst gelesen. Im weiteren Sinne meint Tora die ganze hebräische Bibel sowie die Gesamtheit der jüdischen Lehre.

Tscholent: Sabbatgericht, Auflauf aus Fleisch, Gemüse und Kartoffeln, der von Freitag bis Samstag warm steht, da am Sabbat kein Feuer gemacht werden darf.

Vier Ellen, hebr. *arbe amot:* im talmudischen Recht häufiges Maß.

Zaddik, wörtlich ›Gerechter, Frommer‹: Bei den Ostjuden auch der Rebbe der Chassidim.

Zettel: siehe Hoschana Rabba.

Zimeß: Zugemüse, eine meist am Freitagabend gegessene süße Speise auf der Grundlage von Obst/Gemüse.

Zizeß: siehe *Tallit* und *Taleß-Kotn.*

Nachwort des Übersetzers

1.

Kasrilewke

»Sie befindet sich genau in der Mitte jenes vielgepriesenen ›Ansiedlungsgebiets‹, in dem man die Juden dicht an dicht zusammengesteckt hat wie Heringe in ein Fäßchen und ihnen sagte: *Seid fruchtbar und mehret euch!* – und der Name dieser berühmten Stadt ist *Kasrilewke.*

Wo kommt der Name Kasrilewke eigentlich her? Nun, das verhält sich folgendermaßen:

> Wie jeder weiß, gibt es bei uns für einen armen Mann Namen im Überfluß: Da gibt es den Mann aus einfachen Verhältnissen, und den Armen und den nebbich Armen, den Besitzlosen und den Notleidenden, den Bettelarmen und den Habenichts, den Hungerleider, den entsetzlich armen Schlucker und den Ärmsten der Armen. Ein jeder dieser Namen hat seinen unverwechselbaren Klang. Und dann gibt es da noch eine Bezeichnung: *Kasriel* oder *Kasrilik.* Die wird mit ganz besonderem Tonfall ausgesprochen, beispielsweise: ›Aj, bin ich, kein böser Blick soll mich treffen, ein Kasrilik!‹ ... Kasrilik, das ist kein Bettler schlechthin, kein Schlemihl, das ist, versteht mich recht, ein solch armer Teufel, der, Gott sei Dank, schon nicht mehr zu fürchten braucht, daß die Armut seinem Ruf zum Schaden gereicht. Im Gegenteil, sie wird sogar mit Stolz und Würde zur Schau getragen! Wie sagt man doch: ›Arm, aber fröhlich ...‹«.[1]

Unter den vielen Schtetlnamen im Werk von Scholem Alejchem (wie Slodejewke, Masepewke, Anatewka, und Bojberik) ist *Kasrilewke* der einzige, der aus dem Hebräischen kommt.

Kasri'el (ein jüdischer Vor- und Familienname) ist in der jüdischen Tradition ein Bote Gottes, ein Engel, der direkt am Thron Gottes wirkt.

Der babylonische Talmud erzählt[2] von einer Diskussion der Weisen über die – [in unseren Zeiten und Breiten eher ungewöhnliche] Frage, ob Gott selbst betet. Die Frage wird ohne Umstände bejaht und gleich auch der Wortlaut von Gottes Gebet mitgeliefert: ›Möge es Mein Wille sein, dass Meine Barmherzigkeit Meinen Zorn bezwinge.‹ Gleich darauf wird einer der Gelehrten, Rabbi Jischma'el ben Elischa, zum Thron Gottes geführt. Dort fordert ihn Akathri'el (jiddisch *Kasri'el*!) auf, Gott zu segnen. Und Rabbi Jischma'el segnet Gott mit folgenden Worten: ›Möge es Dein Wille sein, dass Deine Barmherzigkeit Deinen Zorn bezwinge.‹

Seltsame Gedanken! Reicht es nicht aus, dass Gott selbst lieber Gnade als Gericht will? Hat Er es nötig, dass die Menschen Ihn auffordern, das zu tun, was Er doch Selbst will? Braucht Er den Segen der Menschen dazu? Braucht Gott Kasrilewke? Dass die Kasrilewker Ihn brauchen, ist überdeutlich, Hungerleider, Geplagte, Versager und arme Teufel, die sie sind. Aber kein Zweifel, Er hat auch *sie* nötig! Es steckt etwas von dieser Sicherheit darin, wenn Scholem Alejchem feststellt: ›Arm, aber fröhlich ...‹[3]

In den Memoiren Scholem Alejchems ist das Dorf Woronkiw in der Nähe von Kiew, wo er einen Teil seiner Kinderjahre verbrachte, ›sein liebes Kasrilewke‹. Auch andere Schtetl in der Ukraine könnten es sein oder sind es. Etwa Ananjew oder Soboliwke, und Klein-Pereschtschepene. Und selbst Berditschew, eine größere Stadt von fast 50.000 Einwohnern, unter ihnen knapp 40.000 Juden, wo es eine Tramway gab und den chassidischen Hof des Rebben Levi Isaak ben Meir aus Berditschew, auch Berditschew ist Kasrilewke!

2.

Geschichtlicher Hintergrund

In jeder unserer Geschichten erleben wir etwas von der Verfolgung, Bedrückung, der Not und dem Leiden der jüdischen Bevölkerung zur Zeit Scholem Alejchems. Schon 1791 hatte die zaristische Regierung in Russland eine Reihe von Dekreten erlassen, die das Wohnrecht der Juden auf ein bestimmtes Gebiet im Westen Russlands, den sog. ›Ansiedlungsrayon‹, beschränkten. Zu diesen Gebieten gehörten die Provinzen Ukraine, Krim, Bessarabien, Weißrussland, Kurland, Litauen und Polen. Die jüdische Bevölkerung war mit Ausnahme weniger Privilegierter auf das Schtetl beschränkt. Zeitweise war es Juden auch nicht erlaubt, in größeren Städten wie Kiew, Sewastopol, Nikolajew u. a. zu wohnen, obwohl sich diese innerhalb des Rayons befanden. Ausnahmegenehmigungen gab es nur für Kaufleute, Menschen in besonders begehrten Berufen und ausgediente jüdische Soldaten.

Darüber hinaus wurde die jüdische Bevölkerung gedemütigt, niedergehalten und wirtschaftlich unterdrückt: durch zahllose Erlasse, Sondergesetze und die Notwendigkeit, besondere Steuern auf koscheres Fleisch, auf Sabbatkerzen, Mazzen und andere Dinge zu erlassen, die für fromme Juden unentbehrlich sind.

Seit 1827 – nach der Einsetzung von Zar Nikolaus I (1825–1855) – mussten Juden im zaristischen Russland als Rekruten dienen und konnten sich nicht wie in früheren Zeiten durch eine hohe Steuer loskaufen. Sogar 12- bis 18-jährige Jungen wurden als sog. ›Kantonisten‹ bis 1856 zu einer vormilitärischen Ausbildung gezwungen und hatten nach dem 18. Lebensjahr zeitweilig noch 25 Jahre (!) Wehrdienst zu leisten. Nur in günstigen Perioden waren Einzelkinder von dieser Zwangsrekrutierung befreit. Viele Juden leisteten gegen diesen Zwang jeden erdenklichen Widerstand, Söhne wurden verstümmelt, um sie untauglich zu machen, oder früh verheiratet; viele flohen am Ende aus ihrer Heimat, wenn Proteste und Bestechungen nichts genutzt hatten.

Nur in der Zeit der Regierung unter Zar Alexander II., der von 1855 an regierte, kam Hoffnung auf Erleichterung in der jüdischen Bevölkerung auf. Hatte der Zar nicht auch die Leibeigenschaft aufgehoben und so Millionen von russischen Menschen aufatmen lassen? Begann nun vielleicht auch für Juden eine Zeit der Duldung, der Toleranz und ein Ende der antisemitischen Ausschreitungen? Doch die Hoffnung war nur von kurzer Dauer. Nach der Ermordung des Zaren im Jahre 1881 setzten wieder mit neuer Heftigkeit und Brutalität Verfolgung und es gab Pogrome und judenfeindliche Erlasse.

Dazu gehörten die sog. ›Maigesetze‹ des Russischen Reiches (die im Mai 1882 offiziell als ›zeitlich begrenzte Verordnungen‹ erlassen und erst im März 1917 während der Russischen Revolution aufgehoben wurden), nach denen es Juden verboten war, sich außerhalb von Städten und Kleinstädten niederzulassen; dazu weitere antijüdische Maßnahmen. Sie wurden von Zar Alexander III. als Reaktion auf die Pogrome in Kraft gesetzt, zu denen es nach dem Attentat auf seinen Vorgänger Alexander II. in zahlreichen russischen Städten gekommen war, und dienten der Einschränkung der Freizügigkeit der russischen Juden. Ein weiterer judenfeindlicher Erlass von Alexander III. bestand in der Einführung einer Quotenregelung für jüdische Kinder in Regierungsschulen. So durften nach 1887 die aufgenommenen jüdischen Schüler im Ansiedlungsrayon höchstens 10 % und außerhalb des Rayons nur 5 % der neuaufgenommenen Christen ausmachen. Auch dieser Erlass wurde erst 1917 nach der Oktoberrevolution aufgehoben und bewirkte großes Leid in der jüdischen Bevölkerung, da ihr Anteil in den Städten des Rayons bis zu 80 % ausmachte.

Nach dem russisch-japanischen Krieg (1904/1905), in welchem unverhältnismäßig viele jüdische Soldaten zu kämpfen hatten, und verursacht durch die russischen Niederlagen wie den Untergang der russischen Flotte, aber auch durch die allgemeine Unzufriedenheit in der Bevölkerung, wuchs in den Jahren 1904/1905, von der jüdischen Jugend und den Intellektuellen unterstützt, die revolutionäre Bewegung gegen die Regierung von Zar Nikolaus II. immer mehr. Juden unterstützten sie auch deshalb, weil die zaristische Regierung an vielen Orten Pogrome duldete oder gar förderte und der jüdischen Bevölkerung Russlands zahlreiche Einschränkungen auferlegte (Dubnow III, S. 567 ff.). Das Wohngebiet wurde weiter beschränkt, der Aufenthalt außerhalb der Städte und Schtetl auf dem Lande ganz verboten. Dazu kamen Beschränkungen beim Abschluss von Kauf- und Pachtverträgen, Verbote, an Sonn- und Feiertagen Handel zu treiben, Quoten für die Zulassung von jüdischen Ärzten und für den Besuch von Gymnasien, Heeresdienstpflicht und Zwangsrekrutierungen, Aberkennung des Wahlrechtes, Verbot der Namensänderung u. a.

Auf Druck der revolutionären Kräfte erließ Zar Nikolaus II. im Oktober 1905 ein Manifest, das der Bevölkerung die staatsbürgerlichen Freiheiten gewährleisten sollte und eine Verfassung in Aussicht stellte. Wenn auch die Freiheit der Bürger und die Gleichberechtigung der Nationalitäten nicht erwähnt wurden, so löste die Ankündigung einer neuen ›Konstitution‹ doch in der jüdischen Bevölkerung große Erwartungen aus. Das Manifest und das Anwachsen der revolutionären Bewegung rief jedoch gleichermaßen die antirevolutionären Kräfte auf den Plan. Im Oktober 1905 richteten die berüchtigten ›schwarzen Hundert‹ (Schwarzhemden), unterstützt von Militär und Geheimpolizei, eine Woche lang überall im Lande Blutbäder an. Sie wendeten sich zwar auch gegen die russische Arbeiterschaft und fortschrittliche Intelligenz, jedoch wurde die jüdische Bevölkerung besonders stark betroffen. In über fünfzig Städten des Landes (unter anderem in Odessa, Kiew, Kischinew, Krementschuk, Tschernigow, Jelisawetgrad) kam es zu Pogromen. 1906 proklamierte die zaristische Regierung das Standrecht, und in nur fünf Tagen wurden mehr als 1000 ›politische Verbrecher‹, darunter viele Juden, hingerichtet. In dieser Verfolgungszeit entschlossen sich mehr als 125.000 Juden zur Auswanderung nach Amerika; Scholem Alejchem, der einen Pogrom in Kiew miterlebte, gehörte zu ihnen.

3.

Lebensgeschichte

Schalom Rabinowitsch wird 1859 im ukrainischen Perejaslav nahe bei Kiew geboren. Der Vater ist Getreide- und Holzhändler. Er hat Sympathie für die jüdische Aufklärung *(Haskala)*, schickt jedoch den Sohn in den traditionellen *Cheder*, die Grundschule im Schtetl. Anders als die meisten jüdischen Kinder seiner Zeit hat Schalom Rabinowitsch aber das Privileg, ein russisches Gymnasium zu besuchen und abzuschließen. Danach unterrichtet er Russisch und andere Fächer in Perejaslav, wird dann Hauslehrer bei einem reichen Landbesitzer in der Provinz Kiew. Wegen seiner engen Beziehung zu Olga, der Tochter des Hauses, verliert er den Posten. Er schreibt Feuilletons und Artikel auf Hebräisch und Russisch, wird danach für drei Jahre Regierungsrabbiner. Seine erste jiddische Geschichte *Zwei Steine* erscheint 1883. Es ist eine tragische Liebesgeschichte, die er Olga widmet.

Seine eigene Liebensgeschichte endet nicht so tragisch: Olga und er heiraten gegen den Wunsch von deren Vater. Nach dessen baldigem Tod fällt ihnen ein beträchtliches Vermögen zu. Das Paar zieht nach Kiew, dem ›Jehupez‹ seiner Werke. Dort begründet Schalom Rabinowitsch mit einem Teil des ererbten Vermögens die *Jiddische Folksbibliotek*, in der er eigene Schriften und u. a. Werke von Mendele Mojcher Sforim und Jizchok

Lejb Perez veröffentlicht, den beiden anderen großen Vertretern der modernen jiddischen Literatur. Seit dem Jahre 1883 verwendet Schalom Rabinowitsch vorwiegend den Künstlernamen *Scholem Alejchem* (»Friede sei mit euch«), den jüdischen Willkommensgruß. Er schreibt nun vorwiegend auf Jiddisch. Im übrigen versucht er sich als Börsenmakler, hat aber wie sein Held Menachem Mendel keinen Erfolg und geht 1890 bankrott. Er flieht vor den Gläubigern, landet – nach mehreren Stationen in Wien, Paris, Czernowitz und Bessarabien – in Odessa, wo er sich, wieder ohne Erfolg, in Geschäften versucht. Er schreibt einige größere Romane und Theaterstücke; der große Durchbruch kommt aber erst 1894 mit der ersten Folge der *Tewje*-Geschichten und 1895 mit der Brieffolge *Menachem Mendel, der Spekulant*.

Als sie 1905 Zeugen eines blutigen Pogroms in Kiew wurden, entschließen sich Scholem Alejchem und seine Familie (wie viele andere Juden) zur Emigration in die USA. Da er mittlerweile über Russland hinaus bekannt ist, hofft er, in Amerika genug für den Lebensunterhalt verdienen zu können. Diese Hoffnung erfüllt sich nicht. 1907 kehrt er enttäuscht nach Europa zurück. Wir finden ihn kurze Zeit in Berlin; der Plan einer Theaterinszenierung seines Stückes *Die Goldgräber* mit Max Reinhardt lässt sich nicht verwirklichen. So beginnt er erneut mit Reisen zu Lesungen seiner Werke durch die Städte und Schtetl Osteuropas. Hier wird er mit Begeisterung empfangen; die Menschen drängen in die Säle, Scholem Alejchem wird als Rezitator seiner eigenen Geschichten berühmt.

Indessen leidet seine Gesundheit, nicht zuletzt durch die Anstrengungen der vielen Reisen. In der weißrussischen Stadt Baranowitsch bricht er 1908 zusammen; er leidet unter Tuberkulose.

Verträge mit Verlegern und die große internationale Anerkennung, die er zu seinem fünfzigsten Geburtstag erfährt, gestatten ihm von 1909 an regelmäßige Kuraufenthalte. Viele Monate des Jahres verbringt er so in der Schweiz, auch in Badenweiler und St. Blasien. Im Winter lebt er meist in Nervi bei Genua. Trotz seiner Krankheit ist er ununterbrochen schriftstellerisch tätig und unternimmt weiterhin Reisen zu Lesungen seiner Werke.

Der Ausbruch des Ersten Weltkrieges trifft ihn mit seiner Familie im Ostseebad Ahlbeck/Swinemünde. Die Familie wird in Berlin interniert und gelangt mit Mühe ins neutrale Dänemark. Scholem Alejchem entschließt sich, erneut in die USA zu reisen.

Die letzten Jahre sind geprägt von zunehmender Krankheit, von neuen finanziellen Schwierigkeiten. Nach einer weiteren Lesereise in den Süden der USA im Winter 1916 verschlimmert sich sein Zustand. Scholem Alejchem stirbt am 13. Mai desselben Jahres. Zwei Tage später wird er beerdigt. An diesem Tag bleiben die meisten der jüdischen Schneiderwerkstätten, der *Shops* und Fabriken in New York und Umgebung geschlossen. Mehr als einhunderttausend Menschen, so wird uns berichtet, meist kleine Leute, Arbeiterinnen und Arbeiter, folgten dem Sarg auf den Friedhof von Brooklyn. So ehrte die jüdische Gemeinde den Schriftsteller, der ihr Leben im Schtetl Osteuropas und in der neuen Welt auf eine besondere Weise beschrieben hat: mit Liebe, Wärme, mit einem unvergleichlichen Witz und Humor.

Für vielfache Hilfe bei der Übersetzung danke ich Simon Neuberg in Trier und Yitskhok Niborski in Paris, vor allem aber meiner lieben Frau Doris Jonas.

Gernot Jonas

Literatur

Außer den spezifischen jiddischen Nachschlagewerken waren mir bei der Kommentierung mancher Ausdrücke oder Textstellen folgende Werke nützlich, auf die gelegentlich in den Anmerkungen verwiesen wird:

Der Babylonische Talmud. Ins Dt. übers. von Lazarus Goldschmidt. 12 Bde. Frankfurt a. M.: Jüdischer Verlag 1996.

Bamberger, Seligmann Bär: *Sidur Sefat Emet,* Basel: Victor Goldschmidt 1993.

Bernstein, Ignaz: *Jüdische Sprichwörter und Redensarten,* Wiesbaden: Fourier 1991.

Dos Scholem Alejchem Buch (hrsg. D. Berkowitsch), New York 1926.

Dubnow, Simon: *Weltgeschichte des jüdischen Volkes,* Bde. I–III, Jerusalem: The Jewish Publishing House 1971.

Ebach, Jürgen: *Vielfalt ohne Beliebigkeit.* Theologische Reden 5, Bochum: SWI 2002.

Encyclopaedia Judaica [Kürzel: EJ], Bd. 1–17, Jerusalem 1972: Keter Publishing House.

Frettlöh, Magdalene L.: Theologie des Segens, Gütersloh 2002.

Jüdisches Lexikon. Ein enzyklopädisches Handbuch des Jüdischen Wissens, Bd. 1–4, Berlin: Jüdischer Verlag 1927.

Kolatch, Alfred J.: *Jüdische Welt verstehen,* Wiesbaden: Fourier 1997.

Lekßikon fun der najer jidischer literatur (Jidd.), Art. »Scholem Alejchem«, Bd. 8, New York: Congress for Jewish Culture 1981.

Lötzsch, Ronald: *Jiddisches Wörterbuch.* 2., durchges. Aufl. Mannheim u. a.: Dudenverlag 1992.

Magonet, Jonathan (Hrsg.): *Seder Hatefillot. Das jüdische Gebetbuch.* Hebr./Dt. Bd. 1–2, Gütersloh: Gütersloher Verlagshaus 1997.

Reinhold Mayer: *Der Talmud,* München: Goldmann 1980.

Meyers Großes Konversations-Lexikon. 6. Aufl. 1905–1909, Bd. 11, Leipzig 1907. (Online-Ausgabe: http://www.zeno.org/Meyers-1905/A/Korrespond%C3%A9nt?hl=korrespondent.)

Niborski, Yitskhok, mit der mithilf fun Shimen Noyberg, Verterbukh fun loshn-koydesh-stamike verter in yidish, 2. Aufl. Paris 1999

Niborski, Yitskhok, Vaisbrot, Berl, mit der tsuzamenarbet fun Shimen Noyberg, yidish-frantseyzish, verterbukh, Paris 2002

Die Pessach-Haggada.Mit Illustrationen mittelalterlicher Handschriften des Britischen Museums hrsg. u. kommentiert von Michael Shire. München: Knesebeck 1998.

Philo-Lexikon. Handbuch des jüdischen Wissens. Berlin 1936. Nachdruck: Frankfurt a. M.: Jüdischer Verlag 1992.

Raschis Pentateuchkommentar. Basel: Goldschmidt 2002.

Rejsen, Salmen: *Lekßikon fun der jidischer literatur, preße und filologje* (Jidd.), Bd. 4, Art.»Scholem Alejchem«, Wilna: Kletskin 1926–29.

Scholem Alejchem: *Eisenbahngeschichten.* Hrsg., aus dem Jidd. übers. u. mit e. Nachwort von Gernot Jonas. Frankfurt a. M.: Jüdischer Verlag 1995.

Scholem Alejchem: *Der Fortschritt in Kasrilewke und andere alte Geschichten aus neuerer Zeit.* Berlin: Buchverlag Der Morgen 1990.

Scholem Alejchem: *Tevye the Dairman and The Railroad Stories,* translated and with an introduction by Hillel Halkin. (S. 285 ff.: »Glossary and Notes«) New York: Schocken 1987.

Siddur Schma Kolenu. Ins Deutsche übers. von Rabbiner Joseph Scheuer. Basel, Zürich: Morascha 1996.

Weinberg, Werner: *Lexikon zum religiösen Wortschatz und Brauchtum der deutschen Juden,* hrsg. von Walter Röll, Stuttgart-Bad Cannstatt: frommann-holzboog 1994.

Zborowski, Mark, und Herzog, Elisabeth: *Das Schtetl – Die untergegangene Welt der osteuropäischen Juden,* München: C. H. Beck 1991.

Bibliografische Information der Deutschen Nationalbibliothek
Die Deutsche Nationalbibliothek verzeichnet diese Publikation in der Deutschen Nationalbibliografie; detaillierte bibliografische Daten sind im Internet über http://dnb.d-nb.de abrufbar.

Es ist nicht gestattet, Texte dieses Buches zu scannen, in PCs oder auf CDs zu speichern oder mit Computern zu verändern oder einzeln oder zusammen mit anderen Bildvorlagen zu manipulieren, es sei denn mit schriftlicher Genehmigung des Verlages.

Alle Rechte vorbehalten

© by marixverlag in der Verlagshaus Römerweg GmbH, Wiesbaden 2016
Covergestaltung: Kerstin Göhlich, Wiesbaden
Bildnachweis: Portrait of Sholem Aleichem in New York, from Beit Sholem Aleichem
Satz und Bearbeitung: SATZstudio Josef Pieper, Bedburg-Hau
Der Titel wurde in der Minion Pro gesetzt.
Gesamtherstellung: CPI books GmbH, Leck – Germany

ISBN: 978-3-7374-1015-1

www.verlagshaus-roemerweg.de